Marion Urch

DIE TÄNZERIN

atb aufbau taschenbuch

Marion Urch wurde in England als Tochter irischer Eltern geboren. Nach ihrem Studium am Royal College of Art in London machte sie sich international einen Namen als Video-Künstlerin. Sie schrieb für Theater, Rundfunk und Fernsehen und veröffentlichte Kurzgeschichten. »Die Tänzerin« ist ihr zweiter Roman.

Die Welt lag ihr zu Füßen. Sie verstand es, die Reichen und Mächtigen um den Finger zu wickeln. Sie war berühmt für ihre Tanzkunst, noch mehr aber für ihre Skandale. Doch wer war Lola Montez (1821–1861) wirklich? Woher kam sie? Wie wurde sie zu der Frau, der Bayernkönig Ludwig I. verfiel, deren Charme Franz Liszt und viele andere erlagen?
Die irsche Autorin Marion Urch lässt Lola Montez selbst erzählen: von einem kleinem Mädchen in Indien, einem Pensionat in England, einer lieblosen Mutter, einer übereilten Ehe, Liebhabern und schließlich einer neuen Identität ...

Marion Urch

DIE TÄNZERIN

Ein Lola-Montez-Roman

Aus dem Englischen
von Christine Pavesicz

aufbau taschenbuch

Die Originalausgabe mit dem Titel »An Invitation to Dance« erschien 2009 bei Brandon, einem Imprint von Mount Eagle Publications Dingle, Co. Kerry, Irland und Unit 3, London

FSC
Mixed Sources
Product group from well-managed forests and other controlled sources
Cert no. SA-COC-001819
www.fsc.org
© 1996 Forest Stewardship Council

ISBN 978-3-7466-2632-1

Aufbau Taschenbuch ist eine Marke der Aufbau Verlag GmbH & Co. KG

1. Auflage 2011

Umschlaggestaltung capa, Anke Fesel
unter Verwendung zweier Motive von Bridgeman Art Library
Typografie Renate Stefan, Berlin
Gesetzt aus der Stempel Garamond und der Fairfield durch psb, Berlin
Druck und Binden CPI Moravia Books, Pohořelice
Printed in Czech Republic

www.aufbau-verlag.de

Für meinen Vater John Urch und meine Großmutter väterlicherseits, Elizabeth O'Brien, die sich beide im zarten Alter von fünfzehn Jahren ins Ungewisse gewagt haben.

Was ist am Ende Lügen? Lügen ist
Wahrheit im Maskenstaat.
Don Juan
Lord Byron

Inhaltsverzeichnis

Vorspiel

Es kam über Schnee und Eis, zerzauste die Oberfläche brachliegender Felder und kroch in kahle, erfrorene Gärten. Es stahl sich still gewordene Straßen entlang und unter Türen durch. Es glitt durch dicke Wintergardinen, drang durch jede noch so kleine Ritze zwischen Holzleisten und Wänden. Es blies Kerzen aus und verstörte Katzen. Ein brütendes Gefühl des Unbehagens lag über den Häusern, eine unergründliche Ruhelosigkeit senkte sich durch die Kälte und die eisige Luft herab.

Monolog

Lola stand hinter dem Vorhang auf der unbeleuchteten Bühne. Sanfte Schatten legten sich um sie wie feiner Ruß. Bald würde sich der wandgleiche rotbraune Samt mit einem Rascheln vor ihr öffnen, aber noch nicht jetzt, jetzt noch nicht. Der Plüschvorhang, der die Bühne einhüllte wie einen Schrein, kräuselte sich wie Wasser in einer Brise, wie Haut, die unter der Berührung eines geliebten Menschen erschaudert. Sie holte tief Atem. Sie hörte, wie die Stimmen jenseits des Vorhangs ungeduldiger wurden. Ein Geigenspieler zupfte ein paar Saiten, jemand hustete. Die rhythmischen Klänge von Harfen und Kesselpauken ertönten, und der Vorhang bewegte sich. Als das Becken erschallte, teilte sich der Stoff wie das Rote Meer vor Moses.

Vorsichtig, Schritt für Schritt, trat sie ins Licht, als hätte sie noch nie einen Fuß vor den anderen gesetzt, als wäre sie in jedem Schritt gefangen. Zwei, drei, vier: sie erfasste den Rhythmus der Harfe und atmete die Töne, die die Saiten des Kontrabasses anschlugen. Beim neunten Ton hob sie die Kastagnetten über ihren Kopf. Sie bewegte sich im Kreis über den Bühnenboden und wob mit wellengleichen Bewegungen ihrer Arme und Handgelenke ein verschlungenes Netz. Einen Augenblick lang war sie eine glückselige, liebende Frau, gleich darauf voller Verachtung und Stolz. Sie war die reine Hingabe, dann der Zorn, dann die Sehnsucht – als würde ein Kaleidoskop von Gefühlen über die Bühne wirbeln. Als sie mit ihren Absätzen *zapateados* trommelte, ging ein Ruck durch das Publikum. Mit kühnem Blick bezwang sie es, als wäre sie die mächtigste Frau der Welt.

An diesem Abend schloss ihre Darbietung all die großen Momente ihrer Karriere ein. Dresden, Warschau, Paris, sie brachte sie alle wieder auf die Bühne. Sie war in Berlin und tanzte für den König von Preußen und Zar Nikolaus I., den Kaiser von ganz Russland. Erneut eroberte sie in München König Ludwig. Sie war dreiundzwanzig und gab ihr Debüt auf der Bühne des »Her Majesty's Theatre« in London.

Bei ihrer letzten Verbeugung erhoben sich die Zuschauer im Broadway Theatre in New York, trampelten mit den Füßen und brachen in Beifallsrufe aus. Sie erbebte unter dem Applaus. Ihr ganzer Körper prickelte, von den Fingern bis zu den Zehenspitzen. Flehentlich breitete sie die Arme aus, und die Luft füllte sich mit Rosen. Sie warf dem Publikum einen Kuss zu und dann noch einen. Als eine langstielige Rose zu ihren Füßen landete, hob sie sie auf und drückte die Blütenblätter an ihre Wange. Tief purpurrot, scharlachrot, pflaumenfarben, traubenrot – die Knospen ergossen sich über den Bretterboden. Als sich der Vorhang schließlich herabsenkte, war die Bühne mit Rosen übersät. Die zertretenen und zerquetschten Blütenblätter verströmten einen süßen, öligen Duft. Sie fühlte sich leicht benommen und hatte Angst hinzufallen. Der Saft von zerdrückten Rosenblättern lief über den Boden.

Nach der Aufführung verschwand Lola in kalten, staubigen Gängen, die nach Mottenkugeln und dem feuchten, süßlichen Geruch von ungewaschenen Füßen stanken. In ihrer Garderobe schleuderte sie die Schuhe von sich und stieß dann einen erleichterten Seufzer aus. Im Kamin brannte Feuer, und aus der Badewanne stieg Dampf auf. Auf der anderen Seite des Zimmers befanden sich Blumen in allen Entwicklungsstadien, von Knospen bis zu verwelkenden Blüten. Die Luft war schwer vom berauschenden Duft abfallender Gardenien und dem üblen, morastigen Gestank von stehendem Wasser. Sie schnürte ihr Kostüm auf und ließ die Röcke auf den Boden fallen. Dann setzte sie sich an den Schminktisch und griff nach einem Tuch. Ihr perfektes Bühnengesicht hatte Sprünge bekommen, war verschmiert und verkrustet. Puder verstopfte die Falten um Nase und Mund; die Reste der Theaterschminke klebten auf ihren glänzenden, fiebrigen Wangen; das schwarze Kajal um ihre Augen war in Tausende winzige Falten gesickert. Auf der Tischplatte neben ihr hatten Feuerlilien auf welkenden Stängeln ihre Blüten geöffnet und ihr Innerstes entblößt; die Blütenblätter baumelten herab und konnten jeden Moment abfallen. Vor der Garderobe hallten Männerschritte durch die Gänge. Sie sprang von ihrem Stuhl auf und schob drei schwere Messingbolzen vor die Tür. Als sie sich wieder gesetzt hatte, hörte sie, wie der Druck auf die Wände ungeduldiger wurde. Sie warf einen letzten Blick in den Spiegel und machte sich dann mit einer Flasche Rosenwasser und einem feuchten Tuch an die Arbeit.

Ihre Haut nahm die dicke Cremeschicht, die sie auf Gesicht und Hals verteilte, gierig auf. Ein einziger perfekt ausgeführter *Oleano* erschöpfte sie jetzt schon, während sie früher die ganze Nacht hätte tanzen können. Heutzutage trug sie ihre Schminke etwas dicker auf und fühlte sich bei künstlichem Licht wohler. Jeden Morgen zupfte sie ein weiteres krauses silbernes Haar aus.

Sie bewahrte die grauen Haare gemeinsam mit einem Zahn und einem Ring mit einem Stein aus rotem Glas in einer winzigen Schatulle auf, neben einer Reihe von Tagebüchern, die ihre geheimsten Gedanken enthielten.

Die Zeitungen schrieben, Lola sei schöner als je zuvor, doch sie wusste, dass das nicht stimmte. Echte Schönheit hatte etwas Unschuldiges an sich, sie hatte eine bestimmte Ausstrahlung. Jene, die wir für schön halten, tragen die Züge eines Kindes; ihre Haut, ihr Mund und ihre Augen bleiben ebenso durchscheinend. Lola war verführerisch, sie besaß einen betörenden Zauber; es war ein Schwindel, die Fähigkeit, Menschen zu faszinieren.

Sie nahm ein schnelles Bad und spülte sich mit eiskaltem Wasser ab. Dann wühlte sie in ihren Kleidern und wählte eines aus moosgrünem Samt, das ihren Teint hervorhob und ihre Taille schmaler erscheinen ließ. Jetzt hörte sie Stimmen durch die Tür rufen und begann sich zu beeilen. Jugendliches Leuchten kam aus einem Tiegel, den sie aus Paris mitgebracht hatte. Die Erinnerungen an einen zärtlichen jungen Liebhaber zauberten ein Lächeln auf ihre Lippen, eine ganz spezielle brachte ihre Wangen zum Glühen. Sie inspizierte sich im Spiegel und frisierte ihr Haar. Endlich war sie fertig. Heute Abend musste sie mindestens einen neuen Gönner gewinnen, wenn nicht zwei; einen, der ihre Memoiren veröffentlichen und einen anderen, der ihre neue Aufführung finanzieren sollte. Sie warf einen Blick auf den Stapel Tagebücher, von denen jedes in den Stoffrest eines ihrer Lieblingskleider gebunden war. Sie hatte ihren Inhalt bereits zweimal geplündert, doch jetzt keimte eine weitere Idee in ihr auf. Sie schob die Brüste hoch, nickte ihrem Spiegelbild zu, ging zur Tür und riegelte sie auf.

I. AKT

1. Szene

Mit Goldfäden durchzogene türkise Seide

KAPITEL 1

Ich möchte Ihnen eine Geschichte erzählen. Ich möchte Ihnen von einem kleinen Mädchen erzählen, das ich einmal kannte. Von einem Baby in einem Mansardenzimmer, dessen Blick immer wieder auf himmelblaue Vorhänge fiel, auf das Blau eines stählernen, unbarmherzigen Himmels, auf warme haselnussbraune Augen mit bernsteinfarbenen Sprenkeln. Es gibt Träume, die treiben Knospen und dann Blüten, während andere verwelken und dahinschwinden. Manchmal mischt sich Phantasie mit Wirklichkeit, eine Lüge mit der Wahrheit. Wir leben die Träume anderer Menschen aus, verwechseln Hoffnung mit Angst, sehen zu, wie aus unseren eigenen Träumen Alpträume werden. Ich möchte mit Ihnen einunddreißig, zweiunddreißig Jahre zurückgehen. Erlauben Sie mir, die Zeit wie die verschrumpelte Schale von einer noch saftigen Frucht abzuschälen. Ich möchte Sie weiter zurückführen als zu jenem letzten großartigen Auftritt in Manhattan, weiter als zu den aufregenden, berauschenden Tagen in München, weiter als nach Berlin, Paris und London, bis ganz an den Anfang – nach Irland im Jahr 1820.

In einer mondlosen Dezembernacht läutete der Glockenturm im Zentrum von Cork zwölf. Im Hinterzimmer eines verfallenen Hauses in der Main Street plante eine Gruppe von Männern einen Aufstand. Im Obergeschoß des Hauses der Putzmacherin lag ein vierzehnjähriges irisches Mädchen auf ihrem schmalen Bett und träumte. Am Hafen unten ging ein Engländer selbstbewusst und beschwingt von Bord. Sowohl das Putzmacherlehrmädchen als auch der Fähnrich sannen in ihren getrennten Welten über ihre rosige Zukunft nach. Ungeachtet der reifbedeckten Fenster und ihrer eiskalten Zehen sprangen beide am nächsten Morgen leichtfüßig aus den Betten. Ich kann meine Mutter beinahe vor mir sehen, wie sie atemlos die Treppe vom Dachgeschoß hinunterlief und dabei noch ihr Haar aufsteckte, während mein Vater gebieterisch auf den Kasernenhof schritt.

Stellen Sie sich ein prächtiges Schloss vor, mit Zinnen und schwindelerregenden Türmen, jedoch ausschließlich aus Seidenpapier gebaut. Das Bild meines Vaters habe ich aus Erinnerungsbrocken zusammengesetzt – aus einzelnen Sätzen, Bruchstücken von Unterhaltungen, einer Berührung, einer Geste. Edward Gilbert war eine Illusion, ein Traum – zuerst der meiner Mutter, dann meiner. Soweit ich mich erinnere, war er ein gutaussehender Mann, mit feinem Knochenbau, blond, mit einem dünnen Schnurrbart und einem Backenbart. Meine Mutter sagte immer, seine bleichen, geschwungenen Wimpern hätten sie an die eines Kindes erinnert. Selbst sein Knochenbau wirkte auf sie typisch englisch und kultiviert.

Ich stellte ihn mir vor, wie er unter einem verhangenen irischen Himmel großgewachsen und aufrecht im Kasernenhof stand. In seiner roten Jacke und der engen paspelierten Hose kam er sich gewiss schneidig, toll und unwiderstehlich vor. Es war ein Tag, an dem alles möglich war, ein strahlender Morgen, genau richtig für einen Neubeginn. Hier in Irland würde seine Herkunft kein Hindernis sein. Hier konnte man sein Glück machen, hatte man ihm gesagt. Ein junger britischer Fähnrich wie er konnte es weit bringen. Er sog die Luft ein und erwartete einen schmutzigen, ungewaschenen, irischen Geruch, doch was er in der Brise roch, war nur allzu vertraut – Pferdemist, polierte Stiefel, Stroh, verrottendes Gemüse, der Gestank von altem Kohlwasser aus der Küche, die Ausdünstungen einer Garnison, die überall gleich waren. Als er zu den Toren schlenderte, malte er sich aus, wie er mit einem einzigen, mächtigen Streich die Herrschaft über die ganze Welt übernahm, von einem Ende des Globus zum anderen. Er salutierte vor seinem Leutnant und gesellte sich zu einer Gruppe von Soldaten, die neben dem Tor strammstanden.

Als die mit Nägeln beschlagenen und bewehrten Tore scheppernd aufgingen, verpuffte seine Sicherheit in der klaren und frostigen Luft. Das Erste, was er durch die Türöffnung sah, war ein mageres Mädchen in einem zerlumpten roten Unterrock, das sich um einen Topf auf einem rauchenden Feuer kümmerte; das Zweite ein paar primitive, behelfsmäßige Behausungen. Für Tiere? dachte er. Ächzend und knarrend öffneten sich die Tore der Garnison Zentimeter um Zentimeter. Dahinter befand sich in einem Feld von stacheligem, blühendem gelbem Ginster ein ausgedehntes Lager. An Wäscheleinen baumelten Decken, von dornigen Büschen hing fadenscheinige Unterwäsche; magere Kinder mit schmutzigen Füßen liefen ein und aus. Die einzigen Tiere, die zu sehen waren, waren eine klapprige Kuh mit schlaffem Euter und ein räudiger, fast kahler Hund. Als die Tore ganz offen standen, zählte Edward fünfunddreißig, vierzig Frauen und verlor den Überblick über die Anzahl der Kinder. Aus einer der Hütten spähte ein gespensterhaftes Wesen mit hohlen Augen, dann tauchten andere auf und blinzelten im hellen Licht. Als das

Regiment aus der Garnison schritt, hatte sich am Straßenrand ein heruntergekommenes Völkchen versammelt.

»Komm her zu mir«, rief eine Frau mit hervorstehenden Knochen. »Warte, bis du siehst, was ich für dich hab.«

Die Soldaten marschierten in Reih und Glied, den Blick auf einen fernen Punkt gerichtet. Edward versuchte, Schritt zu halten, doch eine Ader an seiner Stirn hatte zu zucken begonnen. Er sah eine Frau, die gebeugt war wie ein altes Weib und andere mit schwarzen Zähnen und offenen Mündern. Eine weitere Frau mit pockennarbigem Gesicht hatte ein Kind an die Brust gedrückt.

»Kann man die nicht wegschaffen?«, flüsterte er.

»Diese Schnepfen?«, antwortete der Leutnant. »Im Gegenteil, sie dürfen das Areal nicht verlassen. Sonst kommen sie ins Arbeitshaus. Offensichtlich ziehen sie es vor, hier zu bleiben.«

»Aber es sind Dutzende, Sir. Das sollte doch gewiss nicht erlaubt sein.«

Der Leutnant schnaubte. »Sie waren wohl noch nicht in Irland, was, Gilbert? Solche Horden gibt es in jeder Garnisonsstadt. Sie verdienen ihren Lebensunterhalt mit dem Einzigen, was sie können.«

Während das Regiment zum Rathaus marschierte, kreischten die Frauen den Soldaten hinterher. Ein Mädchen mit Engelsgesicht und schmutzigen Füssen fixierte einen stämmigen jungen Soldaten; ein anderes versuchte ein verängstigtes Kind zu beruhigen. Als Edward über die Schulter zurückblickte, schwenkte eine Frau mit einer Augenklappe eine nackte Brust in seine Richtung.

»Mein Vater ist Engländer«, rief ein kleiner Junge mit erstaunlich blauen Augen. »Das heißt doch, ich bin auch Engländer, oder was, genau wie du.«

Das Regiment marschierte weiter, vorbei an Stadthäusern, Amtsgebäuden und Geschäften, die eine beunruhigende Ähnlichkeit mit einer englischen Marktstadt aufwiesen. Edward versuchte, die Worte des kleinen Jungen aus seiner Erinnerung zu verbannen, doch sie klangen ihm im Rhythmus seiner Schritte im Ohr. An jeder Ecke drückten sich Jugendliche und Gruppen von Männern mit finsteren Mienen herum, die verschwanden, sobald sie näher kamen. Als der Trupp vom City Square in die Main Street abbog, erblickte Edward im Fenster eines Putzmacherladens ein Mädchen mit einer jadegrünen Haube. Sie wirkte frisch und unschuldig wie der junge Morgen; ihr Anblick lenkte ihn ab und vertrieb seine gedrückte Stimmung. Vielleicht hielt das Leben doch noch Freuden für ihn bereit. Sie lächelte kurz und verschwand dann. Edward blieb die Erinnerung an glänzende, durchdringende Augen, dichte Augenbrauen und einen dunklen Teint, der von ihrem leuchtenden smaragdfarbenen Kleid hervorgehoben wurde.

Tagsüber war Cork ruhig; in der Nacht loderten in der ganzen Stadt kleine Feuer auf. Im Dezember flog ein Eimer mit Pferdepisse durch das Fenster des Gerichtsgebäudes, das danach wochenlang stank wie ein Pissoir am Markttag. Polizisten wurden der Reihe nach abgeknallt. Niemand sah je etwas; niemand übernahm die Verantwortung. Das Regiment patrouillierte zweimal am Tag durch die Straßen, doch die Soldaten mussten achtgeben, was hinter ihrem Rücken vor sich ging. Für jedes freundliche Lächeln, das man ihnen schenkte, wurde ihnen eine Handvoll Mist oder Schlimmeres nachgeworfen.

Meine Mutter wartete jeden Tag darauf, dass der Trupp in die Main Street kam. Wenn mein Vater durch die Fenster des Putzmacherladens schaute, zog sie sich zurück, damit er sie nicht sah. Sobald die Soldaten vorbeimarschiert waren, reckte sie den Kopf aus der Tür und blickte ihm nach.

Eliza Oliver war ein frühreifes Mädchen mit Ambitionen, die für ihre Stellung eigentlich zu hoch waren. Sie war seit ihrem zwölften Lebensjahr bei der Putzmacherin in Lehre, betrachtete sich jedoch als Erwachsene und den Damen, die den Laden frequentierten, mehr als ebenbürtig. Obwohl sie mit allen körperlichen Reizen einer jungen Frau ausgestattet war, hatte sie noch keine Gelegenheit gehabt, sie zu erproben. Männer aus einer gehobenen Klasse und mit genügend Mitteln würden sie vielleicht als Mätresse in Erwägung ziehen, aber niemals als Ehefrau. Die Kaufmänner und Geschäftsleute, die ihr den Hof machten, betrachtete sie als unter ihrem Stand. Sie schmiedete bereits Pläne für ihren Auftritt beim jährlichen Regimentsball. Vor ihrem geistigen Auge tauchten immer wieder die blassen, kultivierten Züge des Offiziers auf. Ein britischer Offizier würde eine Hutmacherin niemals als passende Ehefrau betrachten, doch sie konnte sich mühelos als Dame geben. Hatte sie sie nicht oft genug studiert, wenn sie in den Laden kamen?

Edward verbrachte in der Kaserne viel Zeit damit, diverse Posten in Bücher ein- und auszutragen – Strafgefangene, Deserteure, Proviant, Waffen. Abends schloss er sich anderen Offizieren an und verkehrte mit lokalen Würdenträgern auf Soireen oder beim Kartenspiel. Nachts hörte er vom Lager vor den Kasernentoren englische Stimmen. Nach wenigen Wochen lechzte er nach Abwechslung.

Als er beim Regimentsball ein bekanntes Gesicht sah, sauste er förmlich über das glänzende Parkett. Das Mädchen aus dem Hutgeschäft wurde ihm als Miss Eliza Oliver vorgestellt, Tochter des verstorbenen Sir Charles Silver Oliver, des ehemaligen Sheriffs von Cork. Edward richtete sich zu seiner vollen Größe auf und glättete unsichtbare Falten in seiner frisch gebügelten Weste. Elizas Anstandsdame war die Frau eines Beamten, der mit Sir Charles befreundet gewesen war. Eliza hatte sechs Wochen gebraucht, sie dazu zu bringen, sie vorzustellen – ihr Stand rechtfertigte das wohl kaum. Sie nahm an, dass Edward vermögend war. Schließlich war er doch Offizier, nicht wahr? Für ihre ungeschulten irischen Ohren redete er wie der kultivierteste englische Gentleman. Den westenglischen Akzent nahm sie ebenso wenig wahr, wie sie merkte, dass sich die höherrangigen Offiziere ihm gegenüber etwas reserviert verhielten.

Eliza trug ein lavendelfarbenes Kleid mit einem bestickten Überrock aus Voile; ihre Schuhe und Handschuhe waren aus farblich abgestimmtem Satin. Beim Tanzen wurde ihr Rock eine durchscheinende lavendelfarbige Wolke, die die grünen Blitze in ihren dunklen Augen hervorhob. Als Edward merkte, dass die anderen Offiziere beobachteten, wie er Eliza über das Parkett wirbelte, strahlte er vor Stolz.

Edward wusste nicht, dass das Kleid Elizas Schwester Millie, einer Zofe gehörte; diese hatte es von ihrer Herrin geschenkt bekommen, die es nicht ausstehen konnte. Die Dame hatte es nur einmal getragen, als sie einen Heiratsantrag erwartete und stattdessen sitzengelassen wurde. Eliza hatte ihre Schwester angefleht, ihr das Kleid zu leihen. Millie hatte schließlich nachgegeben und dafür ein besticktes Tafthäubchen mit einem Kranz aus Seidenrosen verlangt. Eliza hatte für diesen Hut über einen Monat gebraucht und dabei ihre Augen überanstrengt. Als Edward mit ihr eine weitere Quadrille zu tanzen begann, schloss sie die Augen und gestattete sich ein sittsames Lächeln.

In Cork brodelte es beinahe ein Jahr lang; die Verbitterung der einheimischen katholischen Bevölkerung machte sich in kleinen Akten der Rebellion Luft. Eine lokale Wahl endete in Ausschreitungen. Ein Zehnteintreiber wurde auf seiner Tour erschossen. Männer mit weißen Tüchern um den Kopf stahlen in der Nacht aus Privathäusern Waffen und erschossen Polizisten. In dem Lager vor den Toren der Kaserne fand man einen Fußsoldaten mit durchschnittener Kehle.

Schließlich wurde Edward mit der administrativen Abwicklung von Deportationen und der Verhaftung von Deserteuren betraut. An den Abenden warb er um Eliza. Weit weg von allem, was ihm vertraut war, machte er sich keine Gedanken über die Treffpunkte, die sie wählte, und dass keine Anstandsdame dabei war, schrieb er einfach einer glücklichen Fügung zu. Eliza hatte etwas an sich, das er von englischen Mädchen nicht kannte, eine fast undamenhafte, sprühende Lebendigkeit.

Nach vier Monaten begannen Gerüchte über eine mögliche Truppenverlegung die Runde zu machen. Eliza musste sich schnell etwas überlegen. Edward wurde leidenschaftlicher. Sie gestattete ihm Dinge, die sie ihm eigentlich nicht erlauben hätte dürfen. Sie fütterten einander mit Lügen wie mit Konfekt: wohlschmeckende Häppchen, die sie liebevoll aus Tagträumen erschufen, kamen ihnen leicht über die Lippen. Sie hinterließ ihren Duft auf seinen Fingern, und mehr als einmal glitt das Mieder ihres Kleides hinunter, doch vor dem letzten Schritt scheute sie stets zurück. Wenn sie ihren Kopf spielerisch auf Edwards Schoß hin und her drehte, wurde er so erregt, dass er kaum atmen konnte. Sobald er ihr die Ehe versprochen und einen rubinbesetzten Ring an den Finger gesteckt hatte, unterbrach Eliza sein Gefummel und hob selbst ihre Unterröcke hoch.

Edward war nicht ganz so impulsiv, wie es den Anschein hatte. Berauscht, frustriert, erregt – das alles war er, doch er war auch ein praktisch denkender Mann. Fast fünf Monate lang hatte er von nichts anderem geträumt als davon, in Elizas Unterröcke einzutauchen, doch für ihn warteten neben diesen himmlischen Freuden auch Banknoten und Goldmünzen auf ihn. Elizas Vermögen würde ihm mehr als gelegen kommen, und als verheirateter Offizier würde sein Gehalt erhöht werden. Und außerdem, wer würde sonst in irgendeiner abgeschiedenen irischen Stadt für seine Zerstreuung sorgen?

Meine bevorstehende Ankunft auf dieser Welt war gekennzeichnet von immer wieder weiter gemachten Kleidern. Meine Mutter zog zu meinem Onkel nach Limerick. Sie empfand es als demütigend, bei einem Verkäufer wohnen zu müssen, noch dazu über einem Haushaltswarenladen; sie plante so bald wie möglich nach meiner Geburt eine triumphale Rückkehr und eine prächtige Hochzeit. In ihrem sechsten Schwangerschaftsmonat kam es zu einem Aufstand in Sligo, und das Regiment meines Vaters wurde sofort dorthin versetzt. Als Eliza davon erfuhr, brach sie in Tränen aus.

In Limerick regnete es. Es regnete, bis das Wasser in Strömen durch die Straßen floss. Es regnete am Morgen und es regnete am Abend. Es regnete, bis die Tapeten schwarz wurden und sich an den Kanten lösten. Meine Mutter gab mir die Schuld an diesen endlosen Monaten des Wartens – ertrug sie sie nicht nur meinetwegen? Meilenweit von Cork entfernt und aufgeblasen wie ein Wal, hatte sie Angst, dass mein Vater sie verlassen könnte. Die geschwollenen Knöchel, die dicker werdende Taille, die hervorstehenden Adern – das alles war meine Schuld. Für sie war ich bereits ein lebendiger kleiner Mensch. Ohne mich noch gesehen zu haben, war ich in ihrer Vorstellung ein Wesen mit dem weit aufgerissenen, gierigen Mund eines Fisches.

Am Tag meiner Geburt kochte der Zorn über die Zwangsräumungen über, und es kam zu Aufständen. Meine Mutter lag im vorderen Schlafzimmer über dem Geschäft; das Geschrei auf den Straßen wurde lauter. Ihre Wehen kamen so rasch hintereinander, dass man sie nicht an einen ruhigeren Ort bringen konnte. Draußen schlugen Frauen Mülleimerdeckel aneinander, Männer rissen Zaunpfosten und Geländer aus ihrer Verankerung, und die riesigen Schaufenster des Geschäfts zerbarsten. Meine Mutter schrie, doch der Lärm auf der Straße übertönte sie. Während sie drückte und presste und fluchte, ging das Amtsgerichtsgebäude gegenüber in Flammen auf. Während ich meinen Kopf in die Welt stieß, flog ein Ziegel durch das Fenster, und das ganze Zimmer war voller Glasscherben. Da blieb ich stecken und bewegte mich nicht weiter. Die Hebamme hatte alle Mühe, mich herauszuzerren. Als mich meine Mutter schließlich sah, war sie deprimiert.

»Mein Gott, sie sieht ja aus wie ein Dienstmädchen«, rief sie.

Sie hatte sich einen englisch aussehenden Jungen erhofft, blond und mit zartem Knochenbau wie mein Vater. Doch ich war ein stämmiges kleines Mädchen mit kräftigen Gliedern und noch dunklerem Teint als sie. Kein Merkmal der anglo-irischen Linie der Olivers schien sich durchgesetzt zu haben, ja, ich sah sogar noch irischer aus als sie.

Die Hochzeit fand drei Monate später in der Christ Church in Cork statt. In den Zeitungsanzeigen wurde meine Mutter als Tochter von Sir Charles Silver Oliver genannt; Vorfahren meines Vaters wurden keine erwähnt. Es nahmen keine Verwandten von ihm an der Hochzeit teil. Die wenigen Angehörigen meiner Mutter hielten offenbar sehr viel von sich, gaben aber über ihre genaue Beziehung zu Sir Charles nur vage Auskunft. Braut und Bräutigam wirkten außer sich vor Glück – oder war das nur die Erleichterung darüber, dass keiner von ihnen beim Lügen ertappt worden war? Wenn einer von beiden an der bescheidenen Feier Anstoß nahm, so verlor er kein Wort darüber. Vielleicht waren sie blind vor Liebe; jedenfalls waren sie beide ihrer Jugend entsprechend sehr erpicht darauf, ihre Liebe unter der Bettdecke auszudrücken.

Auf halbem Weg nach Sligo merkten sie, dass sie mich in Limerick zurückgelassen hatten. Ich kann mir vorstellen, dass sie einen Blick wechselten, bevor sie übereinkamen, dass sie doch umdrehen sollten. Inzwischen nannten sie mich Eliza oder »das Baby«, wenn sie überhaupt von mir sprachen. Aus offensichtlichen Gründen wurde meine Geburt nicht ins Kirchenbuch eingetragen. Es gibt keinen Beweis dafür, dass ich überhaupt geboren wurde. Mein Onkel im Haushaltswarengeschäft, der eben erst von der Hochzeit erfahren hatte, weigerte sich, meinen Eltern die Tür zu öffnen. Sie fanden mich beim Lieferanteneingang, in einem Karton zwischen illustrierten Büchern und alten Kleidern.

In Sligo pfiff ein scharfer Wind aus den Bergen durch ein paar trostlose Straßen, die sich auf einem Hügel zusammendrängten. Im ganzen Land herrschten Unruhen, doch ohne einen genau definierten Gegner war die Armee mehr oder weniger hilflos. Sie konnte wohl kaum einen abgeschiedenen Bauernhof oder eine entlegene Straße mit Schlagstöcken angreifen. Die Zahl der Deserteure stieg, und ihre Deportation nahm immer mehr von Edwards Zeit in Anspruch. Er wurde auch hinzugezogen, um Zwangsräumungen auf größeren Anwesen zu beaufsichtigen. Nach Tagen, an denen er unglückliche Frauen und spindeldürre Kinder auf die Straße gesetzt hatte, war er daheim gereizt. Eliza, die gedacht hatte, dass sie ständig Gäste einladen würden, stellte fest, dass sie einen Mann geheiratet hatte, der viel Zeit allein verbringen wollte. Das Baby weinte; Eliza verlor ihre jugendliche Strahlkraft.

Um sie zu besänftigen, stellte Edward ein Mädchen aus der Gegend ein, und ein paar Wochen lang war Eliza damit zufrieden, es herumzukommandieren. Bridie hatte Heimweh nach den Bergen und weinte sich Nacht für Nacht in den Schlaf. Jede Woche kam ihre Mutter, um ihren Lohn abzuholen, und Bridie flehte sie an, sie mit nach Hause zu nehmen. Wenn sie mich abends in den Schlaf wiegte, liefen dicke Tränen über ihre Wangen. Während wir hin- und herschaukelten, umklammerte ich ihren Finger mit meiner Hand und starrte ihr unverwandt ins Gesicht. Unter den Tränen sah ich in ihren warmen braunen Augen bernsteinfarbene Sprenkel. Es dauerte über einen Monat, bis sich Bridie an Schuhe gewöhnte; ein Korsett lehnte sie strikt ab.

»Meine armen Füße sind gefangen«, rief sie. »Warum soll man nicht den Boden spüren? Bald werden die Leute überhaupt nicht mehr aus dem Haus gehen.«

Bridie und ich hielten uns vor allem im Obergeschoß des Hauses auf. Meine ersten Schritte tat ich mit ihr. Ich kann mich noch an die Wölbung der Decke erinnern, an himmelblaue Vorhänge, das Prasseln des Regens an den Fenstern und unsere vier bloßen Füße, die über den Fußboden tappten.

Meine Mutter war fünfzehn Jahre alt und Bridie nicht viel älter; als sie jedoch merkte, dass sie mit einem Dienstmädchen herumkicherte, besann sie sich sehr rasch auf ihre Stellung. Schließlich konnte sie ihren Namen schreiben, während Bridie weder des Lesens noch des Schreibens mächtig war. Meine Mutter hatte jahrelang große Pläne geschmiedet; Bridie hingegen wurde von allem Neuen überrascht. Meine Mutter wollte von allem das Beste, hatte aber keine Ahnung von Haushaltsplanung und Kosten. Sie versuchte sich vorzustellen, wie die Innenräume des Hauses ihres Vaters wohl ausgesehen hatten. Als sie im Haus eines Oberstleutnants eine geprägte Tapete sah, bestellte sie genau die gleiche. Als die Familie eines Majors ihren Hausrat versteigerte, erwarb sie viele schwere Mahagonimöbel. Es kam ihr anscheinend nicht in den Sinn, vorher ihren Ehemann zu Rate zu ziehen. Edward hatte Eliza auf ähnliche Art erobert wie sein Land das ihre. Er war in einem fremden Land und völlig verwirrt; sie kämpfte insgeheim um das Kommando. Als schließlich die Rechnungen eintrudelten, hieß mein Vater sie im vollgerammelten Salon Platz nehmen und verbot ihr, noch etwas zu bestellen.

»Ich wollte dir doch nur ein Haus bieten, das eines Offiziers würdig ist«, sagte sie.

Mein Vater fuhr sie an: »Ich bin Fähnrich. Der dienstjüngste Offizier.«

»Aber ein Offizier.«

»Wir dürfen nicht über unsere Verhältnisse leben«, sagte mein Vater entnervt.

Wehmütig strich meine Mutter über den Brokatbezug des Lehnstuhls. »Aber das Haus ist noch nicht fertig. Wie soll ich da Gäste einladen?«

»Ich habe mich klar ausgedrückt«, antwortete er. »Damit ist dieses Gespräch beendet.«

Doch Mama ließ nicht locker. »Was werden die Leute sagen?«, fragte sie. »Ich bin nicht nur die Frau eines Offiziers, sondern adeliger Abstammung.«

Mein Vater ballte zuerst die eine, dann die andere Hand zur Faust. Er sprach abgehackt und eisig. »In diesem Fall«, meinte er, »schlage ich vor, dass du auf deine eigenen Mittel zurückgreifst.«

Mama war den Tränen nahe. »Aber du willst doch gewiss wie ein Gentleman leben.«

Papa sprang vom Stuhl auf und stellte sich an den Kamin. »Ich bin ein Gentleman«, sagte er schließlich. »Daran besteht kein Zweifel.«

»Nun, dann«, meinte Mama.

»Mein Gott, Weib. Verstehst du denn nicht?« Er holte mit der Hand aus und fegte eine Porzellanfigur zu Boden. »Ich bin ein Gentleman, aber ohne Vermögen«, flüsterte er. »Mein Gehalt ist alles, was ich habe.«

Mann und Frau starrten einander an; die Worte hingen zwischen ihnen in der Luft. Porzellanscherben lagen auf dem Boden verstreut.

Nachdem mein Vater das Zimmer verlassen hatte, sank meine Mutter auf ihrem Sessel zurück und drehte unablässig den Rubinring um ihren Finger. Ohne Vermögen? Wie konnte das sein? Sie schluchzte, bis ihr ganzer Körper bebte, und drückte mit ihrem Ehering zornige rote Furchen in ihren Handrücken.

Mein Vater blieb fest. Wenn Händler mit neuen Stoffen kamen, schickte er sie weg. Mama musste um Geld für Bänder und Knöpfe bitten. Bridie begann Kerzen und Seife selbst zu machen.

Meine Eltern waren beide so erpicht darauf gewesen, ihre Zukunftsaussichten zu verbessern, dass keiner die finanzielle Situation des anderen genau nachgeprüft hatte. Als mein Vater ein paar Monate später vorschlug, dass sie eine neue Kutsche aus Mamas Mitteln bezahlen sollten, kamen weitere harte Tatsachen ans Licht. Meine Mutter hatte eine Erbschaft gemacht – das stimmte –, aber sie war bescheiden, und sie würde erst mit einundzwanzig Zugriff darauf haben.

Sie rückte stückweise damit heraus. Dass sie Hüte gemacht hatte, war mehr als ein angenehmer Zeitvertreib gewesen. Sie hatte damit ihren Lebensunterhalt verdient. Sie war das Kind von Sir Charles, aber von seiner Mätresse, nicht von seiner Frau. Seine ehelichen Erben würden eher die Straßenseite wechseln, als sie grüßen. Wenn eines der Oliver-Mädchen ins Hutgeschäft gekommen war, hatte sie sich in einem Hinterzimmer versteckt. Über die anderen unehelichen Kinder ihres Vaters wollte sie nicht sprechen. Den Gerüchten zufolge hatte der ehrenwerte Sir Charles genug Kinder in die Welt gesetzt, um einen großen Landsitz mit Dienstboten auszustatten; er hatte mit einer Bäckersfrau, mit zwei Dienstmädchen und den Töchtern eines Hufschmieds Kinder gezeugt.

Mein Vater war ein mittelloser Gentleman, mehr erfuhr meine Mutter nicht. Er weigerte sich, darüber zu sprechen, woher und aus welcher Familie er stammte. Meine Mutter drängte ihn nicht, da sie Angst hatte, das Schlimmste zu hören zu bekommen. Sie stellte sich lieber vor, er käme aus einer vornehmen, alten britischen Familie, die aus irgendeinem edlen Grund verarmt war.

So war es also. Beide waren aus den berauschenden Höhen ihrer jungen Liebe zurück auf den Boden gefallen. Sie würden keinen kultivierten Lebensstil führen. Mein Vater hatte ein uneheliches Kind und Ladenmädchen geheiratet, daran bestand jetzt kein Zweifel mehr. Meine Mutter hatte den dienstjüngsten Offizier geheiratet, einen Mann ohne Vermögen. Plötzlich wussten sie zu viel voneinander. Die Zukunft lag nur allzu klar vor ihnen. Als sich eine Stelle in Indien bot, hatte Edward nichts zu verlieren. Was wussten sie beide schon von Indien, außer, dass es das Land des Tees, der Gewürze und feiner Stoffe war? Und was wusste Indien von ihnen? Es war ideal. Ein leeres Blatt. Das war die Gelegenheit, ganz von vorne zu beginnen.

KAPITEL 2

Als wir Irland verließen, war ich drei Jahre alt: ein Dreikäsehoch, der sich an den Rockschößen seiner Eltern festhielt, wenn sie vorbeihuschten. »Lauf mir doch nicht immer vor die Füße«, schalt meine Mutter, und Bridie schnappte mich und eilte mit mir aus dem Haus. Auf halbem Weg den Berg hinauf schöpften wir aus einer Quelle Wasser und banden rote Fetzen an einen Weißdornbusch. »Gott steh uns bei«, flüsterte Bridie, spritzte mir Wasser in die Augen und zeichnete mir dann ein kaltes, nasses Kreuz auf die Stirn. Als ich protestierte, legte sie einen Finger auf meine Lippen. »Schsch«, sagte sie. Sie fädelte ein silbernes Medaillon auf ein blaues Band, hängte es mir um den Hals und stopfte es unter meine Kleider. Mit festgeschlossenen Augen flüsterte sie: »Mögen alle Heiligen im Himmel uns beide behüten.«

Ich dachte an die Hüte, die meine Mutter immer trug, und runzelte die Stirn.

»Mit den Hüten von Mama?«, fragte ich.

Sie zwickte mich in die Wange. »Mit den wunderschönen Hüten deiner Mama«, antwortete sie mit einem schiefen Lächeln.

Als wir zum Haus zurückkamen, wartete vor der Tür eine Kutsche.

Im Laufe eines einzigen Tages wurde mein »Zuhause« ein

sich ständig ändernder und bewegender Ort mit Kabinen, Koffern und auf den Kopf gestellten Schrankkoffern, und »die Welt« bekam einen Rahmen. In dem Moment, in dem mich Bridie in die Kutsche hob, veränderte sich meine Wahrnehmung. Von jenem Augenblick an erinnere ich mich an endlose Bewegung: Wind, Dampf, Eisenbahnen, Schiffe, Kutschen. Während andere Orte vorbeiflogen, stand Irland in meinen Gedanken still, blieb unverändert und zeitlos. Die restliche Welt entschwand in verschwommenen Bildern hinter gerahmtem Glas, tropfte und schwankte und zerfloss mit Regentropfen und schmelzendem Schnee. Sie raste an Kutschenfenstern vorbei und entfernte sich vom Schiffsdeck.

Wir segelten nach England und fuhren dann über Land weiter. Mein Vater leitete die ganze Aktion, als wäre es ein Manöver. Wenn er mit den Fingern schnipste, sprangen meine Mutter und Bridie. Die arme Bridie war noch nie in ihrem Leben über einen See gefahren, geschweige denn über ein Meer, und in dem Augenblick, in dem sie von Land ging, bereute sie es.

»Es ist unnatürlich«, sagte sie. »Wenn Gott gewollt hätte, dass wir Wasser überqueren, hätte er uns dann nicht Kiemen gegeben?«

In Gravesend ragte das Schiff, das uns nach Indien bringen sollte, wie eine große graue Gans aus dem Wasser. Das Holz knirschte und knarrte unter unseren Füßen, als wir im Gänsemarsch an Bord gingen und jeder sich an der Person vor sich festhielt. Meine Mutter hatte die Hand meines Vaters gepackt, Bridie hielt die ihre umklammert, und ich hing an Bridies Hals. An Deck quetschten wir uns durch ein blökendes Gewirr von Kühen,

Schafen und Menschen mit großen, besorgten Augen. Das Medaillon unter meinem Hemd lag warm auf meiner Haut.

Vier Monate lang wankte, schaukelte und schlingerte unsere Welt. Ein- oder zweimal zerbrach das Geschirr. Meiner Mutter war schlecht, und wir alle wurden hin und her geworfen. Unsere winzige Kabine mit dem verschmierten Fenster und dem unebenen Fußboden wurde unser neues Zuhause. Der hellblaue Vorhang aus dem Kinderzimmer hing als Abtrennung für den Schmutzwasserkübel darinnen. Mein Kinderbettchen, das frisch mit Resten von geprägter Tapete ausgekleidet war, hing an Seilen von den Sparren. Tagsüber las mein Vater *Notes on Physiognomy* von Pope, und meine Mutter nähte Baumwollspitze an ihre Unterröcke. Nachts schliefen sie hinter Vorhängen. Sie entwickelten ein übertrieben vornehmes Auftreten einander gegenüber; manchmal stritten sie sich durch zusammengebissene Zähne. Freundliches Geplänkel konnte binnen Sekunden umschlagen. Ich spürte die Spannung zwischen ihnen wie eine eiskalte Brise.

»Könntest du mir vielleicht etwas zum Trinken einschenken?«, fragte meine Mutter zum Beispiel.

Worauf mein Vater mit kaum unterdrücktem Sarkasmus antwortete: »Ich würde dir mein letztes Paar Schuhe geben.«

»Ach, wirklich, das könnte ich aber nicht annehmen, da du doch sonst kaum etwas hast.«

»In dieser Hinsicht passen wir ja perfekt zusammen.«

Meine Mutter biss sich auf die Lippen. »Ich habe Beziehungen«, sagte sie, »und das ist mehr, als du von dir behaupten kannst.«

»Ich bin ein Gentleman. Du bist eine Dame. Belassen wir es dabei.«

Mein Vater schenkte zwei Gläser Madeira ein, und sie tranken schweigend. Oder er hob mich hoch und trug mich an Deck.

In der frischen Luft wurde er wieder fröhlich. Er nannte mich seine kleine Prinzessin; manchmal gab er mir die Namen von Gemüse – sein kleines Gürkchen, Radieschen, Rübchen, Kartoffelchen. Wenn es nicht zu stürmisch war, schwenkte er mich durch die Luft, während ich mich an seinen Backenbart oder seine Haare klammerte. An Deck des Schiffs nannte er mir die Namen von Möwen oder Fischen. Näher am Land umkreisten exotische Vögel das Schiff. Es gab Wochen, da war es extrem heiß, und Wochen, in denen wir Eis und Schnee hatten. Ich erinnere mich, dass ich bei jeder Art von Wetter Hand in Hand mit meinem Vater über das Deck tappelte, wobei er ernst und aufrecht ging, als begleite er ein erwachsenes Mädchen.

Nach einem Monat an Bord kannte Bridie jeden auf dem Schiff. In der Früh holte sie mich ab und brachte mich abends in unsere Kabine zurück. Ihr Schlafsaal war vollgepackt mit Frauen, die sangen, weinten oder sich die Haare wuschen. Einige lagen in Hängematten und rührten sich nicht vom Fleck; andere – wie Bridie – mussten immer etwas tun. Wenn Bridie nicht gerade betete, erzählte sie mir Geschichten. Hatte Moses nicht das Rote Meer geteilt, als es die Israeliten durchqueren mussten, und war es nicht ein Jammer, dass unser Kapitän das nicht auch tun konnte? Und war Jesus nicht über das Wasser gegangen, aber das war natürlich nur ein kleiner See gewesen.

Mir fallen noch weitere Geschichten ein, die sie mir erzählte, während wir auf ihrem Bett saßen und das Bilgenwasser über die Holzbretter unter uns lief. Der arme Jonas wurde über Bord geworfen und ertrank beinahe. Und als wäre das nicht schlimm genug, wurde er auch noch von einem Wal verschluckt! Und dann Noah. Nachdem die ganze Welt überschwemmt war und er alle Tiere gerettet hatte, verbrachte er den Rest seines Lebens in der Angst, dass die Arche sinken würde, und trank sich dabei selbst fast zu Tode.

Bridie sprang auf, und wir spazierten durch die verschiedenen Teile des Schiffs. Ich bewegte mich zwischen den Beinen der Erwachsenen. Zwar konnte ich schon laufen, war aber nicht sehr standfest und baute das Schlingern des Schiffes in meinen Gang ein. Nach vier Monaten auf See schwankte ich beim Gehen.

Das Innere des Schiffes war gemütlich und dunkel wie der Wal, der Jonas verschlungen hatte. Je tiefer wir vordrangen, desto lauter wurde es. In dunklen Korridoren und versteckten Winkeln trafen wir auf Gruppen von Menschen, die Glücksspiele oder Karten spielten. Hinter flatternden Segeltuchwänden erhaschte ich Blicke auf ineinander verschlungene Glieder, auf die blasse Haut zwischen einem Hemd und einem Gürtel oder üppige weiße Schenkel unter dunklen Röcken. Es gab eine fröhliche Frau, die bei den Pferden in den Stallecken wohnte, und ein bleiches, unglückliches Mädchen, das die Reste vom Tisch der Offiziere stahl, weil es sonst nichts hatte.

Bridie besuchte regelmäßig einen Mann in den Tiefen des Schiffes. Mit vom Kohlenstaub schwarzem Gesicht und schweißglänzenden Armen kam er aus dem dampferfüllten Maschinenraum und schloss sie in seine Arme. Bridie ließ mich in einer Ecke zurück, während sie sich umarmten; er beschmierte sie mit dem

Kohlenstaub auf seinen Armen, sein Körper drückte sie gegen die Wand. Während hinter ihnen dunkle Flammen aufflackerten, übertönte ihr Lachen das Tosen des Ofens und ihre Silhouetten verschmolzen.

Die Erinnerungen an jene vier Monate sind Bruchstücke von Berührungen, Bildern und Gerüchen: das stete Schaukeln des Schiffes, das Gefühl, das Wasser zu durchpflügen, die Nähe von Menschenleibern, die heiße Luft. Ich erinnere mich auch an meine Mutter, kühl und vollkommen in ihren hellen Kleidern. Sie gab mir am Morgen einen Kuss und sie gab mir am Abend einen Kuss. Wenn sie sich langweilte, band sie mir Schleifen ins Haar und versuchte mir die Namen von Stoffen beizubringen: Taft, Chiffon, Baumwolle, Seide, Spitze. Sie schenkte mir selten ein Lächeln, doch wenn, dann wärmte ich mich daran.

Der Geruch Indiens traf uns, bevor wir die Küste erreichten. Als wir im Hafen von Kalkutta anlegten, wehte er herüber zum Schiff. Er kitzelte mich in der Nase, und ich schnupperte die Luft – zerdrückte Blütenblätter vermischten sich mit verbranntem Fleisch. Die warme Ausdünstung der Körper von vielen zusammengepferchten Menschen. Ich roch Betriebsamkeit und Lärm. Das alles erinnerte mich an den intensiven Geruch einer heißen, geschäftigen Küche, nur dass wir hier im Freien waren.

In Küstennähe kamen braune Männer und trugen uns auf ihren Schultern, als wären wir Könige und Königinnen. Zwei braune Hände warfen mich in Richtung Himmel und packten mich dann fest an den Handgelenken. Die braunen Männer wateten durch das kühle Wasser, während wir in der Luft schwankten und die Sonne auf unsere Köpfe brannte.

Als wir den Ganges hinauffuhren, machte sich auf dem großen, flachen Flussschiff eine ansteckende Krankheit breit. Obwohl niemand darüber sprach, hing etwas extrem Säuerliches über dem Schiff, das immer intensiver wurde. »Cholera, Cholera«, hörte ich die Dienstboten flüstern. Es klang wie etwas ganz Besonderes, wie eine essbare Pflanze vielleicht oder ein schöner, zarter Stoff für Hüte. Zwei der Eingeborenen wurden blass und klamm und verschwanden dann. Bald stieg der Geruch nach Fäule und Verwesung von den Bilgen auf. An dem Tag, an dem der Gestank verschwand, tauchte ein Schwarm Alligatoren auf, die das Schiff umkreisten, aus dem Wasser sprangen und schnappten. Die Erwachsenen verstummten. Bridie wich nicht von unserer Seite. Mama weigerte sich, die Kabine zu verlassen.

Mein Vater spottete über ihre Ängste.

»Frische Luft kann dich nicht umbringen«, sagte er, während wir unseren täglichen Spaziergang an Deck unternahmen. Er trank wie üblich Wasser, während sich meine Mutter auf Madeira und Bier beschränkte. Nach wenigen Tagen wurde er grüblerisch und still. Ein- oder zweimal hielt er sich an der Reling fest, obwohl der Fluss ruhig und glatt wie Glas war.

Binnen einer Woche konnte er das Bett nicht mehr verlassen, und ich durfte nicht in seine Nähe. Die paar Mal, die ich einen Blick auf ihn werfen konnte, sah er aus, als sei er mit Papier und Kleister überzogen.

»Hallo, meine Kleine, bist du gekommen, um mich aufzuheitern?«, rief er durch die Tür, doch meine Mutter oder Bridie schoben mich hastig weg.

Aus der Kabine drang der üble Geruch von Schweiß, Erbrochenem und Durchfall in meine Nase und meinen Rachen. In weniger als zwei Wochen begann er dahinzusiechen. Als ich ihn das nächste Mal erblickte, wurde er so von Schmerzen geplagt, dass er mich nicht einmal wahrnehmen konnte. Bridie schleppte ständig Krüge mit Wasser hinein, und ich dachte, er versuche, sich selbst wegzuschwemmen. Er war so dünn geworden, dass ich ihn kaum wiedererkannte. Ich sah, wie meine Mutter sein Handgelenk hielt und den Kopf schüttelte, als suche sie etwas, das sie nicht finden konnte. Einmal lief ich hinein und gab ihm einen Kuss: seine Haut unter meinen Lippen war kalt.

Draußen floss der Fluss immer weiter. Er war so breit, dass man kaum das Land zu beiden Seiten sah. Der Punkt vor uns, wo die beiden Ufer zusammenstießen, kam niemals näher. Es schien, als wäre das ein Fluss ohne Ende.

Mein Vater war nur noch ein Knochengerüst, und dann wurde seine weiße Haut blau. Das Blau wurde dunkler und dann violett wie alte blaue Flecken, zuerst die Lippen, dann die Haut um seine Augen. Selbst seine Fingernägel wurden blau.

Ein Offizier sagte zu meiner Mutter, dass ein Krankheitsstoff in der Luft die Leute umbrächte. Ein anderer sagte nur: »Es ist Indien.« Doch ich glaube, es war das Wasser, dass er eins wurde mit dem Wasser, wie Noah, der so viel trank, dass er und das Wasser miteinander verschmolzen.

Als ich meinen Vater zum letzten Mal sah, waren seine Augen umwölkt. Ich zupfte an seinem Mund, damit er mit mir sprechen möge, doch Bridie zerrte mich weg. Als ich zu schreien und zu weinen anfing, ohrfeigte mich meine Mutter, bis ich still war. Sie schlossen die Kabinentür hinter mir, und ich sah ihn nie wieder.

Ich versuchte ihn mir in den duftenden Rauchfahnen vorzustellen, die in die Luft aufstiegen, aber unter der Oberfläche war etwas Fauliges, das von Tag zu Tag stärker wurde.

Rundum schoben die Inder ihre Toten auf Flößen auf den heiligen Fluss. Wir sahen, wie entlang den Ufern Leichen in weißen Kleidern auf Strohlagern aufgebahrt wurden; ihre Arme waren über der Brust verschränkt, um den Hals trugen sie Girlanden aus orangefarbenen und gelben Blumen. Als ich zurückblickte, waren die brennenden Scheiterhaufen das Flussufer hinunter und ins Wasser geschoben worden, bis die Strömung ihre Last mitriss und davontrug. Armer Vater, ich hätte gerne gesehen, wie er davontrieb.

Er wurde in Dinapur in Anwesenheit des ganzen Regiments begraben. Zwei Trompeten klangen verloren und trotzig unter dem brütend heißen indischen Himmel. Die marschierenden Soldaten und der brüllende Sergeant wirkten wie ein vergeblicher Versuch, sich Indien vom Leibe zu halten. Indien überwältigte uns; Indien kroch durch alle Ritzen. An beiden Seiten des Sarges brannten große Weihrauchkegel, und die Luft war erfüllt von Staub und Fliegen. Ich hatte das Gefühl, mein Vater hülle mich ein wie eine zweite Haut. Vor den Toren lagen Bettler ohne Beine. Der Gestank haftete an uns wie ein Leichentuch.

Ich stand neben meiner Mutter am Rand des Grabes, von Kopf bis Fuß in schwarze Trauerkleidung gehüllt, die eine exakte Kopie ihres Kleides war. Während ich in das Loch in der Erde starrte, glitt eine winzige, glitzernde Schlange über den Boden. Ich warf Bridie, die bei den Dienstboten stand, einen Blick zu; sie sah ihn und zwinkerte mir zu. Meine Mutter hielt mich fest am Handgelenk gepackt. Als ich zu ihr aufblickte, bemerkte ich, dass sie die Reihe der Offiziere, die auf der anderen Seite standen, musterte.

Hinter uns murmelten die Frauen der Offiziere einander zu: »Es ist die indische Krankheit. Indien hat ihn getötet. Seine arme Witwe, sie ist ja kaum mehr als ein Kind.«

Bridie verließ uns bald nach dem Begräbnis. In Indien gab es dreimal mehr weiße Männer als Frauen, und bei so viel Aufmerksamkeit blühte Bridie auf. Sie heiratete einen englischen Sergeanten aus dem Regiment meines Vaters, der überglücklich war, sie zu erobern. Beim Abschied musste sie meine Finger einzeln von ihrem Rock lösen. Ich nahm ihr das Versprechen ab, dem Fluss fernzubleiben. Auf ihren Wangen glitzerten dicke Tränen. Nach dem Tod meines Vaters war das mein zweiter großer Verlust. Ich sah ihr nach, wie sie ging, und dachte: Es ist am besten, niemanden zu lieben; sie verlassen einen nur.

KAPITEL 3

Meine Mutter wurde zu einem flackernden Trugbild, das in der Hitze dahintrieb, zu einer forschen und geschäftigen Gestalt in der Ferne, die mit den Armen herumfuchtelte und Anweisungen erteilte. Auf unserer Überlandreise auf Elefanten, dann in Sänften und schließlich auf Karren schien sie irgendwie immer gerade außer Reichweite zu sein. Ich winkte ihr zu, aber sie sah mich nicht. Ich rief sie, aber sie hörte mich nicht. Ich war bei den Kitteln, Hutschachteln, Pfannen und einem Jahresvorrat an Kerzenwachs und Seife verstaut. Ich wurde von Offizieren, Bootsleuten, kleinen, zerlumpten Männern, die kaum Kleider am Leib trugen, hochgehoben. Ich schnappte immer wiederkehrende Wörter auf. Kalkutta, Dakka, leierte ich vor mich hin; die Laute machten klickende Geräusche auf meiner Zunge. Ich wurde in Schachteln gepackt, in Musselin gewickelt, mit Galmeitinktur bestrichen. Wohin wir auch gingen, meine Blicke waren stets auf Mama gerichtet. Ich betrachtete ihren Nacken, ihre Hände, die Muster in die Luft zeichneten, einen Schweißtropfen, der von ihrem Haaransatz zum Kinn lief. Wenn sie auch nur eine Sekunde verschwand, folgte ich ihr. In meinen kläglichen kleinen Versuchen, ihr zu gefallen, hörte ich auf, Fragen zu stellen, und bemühte mich sehr, still zu sein. Was immer auch geschah, ich war fest entschlossen, sie nicht aus den Augen zu verlieren. Die Sänftenträger erfanden bei ihrer Arbeit kleine Lieder.

»Sie ist nicht schwer, *cabbada*, kleines Baby.

Trag sie flink, *cabbada*, hübsches Baby«, sangen sie.

Aus meiner luftigen Höhe zog ein wirbelndes Kaleidoskop von seltsamen und schillernden Bildern an mir vorbei: winzige Affen, Blumen, so groß wie Speiseteller, nackte heilige Männer, Händler mit glänzenden Stoffballen, Tänzerinnen mit rot gefärbten Händen und Füßen.

Wenn Bridie in Indien zu einer prächtigen Blume erblühte, wurde meine Mutter ein seltenes, kostbares Juwel – schön, mit scharfen Kanten und vielen Facetten. Sie fühlte sich wohl als achtzehnjährige Witwe, und ich als dreieinhalbjährige Waise war das ideale Requisit. Jeden Nachmittag kamen zwei oder drei Gentlemen zu Besuch und wetteiferten um ihre Aufmerksamkeit, während sie sittsam auf dem Sofa saß und sie gegeneinander ausspielte, nicht ohne ganz genau auf ihren Dienstgrad und ihre gesellschaftliche Stellung zu achten. Unteroffiziere wurden rasch abgefertigt; Männer mit guten Zukunftsaussichten erhielten zu ihrem Nachmittagstee Marmorkuchen. Obwohl es viel zu heiß war, trug meine Mutter weiterhin schwarz, weil es sie so durchscheinend und blass aussehen ließ. Sie hatte mir beigebracht, wie man einen Knicks macht und Tee einschenkt, und zu einem bestimmten Zeitpunkt wurde ich kurz hineingeholt und vorgezeigt. Meine Kleider waren winzige Kopien von Mamas und zusätzlich mit Bändern und Glasperlen verziert.

»Bring dem Gentleman seinen Tee«, sagte meine Mutter.

In meinen zwei kleinen Händen wurde eine Porzellantasse samt Untertasse so schwer wie ein Serviertablett mit einer Schüssel, und das Zimmer wurde mit jedem Schritt größer. Ich starrte auf die dampfende Flüssigkeit, die in der Tasse herumwirbelte, und hatte schreckliche Angst, sie würde über den Rand schwappen. Wenn ich schließlich zu dem Offizier kam, sagte er stets »armes kleines Ding« und redete danach über meinen Kopf hinweg weiter, als wäre ich nicht da.

»Das ist alles, Liebling«, sagte meine Mutter dann. Sie läutete, und ich wurde hinausgebracht.

Schon wenige Monate nach dem Tod meines Vaters hielt sie wieder nach einem Ehemann Ausschau. Die britischen Offiziere wichen allmählich einem schottischen Leutnant mit braunem Backenbart und rundem Gesicht. Mr. Craigie sah mich direkt an, wenn er mit mir sprach, und er vergaß niemals meinen Namen. Er konnte mit seinen Händen die Schatten von Füchsen oder Eseln an die Wand werfen; er konnte sie sogar zum Reden bringen. Wenn er mir jedoch zu viel Aufmerksamkeit schenkte, lenkte ihn meine Mutter ab und schickte mich weg.

Eines Abends kam Mama mit Leutnant Craigie und einem kleinen Strauß rosa Teerosen zurück. Der Leutnant erklärte mir, dass sie jetzt Mann und Frau seien.

»Jetzt, wo wir verheiratet sind«, sagte er, »werden wir alle zusammen in einem großen neuen Haus wohnen.«

»Ich auch?«, fragte ich.

»Natürlich«, antwortete er.

Im Kinderzimmer kniete er sich neben mir nieder und hielt mir seine geschlossenen, nach oben gedrehten Fäuste hin.

»Heißt das, dass du jetzt mein Papa bist?«, fragte ich.

»Möchtest du das denn?«

Als ich eine seiner Fäuste berührte, öffnete er die Finger, und in seiner Hand lag eine rosa Zuckermandel.

»Ja«, antwortete ich ernst.

Er öffnete die andere Faust, und darin lag noch eine Zuckermandel, diesmal mit blauem Zucker.

Er zwinkerte. »Sag deiner Mutter nichts davon«, flüsterte er.

Aus dem Wohnzimmer ertönte Mamas Stimme: »Verhätschele das Kind nicht«, rief sie.

In Sylhet wohnten wir in einem großen weißen Haus mit vielen Zimmern. Außen verliefen rund um das Haus Veranden wie die Decks eines Schiffes, und ich lief mit ausgestreckten Armen darauf herum wie ein großer Vogel. In der Früh ließen die Dienstboten die Grasrollos herunter, und wir hielten uns in den kühlen, schattigen Innenräumen auf. Die Rollos wurden mit Wasser besprüht, und der Geruch von Kuskusgras zog durch das Haus. Wenn das Wasser auf die Verandabretter tropfte, knisterte und zischte es und verflüchtigte sich schließlich in einer winzigen Dunstwolke.

An Stelle von Bridie hatten wir jetzt eine *Aya* namens Sita. Sie hatte braune Augen wie Bridie, doch während Bridies Augen goldgesprenkelt waren, hatten Sitas Augen die Farbe von dunklen, schwelenden Kohlen. Wie Bridie war auch Sita nur ungern von den Bergen heruntergekommen. Ihr weißer Sari hatte einen lila Rand, und ihr Haar war ölig und schwarz. Sie besaß mehr Goldschmuck als meine Mutter, und sie trug allen auf einmal. Selbst einer ihrer Zähne war aus Gold. Wie Bridie erzählte sie mir viele Geschichten, doch in ihren Erzählungen waren der Fluss und das Meer nicht gefährlich, sondern gesegnet.

In unserem Haus in Sylhet hatte ich ein großes weißes Zimmer ganz für mich allein. Mein Bett befand sich in der Mitte, wie ein Floß, das aufs Meer hinaustreibt. An den Seiten waren Gitterstäbe und oben Stofftücher wie Segel. Jedes Bein des Bettes stand in einer eigenen Schale mit Wasser. Am Kopf- und am Fußende waren in das gekalkte weiße Holz Rosen, Schnörkel und Vögel geschnitzt.

»Dieses Bett ist einer Prinzessin würdig«, sagte meine Mutter.

Abends, wenn ich zu Bett ging, füllte Sita jede der Schalen mit Wasser, damit keine Insekten über die Bettbeine hinaufklettern konnten. Wenn sie die Gitter hochzog und die Stofftücher darüberlegte, fühlte ich mich wie eine Seidenraupe in einem Kokon. Wenn sie ging, nahm sie die Lampe mit. In der Dunkelheit konnte ich winzige Füße über den Fußboden huschen hören. Ich rüttelte an den Gittern, doch ich kam nicht hinaus. Eine Eidechse kletterte die Wand hinauf. Ich rief, doch niemand hörte mich.

Die Dienstboten schliefen alle zusammen in einem niedrigen Zimmer im hinteren Teil des Hauses. Sita duftete nach Orangenblüten, Kokosnuss und Gewürzen; ihre braune Haut verströmte Wärme und Hitze. Wenn ich Glück hatte, durfte ich mich mit ihr zusammen hinlegen und einschlafen. Meine Mutter wohnte in kühlen weißen Räumen, und ich sah sie nur selten. Abends wurde ich zu ihr gebracht, um gute Nacht zu sagen, und sie schenkte mir ein schwaches Lächeln. Selbst mein Anblick erschöpfte sie. Sita balancierte mich auf ihren Hüften, während sie Currys oder den Tee für meine Mutter zubereitete. Sie kämmte mir das Haar; sie schnitt Mangos für mich in kleine Stückchen.

Papa Craigie war häufig weg. Wenn er wiederkam, brachte er für Mama und mich Geschenke mit. Sie hatte bereits Gründe gefunden, sich für mich zu schämen. Ich war zu braungebrannt. Ich sprach zu schnell. Ich konnte nicht stillsitzen.

»Sieh sie dir an«, sagte sie. »Sie sieht aus wie eine kleine Inderin. Ich weiß nicht, woher sie das hat. Ihr Vater war blond und hatte einen feinen Knochenbau. Sie ist so dunkel, sie sieht aus wie ein einheimisches Kind.«

Mein Stiefvater beobachtete sie wortlos. Von seiner nächsten Reise brachte er mir einen grünen Papagei mit, und wir lehrten ihn das Sprechen. Wenn mich meine Mutter kritisierte, sagte er: »Ich liebe Liza, ich liebe Liza«, und ich gab ihm mehr Körner.

Nachmittags, wenn alle schliefen, gehörte die ganze Welt mir. Mama hatte Anweisung gegeben, dass ich im Haus bleiben müsse, damit meine Haut nicht noch dunkler wurde, doch selbst Sita schlief am Nachmittag, und ich konnte tun, was ich wollte. Ich spähte in alle Zimmer. In einem davon lag eine Dame auf einem Bett, und der Diener, der ihr Luft zufächeln sollte, der *Punkahwallah*, kniete schläfrig in einer Ecke. Wenn der indische Junge die *Punkahs* betätigte, bewegten die weißen Tücher auf den Fächern die Luft hin und her. Ich sah, dass der *Wallah* eifersüchtig auf mich war; ich streckte die Zunge heraus und lief weg. Doch ich wusste eigentlich gar nicht, wohin ich gehen sollte, und fühlte mich einsam so ganz allein.

Am Ende des Grundstücks befanden sich die Kasernen, in denen die Soldaten wohnten; dahinter waren die Unterkünfte für die Inder. Dort unten wurde die Straße enger, und einige der Häuser waren aus getrocknetem Lehm gebaut. Ich blickte um jede Ecke, bevor ich mich weiterschlich. In einer Tür sah ich eine indische Frau lehnen. Zwei andere vertrieben sich die Zeit, indem sie träge tanzten und dabei Hände und Füße in seltsamen Winkeln von ihren Körpern bewegten. Als ein Soldat näher kam, versteiften sie den Rücken und schwangen die Hüften. Ich hatte noch nie gesehen, dass eine Eingeborene einen Weißen direkt ansah, noch, dass ein weißer Mann unter dem Blick einer Inderin zusammenzuckte.

Neben dem nächsten Soldaten, der vorbeikam, lief ein kleiner Junge und zupfte ihn an der Jacke.

»Soldat will *jig-jig*, Soldat will *jig-jig*?«

Der Soldat schob den Jungen weg und schaute sich verstohlen um. Das eine Auge, mit dem ich ihn beobachtete, sah er nicht. Er dachte, er sei der einzige Weiße in dieser staubigen Straße. Der Soldat huschte durch die Tür, und eine Frau in einem rot-goldenen Sari folgte ihm hinein.

Der kleine Junge deutete mir, ich solle mit ihm gehen, doch ich schüttelte den Kopf. Ich durfte nicht mit indischen Kindern verkehren. Bis dahin hatte ich gedacht, dass Weiße niemals das Haus von Eingeborenen betraten.

Der Junge nahm mich an der Hand, und ich ließ mich ins Haus ziehen. Wir schlichen durch einen düsteren Gang und spähten dann in ein mit Fensterläden verdunkeltes Zimmer.

Der Soldat lag nackt auf dem Bett, und die Frau kniete zwischen seinen Beinen. Sie zog an ihm, als würde sie eine Kuh melken oder Unkraut jäten. Ihr Sari lag wie eine rot-goldene Pfütze unter ihnen. Die Frau setzte sich mit gespreizten Beinen auf den Soldaten, doch statt »Hoppe, hoppe Reiter« zu spielen, ließ sie in einem seltsamen Tanz ihre Hüften kreisen. Der Soldat warf sie nicht ab; er seufzte nur. Seine weiße Haut glitzerte; ihre dunkle Haut glühte. Die Frau beobachtete den Soldaten aufmerksam, als wolle sie seine Gedanken lesen. Der Soldat erschauderte und schlug dann die Hände vors Gesicht.

Der kleine Junge flüsterte aufgeregt, und ich rannte davon.

»Du siehst *jig-jig*. Du siehst *jig-jig*.«

Als er mir folgen wollte, stieß ich ihn weg und lief, bis ich außer Atem war. Im Dschungel sah ich Blumen mit feuchten roten Zungen, und in den Astgabeln von Bäumen wuchsen üppige, leuchtende Orchideen. Affen kreischten und lachten mich aus.

Meist war ich den Tag über bei Sita. Ich ging, wohin sie ging, in Schränke hinein und wieder heraus, Stiegen hinauf und hinunter. In der Küche unseres Hauses brachte sie mir das Tanzen bei. Sie bewegte ihre Hände wie Vögel, und ich versuchte es ihr nachzumachen. Bei Neumond malte sie ein rotes *Tika* auf ihre Stirn, und ich wollte auch eines. Sita sagte, das sei mein drittes Auge, und ich würde weise werden. Sie strich mir Zinnoberrot auf die Stirn und auf den Scheitel. Als meine Mutter das sah, gab sie mir eine Ohrfeige.

»Du widerliches Kind«, sagte sie. »Geh auf dein Zimmer.«

Allein in meinem Schlafzimmer schloss ich die Augen und berührte meine Stirn; ich stellte mir vor, wie meine Weisheit von den Fingerspitzen in jede meiner Zehen floss.

Sita lachte, wenn ich mit ihr tanzte, weil ich mich nicht bewegen konnte wie sie. Manchmal waren wir Vögel, manchmal ein sich wiegender Baum. Sie trug Reifen mit winzigen Glöckchen an den Hand- und Fußgelenken. Wenn sie sich bewegte, folgte ihr das Klingeln wie das Plätschern von kühlem, süßem Wasser, das über Steine rieselt. Sitas Hände konnten zu einem Pfau werden, der ein Rad schlägt, zu einer Schneckenmuschel, einem fliegenden Adler, zu einer Lotusblüte, die sich zur vollen Blüte öffnet.

Ich bemühte mich sehr, es ihr nachzumachen, doch mein Hirsch stolperte, und mein kleiner Fisch ging unter.

Sita sagte, einige der Tänze seien der Liebe gewidmet, aber ich verstand nicht wirklich, was sie meinte. »Wie das«, sagte sie und zeigte mir, wie man Gewürze mahlt. »Liebe ist, wenn etwas in etwas anderes verwandelt wird.« Der Mörser und der Stößel, die sie verwendete, waren aus glattem, abgenutztem Stein. Die Liebe, sagte sie, verbindet zwei verschiedene Dinge miteinander.

Wenn Sita wollte, dass ich mich still verhielt, schob sie mir eine Betelnuss in den Mund, und ich lehnte mich zurück und träumte. Wenn ich in den Spiegel sah, waren meine Lippen und mein Mund leuchtend rot. Ich zeigte Sita meine Zunge, und sie lächelte. »Du siehst aus wie Kali«, sagte sie.

Meine Mutter war eine ferne Königin für mich. Der Garten war ihr ungezähmtes Königreich, und ich suchte sie zwischen üppig wachsenden Kriechpflanzen und voll erblühten Rosen. Früh am Morgen war sie endlos mit Stutzen und Trimmen beschäftigt. »Schneide sie zurück, schneide sie zurück«, befahl sie dem Gärtner, doch so viel sie auch abschnitten, alle Pflanzen blühten und breiteten sich aus. Die Bougainvillea fiel in leuchtenden, papierenen Wasserfällen herab; dicke Kletterpflanzen wanden sich über den Boden und erstickten die Rosen. Die gelben Lilien waren so groß wie Trompeten, die scharlachroten Hibiskusblüten so groß wie mein Gesicht. Wenn ich meine Nase hineindrückte, waren meine Wangen mit Blütenstaub bedeckt.

Ich erspähte meine Mutter in der Ferne, lief zu ihr und schlang meine Arme um ihre Röcke. Doch sie wischte mich weg wie eine Spinnwebe oder eine Spinne.

»Kind, Kind«, sagte sie; ihr Mund war zu einem dünnen Lächeln gefroren.

Sie hielt mich auf Armeslänge von sich und inspizierte ihr Kleid. Auf dem Rock aus genoppter blasser pfefferminzfarbener Seide waren Spuren von orangefarbenem Staub.

»Sie ist schmutzig, *Aya*«, sagte sie. »Bring sie weg.«

Doch ich wollte sie nicht loslassen. Mama löste meine Finger von ihrem Rock, als löse sie Kletten ab oder klaube Erbsen aus der Schale.

Für Sita war ich sowohl kostbar als auch alltäglich. Wenn sie Wäsche wusch, wusch sie auch mich im Fluss. »Das heilige Wasser wird deine Seele reinigen«, sagte sie, aber sie schrubbte mich so fest, als wäre ich ein schmutziges altes Kleiderbündel. Wenn ich sie geärgert hatte, tauchte sie meinen Kopf immer wieder unter Wasser. »Das ist gut für dich«, sagte sie mit einem grimmigen Lächeln. Obwohl mir das Wasser in der Nase brannte und in die Kehle rann, bemühte ich mich sehr, es ihr nicht übelzunehmen.

Am schönsten war es für mich, wenn ich zusehen konnte, wie sich Mama vor einer Feierlichkeit oder einem Ball zurechtmachte. Sie schmierte sich Creme ins Gesicht und legte Puder auf, der nach Rosen roch. Dann färbte sie die Wangen und Lippen rot. Wenn sie an ihrer Frisierkommode saß, erinnerte sie mich an Sita beim Beten im Tempel – beides erforderte das gleiche Maß an Konzentration. Sie trug Puder zwischen ihren Brüsten auf und schob sie hoch, bis sie dick wie Kissen waren. Zum Abschied küsste sie die Luft links und rechts von meinen Wangen.

Ich wünschte mir nichts sehnlicher, als meinen Kopf auf ihren sich hebenden und senkenden warmen Busen zu legen.

Ich liebte meine Mutter wie Bridie ihre Statue der Muttergottes und Sita die Göttin Shiva im Tempel. Genauso fern und ideal war sie für mich. Meist war ich damit zufrieden, sie einfach nur anzusehen. Und genauso brachte ich ihr zärtliche kleine Opfergaben. Ich schenkte ihr winzige süße Plätzchen mit Mandeln oder Kokosnuss oder Kränze aus gelben Blumen.

Nach meinem sechsten Geburtstag begann meine Mutter zu sagen, wenn ich brav sei, dürfe ich nach England zurückfahren, doch ich konnte nur daran denken, dass sie mich wegschicken wollte. Ich erinnerte mich nicht an England, nur an ein Gefühl, dass sich alles zurückzog und einschloss. Ich dachte an die Farbe grau – die Menschen, die Häuser, der Himmel, Türen, die geschlossen wurden, kleine Räume. Als mein Stiefvater ebenfalls davon zu reden begann, wusste ich nicht, was ich tun sollte. »Dort kannst du eine Dame werden«, sagte er. »Du kannst Latein und Griechisch lernen.«

»Kann Polly, der Papagei, auch mitkommen?«, fragte ich. »Wird mir jemand das Schießen beibringen?«

Eines Morgens wurde ich von meiner Mutter geweckt statt von Sita. Als ich sie suchte, konnte ich sie nirgends finden. Im Dienstbotenzimmer war die Ecke, wo sie normalerweise schlief, leer. Der Korb, in dem sie ihre Kleider aufbewahrte, war verschwunden.

»Wo ist Sita, wo ist sie?«, fragte ich, rief ich, schrie ich.

»Sei nicht töricht, Kind«, sagte Mama. »Sie ist in ihr Dorf zurückgekehrt, um sich um ihre eigenen Kinder zu kümmern.

Glaubst du, sie hatte nichts Besseres zu tun, als auf dich aufzupassen?«

Während meine Mutter das sagte, nahm sie die Kleider aus dem Schrank in meinem Zimmer und packte sie in einen großen Koffer.

»Das Schiff nach England fährt in vierzehn Tagen ab«, sagte sie. »Und außerdem ziehen dein Stiefvater und ich weg von hier.«

KAPITEL 3

In dem Maß, wie die Temperatur sank, die Monate vergingen und die Entfernung zwischen Indien und mir größer wurde, spürte ich, wie es in meinem Herzen immer kälter wurde, wie mein Herz fror, sich zusammenzog. Es knirschte, zersplitterte, zerbarst in meiner Brust. Vor dem Kutschenfenster flog eine Schar Wildgänse in einem Bogen über den tiefverhangenen Himmel. In der Ferne fegten graue Regengüsse die Berge hinweg. Meine Nasenspitze, meine Finger und Zehen waren eisig, meine Haut erschauderte vor Kälte. An meinem Jackenaufschlag hing ein Schild mit meinem Namen – Eliza Gilbert, meinem Alter: sieben – und meinem Reiseziel: Bürgermeister Craigie, Montrose, Schottland.

Der weite, nasse Himmel bewegte sich ständig und änderte seine Form. Manchmal konnte ich überhaupt nichts sehen. Ich zitterte und umschlang meine Knie, um mich zu wärmen.

»Was ist das jetzt?«, fragte ich den alten Mann, der mit mir in der Kutsche fuhr.

»Regen, Frost, Tau, ein leichter Schauer«, antwortete er geduldig.

»Und das? Und das?«

»Sprühregen, Dunst, Nebel, Nieselregen.«

Er hatte sogar Worte für Tautropfen, Regentropfen, nasse, papierene Schneeflocken; er wusste, wie das alles hieß.

»Und dieser Tag«, sagte er an dem kalten, nassen Morgen, an dem wir nach Arbroath kamen, »ist *braw* und *dreich.*«

Beim Abschied tippte er an seinen Hut, und ich verneigte mich meinerseits feierlich.

»Armes Kind«, hörte ich ihn murmeln.

»*Aye*«, sagte der Kutscher. »Sie wurde durch die ganzen britischen Inseln von einem zum anderen weitergereicht wie ein Paket.«

Die Farben von Schottland waren kühle Schiefergrau-, feuchte Haselnussbraun- und harte, eisige Blautöne. In meinen tristen neuen Kleidern verschmolz ich mit der Landschaft, durch die wir nun fuhren. Die Kleider, die meine Mutter in Indien eingepackt hatte, waren völlig nutzlos. In London hatte meine Stieftante Mrs. Rae missbilligend die leichten Kittel und bunten Seidenkleider in leuchtendem Orange, Scharlachrot und Pfauenblau betrachtet und sie dann durch andere Kleidung ersetzt. Unter einem steifen Kleid aus rauem grauem Tweed trug ich ein Unterhemd und Strümpfe aus grober, ungebleichter Wolle, und mein Mantel war von einer stumpfen, schieferblauen Farbe. Das Kleid scheuerte an meinem Nacken; die Strümpfe rieben an meinen Beinen. Ich zappelte auf dem Sitz herum und kratzte mich an den Knien. Kaum hörte das Jucken an einem Körperteil auf, fing es an einem anderen an.

Je weiter wir in den Norden kamen, desto kälter wurde es. Bei jedem Halt zog ich noch eine Schicht rauer, haariger Kleider über. Als wir in Arbroath eintrafen, trug ich drei Paar Strümpfe, zwei Paar Handschuhe, einen schweren Mantel, Ohrenschützer und zwei wollene Schultertücher. Ich hatte mich in meinem ganzen Leben noch nie so elend gefühlt, und mir war noch nie so kalt gewesen.

Als die Kutsche die gewundene Straße von den Angus Glens hinunterfuhr, roch es auf einmal intensiv nach Fisch. Der Kutscher beugte sich in die Kutsche und grinste.

»Hier ist der Hafen, dort ist Montrose, schließ die Augen und halte dir die Nase zu«, grölte er durch das Fenster.

Ich wurde in der Harbour Road abgesetzt und stand neben meinem großen Koffer auf dem Gehsteig. Vor mir erstreckte sich, soweit das Auge reichte, ein Schlammteich – die Watten und versickernde Wassertümpel. Riesige weiße Möwen schrien und jammerten und schwirrten um meinen Kopf herum. Der Geruch des Holzes, mit dem Schellfisch geräuchert wurde, vermischte sich mit fauligem Fischgestank. Im Kielwasser der Schiffe rauften sich Vögel um Innereien, abgeschnittene Schwänze und schuppige Flossen. Hunderte Gänse mit rosa Füßen zogen ihre spiralförmigen Bahnen vom wässrigen, windgepeitschten Himmel herunter. Überall lagen tote Fische. Ich schloss die Augen, dann die Nase, dann den Mund. Ich hielt mir mit den Händen die Ohren zu. Ein-, zwei-, dreimal drehte ich mich im Kreis.

»Ich will nach Hause.

Ich will nach Hause.

Ich will nach Hause.«

Bei der vierten Drehung klopfte mir jemand hart auf die Schulter. Ich öffnete die Augen. Vor mir ragte ein Mann mit grauen Augen und einer dünnen blauen Nase auf.

»Nun, Miss Gilbert«, sagte er. »Willkommen in Montrose, deinem neuen Zuhause.«

»Hallo«, antwortete ich mit einer kleinen Verbeugung. »Ist dieser Tag nicht *braw* und *dreich*?«

Bürgermeister Craigie war ein großer, dünner Mann, der mit seiner großen, dünnen Frau und fünf ihrer großen, dünnen Kinder in einem großen, dünnen Haus in der High Street wohnte. An einem Ende der Straße konnte man in der Ferne ein Schiff sehen, das über den Horizont fuhr. Am anderen warf ein hoch aufragender Kirchturm einen länger werdenden Schatten. Mein Blick wanderte höher und höher hinauf, bis ich nahe der Spitze hinter geschlossenen Läden und Metallstäben ein winziges Fenster erspähte.

Im Haus war es düster und still. Im Gang tickte eine Uhr, die alle fünfzehn Minuten läutete. Später fand ich heraus, dass zur vollen Stunde eine winzige Glocke darin dreimal klingelte. Die Frau, die uns begrüßte, bewegte sich schleichend vorwärts. Wenn sie sprach, dann im Flüsterton. Während sie mit mir redete, ließ sie ihren Ehemann nicht aus den Augen.

Den Rest der Hausbewohner lernte ich beim Tee kennen. Sie standen der Größe nach im Speisezimmer aufgereiht.

»Und das«, sagte Bürgermeister Craigie, »ist deine neue Familie.«

Es waren zwei Jungen und drei Mädchen, alle viel größer als ich.

»Hallo, hallo, hallo«, wiederholte ich und ging dabei die Reihe entlang.

An ihrem Ende stand die Jüngste, Charlotte, die zwölf Jahre alt war.

»Die hat aber einen merkwürdigen Akzent«, sagte sie.

»Ich verstehe kein Wort, das sie sagt«, meinte einer ihrer Brüder.

»Ich kann euch auch nicht verstehen«, erwiderte ich.

»Um ihren Akzent kümmern wir uns später«, antwortete Bürgermeister Craigie.

»Gib mir dein Schultertuch und deine Handschuhe, Kind«, verlangte seine Frau.

Ich schüttelte den Kopf und zog das Tuch enger um mich.

»Nimm sie ab«, befahl Bürgermeister Craigie.

Wieder schüttelte ich den Kopf.

»Zieh wenigstens deine Handschuhe aus«, meinte er dann.

Bürgermeister Craigie sprach ein Tischgebet, und wir aßen in ernstem, tödlichem Schweigen; nur das Besteck kreischte auf unseren Tellern. Als ein Dienstmädchen hinter mir eine Schüssel hinstellte, fuhr ich erschrocken hoch. Ich zog das Tuch noch enger um meinen Körper und sah mich am Tisch um; alle meine Cousins und Cousinen starrten unverwandt auf ihre Teller.

Ich schlief in einem Rollbett in einer Ecke von Charlottes Zimmer. Sie stellte sofort klar, dass dies ihr Zimmer war, ihr Haus, ihre Eltern. In jener Nacht lag ich wach und lauschte ihrem Schnauben und Prusten. Manchmal flüsterte sie im Schlaf, dann wieder warf sie sich unablässig hin und her.

Ich nannte sie Cousine Charlotte, aber in Wirklichkeit war sie meine Stieftante. Sie war die kleine Schwester meines Stiefvaters, obwohl sie schon fast so groß wie eine Erwachsene war.

»Kleine Miss Niemand«, nannte sie mich. »Für wen hältst du dich eigentlich?«

Am nächsten Morgen hieß mich Mrs. Craigie nach dem Frühstück, in der Küche Platz zu nehmen. Als sie mit einer großen Schere auf mich zukam, schrie ich.

»Still, Kind«, sagte sie und packte meine Haare. »Ich werde dir nicht weh tun. Du brauchst nur einen kleinen Haarschnitt.«

Mein Haar war dick und schwarz wie das von Sita. Noch nie hatte jemand versucht, es zu schneiden. Wenn ich meinen Kopf nach hinten beugte, konnte ich darauf sitzen. Wenn Sita ihre eigenen Haare eingeölt hatte, hatte sie das auch mit meinen gemacht; ich hatte meinen Kopf auf ihren Schoß gelegt, und sie hatte sie vom Haaransatz bis zur Spitze gebürstet.

Als ich mich wehren wollte, gab mir Mrs. Craigie eine Ohrfeige, die mich fast vom Stuhl warf. Schließlich wies sie eines der Dienstmädchen an, mich festzuhalten, während sie eine Strähne nach der anderen abschnitt.

Dicke Tränen rannen mir über die Wangen, als sich die dunklen Locken auf dem Fußboden auftürmten. Als sie fertig war, fror es mich am Nacken.

»So«, sagte Mrs. Craigie. »Jetzt siehst du wie ein ordentliches kleines Mädchen aus.«

Als sie mir einen Spiegel vorhielt, erkannte ich mich gar nicht mehr wieder. Meine Haare reichten kaum bis zu den Schultern. Über den verschwollenen, verweinten Augen hatte ich jetzt dicke schwarze Fransen. Sie hatte aus mir ein Kind gemacht, das auf Almosen angewiesen war, ein Armenhausmädchen, eine Person, die dankbar sein und tun sollte, was man ihr auftrug.

Jeder Tag in Montrose verlief genau gleich. Vor einem Frühstück, das aus salzigem Haferbrei und lauwarmem Tee bestand, wuschen wir uns in Schüsseln mit eiskaltem Wasser. Vormittags lernten wir Mathematik und lasen in der Bibel; nachmittags stand körperliche Bewegung und lateinische Grammatik auf dem Programm. Bürgermeister Craigie versuchte ständig, meinen Akzent zu korrigieren und mir den Singsang auszutreiben.

»Ordnung beruhigt die natürliche Unruhe eines Kindes«, erklärte er.

Lernen war etwas Neues für mich. Es beinhaltete Disziplin, Holzlineale, das Auswendiglernen von Daten und Zahlen. Wenn mir Bürgermeister Craigie eine Geschichte erzählte, wollte ich ihm auch eine erzählen. Er schilderte, wie Gott die Welt in sieben Tagen erschaffen hatte, also beschrieb ich, wie Shiva einen Fluss erschaffen hatte: Shivas Schweiß war in kleinen Flüssen von seinem Körper über die Hügel hinuntergelaufen und hatte die Form einer schönen Frau angenommen. Als ich erzählen wollte, wie die schöne Flussfrau den Ozean, den Herrn der Flüsse, heiratete, ging Bürgermeister Craigie mit mir in die Küche und ließ mich den Mund mit Seife auswaschen.

»Du kleine Heidin«, sagte er. »Dein Stiefvater hat dich gerade noch rechtzeitig zurückgeschickt.«

»Was ist eine Heidin?«, fragte ich, doch statt mir zu antworten, packte er mich so fest am Arm, dass es weh tat.

»Sprich mir nach: Ich habe keine Fragen zu stellen, sondern zu gehorchen. Sprich mir nach: Ich habe zuzuhören, nicht zu sprechen. Sprich mir nach: Es gibt nur einen Gott, Gott den Allmächtigen.«

Ich tat, wie mir geheißen (ich hatte keine andere Wahl), doch ich dachte an Sita. Wenn es nur einen Gott gab, dann hatte er jedenfalls viele verschiedene Namen und Gestalten.

In Montrose war sogar das Spazierengehen ein Lehrfach. Einen Teil jedes Nachmittags verbrachten wir damit, durch den Park oder eine Landstraße entlangzugehen.

»Eure täglichen tausend Schritte«, nannte es Bürgermeister Craigie.

Er ließ uns herummarschieren, als wären wir seine kleine Armee, und er stellte dabei eine Reihe von Regeln auf.

Kein Trödeln.

Kein Flüstern.

Keine Geheimnisse.

»Soldaten für Jesus«, nannte er uns, und er ermahnte uns, im Gleichschritt zu gehen, die Arme zu schwingen und tief Luft zu holen.

Mein Stiefvater schrieb regelmäßig aus Indien; er sandte mir sogar Nachrichten vom Papagei. *Polly vermisst dich. Polly bläst Trübsal.* Kaum sah ich einen Umschlag mit einer indischen Briefmarke und meinem Namen, begann mein Herz, das schwer wie ein Felsbrocken geworden war, schneller zu schlagen, als wären hundert Schmetterlinge aufgewacht. Ich versteckte den Brief in meinem Kittel, bis ich allein war.

Dann kletterte ich auf den Fensterplatz im Speisezimmer. Wenn ich die Vorhänge zuzog, befand ich mich in einer abgeschiedenen Welt, die nur mir gehörte. Wussten Sie, dass ein Brief Hitze mitbringen kann? Dass ein geöffnetes Kuvert die warmen Düfte von Gewürzen und Blumen enthalten kann? Dass ein paar hingeworfene Zeilen Polly und Sita und, mitten in einem überwucherten Garten, eine wunderschöne und ferne Mutter herzaubern kann?

Ich saß hinter dem Vorhang und hörte, wie zuerst Mrs. Craigie und dann Charlotte nach mir riefen. Ich zog die Beine höher an und las den Brief schnell noch einmal.

Sita würde mir Kekse schicken, wenn sie könnte, schrieb mein Stiefvater, doch sie hatte nach Hause gehen müssen. Ich müsse versuchen, zu verstehen, dass sie nicht mehr bei ihnen war. Die Briefe meiner Mutter waren im Allgemeinen steif und unmissverständlich. *Sei brav, sei still, sei fleißig, sei reinlich*, schrieb sie. Ich schickte Papa Craigie Zeichnungen, damit Sita sehen konnte, wie Schottland war. Ich wünschte, er könnte Indien in eine kleine Schachtel stecken und mir schicken.

Jeder Tag verlief nach einem bestimmten Muster, und jede Woche ebenso. Am Samstagabend machte Mrs. Craigie in Töpfen Wasser heiß, und alle Hausbewohner stellten sich an, um zu baden. Da ich die Kleinste war, war ich immer die Letzte. Wenn ich endlich an die Reihe kam, schwamm auf der Wasseroberfläche stets ein Schmutzfilm.

»Warum bekommen alle außer mir heißes, sauberes Wasser?«, fragte ich.

»Warum, warum, warum«, fauchte sie zurück. »Ich habe noch nie ein derart verzogenes, altkluges Kind gesehen. Es ist ein Jammer, dass wir dir nicht deine Zunge herausschneiden können.«

Ich sagte kein Wort mehr. Ich biss die Zähne zusammen, damit meine Zunge nicht herauskonnte – sie fühlte sich dick und warm an in meinem Mund. Meine Haut wurde geschrubbt, bis sie rosa war, meine Haare wurden in Eimern mit kaltem Wasser gespült, bis sie quietschten.

Nach der ersten Woche begann ich zu schlafwandeln. Dreimal fand mich Mrs. Craigie, wie ich mitten in der Nacht tanzte, mich hin und her wiegte wie damals mit Sita, meine Hände bewegte wie Blumen oder Vögel. In meinem Traum waren wir zusammen in der Küche in Indien. Einmal erwischten sie mich, wie ich nackt die Straße hinuntertanzte. Mrs. Craigie begann meine Hand- und Fußgelenke zusammenzubinden, bevor ich schlafen ging.

»Was hast du getan?«, fragte Charlotte.

Am nächsten Tag versuchte ich, ihr Tanzen beizubringen, aber sie hatte riesige Füße.

»Nein, nein«, rief ich. »Du musst dich anmutig bewegen. Du musst wie Wasser werden; du musst lernen zu fließen.«

Wegen des Tanzens bekam ich zum ersten Mal Großvater Craigies Stock zu spüren. »Disziplinierung«, nannte er es. Ich war neun dreiviertel Jahre alt. Wenn ich mich aufrecht hinstellte, waren meine Augen auf einer Höhe mit seiner Uhr in der Westentasche. Er packte mich am Kragen meines Kleides und führte mich in sein Arbeitszimmer. Als er mir befahl, meine Röcke hochzuheben und mich hinunterzubeugen, kam ich mir nackt und entblößt vor. Die kalte Luft traf auf meine Haut. Der Stock brannte mich wie ein Brandeisen.

»Demut reinigt die Seele«, sagte er.

Ich konnte tagelang nicht sitzen und hatte über drei Wochen lang Schwielen. An den nächsten beiden Samstagen machte Mrs. Craigie nur für mich frisches Wasser heiß.

Nach jenem ersten Mal bestrafte er mich regelmäßig. Zwischen den Schlägen hielt er inne und knöpfte seinen Hemdkragen auf. Danach wischte er sich Schweißtropfen von der Oberlippe.

Ich bekam eine Erkältung nach der anderen. Ständig schniefte und nieste ich. Ich wurde dünn. Meine Nase war immer blau. Ich stocherte in dem gekochten Schinken und Kohl oder Griesbrei auf meinem Teller herum und sehnte mich dabei nach Reis oder einer saftigen Mango oder Ananas. Mir fehlten der Überfluss von Indien und seine prächtige, allumfassende Wärme. Mir fehlte mein kunstvoll gearbeitetes Bett mit den geschnitzten Rosen und Vögeln. Mir fehlten sogar die Schalen mit Wasser und das Geräusch von Eidechsen, die die Wände hinaufhuschten. An ruhigen Nachmittagen holte ich den Koffer unter meinem Bett hervor und zog alle meine indischen Kleider auf einmal an. In scharlachrote, orangefarbene und leuchtend blaue Kleider gehüllt, tanzte ich durch das Zimmer.

Die mürrische Charlotte saß auf ihrem Bett und gab vor, ein Buch zu lesen. Ich wirbelte herum und beschrieb ihr mein indisches Bett, wobei ich es größer und prächtiger schilderte und es in Damast und Gold hüllte.

»Es war ein Bett, das einer Prinzessin würdig war«, seufzte ich.

»Nun, jetzt bist du nicht mehr in Indien«, schnaubte sie. »Wenn du so etwas Besonderes bist, warum haben sie dich dann weggeschickt?«

Ich beachtete sie nicht und wirbelte weiter herum. Als sie sich bei ihrer Mutter beschwerte, ich würde angeben, nahmen sie mir meinen Koffer weg. Ich habe keines jener leuchtenden Kleider je wiedergesehen. Je mehr die Craigies versuchten, mir mein Phantasieleben auszutreiben, desto stärker wurde es. Beim Schauspielen konnte ich eine andere Persönlichkeit ausprobieren, mich dahinter verstecken. In einer Woche war ich eine indische Prinzessin im Exil, in der nächsten ein Schmetterling auf einem sonnenbeschienenen Blatt, der sich räkelte und träumte und sich die Flügel wärmen ließ.

Nach einigen Monaten in Schottland begann ich mir eine wärmere, buntere Umgebung vorzustellen. Montrose war nur etwas Vorübergehendes, sagte ich mir. Ich war für bessere, strahlendere Dinge bestimmt. Ich lebte bereits in der Zukunft, an einem Ort, den ich noch nicht gefunden hatte. Das Leben war etwas, das vor mir lag, nicht das hier, nicht jetzt.

»Aus dir wird nichts Gutes, mein Mädchen, bis du lernst, eine Dame zu werden«, sagte Bürgermeister Craigie.

Doch was ist eine Dame, abgesehen von den netten Manieren und einem sittsamen Kleid? Die Craigies versuchten, meine äußere Erscheinung zu ändern, doch an meine Gedanken kamen sie nicht heran. Als mir mein Stiefvater ein in goldbestickte indigofarbene Seide gebundenes Tagebuch schickte, begann ich, mich ihm anzuvertrauen.

An ruhigen Nachmittagen saß ich am Schlafzimmerfenster, starrte auf den Hafen und sah zu, wie die Fischerboote vom Meer herein- und hinausfuhren. Am anderen Ende der Straße blieb das winzige Fenster an der Kirchturmspitze fest geschlossen. In mein Tagebuch schrieb ich über ein armes kleines Mädchen wie mich, das man eingesperrt hatte. Jeden Tag bearbeitete es das Schloss mit einem Messer, das es heimlich beiseitegeschafft hatte, bis das Schloss eines Tages in zwei Teile zerbrach und in seine Hände fiel. Es stieß die Läden auf und sprang kurzentschlossen aus dem

Fenster. Es flog hinunter in den sicheren Tod auf den Pflastersteinen zu. Doch *dann*, einen Sekundenbruchteil bevor es auf den kalten, harten Steinen aufschlug und zerschmettert wurde, sprossen ihm zwei wunderschöne, schneeweiße, fedrige Flügel. In meiner Geschichte flog das Mädchen weit, weit weg und wurde nie wieder in Schottland gesehen.

Ich war im November in Montrose eingetroffen, dem Monat, in dem die Wildgänse kamen. Ich erinnere mich, dass sie den Himmel verdunkelten. Für die Wildgänse, die das arktische Ödland gewöhnt waren, mochte Schottland mild und fruchtbar sein, doch für mich war es ein kaltes, abweisendes Land. Vier Jahre lang beobachtete ich die Ankunft der Vögel im Winter, wartete dann bis zum Frühling und sah sie wieder wegfliegen. Vielleicht gibt es auch Menschen, die wie die Zugvögel ständig herumziehen müssen.

Ich war elf Jahre alt, als mich die Craigies schließlich meiner Stieftante Mrs. Rae übergaben. Sie sollte sich um meine Schulbildung kümmern. Als die Kutsche von der High Street wegfuhr, schwor ich inbrünstig, nie wieder einen Fuß auf schottischen Boden zu setzen.

2. Szene

Geblümte Baumwolle

KAPITEL 5

Hier ist eine duftende Blüte, ihr schlanker Stängel, ihr zarter Trieb. Wenn man unter der Erdoberfläche herumwühlt, kann man faserige Wurzeln finden, eine Schote, eine Zwiebel, eine Knolle oder eine gedrehte Hülse. Der Samen ist vielleicht vom Wind hergetragen oder von einem Vogel ausgeschieden worden. Möglicherweise ist er aber auch vom Stiefel eines alten Mannes in den Boden getreten oder von einem Kind mit goldenen Locken aus einem bebilderten Säckchen ausgewählt worden.

Ich war elf Jahre alt, als ich Montrose verließ. Meine Stieftante, Mrs. Rae, holte mich aus der einen Kutsche und winkte mir nach, als ich von einer anderen fortgebracht wurde. Was war ich denn in diesem Alter? Was wusste ich schon? Ich war ein Mädchen mit einem Armenhaus-Haarschnitt und jeder Menge Geheimnissen, ein Mädchen, das die Nähte seines Kleides sprengte. Eines wusste ich mit Sicherheit: Meine Kindheit ging dem Ende zu.

Während Schottland in die Ferne rückte und die Berge flacher wurden und welligem Gelände mit Feldern wichen, inspizierte ich den düsteren Innenraum der Kutsche. Die dunklen Lederbezüge waren abgewetzt und vom Alter bereits glänzend, und an den Nähten war die krümelige Innenhaut zu sehen. Auf der

Gepäckablage über meinem Kopf befand sich mein ramponierter Koffer mit den verblichenen Aufklebern von Indien und Schottland und einem ganz neuen Anhänger mit der Adresse der Aldridge Academy for Young Ladies, Camden Place, Bath. Im Kofferdeckel lagen, in Pergament eingeschlagen und mit einer roten Schleife zusammengebunden, Papa Craigies Briefe. Mein geheimes Tagebuch war in ein Tuch gewickelt und in einem alten Unterhemd versteckt.

Ich streckte mich auf dem Sitz aus, schloss die Augen und stellte mir vor, ich wäre noch in Indien und eine warme Brise striche mir übers Gesicht. In meiner Fantasie wurde ich von vier indischen Trägern hoch in der Luft in einer Sänfte transportiert. Sie liefen eilig durch den Dschungel und dachten sich dabei ein fröhliches Liedchen aus. Im Rhythmus der Kutschenräder sang ich meinen eigenen Text.

»Wenn ich erwachsen bin,
werde ich durch die Welt reisen
und niemals damit aufhören.
Ich werde in einem Zelt wohnen
statt in einem Haus.
Ich werde mein Haar
bis zum Boden wachsen lassen.«

Ich lächelte vor mich hin und zog den Zipfel eines bunten Stücks Seide aus der Tasche. Als meine leuchtenden indischen Kleider weggeworfen worden waren, hatte ich ein paar zerfledderte Stoffreste beiseiteschaffen können, bevor der Lumpensammler kam. Dann hatte ich sie heimlich zusammengenäht und eingesäumt; jetzt war es ein sehr großes safrangelbes und pfauenblaues Tuch. Ich schüttelte es aus, und die indischen Farben schimmerten in der Luft. Es war eine Flagge, ein tanzendes Tuch, ein fliegender Teppich, der mich hinbringen konnte, wo immer ich wollte.

Bei Anbruch der Nacht kamen wir in Bath an. Die steinernen Häuserreihen leuchteten im schwefelgelben Licht der Gaslaternen. Ich hatte noch nie so elegante leere Straßen gesehen. Wir fuhren einen Hügel hinauf; oben angekommen, blieb der Kutscher vor einem vierstöckigen Stadthaus stehen.

Mein Blick wurde sofort von einem steinernen Elefanten über dem Eingang angezogen. Also gab es doch eine gewisse Kontinuität im Leben. Ich war von frühester Kindheit an auf Elefanten geritten. Dieser hier war nicht sehr groß, und seine Beine sahen verkümmert und merkwürdig aus, aber Indien war ja auch weit weg.

Die Aldridge Academy, ein vornehmes Gebäude im klassischen Stil, befand sich am Ende einer halbkreisförmigen Straße. Über dem Haupthaus war zwischen zwei sich aufbäumenden Löwen ein Wappen angebracht, das zu beiden Seiten von korinthischen Pilastern überragt wurde. Die gesamte Fassade war aus demselben leuchtenden honigfarbenen Stein. Während ich die ganze Pracht in Augenschein nahm, zog der Kutscher an der Glocke, und zwei Frauen tauchten auf.

»Du musst Miss Gilbert sein«, sagte die eine.

»Willkommen in der Aldridge Academy«, sagte die andere.

»Ich bin Miss Aldridge«, sagte die Erste.

»Und ich auch«, sagte ihre Begleiterin.

»Das heißt«, sagte die Erste gereizt, »*Wir* sind die Misses

Aldridge, wenngleich ich natürlich die ältere bin. Das ist meine Schwester, Miss Elizabeth. Herzlich willkommen in unserer Schule.«

Die beiden Misses Aldridge nickten einander und dann mir zu, als wollten sie damit sagen, dass sie zumindest darüber einer Meinung waren. Beide Schwestern hatten scharfe Züge und einen winzigen Mund. Sie waren zierlich gebaut und hatten das gleiche feine sandfarbene Haar.

»Und wie war deine Reise?«, erkundigte sich Miss Aldridge.

»Angenehm, hoffe ich doch«, meinte Miss Elizabeth.

»Lass doch das Kind antworten«, schalt ihre Schwester.

Während sie mich hineinführten, überschütteten mich die beiden Frauen mit Fragen.

»Kannst du Klavier spielen?«

»Singen?«

»Eine Quadrille tanzen?«

Nach der Empfangshalle wurden die Gänge schmaler. Hinter der klassischen Fassade befand sich ein Labyrinth von düsteren, spartanischen Zimmern. Beim Tee in einem winzigen Salon erklärten mir die Schwestern das Programm der Schule.

»Wir statten junge Damen mit allen erforderlichen gesellschaftlichen Fähigkeiten aus«, sagte Miss Elizabeth.

»Wir versuchen, ihr Denken zu entwickeln«, sagte Miss Aldridge.

»Aber nicht allzu sehr.«

»Nein, nein«, pflichtete ihre Schwester bei.

Beide Frauen erröteten, als hätten sie zu viel gesagt.

»Und dein Französisch?«, fragte eine.

»*Et ton Français?*«, korrigierte die andere.

Die ältere Miss Aldridge runzelte die Stirn. »Das ist doch kein Wettbewerb, Schwester.«

Ihre Schwester machte ein unglückliches Gesicht, fasste sich dann aber. »Bist du vertraut mit dem Flachstich, dem Fischgrätenstich, der französischen Knötchenstickerei? Kannst du den Gobelinstich? Spitzenklöppeln? Kannst du kleine, aber wichtige Ausbesserungsarbeiten an Kleidern vornehmen?«

Bevor ich antworten konnte, unterbrach sie Miss Aldridge. »Steh auf, Kind«, sagte sie.

Ich ließ zu, dass zuerst die eine, dann die andere um mich herumging.

Die ältere musterte mich und meinte: »Sie hat gewiss Potential.«

Miss Elizabeth machte ein zweifelndes Gesicht und umfasste meine Taille mit beiden Händen. Obwohl ich beinahe zwölf war, hatte ich noch immer den pummeligen, ungeformten Körper eines Kindes.

»Vielleicht ist es noch nicht zu spät.«

»Du liebe Zeit«, sagte die andere. »Jetzt sehe ich, was du meinst.«

Am nächsten Morgen machte ich die Bekanntschaft mit meinem ersten Korsett. Es stand aufrecht auf einer Bank im Wäschezimmer, eine furchteinflößende Konstruktion aus grobem Leinen und Stäben aus Fischbein und einem vorn eingenähten flachen Holzbrett.

»Ich weiß nicht, was sich die in Schottland gedacht haben«, sagte Miss Elizabeth. »Sie hätten dir schon mit acht Jahren ein Korsett anlegen sollen.«

Als meine Taille gemessen wurde, wirkten Miss Aldridge und die Hausmutter entsetzt.

»Und dabei ist sie erst elf«, sagte die Hausmutter, eine stämmige, aufgetakelte Frau, die über das mittlere Alter hinaus war.

»Ich bin hier«, sagte ich. »Ich kann jedes Wort hören.«

»Still, Kind«, sagte Miss Aldridge. »Wir haben sie gerade noch rechtzeitig bekommen.«

Die Hausmutter hob meine Arme in die Luft, während mir das Dienstmädchen das Korsett anhielt. Ich betrachtete zuerst das Korsett, dann meine Taille.

»Ihr braucht ein größeres Korsett«, sagte ich zuversichtlich. »Dieses hier wird mir niemals passen.«

Während ich mich an der Tür festhielt, stemmte das Dienstmädchen ihren Fuß gegen mein Hinterteil und bemühte sich, die Bänder anzuziehen. Meine Rippen begannen zu schmerzen. Bald konnte ich kaum noch atmen.

»Enger, enger«, befahl Miss Aldridge.

Die Korsettstäbe schnitten mich ins Fleisch. Ich begann zu schniefen und dann zu weinen. Das Dienstmädchen zerrte die Schnüre enger. Alle paar Minuten machten sie eine Pause und maßen meine neue Taille. Zweimal rissen die Bänder ab, und sie mussten ein neues Korsett nehmen.

»Fünfundfünfzig.«

»Fünfzig.«

»Fünfundvierzig.«

Bei dreiundvierzig Zentimetern hatte ich das Gefühl, entzweigeschnitten worden zu sein. Bei jedem Atemzug war mir, als würden meine Rippen zerquetscht. Ich konnte mich weder niederbeugen noch hinsetzen, ich konnte mich überhaupt kaum bewegen. Jegliches Leben war aus mir herausgepresst worden. Das Dienstmädchen ignorierte meine Tränen und drehte mich sanft zum Spiegel. Die beiden, Miss Aldridge und die Hausmutter, standen da und lächelten stolz.

Als ich mein Spiegelbild sah, trocknete ich rasch meine Augen. Die siebzehn Zentimeter weniger hatten auf wundersame Weise die Figur einer Frau hervorgebracht. Ich umfasste meine Taille mit den Händen, drehte und wendete mich. Ich wirbelte meine Unterröcke herum und strahlte vor Entzücken. Mit solchen Kurven konnte ich mir vorstellen, wie das Leben einer Dame sein mochte.

Nach dieser ersten Korsettanprobe ging ich vorsichtig zurück zum Schlafsaal – und fand dort meinen Koffer auf dem Bett ausgeleert und meine trostlosen, abgetragenen Kleider auf der Daunendecke verstreut. Ein hübsches schwarzhaariges Mädchen blickte auf, als ich den Raum betrat. Sie hatte Ringellocken und trug ein Seidenkleid in blassem Zitronengelb.

»Mein liebes Mädchen«, sagte sie, »du hast nicht ein einziges anständiges Kleid.«

Ich wollte protestieren, doch das Korsett drückte gegen meine Rippen.

»Aua«, sagte ich.

»Du kannst mich Sophia nennen, wenn du willst«, sagte sie, während sie weiter in meinen Kleidern herumwühlte.

»Sophia«, antwortete ich steif. »Ich wäre dir sehr verbunden, wenn du meine persönlichen Sachen in Ruhe lassen würdest.«

Sophia kicherte. »Du liebe Güte«, sagte sie. »Ärgere dich

doch nicht. Ich könnte dir Bänder aus rosa Samt geben, wenn du willst, oder ein Stück himmelblauen Tüll.«

Ich setzte mich vorsichtig auf die Bettkante und begann meine Kleider einzusammeln.

Sophia machte einen Schmollmund. »Dürfte ich vielleicht den Namen dieses verärgerten Mädchens erfahren?«

»Eliza Gilbert«, antwortete ich.

»Das ist ein sehr vernünftiger Name«, sagte sie. »Aber bist du denn ein vernünftiges Mädchen? Ich selbst wurde mit dem Namen Sarah geboren. Über meinen Familiennamen wird noch debattiert. Sophia ist der Name, den ich anstrebe.«

Ich gaffte sie an. Sie lächelte und half mir dann, meine grauen, vernünftigen Kleider zusammenlegen.

»Eliza«, wiederholte sie. »Fällt dir wirklich nichts Besseres ein?«

In meinem Kopf sprudelten bereits ein Dutzend Möglichkeiten.

»Du kannst sein, wer immer du sein willst«, flüsterte sie.

»Bettina?«, schlug ich vor.

Sophia schüttelte den Kopf.

»Zu ähnlich«, meinte sie.

Ich ging einige andere Alternativen durch. Ich suchte etwas angemessen Romantisches, Exotisches oder Melodramatisches, bis mir klar wurde, dass ich bereits den perfekt passenden Namen hatte, nämlich meinen bisher nie verwendeten zweiten Vornamen.

»Rosana«, entschied ich, doch im selben Augenblick kam mir der Name, den ich für zu phantastisch gehalten hatte, zu schlicht vor. »Rosana Maria«, fügte ich großtuerisch hinzu.

Sophia klatschte in die Hände und lächelte. »Siehst du«, sagte sie. »Ich wusste, wir können Freundinnen sein.«

In der Schule waren fünfzehn Mädchen im Alter von zehn bis sechzehn Jahren. Alles, was wir taten, geschah unter den strengen Augen von Miss Aldridge oder Miss Elizabeth. In jedem Schlafsaal waren sieben oder acht von uns. Alle unsere Unterrichtsstunden fanden im selben großen Klassenzimmer statt.

Vormittags sagte eine Gruppe Mädchen Lektionen in Französisch auf, eine andere lernte die Worte von Philosophen auswendig oder befasste sich mit Kunst, während eine dritte Gruppe lateinische Grammatik herunterleierte und eine vierte Aufsätze für den Literaturunterricht schrieb. Wenn ich die Augen schloss, gerieten die Aphorismen der Philosophen mit den Listen lateinischer Verben durcheinander, die französischen Deklinationen verschmolzen mit Vorträgen über Etikette oder den alten Griechen.

Die wichtigen Unterrichtsstunden fanden am Nachmittag statt. »Vorbereitung fürs Leben«, nannte die ältere Miss Aldridge sie. »Die notwendigen Fähigkeiten einer jungen Dame der Gesellschaft«, war Miss Elizabeths bevorzugte Bezeichnung. Zwischen Tanzschritten und Stickereien lernten wir, wie man zu gehen und zu sprechen hatte, wie man sich sittsam hinsetzte oder stand. Wir übten Klavierspielen oder zeichneten Schüsseln mit Obst, während Miss Elizabeth feierlich ihre Liste von Zauberregeln vortrug.

»Eine junge Dame sollte weder zu schnell noch zu langsam gehen. Ihre Miene muss zurückhaltend und bescheiden sein. In einer Unterhaltung darf sie weder zu lebhaft noch zu übertrieben laut sein. Sie sollte niemals laufen, kichern oder die Stirn runzeln.«

Während Miss Elizabeth verträumt seufzte, lief ihre Schwester geschäftig hin und her, schlug auf ein Knie oder richtete einen krummen Rücken gerade. »Haltung, Haltung«, rief sie.

Vor den Fenstern zog ein steter Strom schöner Kutschen und Kaleschen vorbei. Von den flüchtigen Blicken, die wir von ihren Insassen erhaschten, beschworen Sophia und ich ganze imaginäre Welten herauf. Eines Abends beobachteten wir, wie eine Dame in einem Gehrock aus aprikosenfarbenem Baumwollmusselin von einer glänzenden Kutsche heruntergehoben wurde und ein junger Mann auf dem Gehsteig sich gemächlich und spöttisch ganz tief verneigte. Wir stellten uns Bälle und Verabredungen vor, eine üppige, schwindelerregende Welt, der wir eines Tages angehören würden und die uns davontragen würde. Die beiden Misses Aldridge waren uns eine ernste Warnung, was aus uns werden mochte, wenn wir scheiterten. Wir übten uns unermüdlich in sittsamem Lächeln. Sophia brachte mir bei, wie man in Ohnmacht fällt. Ich half ihr bei den Menuettschritten.

»Du musst ganz schlaff sein«, schalt ich sie. »Du musst lernen, zu schmelzen, dahinzusinken und zu fließen.«

Gewissenhaft trug ich jeden Tag ein paar Stunden mein Korsett. Allmählich lernte ich, wie ich darin gehen, dann, wie ich mich auf einen Stuhl setzen und wie ich aufstehen konnte. Langsam brachte ich mir selbst bei, mich darin zu verneigen, und dann, darin zu tanzen, ohne zusammenzuzucken oder die Zähne zusammenzubeißen.

Das einzige männliche Wesen unter uns war der Lateinlehrer,

Mr. Humphrey Quill. Der junge Mr. Quill, wie ihn die Misses Aldridge nannten, war ein schlanker Mann mit blonden Haaren und farblosen Augen, der stotterte, wenn er nicht über Latein oder das römische Bath sprach. Wenn er Verse aufsagte, glühten seine Wangen, und er wedelte mit den Armen. Manchmal bebte er richtiggehend vor Aufregung.

»Sagen Sie uns doch bitte, Mr. Quill«, neckte ihn Sophia, »mit welchen Worten würde man eine romantische Liaison ausdrücken?«

»Latein«, antwortete Mr. Quill, »ist die Sprache der Götter. Gibt es denn einen Ort, der besser geeignet wäre als Bath, die Stadt der Römer, um die Sprache der Liebe zu erlernen?«

Mr. Quill war derjenige, mit dem wir unsere erste ausgedehnte Stadtbesichtigung unternahmen. Er ließ uns in Zweierreihen durch die Straßen gehen wie schnatternde kleine Küken und dabei lateinische Verben aufsagen. Er übte mit uns die Konjugationen von »*regere*« durch, und wir änderten es auf »*amare*«.

Mr. Quill zeigte uns die erbaulicheren Seiten der Stadt, während wir weiter unsere Verben herunterleierten. Futur, Imperfekt, Perfekt, Futurum exactum. Als wir beim Plusquamperfekt anlangten, waren wir den Hügel hinuntermarschiert, an den Assembly Rooms vorbeigekommen und gingen um die Abtei herum.

Bei den Pump Rooms, der Trinkhalle, in der das Heilwasser ausgeschenkt wurde, gestattete uns Mr. Quill ziemlich widerstrebend, hineinzugehen. Hinter den Doppeltüren befand sich ein riesiger, luftiger Raum. Korinthische Säulen schmückten die Wände; über der Tür ragte ein stuckverzierter Giebel auf. Von allen Seiten strömte Licht durch ovale Fenster. Von der westlichen Apsis ertönte Kammermusik. Ich richtete mich zu meiner vollen Größe auf und seufzte glücklich. Sophia quiekte vor Entzücken. Elegante Damen spazierten Arm in Arm vorbei; Herren räkelten sich an Tischen und lasen Zeitung. Mr. Quill ließ uns rasch in einer Reihe aufstellen und schritt direkt auf die Wasserpumpe zu.

»Natürlich glauben nur Katholiken und primitive Menschen, dass das Wasser heilig ist. Dass man das Wasser hier in der Trinkhalle zu sich nimmt, hat rein wissenschaftliche Gründe. Das Magnesium ist besonders heilkräftig, glaube ich.«

Mr. Quill erging sich in den höchsten Tönen über die Vorzüge des Heilwassers, und wir nippten an unseren Gläsern. Durch die Fenster hinter der Wasserpumpe erhaschte ich Blicke auf das King's Bath. Die Wände waren in feurigem Terrakotta gehalten, und das Wasser war milchig-grün. Eine Frau mittleren Alters, in braunes Sackleinen gekleidet, das sich im Wasser aufbauschte, stieg an den Armen von zwei Dienstmädchen ins Becken. Hinter ihr zog ein stämmiger, reizbar aussehender Mann stoisch seine Runden, und mit jeder Runde rötete sich sein Gesicht noch mehr.

Ich zupfte Sophia am Arm, und sie kicherte bei dem Anblick. Mr. Quill wurde nervös und versuchte, uns den Blick zu versperren.

Mr. Quill konnte sich nicht sehr lange auf die wissenschaftlichen Eigenschaften des Wassers beschränken. Als wir die letzten Tropfen aus unseren Gläsern tranken, war er voll in Fahrt.

»Direkt unter diesem Raum befindet sich ein Tempel der Minerva«, verkündete er.

Wie es schien, schlug unter der zivilisierten Oberfläche von Bath ein altes, heidnisches Herz. Wo wir geziert an dem Wasser nippten, waren die Römer einst nackt in die heißen, dampfenden Quellen eingetaucht. Mr. Quill schilderte uns einen Tempel, in dem Schreiber für die Bewohner von Bath Beschwörungsformeln notierten.

»Stellt euch Tausende Wünsche vor«, seufzte er, »die mit Münzen beschwert ins Wasser geworfen wurden und zu Boden sanken. Die Luft war erfüllt vom Duft von aromatisierten Ölen, Benzoeharz und Sandelholz.«

Für mich war Bath mit seinen modischen Stadthäusern und geschäftigen Straßen wie eine wunderschöne Kulisse für ein anmutiges, elegantes Theaterstück. Auf unseren täglichen Spaziergängen erhaschten wir verlockende Blicke darauf, bevor wir weggescheucht wurden. Dreizehn, vierzehn, fünfzehn; es schien, als würde das Warten nie aufhören. Unsere Lehrer wachten unablässig über uns, als könnten wir durch einen Blick verdorben oder verletzt werden. In der Cheap Street gab es laute Mädchen mit schmutzigen Wangen, die scheinbar Brunnenkresse verkauften. Wenn die Polizei auftauchte, rafften sie ihre zerlumpten Röcke und liefen davon. Vor der Trinkhalle stand ein acht- oder neunjähriges Mädchen mit einem spitzen Gesicht, blauer Nase und glänzenden Augen. Mit einer Stimme, die ihre Größe Lügen strafte, bot sie kleine Veilchensträuße an. Wenn ich sie zu lange ansah, streckte sie ihre Zunge heraus. Einmal beobachtete ich, wie sie ein Gentleman in einem Gehrock zu sich winkte und die beiden dann in einer nahen Gasse verschwanden.

In der Schule bildeten die adeligen Töchter eine natürliche Elite. Danach kamen Töchter von Parlamentsmitgliedern und dem niederen Adel. Auf der nächsten Stufe standen die höheren Militärränge, die Töchter von Generalmajoren und Kommandanten. Ich war bloß die Stieftochter eines Hauptmannes. Nach meiner Ankunft hatte sich mein niedriger Status sehr schnell herumgesprochen, und ich wurde gönnerhaft behandelt wie eine Cousine vom Lande. Nach einem Jahr war mein Stiefvater befördert und meine Begabung fürs Tanzen entdeckt worden. Die Geringschätzung nahm ab und mein Kurs stieg. Meine irischen Wurzeln hatte ich aus offensichtlichen Gründen versäumt zu erwähnen. Dann kam Amelia Seymour aus Cork, und ein ganz neues Problem tat sich auf.

Als Tochter des Landadels hatte Amelia naiv angenommen, dass sie ihren natürlichen Platz an der Spitze der Hackordnung einnehmen würde. Sie war nicht nur eifrig darauf bedacht, ihre eigenen Verwandtschaftsverhältnisse kundzutun, sie kannte auch die meinen. Durch Amelias emsige Bemühungen sank mein Ansehen auf der Stelle. Für die anderen Mädchen waren die Anglo-Iren nicht nur entfernte, sondern auch unselige Verwandte. Ich konnte ja schwerlich behaupten, dass wir nicht wirkliche Iren waren, nicht die waschechten Iren mit dem irischen Akzent, die den Rosenkranz beteten und zu Raufereien neigten. »Ich komme aus der herrschenden Klasse«, verteidigte sich Amelia, »aus der Elite.« Cork war klein. Indem sie sich auf die Kluft zwischen uns beiden berief, hatte sie binnen weniger Tage eine Nische gefunden.

»Ich habe gehört, deine Mutter war nur Putzmacherin«, feixte sie.

»Mein Großvater war Sir Charles Silver Oliver«, antwortete ich trotzig.

»Aber deine Großmutter war eine Hure«, lachte Amelia.

Gott sei Dank blieb Sophia meine Freundin. Die liebe Sophia war das uneheliche Kind des Herzogs von Clarence und stand damit sowohl über als auch unter uns allen.

Sophia und ich schlossen Bündnisse und machten einander Versprechungen. Wir formulierten unsere Wünsche und schrieben sie auf Zettel. Wir zurrten unsere Korsette noch etwas enger und beteten um schmalere Taillen. Unsere Körper veränderten und wandelten sich. Sophia bekam Brüste, und bald darauf ich ebenfalls. An unerwarteten, verborgenen Stellen sprossen plötzlich dunkle Haare. Die Hausmutter steckte mir Binden aus mehrschichtigem wattiertem und zusammengenähtem Leinen zu.

Sophia und ich probierten jede neue Mode aus, wobei ich mit Musselin und Sophia mit Seide improvisierte. In Paris befeuchteten die Damen ihre Kleider, so dass der dünne Stoff an ihren Brüsten klebte, doch als wir das probierten, sahen wir nur ungepflegt und nass aus. Vierzehn, fünfzehn, sechzehn – die Jahre vergingen in einem Wirrwarr aus Etikette und lateinischer Grammatik. Wir träumten von Bällen und Abendkleidern und von Liebe, die grenzenlos war.

Bei einem unserer nachmittäglichen Spaziergänge fiel mir ein Junge auf, der an der Ecke von Shire's Yard herumlungerte. Er wirkte grobschlächtig, hatte schwarzes Haar und einen unverschämten Blick. Als ich seine breiten Finger mit den schmutzigen Nägeln sah, erschauderte ich. Einmal starrte ich zurück und erwartete, dass er seine Augen respektvoll senken würde. Stattdessen erwiderte er meinen Blick und entblößte seine Zähne zu einem wölfischen Grinsen. Im Vorbeigehen spürte ich, wie seine Augen meinen Hals und meine Kehle musterten. Als ich in jener Nacht im Bett lag, dachte ich an ihn und lag erregt und schockiert wach.

Als mein sechzehnter Geburtstag näher rückte, bekam ich von meiner Mutter gezierte Briefe in kindlicher Handschrift. Im Vergleich zu den kargen Mitteilungen, an die ich gewöhnt war, war diese neue Korrespondenz entschieden übertrieben. *Wie geht es Dir, meine Tochter?*, schrieb sie. *Wir freuen uns so sehr darauf, Dich zu Hause willkommen zu heißen.* Gleichzeitig wurde ich in den Briefen meines Stiefvaters, die in letzter Zeit weniger häufig und formeller geworden waren, als junge Dame bezeichnet. Ich schloss die Augen und versuchte mir das Gesicht meiner Mutter ins Gedächtnis zu rufen, doch es war ein wenig, wie wenn man versucht, durch Wasser zu sehen oder durch ein dickes, verzerrendes Glas. Sie war wie ein schönes Gemälde, das immer im Salon gehangen hatte – ein ziemlich steifes Porträt, das man wertschätzt und bewundert. In ihren Briefen nannte sie mich *Liebling* und *Liebes*, und ich versuchte, es ihr gleichzutun. Ich spürte, dass sie etwas von mir wollte oder erwartete, und ich rätselte und grübelte, was das sein mochte.

Sobald wir sechzehn wurden, sahen Sophia und ich zu, wie die Mädchen die Schule verließen wie die Zugvögel im Winter. Verlobungs- und Heiratsanzeigen trudelten ein, und wir begannen, nervös zu werden. Es war gut und schön, von einem Geliebten zu träumen; in die Arme irgendeines Mannes gezwungen zu werden, das war etwas ganz anderes. Meine Mutter begann, in ihren Briefen über Kalkutta zu schreiben und über die neuen Kleider, die ich brauchen würde. Ihre Korrespondenz wurde zu einer Prüfliste von Fähigkeiten und Tanzschritten. »Vielleicht«, so schrieb sie, »bist Du ja bereit, in die Gesellschaft eingeführt zu werden?« Ein warmes Gefühl breitete sich in meiner Brust aus. Nach so langer Zeit wollte Mama anscheinend, dass ich wieder bei ihr und Hauptmann Craigie wohnte. Man stelle sich das vor! Ich würde wieder Teil einer Familie sein! Wenn ich die Augen schloss, konnte ich beinahe die Wärme der indischen Sonne auf meiner Haut spüren. Gegen Ende Oktober schrieb Mama, dass sie käme, um mich persönlich abzuholen.

Laufe am 2. November 1836 von Kalkutta aus.
Komme mit Gottes Hilfe Anfang Mai 1837 in Bath an. Wir werden so viel Spaß miteinander haben, Du und ich.

Ich musste den Brief zweimal lesen.

»Stell dir das vor. Mama hier in Bath!«, sagte ich.

Als ich Sophia den Brief zeigte, umarmte sie mich.

»Ich freue mich so für dich«, sagte sie. »Deine Mutter wird sich um alles kümmern.«

»Aber was ist mit dir?«, fragte ich.

»Mach dir um mich keine Gedanken«, meinte sie unbekümmert. »Ich werde wahrscheinlich in London oder Cheltenham in die Gesellschaft eingeführt werden.«

»Wirklich?«, fragte ich mit großen Augen.

»Jetzt ist es also so weit«, sagte Sophia.

Wir starrten einander feierlich an und brachen dann in nervöses Gekicher aus.

Ich klatschte in die Hände und ahmte die steife Verbeugung eines Gentlemans bei einem Ball nach. »Darf ich um das Vergnügen bitten?«, fragte ich.

Sophia raschelte mit ihren Röcken. »Jedes Mal, wenn ich ein Menuett tanze, werde ich an dich denken!«, antwortete sie.

Wir tanzten wie verrückt im Schlafsaal herum, bis wir schließlich ganz schwindlig auf die Betten fielen. Nachdem das Licht gelöscht worden war, schenkten wir einander speziell gefertigte Taschentücher. Auf dem Tuch, das ich Sophia gab, waren unsere verschlungenen Initialen; ihres für mich war in einer Ecke mit einem Elefanten bestickt. Im Dunkeln hielten wir einander fest und versprachen, dass wir uns immer schreiben würden, was auch passieren mochte.

KAPITEL 6

Den ganzen Vormittag hatte ich die Ohren gespitzt wie ein Luchs. Während der vergangenen Wochen hatte ich die Reise meiner Mutter mit Hilfe des Atlas akribisch nachvollzogen – vom Golf von Bengalen über den Indischen Ozean hinunter zum Kap der Guten Hoffnung. Sogar ihre Fahrt von Gravesend nach Bath hatte ich genau ausgearbeitet. Sophia legte gerade letzte Hand an mein Haar, als wir eine Kutsche vorfahren hörten. Wir spähten aus dem Fenster und erblickten eine attraktive Frau in einer voluminösen Wolke aus rosa Seidenbrokat, die sich ihre Haube richtete und das Kleid glattstrich. Mein Herz schlug wie verrückt. Meine Mutter, dachte ich und stellte mir eine herzliche Umarmung vor, eine lenkende Hand. Meine Mutter, dachte ich und erinnerte mich an nicht beantwortete Briefe und meine schmutzigen Fingerabdrücke auf dem Rock eines makellosen Kleides. Mir wurde bewusst, dass ich daran gewöhnt war, an sie als ein fernes und unberührbares Wesen zu denken, nicht als einen Menschen aus Fleisch und Blut.

»Sie sieht aus wie du«, sagte Sophia.

»Das stimmt nicht!«, erwiderte ich scharf.

Sophia hob eine Augenbraue. Meine Reaktion hatte uns beide überrascht.

Die Frau da draußen hatte mein dunkles Haar und meine Augen. Doch waren die ihren braun oder blau? Ich setzte mich vor den Spiegel und betrachtete mich darin. Vor einem Augenblick hatte ich eine kultivierte junge Dame gesehen; jetzt war da nur ein dummes Kind, das die Haare auf eine lächerliche Art hochgesteckt hatte wie eine Erwachsene.

Sophia hatte den ganzen Vormittag damit zugebracht, es nach der letzten Mode zu frisieren. Der vordere Teil war vom Mittelscheitel aus auf beiden Seiten glatt hinuntergezogen und dann über den Ohren zusammengerollt; der Rest war am Hinterkopf in einem Knoten befestigt. Ängstlich tätschelte ich meine Frisur, doch Sophia lächelte.

»Du siehst sehr erwachsen aus«, sagte sie. »Deine Mutter wird dich kaum erkennen.«

Die Tür zum Salon im Erdgeschoss stand halb offen, und in meiner Hast sauste ich hindurch und stieß direkt mit Mama zusammen. Nervös schlang ich die Arme um sie und küsste sie auf beide Wangen. Sie hatte meine Umarmung kaum erwidert, da spürte ich schon, wie sie sich zurückzog.

Sie hielt mich auf Armeslänge von sich und musterte mich von oben bis unten.

»Mein liebes Kind«, sagte sie. »Was in aller Welt hast du mit deinem Haar angestellt?«

Bevor ich antworten konnte, kamen mir die beiden Misses Aldridge mit ihrem Gerede über Reisen und das Wetter und eine Tasse Tee zu Hilfe. Das gute Porzellan war aufgedeckt worden, und es gab eine kleine Auswahl an delikaten kleinen Biskuitkuchen. Während die beiden Schwestern darüber debattierten, wer die Gastgeberin spielen sollte, setzte sich meine Mutter und nahm ihre Haube ab.

Zu meinem Erstaunen sah ich, dass sie *genau dieselbe* Frisur trug wie ich, wobei sie noch rosa Stoffblumen in den Knoten auf ihrem Kopf gesteckt hatte!

Ich musterte sie mit kritischem Blick. Ihre Garderobe war funkelnagelneu. Viele Meter Stoff waren für ihr Kleid mit den Keulenärmeln und dem Rüschenkragen draufgegangen. Selbst ihre Schuhe und ihre Haube waren aus demselben rosa Seidenbrokat. Ich stellte fest, dass ihre Augen nur braun waren, nicht blau.

Wenn ich nicht gut genug für dich bin, dachte ich, dann bist du auch nicht gut genug für mich.

»Die Seereise war furchtbar. Sie haben ja keine Vorstellung«, sagte sie. »Wenigstens werden wir ein wenig Unterhaltung haben, bevor wir zurückfahren müssen. Ich habe uns eine reizende Suite gemietet.«

Die ältere Miss Aldridge hüstelte. »Es ist Mai, Mrs. Craigie. Das Schuljahr endet eigentlich erst im Juni.«

Mutter runzelte die Stirn und deutete dann auf mich, vom Kleid bis zu den Schuhen. »Aber wir haben so viel zu tun. Du meine Güte, Kind, sieh dich doch bloß an.«

»Aber Mama«, wandte ich ein.

Ich dachte an Sophia. Wenn ich die Schule jetzt verließe, würden wir uns wahrscheinlich nie wiedersehen.

»Nun gut«, sagte sie. »Du darfst dein Schuljahr abschließen, aber du wirst bei mir in der Suite wohnen.«

Während des Tees plauderte sie über Mitreisende, ihre Eindrücke von Bath, den charmanten Bekannten, der die Zimmer für sie gefunden hatte. Die Misses Aldridge versuchten immer wieder, über meine Schulbildung zu reden, doch dann nickte Mama nur und wechselte das Thema.

»Ich würde dich sehr gerne herumführen«, bot ich ihr an. »Ich kenne die Trinkhalle, und dann gibt es noch die Abtei und natürlich die Bäder.«

»Und die Assembly Rooms nicht?«, fragte sie.

»Meine Liebe«, meinte Miss Aldridge, »das Mädchen ist doch erst siebzehn.«

»Ach ja, tatsächlich«, sagte Mama.

Noch am selben Nachmittag fuhren Mama und ich mit einer Kutsche zu unserer neuen Unterkunft, die sich am Circus befand, einer der mondänsten Adressen von Bath. Mama und die Misses Aldridge waren übereingekommen, dass ich ein paar Tage Zeit hatte, meine Sachen zu packen und mich zu verabschieden. Am Samstagmorgen würde eine Kutsche kommen und mich und meine Habe abholen.

»Du armes Kind, mit diesen schrecklichen alten Jungfern eingesperrt zu sein«, sagte Mama, kaum dass wir aus der Tür waren.

Am Circus wimmelte es von Kutschen; auf den Gehsteigen nickten und lächelten Nachbarn einander zu. Mama drehte sich hierhin und dorthin und nahm alles in sich auf. Nach einer Runde um den Circus sagte sie dem Kutscher, er solle noch einmal herumfahren.

Die Suite bestand aus einem geräumigen Salon, zwei Schlafzimmern, einem Speisezimmer und der Dienstbotenunterkunft. Mama breitete die Arme aus, als wolle sie die ganze Pracht umarmen; dann wandte sie ihre Aufmerksamkeit mir zu.

»Du musst mir sagen, was hier in Bath die neueste Mode ist. Und wie sind die Herren?«

Dabei lachte sie.

»Aber diese spezielle Frage kannst du natürlich nicht beantworten. Noch nicht. Also erzähle mir von deiner Schule. Obwohl du weiß Gott mehr Schulbildung erhalten hast, als gut für dich ist.«

Ich wollte antworten, doch Mama war bereits dabei, eine umfangreiche Liste zu erstellen.

»Ach ja, Schuhe, natürlich, und mindestens drei Kleider. Wie sind deine Unterröcke?«

Ich hob meinen Rock hoch.

»Um Himmels willen. Du brauchst sie mir doch nicht zu zeigen.«

Sie war eine gutaussehende Frau, daran bestand kein Zweifel. In meinem abgetragenen, mädchenhaften Kleid und meinen geflickten Unterröcken kam ich mir vor wie eine mindere Version von ihr.

»Du hast dich ja immer schon gern zur Schau gestellt«, sagte sie.

Nein, habe ich nicht, dachte ich. Oder vielleicht doch, aber ich war doch erst sechs. Ich starrte diese schöne Frau an, die behauptete, meine Mutter zu sein. Vielleicht ist sie eine Betrügerin, dachte ich hoffnungsvoll. Vielleicht ist sie ja gar nicht meine Mutter.

In der einen Woche nach ihrer Ankunft hatte Mama eine Soiree organisiert. »Betrachte sie als Probeveranstaltung«, sagte sie. Da meine neuen Kleider noch nicht fertig waren, sollte ich eines der bescheideneren Kleider meiner Mutter anziehen, aus hellem, geblümtem Musselin mit einem drapierten Ausschnitt. Darunter trug ich ein neues Korsett mit leichter Polsterung und starken Stäben. Das Dienstmädchen brauchte über eine halbe Stunde, es zuzuschnüren, und als wir dann mein Kleid darüberzogen, waren meine Brüste hochgedrückt und quollen heraus. Ich starrte mein Spiegelbild an. An Mama hatte dieses Kleid mädchenhaft und feminin ausgesehen, an mir jedoch war die Wirkung ganz anders.

»Nun, du bist ungewöhnlich wohlgeformt. Ich weiß nicht, woher du das hast«, sagte Mama und tätschelte ihre schlanke Figur.

Sie breitete die Musselinfalten am Ausschnitt aus und befestigte eine Seidenblume an meinem Dekolleté.

»Was immer du tust, atme nicht zu tief«, sagte sie.

»Aber, Mama ...«

In diesem Augenblick läutete es an der Tür. Sie warf mir einen Kuss zu und ging aus dem Zimmer, und ich gesellte mich widerwillig zu ihr an die Tür.

Der erste Gast war ein Gentleman mit Zähnen aus Holz, der zweite ein dünner, großer Mann mit einem wölfischen Grinsen. Weiterhin kamen drei mollige Damen unbestimmten Alters, ein Mann, dessen Haar braun gefärbt und klebrig aussah, und ein freundlicher Mann mit einem rosigen, glänzenden Gesicht. Der einzige Mann, den man halbwegs als jung bezeichnen konnte, schien etwa im Alter von Mama zu sein.

Als sie uns vorstellte, starrte er auf meine Brust.

»Ich sehe, die Früchte der Mutter sind in der Tochter gereift«, strahlte er.

Mama schenkte ihm ein funkelndes Lächeln, das aber ihre Augen nicht erreichte.

»Keine solchen Reden vor dem Kind«, antwortete sie.

Ich wäre am liebsten im Boden versunken. Sobald alle Gäste da waren, lief ich in mein Zimmer und wickelte mich in ein Tuch. Im Salon riss es mir Mama herunter und stieß mich dann in die Mitte des Raumes. Ich hatte eine Gänsehaut auf den Brüsten.

»Steh aufrecht und lächle«, zischte sie.

Während die beiden für diesen Abend engagierten Dienstboten Gläser mit hellem, süßem Sherry anboten, verkündete Mama, dass ich ein Stück auf dem Klavier spielen werde.

»Ich freue mich, Ihnen meine Tochter vorstellen zu können, die gerade ihre Schule beendet hat«, sagte sie. »Ihr Vater hat darauf bestanden. Es lässt sich nicht ändern.«

Meine Wangen glühten, als ich mich mit einer Gavotte abplagte.

Während des ganzen Abends flüsterte mir Mama Anweisungen zu, wenn sie sich nicht gerade unter die Gäste mischte. »Sieh mir zu«, sagte sie. »Alle wichtigen Lektionen im Leben lernt man in gemischter Gesellschaft.« Als der Mann mit den hölzernen Zähnen seinen Arm um meine Taille legte, warf ich ihr einen hilfeheischenden Blick zu. In einer einzigen eleganten Bewegung bedachte sie den Mann mit dem schrecklichen Gebiss mit einem strahlenden Lächeln und zog mich von ihm weg.

»Du kannst den Gentleman ruhig ausfragen und ihn mit einem Lächeln, einem Augenzwinkern belohnen«, flüsterte sie. »Aber denk daran, dass es Gefälligkeiten gibt, die die Männer wollen, aber nicht von einer zukünftigen Frau.«

Jemand hat einmal gesagt, meine Mutter sei wie eine Schildkröte, die ihre Eier in den Sand legt und sie dann der Natur oder dem Schicksal überlässt. Nicht einen Augenblick hatte sie die Möglichkeit in Betracht gezogen, dass ihre Tochter etwas anderes als eine vorzeigbare junge Frau sein könnte. Doch so wenig sie sich in den vergangenen zehn Jahren um mich gekümmert hatte, hätte mir alles Mögliche passieren können. Ich hätte lahm oder tot sein können. Ich hätte einen Silberblick oder die dicken Knöchel einer Bergwerksarbeiterin haben können. Ich hätte stottern oder mit Leberflecken übersät sein können, sie hätte es nicht gewusst. Zufällig hatte die Natur ihren Lauf genommen und mir Hüften und Brüste und ein ganz hübsches Gesicht gegeben, und das war offenbar das Einzige, was sie interessierte.

»Ich weiß wirklich nicht, warum du noch länger in der Schule bleiben willst«, sagte sie. »Wir haben so viel zu tun.«

Wie sich herausstellte, sollten wir im August nach Indien zurückfahren, in kaum drei Monaten.

»Kalkutta wird dir gefallen; du wirst die Ballkönigin sein. Sobald wir das Kleiderproblem gelöst haben, natürlich.«

»Die Schule dauert ja nur noch einen Monat«, sagte ich. Solange ich noch dort war, konnte ich wenigstens Sophia alle meine Neuigkeiten erzählen.

»Man könnte direkt glauben, dass du nicht nach Indien fahren willst«, erwiderte Mama scharf.

»Aber natürlich will ich, ich kann es kaum erwarten«, sagte ich.

»Die Männer suchen bei einer Frau keine Bildung. Das ist das Letzte, was du brauchst«, meinte Mama. »In deinem Alter war ich verheiratet und hatte ein Kind.«

Gegen Ende des Abends brachte Mama den Namen eines bestimmten Richters ins Gespräch, der als Heiratskandidat in Frage kam. Solch eine Ehe, ließ sie durchblicken, hätte viele Vorteile. Nicht nur für mich, sondern auch für sie und meinen Stiefvater.

Nicht zuletzt würde sie es uns ermöglichen, mit der Creme der Gesellschaft von Kalkutta zu verkehren.

»Er ist ein guter Mann, ein Witwer«, sagte sie. »Du könntest dir kaum etwas Besseres wünschen.«

»Ein Witwer!«, rief ich. »Und wie alt ist er, bitte?«

»Was spielt denn das für eine Rolle?«, fragte sie.

»Wie alt?«

»Wenn du den Vater nicht magst, er hat zwei Söhne.«

»Wie alt?«, fragte ich hartnäckig.

»Neunundfünfzig«, sagte meine Mutter achselzuckend.

»Neunundfünfzig!«, kreischte ich.

»Aber jetzt genug davon«, meinte sie. »Wir müssen an unsere Gäste denken.«

Also hätte mich meine Mutter mit einem alten Mann verheiratet, nur um ihren eigenen gesellschaftlichen Ambitionen nachzukommen. War das alles, was sie an mir interessierte? Ich sah mir die Männer mittleren Alters in unserem Salon an. Ich hätte gern einen jungen Ehemann gehabt, mit kräftigen weißen Zähnen und eigenen Haaren. War das wirklich zu viel verlangt?

Während der folgenden Wochen widmete sich Mama meiner Verwandlung. Wir fuhren zum Schneider, zum Schuhmacher, zum Handschuhmacher. Große Mengen an Unterröcken, Unterhemden und Nachthemden wurden bestellt. Für zwei Tageskleider, ein Nachmittagskleid und mein erstes Abendkleid wurde Maß genommen.

Wir suchten also ein Geschäft nach dem anderen auf, und dabei brachte mir Mama alles bei, was sie wusste. Sie lehrte mich, wie ich lächeln sollte – nur leicht, aber oft; wann ich meine Meinung für mich behalten sollte – meistens; wie man Verkäuferinnen herumkommandiert – mit absoluter Selbstsicherheit und Autorität; wie man Stoffe unterscheidet; und, am allerwichtigsten, mich ernsthaft mit Hüten auseinanderzusetzen. Wie es schien, offenbarte sich in den Augen meiner Mutter das Wesen einer Frau auf ihrem Kopf.

Bei der Putzmacherin untersuchte sie das Futter und die Verarbeitung so genau, dass es mir peinlich war.

»Musst du das denn tun, Mutter?«, protestierte ich.

»Unsinn, Kind«, antwortete sie. »Ich wünschte, ich würde noch Hüte machen. Mit einem Hut steht und fällt die Kleidung. Ein Hut kann aus einer Frau eine Königin machen.«

Als sie mir ihre Lieblingshüte beschrieb, wusste ich nicht, ob sie mich zum Besten hielt oder nicht.

»In Irland habe ich einen Hut mit einem winzigen Segelschiff obenauf gemacht, und einen anderen, auf dem exotische Früchte aufgetürmt waren.«

Die Putzmacherin und ich wechselten einen Blick.

Als sich Mama schließlich für einen dezenten Tageshut aus getupftem Tüll und zwei Hauben, eine aus Stoff, die andere aus Stroh, entschied, seufzte ich erleichtert auf.

Zwischen dem Begutachten von Stoffen und Teetrinken lernte ich Mamas Denkweise und ihre Eigenarten kennen. Ich wünschte, ich könnte sagen, sie hätte sich bemüht, mich zu verstehen, aber ihre Aufmerksamkeit ging nie darüber hinaus, ob mir rosa oder blau besser stünde.

»Du bist meine Tochter, nicht wahr?«, sagte sie. »Das genügt mir.«

Kurz nach der Ankunft meiner Mutter hatte ich sie Sophia vorgestellt, in der Hoffnung, dass unsere Freundschaft weiterbestehen möge. Als ich das nächste Mal zur Schule ging, erfuhr ich, dass Mama Nachforschungen angestellt und Anweisung gegeben hatte, Sophia und mich zu trennen. »Sie ist zu überdreht«, sagte Mama, aber ich wusste, es lag daran, dass sie ein uneheliches Kind war.

Sophia und ich sahen einander quer durch das Klassenzimmer sehnsüchtig an. Ohne sie hatte ich niemanden, dem ich meine größten Ängste anvertrauen und den ich um Rat bitten konnte. Ich sagte Mama immer wieder, dass ich den Richter nicht heiraten würde, doch sie lachte mich nur aus.

»Wie willst du allein überleben?«, fragte sie. »Willst du vielleicht auf der Straße Blumensträuße verkaufen?«

Mama war beinahe einen Monat in Bath, als uns ein neuer Gentleman seine Aufwartung machte. Ich saß im Salon und stickte halbherzig ein Muster aus blassen Glyzinien, als es mehrmals an der Tür läutete. Es war ein heller Maimorgen, und das Zimmer war lichterfüllt. Vor dem Fenster standen in den Gärten des Circus Tulpen und Bartnelken in voller Blüte. Zwischen den Stichen setzte ich in Gedanken einen Brief an Sophia auf. Mama erwartete, dass ich in weniger als drei Monaten verheiratet war. Nichts, was ich sagte, konnte sie umstimmen. Allein dass der Tag so hell war, tat mir weh und machte mich traurig. Ich dachte an eine junge Knospe, die in der runzligen Hand eines alten Mannes zerquetscht wurde. An Tulpenblätter, die auf dem Boden lagen.

»Ein Leutnant Thomas James«, verkündete das Dienstmädchen.

Das Letzte, wonach mir jetzt zumute war, war ein Gast.

»Er kann doch gewiss eine Visitenkarte hinterlassen«, sagte ich.

Ich wollte ihn schon wegschicken, als Mama atemlos in den Raum stürzte.

»Thomas James?«

Ich beobachtete sie mit neuem Interesse. Noch nie hatte ich sie so gesehen – mit geröteten Wangen und total verwirrt. Was für eine Art Mann hatte sie so durcheinandergebracht? Meine eigenen Sorgen waren für den Augenblick vergessen und meine Neugier geweckt. Während er warten musste, wurde der Raum rasch umgeräumt und das Dienstmädchen losgeschickt, einen Kuchen zu holen.

»Ich habe ihn auf der Schiffsreise von Indien hierher kennengelernt«, erklärte Mama.

»Du hast ihn nie erwähnt«, sagte ich.

Beide lauschten wir gespannt auf Schritte im Vorzimmer. Das sind die banalen Augenblicke, in denen ein Leben, das genau vorgezeichnet ist, plötzlich ins Wanken kommen und die Richtung ändern kann.

KAPITEL 7

Im Salon knisterte es vor Energie. Das Dienstmädchen wirkte nervös; Mama war unnatürlich still. Der große Spiegel war hinausgebracht, die Näharbeit weggeräumt worden. Eine Vase mit Pfingstrosen hatte man dreimal umgestellt. Als der Leutnant hereingebeten wurde, schlug er die Hacken zusammen und verbeugte sich.

Ich blickte von Mama zu unserem Gast, doch ich konnte an seiner Erscheinung nichts entdecken, das ihre bange Reaktion erklärt hätte. Er war weder groß noch klein. Sein kastanienbraunes Haar war weder dunkel noch hell. Zwar hatte er blaue Augen, doch sie waren weder düster noch blass. Die rote Uniformjacke und die enge Hose standen ihm nicht besser oder schlechter als irgendeinem anderen Offizier.

Mama wirkte in ihrem violetten Kleid durchscheinend wie Porzellan, die einzige Farbe in ihrem Gesicht war ein rosiger Schimmer auf ihren Wangen.

Als der Leutnant zu sprechen begann, verriet sein Akzent irische Wurzeln. Ich sah, dass seine Zähne strahlend weiß waren.

»Mrs. Craigie«, sagte er.

»Thomas«, antwortete sie lächelnd.

Im Gespräch mit ihm wurde Mamas irischer Akzent stärker. Ihre Nationalität hing wie etwas Vertrautes zwischen ihnen. Ich erinnerte mich an leichten Regen über einem fernen blauen Berg.

Ich hatte schon sehr lange nicht mehr an Irland gedacht. Als Leutnant James Mamas Hand küsste, glühten ihre Wangen. Irgendetwas ging zwischen ihnen vor, das ich nicht verstand.

»Mein lieber Leutnant«, sagte Mama. »Ich freue mich so, Sie zu sehen. Ich hoffe, Sie sind wieder vollständig genesen?«

»Allerdings. Ein Monat in Irland hat mir unendlich gut getan. Der Aufenthalt daheim war großartig.«

Mama nickte.

»Das ist meine Tochter, Eliza.«

Der Leutnant küsste meine Hand.

»Sie sind fast so schön wie Ihre Mutter.«

Ich versuchte zu lächeln. Das war nicht ganz das Kompliment, das ich mir gewünscht hatte.

Mama neigte den Kopf. »Ich hoffe, Sie können ein wenig Zeit mit uns hier in Bath verbringen«, sagte sie.

»Allerdings«, antwortete er. »Ich glaube, wir kehren ungefähr zur selben Zeit nach Indien zurück.«

An jenem Nachmittag dauerte der Tee bis zum Abend. Eine zweite Runde Erfrischungen wurde bestellt, und dann eine dritte. Obwohl sich die Unterhaltung auf Nettigkeiten beschränkte, schien hinter den Worten eine andere Art von Kommunikation abzulaufen. Am nächsten Tag machte uns Leutnant James wieder seine Aufwartung. Zwei Tage später lud er uns in die Trinkhalle ein. Bald kam er fast jeden Tag. Er begleitete Mama und mich in der Stadt, ins Theater und auf Spaziergängen durch den Park. Abends besuchten sie gemeinsam die Assembly Rooms. Sie waren häufig miteinander allein.

Eines Tages tauchte ein großer Koffer in Mamas Schlafzimmer auf. Wenn meine neuen Sachen geliefert wurden, erlaubte sie mir, ein Unterhemd oder einen Unterrock davon zu nehmen. Die übrigen wurden sorgfältig in Seidenpapier gewickelt und in den Koffer gepackt. Als meine neuen Kleider eintrafen, bestand Mama darauf, dass sie in ihrer Schutzhülle aus Musselin blieben.

»Die sind für deine Aussteuer«, sagte sie.

»Aber Mama«, wandte ich ein, »ich brauche auch etwas zum Anziehen, solange wir noch in Bath sind.«

»Sie sind für Indien«, erklärte sie.

Rasch wurden zwei schlichte Musselinkleider für mich angefertigt. Eines war grellweiß, das andere in einem blassrosa Farbton, der mir überhaupt nicht schmeichelte. Manchmal, wenn Mama nicht da war, befühlte ich sehnsüchtig die eleganten neuen Kleider durch ihre Hüllen.

»Du musst nur meine Wünsche erfüllen, dann kannst du die neuen Kleider tragen, wann immer du willst«, sagte Mama.

Als Probe für den großen Regimentsball in Kalkutta hatte sie mir erlaubt, einmal in die Assembly Rooms mitzugehen.

»Aber dass du nicht auf dumme Gedanken kommst«, sagte Mama. »Du heiratest den Richter, und dabei bleibt es.«

Bei der Schneiderin entstand langsam aus Ballen cremefarbener Seide und meterweise Tüll und Spitzen mein Abendkleid. Bei jeder Anprobe verfeinerten und veredelten die Näherinnen ihre Creation. Der Ausschnitt war mit Schlingen verziert und das Oberteil um die Schultern drapiert, an den Rock wurden Volants genäht. Die Taille wurde enger gemacht; die Röcke schienen sich endlos über den Fußboden zu bauschen.

Ich stand vor dem Spiegel und wiegte mich hin und her; ich erfreute mich am Rascheln der Seide um meine Füße und vergaß dabei jeden Gedanken an unsere herannahende Rückkehr nach Indien.

»Steh still, Kind«, sagte die Schneiderin.

Ich hob die Arme, während zwei Näherinnen mit Stecknadeln zwischen den Zähnen das Mieder enger zogen; ich träumte von dem bevorstehenden Ball – dass alle mich bewunderten, wie ich elegant über das Parkett wirbelte –, als eine Spitzenklöpplerin, die still in einer Ecke vor sich hin arbeitete, meine Aufmerksamkeit erregte. Ihre Augen waren seltsam unkonzentriert und unstet. Zwischen ihren flinken, geschickten Fingern quoll feine, cremefarbene Spitze hervor.

Ich stupste Mama an.

»Still, Kind«, sagte sie. »Siehst du denn nicht, dass die arme Frau blind ist?«

Die Besitzerin bemerkte meine Verwirrung und wies die Frau an, die Spitze auf dem Tresen auszubreiten.

Dann sagte sie zu Mama: »Das ist die Bath-Spitze, die Sie für das Kleid der jungen Dame bestellt haben. Erinnern Sie sich?«

Die Spitze war ein zartes Gespinst aus Seidenfäden, die zu einem filigranen Muster aus Vögeln, verschlungenen Reben, Blättern und Blumen verarbeitet waren. Während Mama sie bewunderte, kehrte die Spitzenklöpplerin an ihren Platz zurück und arbeitete weiter. Ich sah, dass ihre Fingergelenke geschwollen und ihre Fingerspitzen wund waren.

Meine Aufregung über das Kleid löste sich augenblicklich in Nichts auf. Als die Näherin die Spitze an meinen Ausschnitt heftete, erschauderte ich.

»Ich habe es lieber ohne Spitzen«, sagte ich.

»Mach dich nicht lächerlich«, sagte Mama. »Die Spitze wurde speziell angefertigt.«

»Es ist mein Ernst«, sagte ich.

Die Näherin machte zögernd weiter. Eine Hilfskraft begann behutsam, Spitzen an die Volants am Rock zu befestigen, bis ich es nicht mehr aushielt. Ungeachtet der davonfliegenden Stecknadeln und der aufgehenden Heftnähte zerrte ich das Kleid von meinen Schultern. Als ich mich aus dem Mieder kämpfte, kratzten die Stecknadeln meine Haut, und ein winziger Blutstropfen landete auf dem Rock. Bevor noch größerer Schaden angerichtet wurde, half mir die Näherin heraus.

Mama und die Schneiderin wechselten verblüffte Blicke. Eine der Näherinnen deutete zur Erklärung auf die Spitzenklöpplerin. Doch selbst nachdem die bemitleidenswerte Frau weggeschickt worden war, sah ich noch immer ihre fleißigen, verkrümmten Finger vor mir, die endlose Massen feiner, himmlischer Spitze produzierten.

Der Leutnant wurde zu einem festen Bestandteil unseres Lebens. Bei Soireen saßen er und Mama nebeneinander und tauschten vertrauliche Bemerkungen aus. Manchmal legte sie ganz flüchtig sanft ihre Hand auf die seine. Er blieb galant, aber still. Mama vergaß, was sich schickte. Dass er so oft zu Besuch kam, gab Anlass zu Klatsch. Sein Beschützerverhalten ihr gegenüber blieb nicht unkommentiert. Ich begann ihn als Mamas Kavalier zu bezeichnen, da er sich rührend um sie kümmerte. Er hob ihr Schultertuch auf; er füllte ihr Glas nach. Wie ich feststellte, hatte er eine beruhigende Wirkung auf sie. In seiner Gesellschaft war sie weniger reizbar.

Und auch ich mochte ihn recht gern. Er hörte mir zu, und dafür war ich ihm dankbar. Wenn er mich zur Schule begleitete, sprachen wir über die Ereignisse des Tages.

Waren wir allein, krachten Mama und ich immer wieder zusammen. Wenn der Leutnant zu Besuch war, verhielten wir uns höflich-distanziert. In seiner Gegenwart behandelte sie mich wie ein harmloses, aber frühreifes Kind.

»Ist es nicht merkwürdig«, erlaubte ich mir eines Tages zu sagen, »dass ein junges Mädchen Herrscherin über ein ganzes Land werden kann, während Frauen nicht einmal wählen dürfen?«

»Eine kleine Republikanerin«, meinte Thomas lächelnd.

»Sei nicht so nachsichtig mit ihr«, sagte Mama.

Der Leutnant hatte eine Tageszeitung mitgebracht. Während er auf Mama wartete, las ich begierig die Titelseite. König William war ernstlich krank. Wenn er starb, war seine junge Nichte, Prinzessin Alexandrina Victoria, die Nächste in der Thronfolge.

Als Mama ins Zimmer kam, riss sie mir die Zeitung aus der Hand.

»Vielleicht könntest du das nächste Mal die Zeitung im Club lassen«, schalt sie den Leutnant.

Er zog eine Augenbraue hoch und las dann trotzdem weiter.

»Es ist zweifellos lächerlich, dass ein achtzehnjähriges Mädchen möglicherweise Königin werden könnte«, meinte er.

»Sie hat eine Mutter, die sie führen kann«, antwortete Mama.

»Vielleicht sind manche Mädchen tüchtiger, als man ihnen zugesteht«, warf ich ein. »Wenn eines herrschen darf, könnten andere vielleicht ein kleines Mitspracherecht über ihr Leben haben.«

»Eigensinn ist ein hässlicher Zug und steht einem jungen Mädchen nicht gut an«, sagte Mama.

Zum Leutnant meinte sie: »Politik ist wohl kaum ein geeignetes Thema in gemischter Gesellschaft.«

Als das Dienstmädchen hereinkam, bat Mama sie, die Zeitung wegzubringen.

»Es tut mir leid, wenn ich meine Gedanken nicht ausschließlich auf Klatsch und Stickerei beschränken kann«, fauchte ich.

Ich ging und lief dem Dienstmädchen nach. Dann verbrachte ich den Nachmittag in meinem Zimmer und las die Zeitung von Anfang bis Ende. Ich studierte jede langweilige Einzelheit, jeden noch so ermüdenden Bericht. Sogar die Reklame und die Sportseiten las ich.

Der große Koffer in Mamas Zimmer füllte sich stetig. Ich trug meine zwei schlichten Kleider, während jene im Koffer immer raffinierter wurden. Immer wenn ein neues Kleidungsstück geliefert wurde, rief mich Mama zu sich, und ich drückte mich an der Tür herum. Wenn sie hinausging, spähte ich hinein und machte dann energisch ihre Tür und den Kofferdeckel zu. Glaubte sie wirklich, sie könnte mein Einverständnis kaufen? Als ich ein Paar bestickte Hausschuhe aus blauem Brokat mit gelbem Seidenfutter erblickte, kam meine Entschlossenheit ins Wanken. Ich sah mich, wie ich in Schuhen wie diesen durch einen eleganten Salon glitt und Gäste in meinen eigenen Ballsaal bat. Der Inhalt des Koffers versprach ein luxuriöses, sorgenfreies Leben. Was für eine andere Wahl hatte ich denn? Ich dachte an das kleine Mädchen vor der Trinkhalle, das mit dem Mann im Gehrock verschwunden war. Als ich Sophia auf sie aufmerksam gemacht hatte, hatte sie mich ungläubig ausgelacht. »Ich glaube nicht, dass der Gentleman an Veilchen interessiert ist, und schon gar nicht an Brunnenkresse!«

Einen Monat nach meinem Schulabschluss fand mein Debüt in den Assembly Rooms statt. Ich trug das Abendkleid aus cremefarbener Seide, Mama eines in schimmerndem blassem Rosa. Die riesigen Kronleuchter über uns glitzerten. Die Wände waren wasserblau. Das Licht strahlte von Kerzen, Schmuck und diamantbesetzten Kleidern. Ich sah ein junges Mädchen mit gerötetem Gesicht in einem bauschigen Kleid, das ein wenig aussah wie Schaumgebäck, und einen jungen Mann, dessen gestärkter Kragen so hoch war, dass er sich bei einer plötzlichen Bewegung damit die Wangen wund scheuerte.

In den Spiegeln des Ballsaales sah ich mein eigenes herrliches Spiegelbild. Meine Schultern ragten aus einem Ausschnitt aus Biesen und Falten, mein Rock ergoss sich von einer zarten Taille in cremefarbenen Volants auf den Boden. Ich war wohlgeformt wie ein Schwan. Der Leutnant bahnte uns den Weg durch die Menge, während Mama und ich den Leuten zunickten und den Kopf neigten. Mein Blick fiel zuerst auf die Ausstattung und dann auf die Kleider. Ich war so geblendet, dass ich kaum merkte, wie die Herren sich in meine Tanzkarte eintrugen. Wie ein pollentrunkener Schmetterling im Hochsommer wanderte mein Blick von einem Anblick zum nächsten. An der Decke waren Gipsgirlanden und Lorbeerzweige angebracht; die Kamine waren mit Palmblättern und Rosetten verziert. Ich sah eine Frau, die auf dem Kopf geschwungene babyblaue Pfauenfedern trug, und einen grinsenden Mann mit zwei Metallplatten statt Zähnen.

Als wir schließlich Platz nahmen, war meine Tanzkarte fast voll. Ich blickte auf die Liste der Namen, kannte jedoch nur den ersten.

Leutnant James verbeugte sich, und wir begaben uns aufs Tanzparkett.

»Du siehst bezaubernd aus«, sagte er.

»Fast so schön wie Mama?«, fragte ich.

Beim Eröffnungstanz blickten wir beide auf Mama, die mit ihrem Tanzpartner drei Paare weiter stand. Sie war sehr schön, daran bestand kein Zweifel. Alles an ihr war zart und elegant. Sie war wie eine exquisite, fein gearbeitete Puppe. Ich richtete mich gerade auf. Mama ist vielleicht hübsch, dachte ich, aber ich habe die Jugend auf meiner Seite. Ein Stern verblasst, der andere geht auf. Ich habe die Figur einer Frau, während sie noch immer die Formen eines Mädchens hat.

Beim Tanzen registrierte ich die bewundernden Blicke und kostete sie voll aus. Ich überlegte, wie ich das Band zwischen Mama und ihrem Kavalier zerreißen könnte, damit er seine Aufmerksamkeit ausschließlich mir schenkte. Am Ende des Tanzes legte der Leutnant seine Hand auf meinen Rücken, und während er mich von der Tanzfläche führte, lief diese Berührung kribbelnd durch meinen Körper.

Als die Dessous für meine Aussteuer kamen, erbot sich Mama, mir zu zeigen, wie jedes intime Stück getragen werden sollte. Ich sah ihr zu, wie sie in ihrem Schlafzimmer gierig das Seidenpapier durchwühlte und dann ganz verzückt vor dem Spiegel ein weiteres luxuriöses Teil an ihren Körper hielt: ein Unterleibchen aus feinem, mit Pergamentspitze besetztem Kambrikmusselin, einen

Morgenrock aus weißem Pikee mit einem capeartigen Kragen, ein duftiges, mit Valenzianischer Spitze besetztes Negligé. Ihre Augen strahlten vor Glück wie die einer Frau, die von ihrem Liebhaber träumt.

»Ich zeige es dir«, sagte sie.

Ich biss die Zähne zusammen. »Das ist sehr lieb von dir, Mama«, sagte ich, »aber wir haben weder die gleiche Größe noch die gleiche Figur.«

Sie drehte sich abrupt zu mir um und warf mir das Negligé in die Arme.

»Du weißt gar nicht, welches Glück du hast«, fauchte sie mich an. »Ich musste mich bei meiner ersten Hochzeit mit einem geborgten Kleid begnügen. Die einzigen neuen Sachen, die ich hatte, waren ein gehäkeltes Häubchen und ein Stück Baumwollspitze.«

Die Tage vergingen wie im Flug. Die Fahrkarten für unsere Schiffsreise nach Indien trafen ein. An den Tagen, an denen Mama Leutnant James entbehren konnte, begleitete er mich weiterhin zur Schule. Sophia war vor kurzem von dort abgegangen, und ohne sie hatte ich niemanden, dem ich mich anvertrauen konnte. Eines Tages war ich in die Schule gekommen und hatte einen Brief und eine Länge himmelblauen Tüll (inzwischen verblasst) vorgefunden. Sie wohnte jetzt bei einer Tante in Cheltenham, die hoffte, eine passende Ehe für sie arrangieren zu können.

»Umarme die Zukunft!«, schrieb sie.

Vielleicht lag es am Gehen, dass ich mich öffnete. Es weckte Erinnerungen an endlose Spaziergänge auf den Decks von Schiffen, bei denen mein winziges Händchen von der beruhigenden Hand meines Vaters gehalten wurde.

»Du musst Thomas zu mir sagen«, sagte Leutnant James. Aber das konnte ich nicht, er war so viel älter als ich. Stattdessen antwortete ich, er sei für mich wie ein Vater und würde immer Leutnant James bleiben.

Als der Tag der Abreise näher rückte, konnte ich an nichts anderes mehr denken.

»Bin ich denn nur das Eigentum meiner Mutter?«, fragte ich flehentlich. »Muss ich wirklich mitfahren?«

»Irgendwann musst du heiraten«, sagte der Leutnant.

»Aber ich bin doch erst siebzehn; würden Sie mich in die Hände eines alten Mannes geben?«

»Ein alter Mann ist vielleicht netter.«

»Dass mich ein alter Mann abgrapscht? Mehr bin ich nicht wert?«

»Deine Mutter will nur das Beste für dich, das weißt du.«

»Auf Sie würde Mama hören.«

»Ich weiß nicht«, sagte er.

»Wollen Sie, dass ich auf die Knie falle?«, fragte ich.

»Sei nicht so theatralisch, Kind.«

Ich wirbelte wütend herum.

»Nennen Sie mich nicht Kind«, fauchte ich.

Ich spürte, wie mir der Atem stockte – in meiner Brust, in meiner Kehle, in meinem Mund. Ich funkelte den Leutnant an, und er starrte mit einem seltsamen, verwirrten Gesichtsausdruck zurück. Einen Augenblick lang schwiegen wir beide. Ich spürte seinen Atem auf meinem Gesicht. Schließlich räusperte er sich. Ich stellte fest, dass sein kastanienbraunes Haar dick und glänzend war. Seine Augen waren von einem sanften Blau.

Eines Abends, als Mama und der Leutnant ausgegangen waren, zog ich meine Kleider aus und schlüpfte in das Spitzennegligé. Es war halb durchsichtig und enthüllte die Umrisse meines Körpers. Die vielen Bahnen von Spitze auf meinen Brüsten und Oberschenkeln warfen Muster auf meine Haut. In diesem Negligé fühlte ich mich nackter, als hätte ich gar nichts angehabt.

Ich hockte auf Mamas Bettkante und versuchte mir vorzustellen, es sei meine Hochzeitsnacht. Das hauchdünne Gewebe strich über meine Haut. Ich spürte ein unbehagliches Beben zwischen meinen Schenkeln. Ich stellte mir vor, ich warte. Aber worauf? Und was sollte als Nächstes passieren?

Während meine Augen das komplizierte Muster nachzeichneten, erinnerte ich mich an Spitze, die zwischen verkrümmten, arthritischen Fingern entstand. In einer Ecke eines dunklen, engen Raumes produzierte irgendein armes Geschöpf für einen Hungerlohn endlose Mengen dieser hauchdünnen Spitzen. Ich hatte das Gefühl, in einem tödlichen seidenen Netz gefangen zu sein: eingekerkert vom Inhalt eines Koffers. Schaudernd zog ich das Negligé aus und kuschelte mich in die Sicherheit meiner eigenen keuschen, mädchenhaften Kleider.

Der Juni war traditionellerweise ein Monat für Hochzeiten; jeden Samstag läuteten die Kirchenglocken, und die Bräute traten aus der Kirche. Selbst die Bäume trugen ihr schönstes Hochzeitskleid. Nach meinem letzten Tag in der Schule flehte ich den Leutnant wieder einmal an. Wir gingen einen anderen Weg durch den botanischen Garten. Die Rhododendren waren in Unmengen zarter Blüten gehüllt. Auf dem Boden lagen die abgefallenen Kirschblüten wie die Schleppe eines Hochzeitskleides.

»Bitte lassen Sie nicht zu, dass sie mich nach Indien zurückbringt«, rief ich.

»Aber was kann ich denn tun?«, fragte er.

»Ich bitte Sie inständig«, sagte ich.

Eine Träne lief mir über die Wangen, und er packte mich an den Schultern. »Bitte weine nicht.«

Zögernd legte er die Arme um mich. Eine Träne nach der anderen lief über mein Gesicht, bis seine Jacke an der Schulter nass war. Als mein Schluchzen langsam nachließ, merkte ich, dass ich seinem Herzschlag lauschte. Mein eigenes Herz pochte laut, doch das des Leutnants noch viel mehr. Ich blickte zu ihm auf und sah, dass sein Gesicht gerötet war. Seine Lippen waren geöffnet, als bekäme er keine Luft.

»Warum bringen Sie mich nicht weg?«, flüsterte ich.

»Du weißt nicht, was du da sagst.«

»Nein«, sagte ich.

Ich wusste, dass ich mich in seinen Armen sicher fühlte. Ich wusste, dass unsere Herzen im Gleichtakt schlugen. Wenn mein Kopf an seiner Schulter lehnte, waren alle meine Sorgen wie weggeblasen. Ich blickte schüchtern zu ihm auf; er schien sich in der Wärme meiner Hilflosigkeit zu sonnen. Als er mich sanft auf den Mund küsste, begab ich mich vollkommen in seine Hände.

3. Szene

Eine Länge himmelblauer Tüll

KAPITEL 8

Stellen Sie sich einen seltsamen, aber schönen Garten vor, in dem sich auf einem geheimnisvollen Baum eine Knospe entfaltet. Meine Mutter erwartete ganz zweifellos eine wunderschöne Blüte, die ein gutes Licht auf sie werfen und einen guten Preis erzielen würde – eine süß duftende, üppige persische Rose vielleicht oder eine zart getönte Magnolie. Leutnant James hingegen nahm an, dass er einen frischen und formbaren jungen Trieb gewonnen hatte, den er schulen, zügeln und stutzen konnte.

Wenn ich an mich als Siebzehnjährige zurückdenke, sehe ich ein schlummerndes Wesen, das sich mit aller Kraft befreien will. Ich war impulsiv und reagierte nur, sprang herum wie ein Bild in einem Spiegelkabinett. In einem Spiegel sah ich mich mit den Augen meiner Mutter, in einem anderen erblickte ich die Liebste von Thomas, in einem dritten ein Schulmädchen in geflickten Unterröcken. Ich handelte instinktiv und wartete dann atemlos darauf, was dabei herauskam. Ich wusste es noch nicht, aber ich steckte in einem klebrigen Netz fest – je mehr ich strampelte, desto mehr verfing ich mich darin.

Ein Streit mit Mama trieb mich schließlich zur Tat. In der Woche vor unserer Abreise nach Indien stürmte sie frühmorgens in mein Schlafzimmer und rüttelte mich wach. Ich hatte fest geschlafen und von einem jungen Verehrer mit blondem Haar und blitzenden blauen Augen geträumt. Es war kaum sieben Uhr, doch sie war bereits voll in Fahrt. Während sie die Vorhänge aufzog, umklammerte ich die Tagesdecke und schirmte meine Augen ab.

»Mir liegt wirklich nur dein Wohl am Herzen, das kann jeder sehen«, sagte sie, während sie im Zimmer herumschoss, ein Kissen geraderichtete, ein Kleid auf dem gepolsterten Satinbügel glattstrich und einen Stuhl zurechtrückte.

»Außer dir, natürlich. Was bist du eigentlich für eine Tochter? Nach mir kommst du jedenfalls nicht, gar nicht.«

Ich griff nach meinem Morgenmantel. »Gott sei Dank«, erwiderte ich. »Hoffentlich bin ich mehr die Tochter meines Vaters als die deine.«

Mama warf ein Bündel gebügelte Wäsche auf das Bett und stolzierte aus dem Zimmer. Fünf Minuten später war sie wieder zurück. Ich beobachtete sie im Spiegel der Frisierkommode, während ich meine Haare in langen Strichen vom Ansatz bis zu den Spitzen bürstete.

»Mögest du so billig und geschmacklos sein wie dein Vater«, rief sie und knallte einen Ring mit einem roten Stein auf die Marmorplatte der Kommode. »Das ist sein Verlobungsring; du kannst ihn gerne haben. Ich weiß nicht, warum ich ihn überhaupt behalten habe. Er hat mir einen Rubin versprochen. Und was glaubst du, was das ist? Es ist rotes Glas. Nicht einmal ein Granat. Und die Fassung ist vermessingt. Gott steh dir bei, wenn du nach deinem Vater kommst. All deine Träume werden zu Staub zerfallen, all deine Versprechungen zu Asche. Ich will nur das Beste für dich. Einen Platz in der Gesellschaft, Sicherheit. Ich weiß nicht, warum du das nicht verstehst. Romantik ist genauso unecht wie dieser unnütze Tand. Glaub mir, sie vergeht sehr schnell.«

Ich blickte von Mama auf den Ring. Die aufwändige Einfassung sah aus wie geprägtes Gold, der viereckige facettierte Stein hatte die Farbe von dunklem, rauchigem Rotwein und war ungewöhnlich groß. Ein echter Rubin dieser Größe wäre zweifellos überaus kostbar gewesen.

»Woher weißt du, dass er wertlos ist?«, fragte ich.

Mama mied meinen Blick.

»Weil ich versucht habe, ihn zu verkaufen«, flüsterte sie.

Als sie weg war, hielt ich den Ring gegen das Licht. Der rote Stein leuchtete prächtig wie eine dunkle Flüssigkeit. Während ich ihn genau inspizierte, wurde vom Spiegel und von den Wänden ein dunkelroter Lichtstrahl zurückgeworfen. Mama mochte den Ring als billige Imitation betrachten, doch für mich war er ein handfester Beweis dafür, dass ich ein Kind der Liebe war. Es war die Absicht, die zählte, nicht wahr? Hätte sich mein Vater einen Rubin leisten können, hätte er ihn ihr gewiss gekauft, da war ich ganz sicher. Vielleicht ist er ja betrogen worden, dachte ich. Vielleicht hatte er den Ring in gutem Glauben gekauft, ohne zu merkten, dass man ihn übers Ohr gehauen hatte. Er hätte sie doch nicht absichtlich belogen, oder?

Ich dachte an das lächelnde Gesicht meines Vaters, an seinen dünnen Schnurrbart und den blonden Backenbart. Ich erinnerte mich, wie er mich in die Luft geworfen, aufgefangen und herumgewirbelt hatte, als ich drei, vier Jahre alt gewesen war. Wäre er noch am Leben gewesen, er hätte nicht auf dieser Heirat bestanden. Er hätte sich gewünscht, dass ich glücklich würde, da war ich sicher.

Ich steckte den Ring an und streckte den Arm aus, um ihn zu bewundern. Hätte sich meine Mutter mehr um ihn gekümmert, wer weiß? Vielleicht wäre er dann noch am Leben. Sie hätte ihn lieben und ehren und nicht so darauf erpicht sein sollen, ihn herabzuwürdigen, dachte ich. In diesem Augenblick beschloss ich, dass Mamas schneidiger Kavalier der meine werden würde. Wenn er gut genug für sie war, war er auch gut genug für mich. Sollte sie doch selbst den Richter nehmen, wenn ihr an dieser Heirat so viel lag.

An meinem letzten Abend in Bath wickelte ich den rubinbesetzten Ring in das bestickte Taschentuch, das mir Sophia geschenkt hatte, und packte ihn dann in den himmelblauen Tüll. Wie oft meine Mutter auch behaupten mochte, der Ring sei wertlos, für mich würde er immer kostbar sein. Wieso war sie so zynisch? Die Enttäuschung hatte sie verbittert, entschied ich. Vielleicht hatte sie mich auch in einem letzten verzweifelten Versuch, meine Einwilligung zu erlangen, angelogen. Selbst wenn der Ring nicht so wertvoll war, wie sie einmal geglaubt hatte, stand für mich fest, dass er nicht nur ein Stück farbiges Glas war. Ich schloss den Deckel meines kleinen indischen Koffers und schwor mir, niemals so eine kaltherzige, unromantische und berechnende Frau zu werden. Was auch immer passieren mochte, ich würde meiner Mutter weder in Gedanken noch in Worten oder Taten ähnlich werden. Nicht einmal im leisesten Hauch eines Charakterzugs oder einer Angewohnheit, nicht im Schatten eines Blicks oder im Echo eines Seufzers.

KAPITEL 9

Ich hatte nur wenig zu packen – ein paar Schmuckstücke, mein selbst zusammengenähtes Seidentuch, das inzwischen verblasst und voller Löcher war; als Erinnerung an Sophia den himmelblauen Tüll. Meine schlichten, schlecht sitzenden Schulkleider ließ ich im Schrank hängen. Der neue Koffer war aus Mamas Zimmer ins Vorzimmer gebracht worden, wo er neben drei anderen darauf wartete, nach Indien verschifft zu werden. Ich warf einen letzten Blick auf Mama. Sie hatte eine schwarze Satinmaske über den Augen und schlief tief und fest. Ihr dunkles Haar war ordentlich auf dem Kissen ausgebreitet. Ich schrieb ihr keinen Brief; sie würde es bald genug herausbekommen. Ich zweifelte keinen Augenblick daran, dass mich der Leutnant abholen würde. Um genau drei Uhr früh hörte ich die Pferde.

Vor der Tür blickte ich mich noch einmal um. Die ganze Welt schlief. Selbst die Blumenknospen waren zum Schutz vor der Nacht geschlossen.

In der Kutsche zog mich der Leutnant in seine Arme und wickelte uns beide in eine Felldecke. Ich war warm eingemummt und wurde im Arm gehalten; für den Augenblick war das genug. Die Aussteuer für meine bevorstehende Heirat war an die Rückseite der Kutsche geschnallt, der kleine indische Koffer lag zu meinen Füßen. Den Rest meines Lebens ließ ich gerne zurück.

Ich hatte nichts als Romantik, Geschichten von Wegelagerern und Liebhabern im Kopf. Der Leutnant war aufgrund eines Missverständnisses auf der Flucht. Ich war ein unschuldiges Mädchen, das entführt worden war. Seine Liebe war urwüchsig und leidenschaftlich. Er wickelte mich in seinen Mantel, und wir galoppierten davon.

Die Pferde rasten durch die Nacht, bis ihre Hälse schmerzten und ihre Hufe stolperten. Das Licht eines riesigen Mondes fiel auf dunkle Fenster, leuchtete aus Pfützen und führte uns über kurvenreiche Straßen. Ein zerbrechender Zweig, die Schreie einer Eule, der Wind in den Ästen eines Baumes, die Räder auf dem Untergrund – jedes Geräusch klang mitten in der Nacht lauter. Ich konnte das Klappern der Hufe hören, das Knallen der Peitsche, den Schrei des Kutschers. Am Morgen verfielen die Pferde in eine schlafwandlerische, langsame Gangart, und der Kutscher musste sie mit Peitschenhieben und scharfen Worten antreiben. In der Kutsche waren die Vorhänge zum Schutz gegen das Licht zugezogen. In unserem behaglichen kleinen Kokon nahm ich die Welt nicht mehr wahr.

Der Kutscher beschwerte sich immer wieder, dass die Pferde rasten mussten.

»Bald, bald«, sagte Thomas dann.

Vielleicht fürchtete er, dass ich meine Meinung ändern könnte, oder vielleicht hatte er Angst vor dem Zorn meiner Mutter. Was immer der Grund war, wir legten in Rekordzeit über dreißig Meilen zurück. Als mehr als ein Tag zwischen uns und Bath lag, gestattete er dem Kutscher schließlich, haltzumachen.

In der sommerlichen Abenddämmerung blieben wir vor der Herberge einer Poststation am Stadtrand von Bristol stehen. Der Kutscher war wortkarg, die Pferde waren erschöpft. Auf ihren

Flanken glitzerte Schweiß, die Gebissstangen waren voller Schaum, ihr Fell war weiß vom Salz. Sie stampften ungeduldig auf, bis ein Stalljunge sie abschirrte und eins nach dem anderen wegbrachte. Während der Kutscher unsere Sachen ablud, trat ein stämmiger Mann mit einer schmutzigen Schürze aus der Herberge und schüttelte Thomas die Hand. Auf der anderen Seite des Hofes redete der Stalljunge beruhigend auf die Pferde ein und rieb sie mit Stroh ab.

Die Herberge bestand aus einem uralten Labyrinth aus winzigen Zimmern. Thomas und der Gastwirt mussten die Köpfe beugen, wenn sie durch die Türen gingen. Wir wurden in zwei nebeneinanderliegende Räume im ersten Stock geführt. Sie hatten bloße Fußbodenbretter, Balken an den Decken und schwere, dunkle, mit Schnitzereien verzierte Eichenmöbel. Zwei Kerzen warfen flackernde Silhouetten an die Wände.

Das einfache Nachtmahl bestand aus Fleisch, Brot und einem dickflüssigen, schweren Wein. Die Kost und die Unterkunft waren zwar primitiv, doch ich hatte Thomas' volle Aufmerksamkeit, war voller Übermut und fühlte mich sehr erwachsen. Ich war siebzehn; Thomas mit seinen über dreißig Jahren war ungefähr so alt wie Mama. *Endlich habe ich einen Papa, der auf mich aufpasst*, dachte ich. Wenn mir auch der Tod den ersten entrissen und Mama den zweiten mit Beschlag belegt hatte, diesen hier würde mir niemand wegnehmen. Auf der anderen Seite des Tisches zwinkerte mir Thomas mit seinen blauen Augen zu. Ich hatte mich noch nie so sicher, so behaglich und so geborgen gefühlt.

Als wir mit unserem Mahl fertig waren, brachte der Gastwirt eine Flasche Portwein und zwei Gläser. Einem kurzen Gespräch entnahm ich, dass Thomas schon früher hier übernachtet hatte. Ihr Lachen wurde derb, und die Art, wie mich der Wirt ansah, gefiel mir gar nicht. Ich wünschte den beiden eine gute Nacht und ging.

Die Tür zum Nebenzimmer war schwer, und ich bekam sie nur mit Mühe zu. Sobald ich drinnen war, war das Zimmer gemütlich. Die Wände waren so dick, dass ich die gedämpften Stimmen auf der anderen Seite kaum hörte. Ich zog mein Nachthemd an und kletterte in das riesige Bett. Die Hände adrett auf der Bettdecke gefaltet, lag ich da. Im Halbschlaf machten sich quälende Gedanken an Mama in meinem Kopf breit.

Ich stellte sie mir allein in der Wohnung vor. Sobald sie entdeckt hatte, dass ich weg war, hatte sie sich gewiss an Thomas gewandt, nur um festzustellen, dass er ebenfalls verschwunden war. Vielleicht hätten wir eine Nachricht hinterlassen sollen, dachte ich ein wenig schuldbewusst. Dann blickte ich auf die zwei Koffer im Zimmer, und mein Herz verhärtete sich. Die Unterwäsche wird ihr wahrscheinlich mehr fehlen als ich, dachte ich grollend. Ihr Stolz würde verletzt sein, mehr nicht.

Die Kerze auf dem Tisch neben mir flackerte, und an der Wand erhob sich ein riesiger Schatten. Alle Ecken im Zimmer waren schief. Über dem Bett hingen bedrohliche Balken. Draußen konnte ich den Wind zwischen den Bäumen pfeifen und den Fluss tosen hören. Ich hätte überall sein können. In einer Försterhütte in einem verzauberten Wald, Meilen weg von der menschlichen Gesellschaft. Ich dachte an den Leutnant im Nebenzimmer und lächelte verträumt. Dann schlang ich meine Arme um ein Kissen, rollte mich zusammen und fiel in einen tiefen Schlaf.

In den frühen Morgenstunden wurde ich vom Knarren der Tür geweckt. Sie schwang auf und schlug gegen die Wand. Erschreckt fuhr ich hoch. Thomas James stand schwankend in der Tür, sein Gesicht war gerötet, die Hemdzipfel hingen herab. In einer Hand hielt er eine Lampe, in der anderen ein halbleeres Glas Portwein. Mit Ausnahme seines aufgeknöpften Hemdes war er vollkommen nackt.

»Mein geliebtes Mädchen«, sagte er.

Ich konnte meine Augen nicht von dem Ding losreißen, das zu seinem Nabel hoch wuchs. Was wusste ich schon von Männern? Ich hatte nackte kleine indische Jungen gesehen und Marmorstatuen, das war alles. In beiden Fälle war das Sinnbild der Männlichkeit bescheiden und konnte leicht im Zaum gehalten werden. Doch was ich da vom Leutnant sah, hätte von einem Feigenblatt nicht angemessen bedeckt werden können. Mein Gott, dachte ich. Versteckt sich das hinter den Reithosen eines jeden Gentleman?

»Leutnant«, sagte ich.

»Du musst mich Thomas nennen.«

»Thomas.«

Bevor ich noch ein weiteres Wort sagen konnte, lag er schwer auf mir, verschlang meinen Mund mit dem seinen, und seine Hände rissen mein Nachthemd auf. Sein Gewicht drückte mich nieder, ich konnte mich nicht bewegen. Ich spürte, wie seine Männlichkeit gegen meinen Oberschenkel pochte wie ein eigenständiges Tier auf Beutejagd, das sich durch die Dunkelheit bewegt.

Ich musste mir schnell etwas überlegen. Ich ließ mich in die Kissen zurückfallen und seufzte. Seine Bewegungen waren langsam, die Reflexe vom Alkohol beeinträchtigt. Sobald er seinen Griff lockerte, glitt ich unter ihm weg und verzog mich ins Nebenzimmer. Der Schlüssel steckte noch im Schloss, und ich drehte ihn rasch herum. Ich legte mich in das andere Bett und zog die Decken bis an den Hals.

Auf der anderen Seite der Tür bettelte und flehte Thomas.

»Meine Blume, mein Liebling«, rief er. »Ich wollte dich nicht erschrecken. Komm schon, mein Engelchen, mach die Tür auf.«

Zuerst versuchte er es mit Koseworten, dann stieß er Drohungen aus.

»Ich schicke dich zurück. Deine Mutter wird schon auf dich warten. Hör jetzt mit diesem Unsinn auf, ja? Ich verlange, dass du die Tür aufmachst.«

Ich sagte wenig mehr darauf als: »Ich bin müde, ich muss schlafen.«

Dieser Rohling, dachte ich. Glaubt er denn, er kann mich benutzen wie irgendein Dienstmädchen?

Beim Frühstück am nächsten Morgen sprach Thomas kaum ein Wort. Es blieb mir überlassen, den Anstand zu wahren. Ich war fest entschlossen, dass wenigstens einer von uns gesittet blieb. »Ich hoffe, du hast gut geschlafen«, sagte ich. »Ich freue mich schon so auf Irland. Ich war seit meiner Kindheit nicht mehr dort.«

Thomas schmollte und brütete vor sich hin und schob sein Essen auf dem Teller hin und her. Ich musste ihm sehr um den Bart gehen, damit er überhaupt mit mir sprach.

Während wir durch die Grafschaften von Wales fuhren, fochten wir drei Nächte hintereinander denselben Kampf aus. In Monmouthshire, in Glamorgan und in Carmarthensire wurde ich durch heftiges Klopfen an der Tür wachgehalten.

In der vierten Nacht glaubte ich schon, seinen Avancen endgültig entgangen zu sein. Wir waren in einem kleinen Hotel in Pembrokeshire abgestiegen. Beim Abendessen war Thomas sehr still. Ich hatte mich früh zurückgezogen und vorsorglich die Tür abgeschlossen. In der sicheren Gewissheit, dass ich nicht gestört werden würde, schlief ich ein.

Es war noch nicht Mitternacht, als ich hörte, wie der Schlüssel hinunterfiel und sich die Türklinke bewegte. Thomas, tagsüber der liebste Mensch, wurde nachts ein gänzlich anderer. Nachdem er die Tür abgeschlossen hatte, ließ er den einen Schlüssel spöttisch in der Luft kreisen und stieß den anderen über den Fußboden.

»Nun, meine kleine Hübsche, hast du gedacht, du könntest mir so leicht entkommen?«, fragte er mit schmeichelnder Stimme.

Mein Blick schoss im Zimmer herum. Es gab keine Fluchtmöglichkeit. Die Fenster waren winzig, ein Nebenraum existierte nicht, und der einzige Ausgang war verriegelt.

Thomas setzte sich neben mich auf das Bett und strich mir über das Haar. Sein Mund bedeckte meinen Hals mit Küssen.

»Wir haben so viel aufgegeben, um zusammen zu sein«, sagte er. »Warum sollen wir uns jetzt zurückhalten?«

Bevor ich ihn abwehren konnte, schloss er mich fest in seine Arme und erstickte mich fast mit Küssen.

»Bitte, Leutnant«, flehte ich ihn an, »wollen Sie mich nicht auslassen?«

»Ich liebe es, wenn du bettelst«, sagte er.

Als seine Hand meine Brust berührte, stockte mir der Atem.

Trotz meiner Angst schwoll meine Brustwarze zwischen seinen Fingern an.

»Komm schon, meine Süße«, schmeichelte er. »Du weißt, dass du mich willst.«

Seine Schenkel schlossen sich um meine Beine, und ich konnte mich nicht bewegen. Sein Drängen war erschreckend, und die Heftigkeit seiner Leidenschaft übertrug sich auch auf mich.

Als er das Durchziehband meines Nachthemds löste und seine Hand auf meine Brust legte, konnte ich kaum atmen. Er nahm meine Brustwarze in den Mund und saugte daran, bis sie an seiner Zunge anschwoll.

»Was für eine schöne Frucht«, sagte er.

Ich war schon fast gänzlich von Sinnen, hatte aber Angst davor, wohin sich sein Mund als Nächstes wagen würde.

»Sag mir, dass du das nicht magst«, sagte er, während seine Zunge über meine Brust glitt.

Im Licht der Lampe sah er alt und lüstern aus.

Als er spürte, dass ich nachgab, lockerte er seinen Griff. Schnell drehte ich mich herum und stieß ihn weg. Er lachte leise, als sei das ein Spiel, und drückte mein Gesicht auf das Bett. Mein Kopf war in den Kissen vergraben, sein Mund auf meinem Hals, wie ein Tier auf seiner Beute. Ich spürte, wie sich bei dem Kampf mein Nachthemd auf meine Taille hinaufschob.

»Bitte, nicht«, sagte ich.

Thomas seufzte und packte mit den Händen meine Hinterbacken. Bevor ich mich bewegen konnte, legte er seine Finger zwischen meine Schenkel. Erschreckt und überrascht spürte ich, dass ein Finger in mich hineinglitt.

»Wie ein Schlüssel in ein gutgeöltes Schloss«, frohlockte er.

Ich wehrte mich heftig, stieß ihn mit den Ellbogen und trat ihn mit den Füßen. Ich hatte ihn schon beinahe abgeschüttelt, als ich fühlte, dass sich etwas in mich hineindrückte. Entsetzt erinnerte ich mich an die Größe seines Gliedes. Er konnte doch wohl nicht versuchen, das in mich hineinzustecken, oder? Ich biss ihn in den Arm, doch er stieß fester zu. Als ich schrie, bewegte er sich hin und her und drang mit jedem Stoß tiefer in mich ein. Irgendetwas in mir dehnte sich aus und riss dann. Ich bekam keine Luft. Ich hatte das Gefühl, als fülle er meine Lungen, meine Kehle aus. Ich lag da. Was konnte ich sonst tun?

»Eliza, Eliza«, stöhnte er.

Ein Bauer pflügt ein Feld, nach einem Sommer ohne Regen bricht er die trockenen Schollen auf. Durch wilde Brombeeren und wucherndes Gebüsch schneidet er einen jungfräulichen Pfad. Er hackt einen Tunnel durch einen Kalksteinberg. Er frisst sich durch Knochen. Warum hatte mir das niemand erklärt? Warum hatte ich Sophias Schauergeschichten nicht geglaubt? Wie hatte ich das nicht wissen können?

Am nächsten Morgen wirkte Thomas zufrieden und glücklich. Er brachte mir das Frühstück ans Bett und bürstete mir sanft das Haar. Ich verhielt mich ganz still, aus Angst, die leiseste Bewegung meinerseits könnte ihn ermutigen. Oh, wo war Sophia jetzt? Ich hätte so gerne mit ihr geredet. Sie hatte mich im Flüsterton aufgeklärt, doch ich hatte mich geweigert, ihr zu glauben. Es war ja typisch für sie, solche Dinge zu erfinden, um mich aufzuziehen und zu quälen. War das wirklich die Zukunft? Würde meine Nachtruhe mein Leben lang durch Vergewaltigung und geflüsterte Entschuldigungen gestört werden?

Die nächsten drei Tage sprach ich nicht mit ihm. Ich zeigte weder Aufregung noch Neugier. Ich fragte nicht, wohin wir fuhren, noch legte ich irgendein Interesse an den vorbeiziehenden Gegenden an den Tag. Nachts gab mir Thomas einen sanften Gutenachtkuss und zog sich in sein Zimmer zurück, doch an seinem Gesichtsausdruck erkannte ich, dass er nur auf den richtigen Zeitpunkt wartete. Wir gingen an Bord des Schiffes nach Irland und stiegen am anderen Ufer wieder aus, und noch immer sagte ich kein Wort. Von Wexford fuhren wir mit der Kutsche über schlammige, mit Felsbrocken übersäte Straßen.

Am vierten Tag sagte Thomas sanft: »Wir könnten in Rathbeggen heiraten. Mein Bruder könnte uns trauen.«

Ich blickte ihn mit leeren, kalten Augen an. Meine Träume lagen in Scherben vor mir. Ich hatte in keiner Hinsicht eine Wahl. Hatte nie eine gehabt. Was auch immer ich getan hätte, das Ergebnis wäre stets dasselbe gewesen. Ich war schockiert gewesen, als ich das Blut auf dem Bettlaken gesehen hatte, während Thomas begeistert und stolz gewesen war. Ich war so zornig auf alle. In meiner Unschuld hatte ich mir nie etwas Intimeres als Küsse vorgestellt. Bei all dem Gerede über Liebe und Romantik – in der Schule und mit Mama – hatte mir nie jemand etwas über die brutale Realität der Beziehung zwischen Mann und Frau offenbart. Ich dachte an all die Frauen, die mich in Unwissenheit gelassen hatten, besonders meine Mutter. Sie hatte seine Zuneigung gefördert. Das alles war ihre Schuld. In seiner Enttäuschung über sie hatte er seine Gefühle einfach auf mich übertragen.

Thomas sprach von Heirat, als würde mich das besänftigen. Als versuchte ich mit meinem Schweigen, ihn zur Heirat zu zwingen. Als Antwort hätte ich ihm am liebsten ins Gesicht gespuckt. Doch im kalten Tageslicht war mir klar, dass ich keine Wahl hatte. Ich war ruiniert. Jetzt würde mich kein anderer mehr wollen. Ich konnte nicht zurück. Thomas war jetzt meine Familie, ob mir das passte oder nicht.

KAPITEL 10

Am Abend vor der Hochzeit probierte ich ein letztes Mal mein Ballkleid an. Als ich mich im Spiegel sah, traten mir sofort die Tränen in die Augen. Das Kleid war so phantastisch und beschwor Bilder einer Welt mit prächtigen Bällen, schönen Kutschen und Gehsteigen in gepflegten Straßen herauf. Im Torbogen der winzigen Kirche von Rathbeggen, wo die Zeremonie stattfinden sollte, hätte das Kleid pompös und absurd gewirkt. Ich dachte an das warme Gefühl der Vorfreude, als ich es in Bath getragen hatte. Ich erinnerte mich an all meine Hoffnungen und Träume. Mein Spiegelbild sah bereits gesetzter und erwachsener aus. Verheiratet zu sein hatte entschieden Vorteile, und wenn man die Umstände beiseiteließ, war Thomas wahrscheinlich gar keine so schreckliche Partie. Er war relativ jung, und er hatte wenigstens noch seine eigenen Haare und Zähne. Seit Tagen war er unermüdlich liebevoll und beflissen gewesen – er hatte mir in und aus Kutschen geholfen, mich am Ellbogen geführt und meine Hand genommen. Schließlich hätte er mich auch sitzenlassen können, und was wäre dann aus mir geworden? Manchmal, wenn er lächelte oder mir eine alberne Geschichte erzählte, fiel mir wieder ein, warum ich ihn eigentlich gemocht hatte. Wenn man im Leben auch immer wieder unsanft erwachte, war das doch besser, als in einer Phantasiewelt zu leben, redete ich mir gut zu. Ich trocknete mir die Augen, wickelte das makellose Kleid sorgfältig in Seidenpapier und packte es weg. Thomas hatte recht. Das schlichte Kleid aus Merinowolle war zweckmäßig und warm.

An unserem Hochzeitstag goss es in Strömen; der Regen war wie ein düsterer Schleier. Ich musste über den Kirchhof rennen, um nicht bis auf die Haut nass zu werden. In der Kirche waren keine Blumen, nur ein Krug mit gelbem Ginster und die großen weißen Chrysanthemen, die man gewöhnlich eher mit Begräbnissen in Verbindung bringt. Thomas' Bruder nahm die Trauung vor. Seine Frau und sein Kind waren die einzigen Zeugen. Thomas trug seine Militäruniform, ich das blaue Wollkleid und darunter ein wollenes Unterhemd.

Als ich durch den Mittelgang der Kirche ging, wurde ich von der Dramatik und der Aufregung mitgerissen. Schließlich waren wir miteinander durchgebrannt! Gab es etwas Romantischeres? Am Altar lächelte ich zu Thomas auf und ergriff seine Hand. Der Pfarrer nieste ständig. Ich unterdrückte ein Kichern. Nachdem wir unsere Ehegelübde abgelegt hatten, lagen wir uns fröstelnd in den Armen. »Mein Ehemann«, flüsterte ich vor mich hin und erfreute mich am Klang der Worte. Das Hochzeitsmahl bestand aus einem Biskuitkuchen mit Zuckerguss und einer zweiten Kanne Tee. So bescheiden die Hochzeit auch war, ich war zufrieden. Hätte mir der Sinn nach einer prächtigen Hochzeit mit vielen Gästen gestanden, hätte ich ja den Richter heiraten können.

Der Familiensitz der Familie James in Wexford war ein massives, quadratisches Gebäude mit dem irreführenden Namen Ballycrystal. Den halben Tag lag das Haus im Schatten des Mount Leinster, der sich dahinter erhob. Mein Schwiegervater war Witwer, und obwohl sich ständig Gäste im Haus befanden, lebte er im Grunde allein. Ohne die regelmäßige Fürsorge einer Frau wirkten die Zimmer vernachlässigt, und auf allen Oberflächen lag eine dünne Staubschicht. Seine Sportutensilien – Angelruten, Gewehre, Sättel, Stiefel – waren in allen Räumen verteilt.

Aus dem ganzen Land reisten in Scharen die Mitglieder der Familie James an, um mich kennenzulernen. Ich wurde den Cousins und den lokalen Würdenträgern vorgeführt; der Friedensrichter, der Pfarrer und sogar der Arzt kamen, um mich zu sehen. Manchmal erwartete ich allen Ernstes, dass jemand meine Zähne inspizieren würde. Thomas erklärte begeistert, dass ich aus einer guten anglo-irischen Familie stamme, und ich spürte, wie ich in das gesellschaftliche Netz eingebunden wurde, mich mit meinen Familienbanden einordnete und allmählich das Leben einer echten erwachsenen verheirateten Frau führte.

»Das ist meine Frau, Eliza«, verkündete Thomas stolz. »Ihre Mutter ist eine der Olivers aus Cork.«

Köpfe nickten, Augenbrauen wurden hochgezogen, beeindruckte Blicke gewechselt. »Doch nicht *die* Olivers von Castle Oliver?«

»Genau die.« Thomas strahlte. »Elizas Großvater mütterlicherseits war Sir Charles Silver Oliver.«

Der Pfarrer ergriff meine Hand; der Friedensrichter verbeugte sich; der Arzt strich über seinen Schnurrbart.

»In der Tat«, säuselte er.

»Sir Charles war oberster Grafschaftsbeamter in Cork«, prahlte Thomas. »Wie sein Vater vor ihm.«

Thomas walzte das lang und breit aus, außer, wenn ein Besucher die Gesellschaft von Cork aus erster Hand kannte. Dann war er die Bescheidenheit selbst, und die Unterhaltung wandte sich rasch anderen Dingen zu. Er verschwieg, dass meine Mutter ein uneheliches Kind war, und die fragwürdigen Vorfahren der Gilberts wurden überhaupt nicht erwähnt.

Das Leben in Ballycrystal verschwamm in einem Nebel von Jagden und endlosen Tassen Tee. Die James-Frauen waren blasse, fade Wesen, während die Männer auf alles, was sich bewegte, schossen. Ich kann wohl kaum von derselben Rasse sein, dachte ich insgeheim. Wenn ich allein ausritt, begegnete ich den einheimischen Bauern und stellte beunruhigt fest, dass sie dieselben schwarzen Haare und blauen Augen hatten wie ich.

Eines Tages trampelte mein Pferd beinahe ein junges Paar nieder, das die Straße entlangging. Sie traten nicht automatisch beiseite, sodass ich das Pferd zügeln musste. Sie gingen barfuß und sahen ungepflegt aus. Die Frau trug ein Tuch um den Kopf, der Mann schleppte einen Korb mit Torf. Beide hatten dasselbe dicke, glänzende Haar und leuchtende, forschende Augen. Sie sahen mich einfach nur an, bis ich sie aufforderte, mich vorbeizulassen. Obwohl sie mager waren und kaum mehr als Lumpen auf dem Leib trugen, wirkten sie überaus stolz. Ich schüttelte meine Beunruhigung ab, gab meinem Pferd die Sporen und galoppierte rasch weiter.

Nach außen hin waren Thomas und ich wie jedes andere frischverheiratete Paar. Wenn ich manchmal verdrießlich oder Thomas autoritär war, sagte niemand etwas, und keiner stellte Fragen. Der Akt meiner Verführung stand zwischen uns und erinnerte mich daran, dass ich kaum eine andere Wahl hatte, als mich ihm zu beugen, sowohl in der Öffentlichkeit als auch, wenn wir allein waren. Solange ich fügsam war, war er charmant und freundlich.

Ein paar Wochen, nachdem wir durchgebrannt waren, begann Thomas von einem anderen Thema zu sprechen, mit dem ich keine Erfahrung hatte. Intimität und Geld waren, wie es schien, untrennbar miteinander verbunden. Vor unserer Hochzeit hatte mich Thomas ersucht, Mama zu schreiben und um ihre Billigung zu bitten. Ein zweiter Brief, der ebenfalls angeblich von mir war, enthielt die Andeutung, dass sie mir vielleicht eine finanzielle Unterstützung zukommen lassen solle oder dass mir eine Art Mitgift zustünde. Als Mama uns ihren Segen verweigerte, begann Thomas, unverblümte Forderungen zu stellen.

»Himmel, dein Stiefvater ist Hauptmann. Natürlich sind sie zu einer finanziellen Zuwendung verpflichtet.«

Gelegentlich wechselte er den Tonfall. »Du hast Ansprüche, mein Schatz, die ich unmöglich erfüllen kann. Wenn ich dich mit Geschenken und Perlen überhäufen könnte, würde ich es tun, das weißt du. Es ist nur natürlich, dass deine Eltern helfen sollen.«

Im Laufe der Wochen wurde ich mit dem Treiben im Haus vertrauter. Ich verstand besser, worüber sich die Schwestern in der Küche im Flüsterton unterhielten. Offenbar wurde das Haus von außen und von innen bedroht. Man sprach von Viehdiebstählen, von Handlungsreisenden, die auf den Straßen angegriffen wurden, von anonymen Drohbriefen, die an die Stalltür genagelt wurden. Eines Tages traf ich Thomas' Schwestern Jane und Amelia im Vorzimmer. Sie trugen ein vollbeladenes Tablett in den unbenutzten Flügel des Hauses. Ich wollte wissen, was sie da taten. Sie wechselten Blicke und gestatteten mir dann, ihnen zu folgen.

»Weißt du, Schwester«, meinte Amelia, »wir müssen die Avancen der Männer vielleicht dulden, aber manche Frauen zahlen einen schrecklichen Preis dafür.«

»Du wirst jetzt gleich Sarah kennenlernen, die Frau von Michael James«, sagte Jane.

Sarahs Zimmer befand sich am Ende eines vernachlässigten Ganges. Als Amelia die Tür öffnete, warf einen der Geruch fast um. Das Zimmer war erfüllt vom Gestank von Körperausscheidungen. Michael James' Frau wirkte bestürzt, als sie mich sah.

»Keine Sorge«, erklärte Jane. »Das ist nur die junge Ehefrau von Thomas.«

Sarah war eine kleine Frau mit einem spitzen Gesicht und nervösen Händen, die unruhig hin und her fuhren. Ihr Haar war von einem warmen Honigblond, ihr Kleid aus gestreiftem pastellfarbenem Brokat. Wäre sie nicht so dünn gewesen, sie hätte als hübsch gelten können. Sie versuchte höflich zu lächeln und bedeutete uns, Platz zu nehmen.

»Es tut mir leid«, sagte sie, »es lässt sich nicht ändern.«

Während wir eine gespreizte Unterhaltung über die letzte Mode in Bath führten, strich Sarah unentwegt ihren Rock glatt. Wenn sie könnte, schien sie mit dieser Bewegung zu sagen, würde sie den Geruch wegwischen.

»Ich liebe meine Kinder«, sagte sie. »Daran klammere ich mich.«

»Aber warum musst du dich verstecken?«, platzte ich heraus.

Jane legte mir mäßigend die Hand auf den Arm; Amelia schüttelte den Kopf.

In Bezug auf den Ablauf einer Geburt war ich völlig ahnungslos, und ich wünschte sehnlichst, ich wäre es geblieben. Sarahs Schicksal war anscheinend nichts Ungewöhnliches. Eigentlich konnte sie von Glück sprechen, dass sie noch am Leben war. Während der Geburt ihres zweiten Sohnes waren ihre inneren Organe gerissen. Soviel sie sich auch wusch, der Gestank von Urin und Stuhl hing an ihrem Körper. Ihr Mann schickte regelmäßig Geld, besuchte sie aber selten. Wenn ihre Kinder kamen, ekelten sie sich nach kurzer Zeit ebenfalls. Die arme Sarah lebte abgeschieden in einer leeren Zimmerflucht. Als wir gehen wollten, nahm sie mich am Arm.

»Thomas ist ein guter Mann«, sagte sie, »aber du musst dir vielleicht Tricks aneignen, um ihn von dir fern zu halten. Egal was er sagt, ihr braucht euch mit Kindern nicht zu beeilen.«

In jener Nacht wusch ich mich nach Thomas' Aktivitäten gründlichst, um jegliches Risiko einer Empfängnis wegzuspülen. Sarahs Worte verwirrten mich. Welche Tricks mochten ihn mir eventuell vom Leib halten? Während Thomas schlief, schrubbte ich mich, bis meine Schenkel wund waren.

Ich war mit Thomas nicht unglücklich. Wenn ich nachts zusammengerollt im Bett lag, fühlte ich mich warm und sicher wie in einem Nest – ich schlief neben meinem Ehemann ein, und wenn ich am nächsten Tag erwachte, war er noch immer da. Mir gefielen die kleinen Intimitäten des Ehelebens: seine Jacke abzubürsten, mich an seinen Arm zu lehnen, seine Hand zu halten. Er amüsierte und überraschte mich. Ich glaube, nach einer gewissen Zeit war er ebenso ruhelos wie ich. Man konnte nur soundso viel jagen, nur soundso viele Besucher empfangen. Als er von unserer

Rückkehr nach Indien sprach, freute ich mich. Ich entspannte mich allmählich. Seine Gesellschaft wurde mir vertraut. Ich zog ihn auf und widersprach ihm. Eines Abends saß die ganze Familie um den Tisch und spielte Karten. Thomas hatte ein Fullhouse und freute sich hämisch. Ich legte ein Ass hin und übertrumpfte ihn. Sein Vater gluckste; Amelia unterdrückte ein Kichern. Auf Thomas' Gesicht spiegelte sich ein Hauch von Ärger. Den Rest des Abends war er einsilbig und wortkarg.

Als wir allein in unserem Schlafzimmer waren, zog er alle seine Kleider aus. Ich lag bereits im Bett, als er über mich kletterte und mein Buch beiseiteschlug. Er kniete sich über mich, nackt und sichtlich erregt. Er stieß mir seine Männlichkeit entgegen und verlangte, dass ich sie anfasse.

»Tu, was ich sage«, befahl er.

Als ich zurückzuckte, ergriff er meine Hand und legte sie um sein Glied. Es war das erste Mal, dass ich ihn so intim berührte. Ich spürte, wie das Blut gegen meine Hand pochte. Thomas schloss seine Hand fester um die meine und begann, sie auf und ab zu bewegen.

»Versuche nie wieder, mich zu demütigen«, sagte er.

»Es war doch nur ein Spiel«, antwortete ich stockend.

»Fester«, sagte Thomas.

»In Indien können die Frauen einen Mann mit dem Mund befriedigen«, sagte er.

Als er mein entsetztes Gesicht sah, lachte er.

»Weiter«, sagte er und stieß mir sein Glied ins Gesicht.

Die Öffnung an der Spitze seines Penis starrte mich an wie ein gieriges Auge. An der Spitze bildete sich ein Tropfen einer perlmutterartigen Flüssigkeit und fiel dann hinunter. Bevor mir

Thomas Gewalt antun konnte, stieß ich ihn weg. Plötzlich spürte ich einen harten, schallenden Schlag auf meiner Wange. Auf Thomas' Gesicht pochte und zuckte es.

»Du wirst lernen«, meinte er.

Er zog seine Kleider an und stolperte aus dem Zimmer. Ein paar Minuten später hörte ich das Geräusch von Hufen. Ich lag im Bett und drückte die Hand an die Wange. Mein Gesicht brannte heiß. Ich erinnerte mich daran, wie ich mich kichernd mit Sophia darüber unterhalten hatte, wie unsere zukünftigen Ehemänner wohl sein würden. Als Thomas aufgetaucht war, hatte ich gedacht, wenn ich schon jemanden heiraten muss, warum nicht ihn? Wahrscheinlich taten alle Ehemänner ihren Frauen Gewalt an. Irgendwie musste ich lernen, meinen Stolz hinunterzuschlucken. Ich schloss die Augen und versuchte zu schlafen. So war das Eheleben, und ich musste mich einfach daran gewöhnen. Thomas würde versuchen, mich zu formen, ob es mir nun gefiel oder nicht.

Als Thomas am nächsten Morgen zurückkam, war er zerknirscht. Er küsste meine Lider, meine Wangen und meine Nasenspitze.

»Es tut mir so furchtbar leid, mein Liebling. So etwas wird nie wieder vorkommen. Ich brauche Arbeit. Ich brauche Beschäftigung. Wenn wir in Indien sind, wird unser Leben perfekt sein, das verspreche ich. Du wirst dein eigenes Haus haben, um das du dich kümmern musst, und ich werde meine Arbeit haben.«

Obwohl ich fragte, wo er die Nacht verbracht hatte, gab er mir keine Antwort.

Als wir von Ballycrystal wegfuhren, sah ich das ungepflegte, dunkelhaarige Paar am Straßenrand wieder. Sie traten zurück, um uns vorbeizulassen. Neben ihnen kauerten auf einem Karren zwischen ein paar Möbelstücken und Lumpen zwei schmuddelige Kinder. In der Ferne brannte das Strohdach einer Hütte.

»Was ist geschehen?«, fragte ich.

Thomas zuckte die Achseln.

»Vater räumt das Anwesen«, sagte er. »Die Pächter bringen nicht viel Geld ein; es ist besser, Vieh auf dem Land weiden zu lassen.«

Während die Kutsche vorbeifuhr, blickte ich ein letztes Mal zurück. Ich erwartete, zornigen, trotzigen Blicken zu begegnen. Stattdessen wandte das Paar die Augen ab. Ich war seltsam enttäuscht, als hätte ich mir gewünscht, dass sie wütend waren. Aus irgendeinem Grund wollte ich, dass sie ihre Fäuste schwangen und schrien. Doch die Frau zog ihr Tuch über den Kopf, und der Mann beugte den Rücken unter der Last des Karrens. Keiner von ihnen sah mich an.

KAPITEL 11

Der Duft von Indien umfing mich wie eine warme Umarmung. Als das Schiff an der Küste von Kalkutta anlegte, holte ich lange und tief Atem. Der Geruch von Knoblauch und Tabak mischte sich mit dem von Jasmin und Kuhdung; der Duft von Chili und Sandelholz wurde immer intensiver in der stillen, heißen Luft. Während wir von Bord gingen, blickte ich lächelnd zu Thomas auf, und er drückte meine Hand. In Erwartung eines geruhsamen Lebens inmitten der britischen Gesellschaft stiegen wir an Land, nur um zu erfahren, dass Thomas in eine entlegene Gegend in Nordindien versetzt worden war.

Während die Reisevorbereitungen getroffen wurden, versuchten wir, zu meinem Stiefvater und zu Mama Kontakt aufzunehmen. Nachdem ich mit Thomas weggelaufen war, hatte sie sich allein auf den Rückweg gemacht; in den zwei Jahren, die seither vergangen waren, hatte sie mir nur ein einziges Mal geschrieben. Mehr als zwei Wochen lang schickte Thomas Briefe, gab Visitenkarten ab und hinterließ Nachrichten. Nach einer Woche antwortete mein Stiefvater. Er teilte uns mit, dass er uns gerne empfangen würde, die Entscheidung aber letztendlich bei meiner Mutter läge. Am Tag vor unserer Abreise gestattete sie uns schließlich, sie zu besuchen. An jenem Morgen zog ich mich mit besonderer Sorgfalt an – ich wählte eines der Kleider, die sie für meine Aussteuer ausgesucht hatte.

Sie begrüßte uns in ihrem Salon ohne einen Hauch von Wärme oder Zuneigung. Als ich sie umarmen wollte, hielt sie mir ihre kühle, schlaffe Hand hin.

Mein Herz hämmerte in meiner Brust, als würde es gleich bersten. Eine dünne Stimme in mir wollte sie um Vergebung bitten, wollte sie fest in meine Arme schließen, ihr Kleid zerknittern und ihre perfekte Frisur zerraufen.

Auf unsere Neuigkeiten reagierte sie mit einem kaum verhohlenen Lächeln.

»Es ist eine Beförderung«, sagte sie. »Ihr solltet euch freuen. Dein Stiefvater musste ziemlich viele Beziehungen spielen lassen.«

Ich sank auf den Stuhl zurück.

Das ist also deine Rache, dachte ich.

Thomas wurde sichtlich zornig und stand auf. »Wir müssen Ihnen zweifellos dankbar sein«, sagte er. »Ich lasse euch ein paar Augenblicke allein.«

Als er gegangen war, sah mich Mama fragend an.

Ich hustete.

»Vielleicht können wir Freundinnen werden«, schlug ich zögernd vor.

»Machen wir uns nichts vor«, antwortete sie. »Du hast meine Wünsche zu deinem eigenen Nachteil missachtet. Du wirst von deinem Stiefvater oder mir keine finanzielle Unterstützung erhalten.«

Ihre Worte verletzten mich. »Du verstehst mich absichtlich falsch.«

Mama nahm ihren Stickrahmen und stach die Nadel in den Stoff.

»Dein Ehemann wird schon auf dich warten«, sagte sie.

Wir verbrachten weitere vier Monate auf dem Ganges und durchquerten die gesamte Länge von Indien auf einem flachen Raddampfer. Der Fluss war drei Meilen breit; an manchen Stellen war die Strömung so stark, dass sie das Schiff zurückzog; dann mussten wir den Anker setzen und uns ziehen lassen. Durch die Jalousien fiel das Licht streifenförmig auf den Kabinenfußboden. Nachts lagen wir in der trägen, schwülen Hitze beieinander und waren damit beschäftigt, einander müßig zu erregen. Vielleicht lag es an dem Gefühl des Dahintreibens, der Zeitlosigkeit – was auch immer es war, ich wurde empfänglich für die Freuden der Liebe.

Unter den Mitreisenden waren ein Hauptfeldwebel und seine Frau. Evelyn war Engländerin und hatte einen feinen Knochenbau, mausfarbene Haare und graue Augen. Sie war noch nie in Indien gewesen und beim geringsten Anlass total verstört.

Als wir eines Tages beim Tee saßen, trieben die verkohlten Überreste eines Scheiterhaufens vorbei. Der geschwärzte Leichnam war noch mit orangefarbenen und gelben Ringelblumen bekränzt, von Weihrauchkegeln stiegen Rauchschwaden auf. Evelyn reagierte hysterisch.

»Ich halte das nicht aus«, rief sie.

»Ganz ruhig, Evelyn«, sagte ich und tröstete sie, so gut ich konnte.

Sie gewöhnte sich einfach nicht an das Leben auf dem Fluss. Ein nackter heiliger Mann, ein verkrüppeltes Kind, ein dösender Alligator: jeder neue Anblick stellte ihre Nerven auf die Probe.

»Wie können sie nur?«, rief sie, wenn wieder einmal ein Scheiterhaufen von einer Feuerbestattung vorbeitrieb.

»So machen sie es eben«, antwortete ich. »Für sie ist der Fluss heilig.«

Evelyn ließ sich nicht beruhigen. Bei jedem neuen, empörenden Anblick wandte sie das Gesicht ab. Für mich hatte sich kaum etwas verändert. Ich betrachtete die vorbeiziehende Landschaft mit den Augen einer Frau und den Erinnerungen eines Kindes. Als wir nach Dinapur kamen, wo mein Vater begraben war, dachte ich immer öfter an ihn. Thomas sagte, ich solle sein Grab besuchen, doch ich schüttelte den Kopf; ich wollte ihn mir lieber unter endlosen Mohn- und Maisfeldern vorstellen.

Nach Dinapur passierten wir die heilige Stadt Benares. Die Ufer waren von Tempeln gesäumt, und der ganze Ort war erfüllt von Weihrauch und Gebeten. Am Wasserrand drängten sich Tausende Menschen. Der Lärm von Weinen und Wehklagen brandete über das Schiff hinweg. Im Wasser mischten sich die Lebenden unter die Toten. Evelyn zog sich in ihre Kabine zurück und schloss die Jalousien. Für mich war es, als hätten wir das Herz von Indien erreicht. Wir waren so weit gekommen; ich konnte mir nicht vorstellen, jemals wieder zurückzugehen.

In Benares sprach der Fluss leise zu mir. »Akzeptiere dein Schicksal«, schien er zu sagen.

Als wir die heilige Stadt hinter uns ließen, wurde der Ganges schmaler und die Strömung stärker. Den letzten Teil der Reise legten wir über Land zurück. In unseren Sänften wurden wir in luftiger Höhe durch Paprika- und Rizinusfelder getragen. Als ich ein Kind war, hatten die Träger bei ihrer Arbeit gesungen, doch jetzt lachte niemand, und niemand sang erfundene Lieder; die Träger waren mürrisch und still. Wenn ich sie anblickte, wandten sie ihre Augen ab.

Im Mai kamen wir in Karnal an, wo die Tage drückend heiß und feucht waren. Unser Bungalow hatte sechs Räume mit hohen Decken; die weiß getünchten Wände waren über dreißig Zentimeter dick. Von der Veranda konnte ich in der Ferne die Ausläufer des Himalaja sehen. Wenn ich dort stand, war es mir beinahe, als würde die Bergluft wie eine kühle Brise meine Haut streifen. Als Erstes kaufte ich Pflanzen, an die ich mich aus meiner Kindheit erinnerte. Bald produzierte der Trompetenbaum Unmengen orangefarbene und die Passionsblume weiß-violette Blüten. Die Ranken wanden sich und breiteten sich rasch aus. Nach einem Monat drohten die Blumen das Haus zu überwuchern.

In unserem Bungalow konnte ich keinen Gedanken fassen und keinen Atemzug tun, ohne dass mich eine ganze Reihe brauner Gesichter dabei beobachtete. Die Haushälterin, das Tischpersonal, der Koch, der Küchenjunge, der Fußbodenkehrer, der Gärtner, der Bote und das Zimmermädchen achteten auf jede meiner Bewegungen. Sobald ich versuchte, etwas zu tun, das auch nur im Entferntesten körperlicher Arbeit ähnelte, schien ihnen das meinetwegen peinlich zu sein. Wenn ich eine Lampe nahm und sie auf die andere Seite des Raumes trug, schüttelte der Tischdiener unmerklich den Kopf; wenn ich mich morgens selbst ankleidete, wirkte das Zimmermädchen unendlich enttäuscht von mir.

Nach einigen Tagen wurde mir klar, dass die Haushälterin alle wichtigen Entscheidungen traf. Jaswinder war eine majestätische Frau unbestimmten Alters. Alles an ihr, ihre zarten Arm- und Fußgelenke, ihre Kopfhaltung, ihr makelloser weißer Sari wiesen sie als eine Frau von natürlicher Anmut und Würde aus. Sie war es, die bestimmte, wie genau der Haushalt geführt wurde, nicht ich. Ich musste mir immer wieder in Erinnerung rufen, dass eigentlich ich die Hausherrin war. Obwohl ich den Speiseplan erstellte und Anweisungen gab, hielt sich Jaswinder nicht unbedingt daran.

»Wenn es Ihnen so gefällt«, meinte sie dann, doch am kaum merklichen Flattern ihrer Augenlider merkte ich, dass sie nicht einverstanden war.

In den ersten Monaten folgte eine häusliche Katastrophe auf die nächste, während sie unbekümmert zusah. Das Klavier wurde von Termiten zerfressen. Eine Prozession weißer Ameisen marschierte durch den Bungalow und verschlang die Binsenmatten auf dem Fußboden. In der einen Woche bestellte ich zu viel Mehl, in der nächsten zu wenig. Ohne es zu beabsichtigen, brachte ich die Dienstboten aus der Fassung, indem ich sie um Dienste bat, für die ihre Kaste nicht zuständig war. Dem moslemischen Koch trug ich auf, Schweinefleisch zu kochen, und dem hinduistischen, Rind zuzubereiten. Wenn ich nicht ständig aufpasste, verschwanden Zucker und Salz einfach.

»Warum hast du mich nicht vorgewarnt?«, wollte ich wissen.

»*Memsahib* hat nicht gefragt.«

So lernte ich, dass man in Indien für ein harmonisches häusliches Leben eine Reihe von strengen Regeln einhalten musste – das Problem bestand nur darin, dass ich sie nicht kannte. Bald war ich so weit, dass ich am Beginn eines jeden Tages Jaswinder zu Rate zog.

»Überlassen Sie es mir«, sagte sie dann mit einem knappen Lächeln.

Binnen weniger Wochen war ich vollkommen abhängig von ihr. Ich stellte fest, dass ich ihr alles recht machen wollte, doch trotz meiner Bemühungen unterliefen mir in Bezug auf die Etikette oder mein Urteil weiterhin kleine Fehler, und dann tadelte sie mich mit ihrem Blick. Es dauerte Monate, bis ich verstand, was von mir verlangt wurde. Erst als ich die Vorstellung aufgab, ich hätte die Kontrolle über den Haushalt, begann er reibungslos zu funktionieren. Sobald die Hierarchie feststand, beruhigten sich die Dienstboten. Sie hatten den Haushalt ohne mich geführt und würden es wieder tun. Eine weiße *Memsahib* ist wie die andere, schienen die stummen Blicke zu sagen.

Evelyn im Nachbarbungalow erging es noch schlechter als mir. Ihre Dienstboten schüchterten sie ein. Die Moskitos hatten aus ihrer blassen englischen Haut ein Nadelkissen gemacht. Ihre Beine und Füße schwollen in der Hitze an.

»Ich will nach Hause«, jammerte sie.

»Bitte, nicht weinen, Evelyn«, flehte ich sie an.

Ich legte ihr nahe, auf Strümpfe zu verzichten, wenigstens während des heißen Wetters, doch sie reagierte entsetzt.

»Das kann ich doch nicht tun«, sagte sie. »Was würden denn die Leute denken?«

Sie lag stundenlang reglos auf ihrer schattigen Veranda und goss Krüge mit kaltem Wasser über ihre bestrumpften Beine.

Eines Morgens fand ich sie weinend an ihrem Schreibtisch; sie versuchte verzweifelt, mit den Ellbogen und den Händen Papiere festzuhalten. Im ganzen Zimmer flogen Briefe und Rechnungen umher. Der *Punkah*, der von der Decke hing, wirbelte die Luft in heftigen Stößen herum. Füllfedern und Bücher wurden zu Boden geweht. Der *Wallah* betätigte die Seilrolle, bis ich ihm befahl, damit aufzuhören.

»Du musst alles beschweren«, erklärte ich und zeigte Evelyn Messinggewichte, die in einer Ecke des Raums aufgestapelt waren.

»Daran habe ich nicht gedacht«, sagte sie.

»Du musst die Dienstboten in den Griff bekommen.«

Sie seufzte.

»Die Dienstboten hassen mich. Und ich kann wegen der Insekten und der Geräusche in der Nacht nicht schlafen. Frösche, Zikaden und irgendein Vogel mit einem schrecklichen Schrei.«

»Hirnfieber, Hirnfieber«, trällerte ich.

Evelyn rieb sich die Augen.

»Um Himmels willen«, rief sie.

»Ist das nicht der Schrei, den du hörst?«, fragte ich. »Das ist der Wechselkuckuck.«

Sie schürzte die Lippen. »Es hätte gereicht, wenn du es einfach gesagt hättest«, fauchte sie.

Einmal fand ich sie ganz ernst an ihrem Schreibtisch sitzend – unter einem Zelt aus Musselin, das sie selbst und den Tisch vollkommen bedeckte. Ihre bloßen Füße standen in einer Schüssel mit kaltem Wasser.

»Lach mich nicht aus, Eliza«, sagte sie. »Ich ertrage die Insektenstiche nicht, und das allein zählt.«

Wenn Thomas nach Hause kam, lief unsere Ehe in einem merkwürdigen erstickten Ritual vor den Augen der Dienerschaft ab. Wir unterhielten uns kaum jemals alleine. Ich wusste nie, wie er reagieren würde. In einem Augenblick konnte er freundlich und überaus charmant sein, im nächsten grüblerisch und still.

»Was ist denn los, Tommy?«, fragte ich dann.

»Ist das nicht offensichtlich?«, war seine Antwort.

Wenn er schroff war, wollte ich ihn zurückgewinnen; war er zornig, wollte ich ihn zum Lächeln bringen. Wenn er vergnügt war, ließ ich ihn gewähren und hatte den Mut, ihm Fragen zu stellen.

Seine Arbeit bestand darin, indische Rekruten anzuwerben und auszubilden, und obwohl es eine Art Beförderung war, machte ihm seine Tätigkeit wenig Freude. Er kam am späten Nachmittag heim und ließ sich in einen Sessel fallen.

»Drei Leute desertiert, Schuhe fehlen, mehrere Diebstähle. Ich glaube wirklich, dein Stiefvater will mich bestrafen.«

»Ein schwerer Tag?«, fragte ich.

»Diese verdammten Eingeborenen«, murmelte er. »Sie nicken und verbeugen sich, aber sie nehmen nicht die geringste Notiz von dem, was ich sage.«

Sobald der Tag etwas kühler geworden war, ritt er mit den anderen Offizieren aus und schoss auf alles, was sich bewegte. Danach legte er mir seine Beute zu Füßen; er war nie glücklicher, als wenn er beim Schießen Erfolg gehabt hatte.

»Sieh dir das an«, sagte er dann strahlend. »Aus diesem kleinen Fang könnte der Koch doch ein Festmahl zubereiten, nicht wahr?«

Jaswinder und ich wechselten einen Blick. Was meinen Ehemann anlangte, waren wir im Allgemeinen einer Meinung. Das Rebhuhn und der Hase wirkten zäh, der Pfau zerzaust und dürr. Jaswinder und ich wussten aus Erfahrung, dass Ersteres geschmacklos sein und Letzterer sich nur für die Mulligatawny-Suppe eignen würde.

»Sieh zu, was du tun kannst«, flüsterte ich.

Beim Abendessen langte Thomas herzhaft zu.

»Ist das das Rebhuhn, das ich geschossen habe?«, fragte er. »Es geht doch nichts über selbst erlegtes Wild.«

Während der langen schläfrigen Nachmittage begann ich, meine Kleider mit neuen Kragen und Unterröcken etwas modischer zu gestalten, nur für den Fall, dass sich Mama doch erweichen ließ und mich nach Kalkutta einlud. Ich stickte Monogramme in Bettwäsche und Taschentücher. Die Sofaschoner mussten verschönert werden, die Kissenbezüge waren wirklich viel zu schlicht. Bald war die Welt auf die Größe meines Stickrahmens geschrumpft. Mein Meisterwerk war eine Tagesdecke aus einzelnen, mit indischen Szenen bestickten Stoffstücken. Es begann ganz harmlos mit beschaulichen Darstellungen von Bergen oder Flüssen, dann kamen Tempel und wilde Tiere. Bald stickte ich jedoch stürmischere Szenen. Meine Nadel stach eifrig in den Stoff. Ein indischer Löwe verschlang einen britischen Offizier, eine sittsame Matrone verschwand im Maul eines Krokodils, ein Elefant trug eine junge Frau davon.

Wir waren zwei Jahre verheiratet, als Thomas von einem Kind zu reden begann. Nach einem zärtlichen und gemächlichen Morgen lagen wir zusammen im Bett.

»Genau das brauchst du vielleicht«, sagte er und streichelte sanft meinen Bauch.

Als ich aufstehen wollte, hielt er mich an den Schultern fest.

»Bleib hier bei mir liegen«, sagte er. »Gib dem Baby ein wenig Zeit, sich einzunisten.«

Selbst Jaswinder schien ich leid zu tun. Ich konnte es in ihren Augen sehen.

»Noch immer kein Anzeichen von einem Baby, *Sahib*?«, fragte sie. »Ich glaube, wir müssen *Sahib* mehr Fisch und Eier zu essen geben.«

»Ich will kein Baby«, sagte ich.

»Aber gewiss doch«, antwortete sie. »Alle Frauen wollen ein Baby.«

Immer öfter fing Thomas davon an. »Glaubst du, dass mit dir irgendetwas nicht in Ordnung ist? Wenn du willst, könnte ich dich zu einem Arzt in Kalkutta bringen, damit er nachsieht, ob du irgendwelche Probleme hast.«

Ich gab keine Antwort. Ich war doch erst neunzehn; das Letzte, was ich wollte, war ein Kind. Allmählich war mir klargeworden, was Sarah, Thomas' arme Schwester, mit »Tricks« gemeint hatte. Wenn ich behauptete, ich hätte starke Kopfschmerzen, bestand die Chance, dass er mich in Ruhe ließ. Bei der leisesten Andeutung von Frauenproblemen erbleichte Thomas und zog sich in sein eigenes Zimmer zurück. Trotz all meiner Bemühungen wurden seine Avancen regelmäßiger und entschlossener. Wenn er vom Jagen zurückkam, hatte er amouröse Anwandlungen. Wenn ich bei einer Veranstaltung mit jemand anderem tanzte, erregte ihn das. Nach einem Militärdinner geschah das Unvermeidliche. Ich war mitten in der Nacht aufgewacht, weil sich Thomas auf mir abmühte. Irgendein Instinkt sagte mir, dass der Augenblick der Empfängnis stattgefunden hatte. Bitte, lieber Gott, betete ich, lass das nicht wahr sein, doch ein Knoten in meinem Bauch zog sich zusammen, und ich wusste, dass es passiert war.

Bald darauf kam der Monsun. Der Himmel wurde vom Staub ganz blass. Wolken türmten sich auf, und der Himmel verdunkelte sich. Donner grollte, und der Regen fiel in Sturzbächen. Das Haus wurde undicht. Nachts schliefen wir unter riesigen grünen Regenschirmen. Bei einer steifen Abendgesellschaft schwirrte es nur so von Insekten. Riesige Motten fielen in die Suppe. Evelyns Mann dozierte gerade über die Eingeborenen, als ihm ein Mistkäfer in den Mund flog. Nach dem Essen entdeckte ich Thomas und die Frau des Hauptmanns allein zusammen auf der Veranda. Mrs. Lomer, eine matronenhafte fünfunddreißigjährige Frau mit rosigen Apfelbacken, klaubte Libellen aus seinem Haar. Bei dem Anblick musste ich schmunzeln. Dass sie in ihrem Alter noch flirtet, dachte ich.

Auf Evelyns Büchern und Schuhen erschien über Nacht leuchtend grüner Schimmel. Die Bilder an ihren Wänden vermoderten.

»Du musst alles wegpacken«, sagte ich.

»Alles?«, jammerte sie.

Es war ein Abend wie jeder andere. Der Regen hatte sich verzogen, und von der Veranda aus wirkte die Welt frisch und neu. Thomas war mit roten Wangen vom Offiziersclub nach Hause gekommen, offenbar hatte er einen Whisky zu viel getrunken. Wir setzten uns an den Tisch, das Abendessen war gerade serviert worden. Als Hauptgericht gab es frisches Huhn in der Brühe und dem Saft eines Perlhuhns.

»*Bon appetit*«, sagte ich.

Thomas aß ein paar Bissen und schob dann das Essen mit der Gabel auf dem Teller herum.

»Du hältst mich zum Narren«, sagte er. »Das ist nicht der Vogel, den ich erlegt habe.«

Ich wusste nicht, was ich sagen sollte.

»Bitte«, sagte ich. »Nicht vor den Dienstboten.«

»Die Dienstboten kümmern mich einen Dreck. Ist es der Vogel oder nicht?«

»Thomas, bitte.«

Er starrte mich wütend an und fegte dann den Teller vom Tisch. Er zerbrach in zwei glatte Stücke, und die Soße lief über den Boden.

Wir standen beide auf. Thomas atmete schwer.

»Du glaubst, mit mir stimmt etwas nicht, nicht wahr?«, sagte er sehr ruhig.

»Was um alles in der Welt meinst du?«

»Das weißt du sehr gut.«

»Thomas, du machst mir Angst. Ich weiß nicht, wovon du sprichst.«

»Warum zum Teufel bist du noch nicht schwanger?«

Ich schluckte und setzte mich hin.

In den letzten Wochen hatte ich das Baby in mir wachsen gespürt, klein und hart und fest wie eine Walnuss. Aus irgendeinem Grund hatte ich Thomas nichts davon gesagt.

»Verschwinde aus meinen Augen«, knurrte er.

Ich wollte gerade mit der Neuigkeit herausplatzen, als Jaswinder ins Zimmer kam. Die Dienstboten standen steif an der Wand, den Blick auf irgendeinen fernen Punkt im Freien gerichtet. Jaswinder blieb bei der Tür stehen.

Thomas sah weiterhin schnaubend auf mich herab.

»Thomas, bitte«, flüsterte ich.

Die Wucht des Schlags schleuderte meinen Kopf zur Seite und brannte auf meiner Wange. Als ich aufblickte, sah ich Jaswinders entsetzten Blick. Bisher hatte mich Thomas nur hinter geschlossenen Türen geschlagen. Wenn er mir Gewalt antat, versuchte ich das mit Fassung zu tragen. Ich nahm an, dass jede Ehe ihren Preis hatte. Aber mich vor den Dienstboten zu demütigen? Es konnte kaum schlimmer kommen.

Am nächsten Morgen erwachte ich mit Fieber. Jeder Knochen in meinem Körper fühlte sich an, als würde er von einer unsichtbaren Hand unerbittlich verdreht. Ich zitterte vor Kälte, doch mein Kopf war brennend heiß. Bald darauf erbrach ich Blut. Als Jaswinder kam, um sich um mich zu kümmern, brachte ich es nicht über mich, sie anzublicken. Am Nachmittag ging das Fieber zurück, und ich begann zu schwitzen, und dann fing alles wieder von vorn an.

Jaswinder wischte mir den Schweiß von der Stirn und verabreichte mir zusätzliches Chinin. Der Arzt diagnostizierte Malaria und empfahl Fasten und danach Aderlass. Als Thomas nach mir sah, drehte ich den Kopf weg.

Ich blieb drei Wochen im Bett, war so schwach, dass ich mich kaum bewegen konnte. In der vierten Woche weckte mich mitten in der Nacht ein schneidender Schmerz im Bauch, der immer wieder wie mit Nadeln auf mich einstach. Im Badezimmer klammerte ich mich an der Badewanne fest und kauerte mich auf den Boden. Meine Bauchmuskeln bewegten sich ganz von selbst. Die Schmerzen wurden stärker, und ich unterdrückte einen Schrei. Plötzlich waren meine Oberschenkel nass, und zwischen meinen Beinen tauchte ein schleimiges Etwas auf. Ich starrte darauf hinunter und streckte dann zögernd die Hand danach aus. Das Baby war grob geformt, wie eine unfertige Figur, die sich im Ton abzeichnet. Es war ein kleines Mädchen. Es war warm, aber tot; sein Fleisch war fahl und hatte lila Flecken.

In blinder, gedankenloser Panik wickelte ich es in ein Leinentuch und versteckte es unter meinen Kleidern. Als ein Dienstbote kam, hatte ich die schmutzigen Tücher weggepackt und das meiste Blut aufgewischt.

In den Stunden vor der Morgendämmerung ritt ich mit Baumwollstreifen zwischen den Beinen zu den Wäldern. Ich schob die blutbesudelten Tücher in einen hohlen Baum und hob dann neben einem Kapokbaum ein Loch im Boden aus. Ich begrub das Baby, ohne das Tuch aufzuschlagen, in der Hoffnung, dass die Sache damit zu Ende sei. Doch kaum hatte ich die Erde festgeklopft und geglättet, sah ich vor meinen Augen winzige, filigrane Babyfinger, die mir zuwinkten. Es dauerte einen weiteren Monat, bis ich wieder gesund war. Als ich endlich aufstand, war ich dünn, leer und gelb.

KAPITEL 12

Im Oktober kam das kalte Wetter und hüllte das Haus und die Bäume in dichten, rauchigen Nebel. Ich begann mich fortzuschleichen und unternahm lange, ziellose Spaziergänge, doch nichts ermüdete mich. Oft brach ich ohne irgendeinen ersichtlichen Grund zusammen und weinte. Als ich eines Tages jenseits der Grenzen der Garnison herumgestreift war, traf ich auf eine Wildkatze, die in einer Falle gefangen war. Sobald ich mich ihr näherte, wurde das Tier zu einem fauchenden Ball aus gesträubten Haaren und scharfen Zähnen. Seine Pfote blutete stark; ein Teil des Knochens war zu sehen. Die Falle hatte riesige Krallen wie ein Wesen aus der Steinzeit. Als ich versuchte, sie aufzuspreizen, schlug die Katze ihre Zähne in meine Hand. Trotz dieses Angriffs schaffte ich es, meine Gerte in die Falle zu zwängen, und sie sprang auf. Die Katze stürzte sich so unerwartet auf mich, dass ich rückwärts in die Büsche fiel. Ich war im Gestrüpp verfangen, und die Katze hinkte davon. Während ich mich abmühte, meine Kleidung von Dornenzweigen und Kletterpflanzen zu befreien, verschwand sie. Ich hatte mir den Knöchel verstaucht, und jeder Schritt tat weh. Als ich schließlich nach Hause kam, humpelte ich, steif und ohne ein Wort zu sagen, an den Dienstboten vorbei.

Ich setzte mich vor den Schlafzimmerspiegel und untersuchte mein Gesicht. Mein Kleid war zerrissen, meine Hand wies Bissspuren auf, und auf meiner Wange prangte eine Schramme, doch zum ersten Mal seit Monaten fühlte ich mich lebendig. Als die Wildkatze davongeschlichen war, wäre ich ihr am liebsten gefolgt. Ich hatte mich gefragt, wohin sie wohl lief und ob sie ein Zuhause hatte. An jenem Abend nahmen Thomas und ich wie immer am Tisch Platz. Er bemerkte weder die Kratzer an meinen Händen noch die Schramme auf meiner Wange. Nach dem Essen zog ich mich an meinen Schreibtisch zurück, nahm mein bestes Briefpapier heraus und starrte auf das leere weiße Blatt. Ich war kaum zwanzig Jahre alt. Das konnte doch nicht alles sein, was das Leben für mich bereithielt, dachte ich.

Als Schulmädchen in Bath hatten Sophia und ich für uns fröhlich neue Namen, neue Eltern und sogar neue Staatsangehörigkeiten erfunden. »Du kannst sein, wer immer du sein willst«, hatte sie geflüstert, und wir hatten uns ausgemalt, wir seien Schauspielerinnen, russische Prinzessinnen, elegante englische Erbinnen. Die Zukunft war ein unbekanntes Land gewesen, voll von Abenteuern und herrlichen Möglichkeiten. Ich fragte mich oft, was wohl aus Sophia geworden war. Obwohl ich regelmäßig an die Adresse schrieb, die sie mir gegeben hatte, erhielt ich nie eine Antwort. Ich stellte mir vor, sie sei glücklich mit einem Viscount oder einem Herzog verheiratet und führe das abwechslungsreiche Leben einer Dame der Londoner Gesellschaft. Aus dem himmelblauen Tüll, den sie mir geschenkt hatte, machte ich einen üppigen Unterrock. Wenn ich ihn trug, blitzte er auf wie ein leuchtender Sommerhimmel.

Als ich schließlich die Feder ansetzte, zitterte meine Hand. *Meine liebste Mama*, schrieb ich.

Ihre Antwort kam schnell und schroff. *Vielleicht nächstes*

Jahr, antwortete sie; jetzt ist gerade keine gute Zeit. Irgendwie musste sie zwischen den Zeilen gelesen haben.

Meine Nachbarin Evelyn hatte ein bleiches, kränkliches Baby zur Welt gebracht. Mutter und Kind trugen kniehohe steife weiße Segeltuchstiefel und verbrachten ihre Tage unter einem tragbaren Gazekäfig. Niemand sprach mich mehr auf Babys an. Evelyn wollte mich zwar überreden, sie zu besuchen, aber ich hätte mir lieber die Zunge abgebissen, als höfliche Konversation zu machen. Der Haushalt lag jetzt ausschließlich in Jaswinders kompetenten Händen, und er funktionierte besser als je zuvor. Trotz der Proteste von Thomas, Evelyn und Jaswinder begann ich, jeden Nachmittag allein auszureiten.

»Es ist gefährlich«, sagte Jaswinder.

»Ich verbiete es«, sagte Thomas.

»Was werden die Leute sagen?«, sagte Evelyn. »Du brauchst einen Begleiter, du kannst doch nicht alleine ausreiten.«

Zuerst ritt ich im Damensattel, später im Herrensitz, damit ich auf die Hügel galoppieren konnte. Mit jedem Ausflug wagte ich mich weiter weg.

Es gab eine bestimmte Tempelruine, zu der ich immer wieder zurückkehrte. Den Haupteingang hatte man zugemauert, und die Wände waren mit unzähligen europäischen Namen verunziert. Auf der Suche nach einem anderen Eingang umkreiste ich das Gebäude und las dabei die Namen von Soldaten, Offizieren und ihren Angebeteten, die in den weichen weißen Stein eingeritzt waren und beinahe die verschlungenen Muster darunter verbargen.

Als ich eines Tages über die Steine kletterte, entdeckte ich einen zweiten Eingang, der unter ineinander verflochtenen Kletterpflanzen verborgen und von einem vermodernden Holztor verschlossen war. Ein einziger Stoß reichte, und ich war drinnen. Riesige, verzweigte Bäume hatten sich durch den Fußboden des Tempels gekämpft; in den Blättern kreischten grüne Papageien. Affen schwangen sich an den Ästen herunter und stahlen mir Haarnadeln. Ich konnte kaum glauben, was ich sah. Rundum waren erotische Szenen in den Stein gemeißelt. Die Figuren sahen aus wie Tänzer, die Gliedmaßen von Männern und Frauen schienen vor Lust hin- und herzuwogen. Jedes miteinander verschmolzene Paar schien in der Erde verwurzelt und in den Bäumen verstrickt zu sein. Die Lüsternheit der Bilder schockierte mich und stieß mich ab, und doch konnte ich mich nicht von ihnen losreißen. Jede nur mögliche Vereinigung war dargestellt. Mit ihren schwingenden Hüften und vollen, hochgewölbten Brüsten waren die weiblichen Figuren so mächtig wie Göttinnen. In ihren Umarmungen lag so viel Freude, so viel Leben – sie wirkten absolut seltsam. Die Wollust ließ meine Haut erschaudern. Aus Gründen, die ich kaum verstand, streckte ich die Arme aus und drehte mich immer wieder im Kreis. Ich brauchte neue Erfahrungen, neue Herausforderungen. Es gab so viel, was ich nicht wusste, ganze Welten, die mir vollkommen rätselhaft waren.

Als ich auf dem Rückweg nach Karnal durch ein Wäldchen ritt, sah ich am Fluss im Schatten eines Banyanbaums eng umschlungen ein europäisches Paar stehen. Ihre Pferde waren in der Nähe angebunden. Auf den zweiten Blick kam mir das Paar bekannt vor. Ich ritt näher heran und spähte zwischen den Bäumen hindurch. Die Frau war Mrs. Lomer, doch ich erinnerte mich, dass ihr Mann viel dunklere Haare hatte. Meine Neugier war geweckt, aber ich wusste, dass ich mich nicht zeigen durfte. Ich wendete das Pferd und sah dabei kurz das Gesicht des Mannes. Obwohl mir dieses Gesicht äußerst vertraut war, brauchte ich einen Augenblick, bis ich begriff. Ich beobachtete, wie er ihr Kinn in die Hände nahm wie früher meines. Mrs. Lomer blickte verliebt zu ihm auf, und meine Hände begannen zu zittern. Als Thomas sein Gesicht zu ihrem hinunterneigte, machte ich kehrt und galoppierte davon.

Am Rand des Garnisongeländes kam ich an dem Kapokbaum vorbei. Jedes Mal wenn ich vorbeiritt, blickte ich hinab zu seinen Wurzeln und erwartete fast, dort stämmig und lebendig das Baby liegen und seine kleinen Hände und Zehen bewegen zu sehen. An jenem Tag stellte ich fest, dass der Baum alle seine Blätter verloren hatte, und doch war er weder tot, noch ruhte er. Die nackten Äste waren voller riesiger scharlachroter Blüten. An den Wurzeln des Baumes lagen nur abgefallene Blätter. Ich starrte auf die leuchtenden Blumen, die den blattlosen Baum schmückten, und wusste, es war Zeit, zu gehen.

KAPITEL 13

Ich würde gern sagen, dass ich meine Ehe aufgab, ohne zurückzublicken, dass ich stolz und ohne Tränen, Szenen oder Vorwürfe einfach ging. Doch in Wirklichkeit schrie und tobte ich und zerriß den Großteil von Thomas' Kleidern. Ich goss Honig auf seine beste Militärhose, bis sie übersät war mit weißen Ameisen und winzigen schwarzen Fliegen. Ich ging auf der Veranda auf und ab; mir schwirrte der Kopf vor Zorn, Eifersucht und Schmerz. Als Thomas schließlich heimkam, weigerte ich mich, ihn ins Haus zu lassen.

»Wenn sie deine Geliebte ist, dann geh doch in ihr Haus«, rief ich.

»Wovon in aller Welt redest du?«, fragte er.

»Ich habe euch gesehen, ich habe euch gesehen«, heulte ich.

»Meine liebe Eliza«, sagte er.

»Wage ja nicht, mich gönnerhaft zu behandeln.«

»Gehen wir hinein und reden wir unter vier Augen darüber«, sagte er.

Als er versuchte, mich ins Haus zu drängen, stieß ich ihn die Treppe hinunter. Heiße, zornige Tränen strömten mir über die Wangen.

»Wie konntest du das tun?«, rief ich. »Sie ist alt genug, meine Mutter zu sein.«

»Eliza, Eliza«, schmeichelte er. »Wir sind Freunde, das ist alles.«

»Ich habe euch gesehen!«, schrie ich.

Jetzt drehte er den Spieß um. »Und was für eine Frau bist du mir gewesen?«

Er hob mich hoch, marschierte mit mir in den Salon und warf mich auf einen Sessel.

»Du bist überreizt«, sagte er. »Seit diesem Malariaanfall bist du nicht mehr du selbst.«

Ich zögerte. Das Bild des Babys zuckte durch meinen Kopf. Ich hätte ihm seinerzeit wirklich sagen sollen, dass ich schwanger war, doch ich hatte es mir ja kaum selbst eingestanden. Hätte ich es laut ausgesprochen, dann hätte ich zugeben müssen, dass ich sein Baby genauso wenig wollte wie ihn. Was war ich bloß für eine unnatürliche Frau? Wenn ich mich ihm anvertraut hätte, wäre alles vielleicht anders ausgegangen. Den Verlust hatte ich erst nach der Fehlgeburt gespürt. Ein kleiner, kostbarer, ungeformter, sprachloser Teil von mir war damals gestorben, und nichts, was ich jetzt sagte, konnte ihn zurückbringen.

Thomas selbst schlug vor, dass ich eine Weile zu meiner Mutter fahren sollte.

»Der Tapetenwechsel wird dir guttun«, sagte er. »Das abgeschiedene Leben hier war zu viel für dich.«

»Vielleicht hast du recht«, räumte ich ein.

Ich hatte bereits begonnen, meine Kleider zwischen Seidenpapier zu legen, als Thomas seine ruinierten Sachen entdeckte. Er schwenkte seine Uniform vor meiner Nase hin und her und schrie: »Hol dich der Teufel, Weib! Was in aller Welt ist los mit dir? Wann wirst du endlich zugeben, dass das genauso dein Fehler ist wie meiner?«

Ich fuhr schweigend mit dem Packen fort. Ich hatte nicht die Absicht, mit blauen Flecken oder einem blauen Auge im Haus meiner Mutter anzukommen.

Jaswinder wusste natürlich bereits von Mrs. Lomer. Als ich ihr sagte, dass ich wegfahre, nickte sie nur und sagte: »Geben Sie sich ein bisschen Zeit. Diese Dinge gehen vorbei. Es hat keine große Bedeutung in der lebenslangen Beziehung zwischen einem Mann und seiner Frau.«

Evelyn weinte. »Dein Leben ist ruiniert«, stammelte sie unter Tränen. »Was wird aus dir werden?«

»Sei nicht albern, Evelyn«, erwiderte ich. »Thomas ist zu bedauern, nicht ich.«

»Meine arme, liebe Eliza«, rief sie.

An einem frischen, strahlenden, fast englischen Morgen reiste ich bei Sonnenaufgang nach Kalkutta ab. An der Kutschenstation überwachte Thomas das Einladen meines Gepäcks und bestand dann darauf, die Kutsche zu lüften, bevor er mir hineinhalf. Ich blickte ihn durch das Fenster an, und er lächelte schuldbewusst. Innerhalb von drei Jahren hatten sich bereits tiefe Furchen in sein Gesicht gegraben. Zu beiden Seiten des Mundes verliefen zwei scharfe Falten, und seine Stirn war in einem ständigen Runzeln erstarrt. Obwohl mir seine Züge so vertraut waren – wie er sein Haar trug, die Fältchen um seine Augen –, bedeuteten sie mir gefühlsmäßig nichts mehr. Jegliche noch vorhandene Gefühle waren in dem Augenblick, als ich meine Entscheidung traf, verschwunden.

»Du wirst im Nu wieder zurück sein«, sagte er. »Du weißt, wie deine Mutter ist.«

Als er sich vorbeugte, um mir einen Kuss zu geben, nahm ich sein Gesicht in die Hände.

»Es ist vorbei mit uns«, flüsterte ich.

Er fuhr jäh zurück. »Unsinn«, fauchte er.

Als die Kutsche davonrumpelte, wusste ich, dass ich nie mehr zurückkommen würde, und obwohl er es nicht zugab, war ich sicher, Thomas wusste es auch.

Mit zwei Koffern und meiner kleinen Reisetasche, die inzwischen über und über mit Aufklebern bedeckt war, sodass man das Leder darunter kaum sah, kam ich beim Haus meiner Mutter an. Obwohl ich Mama geschrieben und ihr meine Ankunft angekündigt hatte, war sie nicht da, als die Kutsche vor ihrem Haus anhielt. Das Dienstmädchen, das die Tür öffnete, wusste ganz offensichtlich nicht einmal, dass Mama eine Tochter hatte.

»Wollen Sie eine Visitenkarte dalassen?«, fragte sie.

Ich bestand darauf, zu warten, und wurde in einen Salon mit stuckverzierten Wänden und dunkel gestreiften Regency-Möbeln geführt. Wäre da nicht der *Punkah* gewesen, der kühle Luft durch den Raum fächelte, ich hätte ebenso gut in London, Bristol oder Bath sein können. Während ich das Zimmer betrachtete, malte ich mir ein völlig neues Leben aus, in dem wir gemeinsam Bälle und Konzerte besuchten und Mama mich stolz all ihren Freunden vorstellte. Dreißig Minuten später rauschte sie ins Zimmer.

»Ich habe dich nicht erwartet«, sagte sie.

»Ich habe dir geschrieben.«

»Normalerweise erwarte ich keinen Gast, den ich nicht persönlich eingeladen habe.«

»Ich habe Thomas verlassen«, sagte ich.

»Wir werden sehen.«

Wir setzten uns gegenüber und musterten einander misstrauisch. Jeder Gedanke an Versöhnung war verflogen. Wir waren uns seit einem Jahr nicht mehr begegnet, aber es hatte sich nichts geändert. War ich schon damals eine schwere Enttäuschung für sie gewesen, dann war ich es jetzt noch viel mehr. In ihrem Kleid aus schimmernder fuchsienfarbener Seide sah Mama sehr elegant aus. Nur ganz zarte Falten auf ihren Handrücken und um ihren Hals verrieten ihr Alter. Meine Gedanken kehrten zu Mrs. Lomer zurück. Und dann noch weiter, zu Thomas und Mama, wie sie in Bath die Köpfe zusammengesteckt hatten.

Wenigstens Hauptmann Craigie freute sich, mich zu sehen. Als er hereinkam, legte er mir herzlich die Hände auf die Schultern.

»Lass mich dich anschauen«, sagte er und drückte mich dann an sich.

»Mein schönes kleines Mädchen«, sagte er lächelnd.

Es war, als wären die letzten dreizehn Jahre nie gewesen. Papa Craigie strich mir übers Haar. Mit einem breiten kindlichen Lächeln blickte ich zu ihm auf.

»Sie sagt, sie hat ihren Ehemann verlassen«, sagte Mama.

»Darüber reden wir später. Kannst du noch tanzen? Du brauchst Ferien. Ruhe dich aus, entspanne dich, unterhalte dich ein bisschen. Wir werden morgen Abend dir zu Ehren eine Soiree geben.«

Am folgenden Abend kam ein Dutzend Offiziere mit ihren Töchtern und Ehefrauen.

»Denk daran«, ermahnte mich Mama, »kein Wort davon, dass du deinen Ehemann verlässt. Du bist hier zu Besuch, mehr nicht.«

Hauptmann Craigie stellte mich stolz als seine Tochter vor. Mama blieb die ganze Zeit unnahbar und unversöhnlich.

»Wenn noch ein einziger Mensch sagt, wie sehr mir Eliza ähnlich sieht, ich schwöre, dann schreie ich.«

Hauptmann Craigie lächelte milde. »Sie ist deine Tochter, Liebling. Versuch doch, stolz auf sie zu sein.«

Den ganzen Abend wanderte Mamas Aufmerksamkeit von einem Gast zum anderen, und je nachdem, mit wem sie sprach, änderte sich ihr Benehmen. Ich hatte dasselbe Verhalten bei Thomas' Familie in Irland beobachtet. Den Briten gegenüber benahmen sie sich auf die eine Art, Landsleuten gegenüber auf eine andere. Es war eine Eigenschaft, die ich an mir selbst auch feststellte. Vielleicht ist das charakteristisch für die Anglo-Iren, dachte ich, dass sie sich nirgends wirklich zugehörig fühlen.

Als der Tanz begann, spürte ich Mamas Blick auf mir.

»Stimmt es, dass Ihre Mutter einmal von Beruf Tänzerin war?«, fragte mich mein Tanzpartner. »Die Dame selbst will es weder bestätigen noch leugnen.«

»Wollen Sie damit sagen, dass Mama einmal nicht ganz achtbar war?«, zog ich ihn auf.

Der Offizier wurde nervös und entschuldigte sich dann vielmals.

Wahrscheinlich hat sie selbst das Gerücht in die Welt gesetzt, dachte ich. Obwohl ihr die Geschichte schmeichelte, wäre ein solcher Beruf überhaupt nicht in Frage gekommen. Selbst wenn es wahr gewesen wäre, hätte sie es wohl kaum zugegeben.

Nach der Soiree erlaubte mir Mama nicht, an irgendwelchen anderen Veranstaltungen teilzunehmen, noch wurden welche im Haus abgehalten.

»Du musst an deine Ehe denken«, sagte sie. »Mehr gibt es dazu nicht zu sagen.«

Als einige Offiziere nach mir zu fragen begannen, reagierte sie gereizt. Ich durfte ihr nur dabei zusehen, wie sie sich ankleidete und dann das Haus verließ, genau wie damals, als ich ein Kind war. Sie begann ihre Garderobe zu modernisieren und sich mit besonderer Sorgfalt anzuziehen. Ich wartete ab und hoffte, sie würde mir gegenüber milder werden. Nach einem Monat hatte sie Thomas geschrieben und vorgeschlagen, er möge von Karnal herkommen und mich abholen.

Er kam daraufhin jeden Nachmittag ins Haus, doch ich weigerte mich, ihn zu sehen. Mama empfing ihn in ihrem Salon, während ich entschlossen im ersten Stock blieb. Nachdem das eine Woche so gegangen war, bat mich Mama zu sich.

»Er ist bereit, dich zurückzunehmen«, sagte sie.

»Ach, tatsächlich?«

»Du hast keine Wahl. Er ist dein Ehemann. Es ist Zeit, dass du abreist.«

Ich holte tief Luft. »Lass mich hier bleiben«, flüsterte ich.

»Du kannst die Zeit nicht zurückdrehen«, antwortete sie. »Man heiratet nur einmal, und du hast deine Entscheidung getroffen.«

»Die Ehe ist vorbei«, sagte ich.

Mama lachte laut auf. »Sei nicht albern, Kind. Eine Ehe ist für das ganze Leben. Frauen können sich nicht von ihren Männern scheiden lassen, das weißt du sehr gut. Du bist nicht Heinrich VIII., der sich scheiden lassen und dann wieder heiraten konnte. Du bist abhängig von deinem Ehemann, ob dir das nun gefällt oder nicht.«

»Ich gehe nicht zurück«, sagte ich.

»An deiner Stelle wäre ich vorsichtig. Wenn du Thomas einen Scheidungsgrund gibst, wirst du mit nichts dastehen.«

»Ich habe mich entschieden«, sagte ich.

»Du undankbares Mädchen!«, rief Mama. »Du hattest alles und hast es weggeworfen! Ich hatte eine gute Ehe für dich arrangiert, aber du hast sie abgelehnt. Du wolltest Thomas, nun, jetzt hast du ihn. Ich habe mit zwölf Jahren meinen Lebensunterhalt verdient, während du in der Schule verwöhnt wurdest, bis du sechzehn warst. Warum um alles in der Welt sollte ich Mitleid mit dir haben?«

»Ich glaube wirklich, du bist eifersüchtig auf mich«, platzte ich heraus. »Ist es denn meine Schuld, dass er mich wollte und nicht dich?«

Mama wurde vom Hals bis zur Stirn leuchtend rot. Einen Augenblick dachte ich, sie würde mich schlagen.

»Wenn du dich weigerst, zu deinem Ehemann zurückzukehren, lässt du mir keine Wahl.«

»Was willst du damit sagen?«

»Die einzig andere Möglichkeit, die dir offensteht, ist, zu Verwandten nach Schottland zu gehen.«

»Schottland?«, rief ich.

»Es liegt bei dir«, sagte sie.

Bei meiner Ankunft war mir nicht in den Sinn gekommen, dass sie mich wegschicken könnte. Thomas zu verlassen hatte meinen ganzen Mut aufgebraucht. Für danach hatte ich keine Pläne gemacht.

»Dein Mann wird weiterhin für dich sorgen«, sagte sie.

»Ihr habt bereits darüber gesprochen?«

»Thomas war sehr großzügig.«

»Und was sagt Hauptmann Craigie?«, fragte ich.

Mama erhob sich. Ihr Gesicht war aschfahl, ihre Hände zitterten.

»Damit das klar ist«, sagte sie. »Du wirst nicht hier bleiben.«

Die »Larkins« sollte Anfang Oktober von Kalkutta auslaufen. Thomas und Hauptmann Craigie begleiteten mich zum Hafen. Mama verabschiedete sich vor dem Haus von mir; sie umarmte mich steif und küsste mich auf beide Wangen. Ich sah ihr forschend ins Gesicht, doch es war keine Zärtlichkeit darin. Mit seltsam starrer Miene stand sie in der Tür. Sie schauderte, wandte den Blick ab und ging hinein. Als die Kutsche losfuhr, begriff ich, dass dies der Gesichtsausdruck einer Frau war, die sich schmerzlich verraten fühlte. Schuldgefühle und Scham übermannten mich. Ich war ihre einzige Tochter, und ich hatte sie nicht nur einmal, sondern zweimal enttäuscht. Ich hätte mich mehr bemühen müssen, dachte ich. Dann schlug ich mir mit der geballten Faust immer wieder an die Schläfe. Nein, nein, nein, dachte ich gekränkt und verwirrt. Meine Augen brannten. Es konnte doch nicht ausschließlich meine Schuld sein, oder? Was war mit ihr? Sie war schließlich meine Mutter. Wenn ich ihr durch meine Handlungen Schande gemacht hatte, dann hatte sie durch die ihren mir gegenüber tausendmal versagt.

Am Hafen nahm Hauptmann Craigie meine Hand.

»Deine Mutter liebt dich«, sagte er. »Aber sie ist eine stolze Frau; sie kann nicht anders.«

Er umarmte mich, und ich wollte ihn gar nicht mehr loslassen. Er hatte mir in meinem Leben viel mehr Liebe geschenkt als Mama.

»Wenn du jemals etwas benötigst«, sagte er, »ist klar, dass du mir nur zu schreiben brauchst.«

Das Schiff legte vom Hafen ab, und ich sah ihn in der Ferne verschwinden; seine Wangen glänzten vor Tränen.

Um den Schein zu wahren, fuhr Thomas mit mir ein Stück den Ganges hinunter.

Sobald er mit dem Kapitän alles besprochen hatte, kam er zu mir an Deck. Beide sahen wir schweigend zu, wie sich das Boot, das ihn an Land bringen sollte, dem Schiff näherte. Als er sich von mir verabschiedete, wirkte er linkisch und beschämt.

»Du wirst immer meine Frau sein«, sagte er. »Du weißt, du kannst zu mir zurückkommen, wann immer du willst.«

Als er mich in die Arme nahm, dachte ich an unsere erste Umarmung.

»Es ist nicht zu spät«, flüsterte er.

Die dreizehn Jahre Altersunterschied zwischen uns taten sich auf wie eine unüberbrückbare Kluft. Ich hatte ihn benutzt, um aus einer unerwünschten Situation zu entkommen, ohne an die Konsequenzen zu denken. Doch ich war keine naive Siebzehnjährige mehr. Dafür hatte Thomas gesorgt.

»Es ist Zeit, du musst gehen«, sagte ich.

Er kletterte die Leiter hinunter und hielt dann inne. »Du hast mir nie eine Chance gegeben. Du hast mich nie gewollt, nicht wirklich. Du wolltest einen Vater, keinen Ehemann.«

Ich biss mir auf die Lippen.

»Es tut mir leid«, sagte ich lautlos.

Während ich dem Boot nachsah, das zum Ufer ruderte, hatte ich das Gefühl, als triebe mein ganzes Leben von mir weg. Der kleine Teil von mir, der wild und ungebunden war, hatte seine Wurzeln in der indischen Erde. Ich dachte an die voll erblühten, üppigen Blüten des Kapokbaums. An das Grab meines Vaters auf dem Friedhof in Dinapur. Ich dachte an Evelyn und Jaswinder, Mama und Hauptmann Craigie. Über mir knatterte das Segel. Die Ufer des Ganges weiteten sich, je näher wir dem Meer kamen. Der Wind fing sich in den Segeln, und das Schiff gewann an Fahrt.

4. Szene

Graue Merinowolle

KAPITEL 14

Wenn eine Knospe erblüht ist und die Blütenblätter abfallen, kann der Stamm Früchte tragen oder Insekten anziehen. Wenn er Samen entwickelt, können sie von Vögeln gefressen oder vom Wind verstreut werden. Sollte die Frucht reifen, kann sie im Nachtfrost schrumpeln oder vom Brand befallen werden. Die Blätter können von Rüsselkäfern gefressen werden, Raupen Tunnel durch saftige Früchte bohren. Fällt die Frucht zu Boden, ist sie angeschlagen, wird schwarz und gärt. Der Baum kann von den Wurzeln bis zur Spitze verdorren.

Während das Schiff von Indien wegfuhr, beobachtete ich die Lampe, die an der Decke hin- und herschwang und lauschte dem Meer. Ich war kaum zwanzig Jahre alt, doch meine Zukunft sah düster aus. Mitten auf dem Indischen Ozean zog ich in einer fensterlosen Kabine auf der »Larkins« immer wieder meinen Ehering vom Zeigefinger und steckte ihn wieder an. Die Wellen schlugen an das Schiff, und die Kabinenwände vibrierten. Über meinem Kopf baumelte eine Spinne von einem Faden. Eine Ratte lief die Wand entlang. Ich spürte, wie eine Träne über meine Wange lief. Bei jedem Schlag der Wellen musste ich an die Abschiedsworte meiner Mutter denken.

»Wieso hältst du dich eigentlich für etwas so Besonderes?«,

hatte sie gesagt. »Eines Tages wird dir jemand deine Träumereien austreiben, das sage ich dir.«

Es war ganz normal, dass man nicht glücklich war; warum konnte ich mich damit nicht zufriedengeben wie alle anderen? Ich wäre nicht die erste Frau gewesen, die ihren Stolz hinunterschluckte. »Du darfst jetzt nicht über deine Verhältnisse leben«, hatte Mama gesagt und eine Liste von Regeln aufgestellt. Seidenröcke würden nicht mehr als angemessen gelten; ein schlichter grauer Stoff aus Merinowolle oder Musselin musste genügen. Sie hätte mich genauso gut lebendig begraben können. Wie konnte das geschehen? Ich legte mich auf das Bett und schloss die Augen. Draußen schlugen die Wellen endlos gegen den Rumpf des Schiffes. Mit elf Jahren hatte ich Schottland verlassen und mir geschworen, nie wieder einen Fuß in dieses elende Land zu setzen. Musste ich das alles wirklich noch einmal durchmachen?

Stunden später wurde ich von einem beharrlichen Klopfen geweckt. Die Lampe war niedergebrannt, und ich stolperte durch die Kabine zur Tür. Während ich mir die Augen rieb, stellte sich die Frau des Kapitäns vor.

»Mein liebes Mädchen«, sagte sie, »vermissen Sie denn jetzt schon Ihren Ehemann? Nun, Sie brauchen sich keine Sorgen zu machen. Ich habe ihm feierlich versprochen, dass wir gut auf Sie aufpassen werden.«

Hinter ihr läutete die Glocke dreimal zum Abendessen.

»Sind Sie bereit?«, fragte sie.

»Ich habe keinen Hunger«, antwortete ich.

Mrs. Ingram lächelte. »Aber natürlich haben Sie Hunger.

Eine halbe Portion wie Sie. Genießen Sie die Mahlzeiten jetzt. In einem Monat wird es nichts anderes geben als gepökelten Fisch und Kekse.«

Im Speisesaal führte sie mich zum Tisch des Kapitäns, wo sich ein amerikanisches Ehepaar mittleren Alters und der Kapitän persönlich zu uns gesellten. Mr. Henry P. Sturgis aus Boston, Massachusetts, bestand darauf, sich mit vollem Namen vorzustellen. Seine Frau, Mary, lächelte nur. Nach wenigen Minuten stellte sich heraus, dass Thomas bereits mit ihnen allen gesprochen hatte.

»Ihr armer Mann war ja so besorgt, dass er Sie allein lassen musste«, sagte Mrs. Sturgis. »Wir haben ihn nur zu gern beruhigt.«

»Wir werden Ihre Begleiter sein«, sagte Mr. Sturgis.

»Und ich werde als Ihre Anstandsdame fungieren«, sagte seine Frau.

»Sie brauchen nie allein zu sein«, sagte Mrs. Ingram und legte ihre Hand auf die meine.

Ich brachte ein schwaches Lächeln zustande.

»Ihr Mann hat mir erzählt, dass Sie nicht ganz gesund sind, meine Liebe. Das Klima in Indien ist ja auch für viele junge Frauen zu extrem.«

»Allerdings«, antwortete ich.

»So ein Jammer, das mit Ihrem Unfall«, sagte Mrs. Sturgis.

»Mit meinem Unfall?«, fragte ich.

»Na, na, meine Liebe, regen Sie sich nicht auf.«

Zur Erklärung beugte sie sich zu Mrs. Ingram und senkte die Stimme.

»Das arme Mädchen hat sich noch nicht von einem Reitunfall erholt«, sagte sie. »Sie ist in Meerut von einem Pferd gestürzt und hat eine Rückenverletzung erlitten. Ihr Mann hofft, dass ein Aufenthalt daheim ihrer Genesung zuträglich sein wird.«

»Sie werden Ihren Mann schmerzlich vermissen.«

»Schmerzlich«, antwortete ich.

»Und so weit von Ihrer Mama weg zu sein.«

»In einer Beziehung wie der unseren macht die Entfernung kaum etwas aus«, antwortete ich trocken.

Ich sah mich im Raum um und betrachtete die Passagiere an den anderen Tischen. Unter all den Leuten entdeckte ich niemanden, der mich eventuell hätte retten können. Als ich mich wieder meiner Gesellschaft zuwandte, merkte ich, dass Mrs. Ingram und Mrs. Sturgis mich besorgt anschauten.

Im Hafen von Madras kündigte der Kapitän eine Tanzveranstaltung zu Ehren der Passagiere an, die hier an Bord gingen. Wie üblich war ich den Großteil des Abends zwischen Mrs. Ingram und Mrs. Sturgis gefangen, die darum wetteiferten, mich zu verwöhnen und zu beschützen. Nach dem Essen begann eine bunt zusammengewürfelte Matrosenkapelle zu spielen. Ein sogenannter Pianist wurde von einem Fiedler, einem Hornisten und dem Küchenjungen, der Flöte spielte, begleitet.

Während wir uns aufstellten, nahmen mich sowohl der Kapitän als auch Mr. Sturgis am Ellbogen.

»Eine verheiratete Frau ist allein so schutzlos«, meinte der Kapitän.

»Besonders, wenn sie so jung ist«, antwortete Mr. Sturgis und legte den Arm um meine Taille.

»Sie könnten so leicht zum Ziel von Klatsch werden«, sagte der Kapitän und schnappte mich ihm weg.

So stand ich zwischen den beiden Männern eingeklemmt, als Mrs. Sturgis kam. Ich für meinen Teil hörte ihren Überlegungen gar nicht zu. Die Tür zur Kapitänskabine war aufgegangen, und meine Aufmerksamkeit war ganz von einem jungen Leutnant gefangen, der durch den Saal geführt wurde.

»Entschuldigen Sie mich«, sagte der Kapitän.

Der neue Passagier war eine unwiderstehliche Mischung aus Jugend und Autorität. Er war groß und schlank und hatte blonde Haare und helle, tiefliegende Augen. Während ihm der Kapitän die Hand schüttelte, bemerkte der Leutnant, dass ich ihn beobachtete. Ich errötete und wandte den Blick ab.

Ich drehte mich wieder zu Mr. und Mrs. Sturgis um, die in derselben Manier weiterredeten wie vorher.

Ach, warum hatte ich nicht mein lila Seidenkleid oder das grünmelierte Taftkleid angezogen? dachte ich. Und warum hatte ich mir mit den Haaren nicht mehr Mühe gegeben? Ich war so fest davon überzeugt gewesen, dass mein Leben tatsächlich vorbei war, dass ich mein Aussehen vernachlässigt hatte. Meine Haare waren nachlässig aufgesteckt, mein Kleid war brauchbar, aber schlicht.

Der Leutnant schien den ganzen Abend im Saal herumzuspazieren. Jedes Mal, wenn ich aufblickte, war er anderswo. Er ging von einem Tisch zum anderen und sprach mit den Passagieren. Meine Blicke folgten ihm, bis mir schwindlig wurde. Mit jedem Blick nahm ich eine andere Einzelheit an ihm wahr. Sein Schnurrbart und seine Augenbrauen waren dunkler als seine Haare. Seine Augen waren grau. Oder waren sie blau? Der Kapitän und dann Mr. Sturgis sprachen beim Tanzen ununterbrochen. Ich nickte und lächelte, ohne auch nur ein Wort aufzunehmen.

KAPITEL 15

Wie jedermann weiß, darf sich eine Dame einem Gentleman nicht selbst vorstellen, noch darf sich ein Gentleman einer Dame aufdrängen, bevor sie einander offiziell vorgestellt wurden. Unter diesen Umständen konnte ich nichts tun, als mich in Geduld zu üben und zu warten. Jeden Nachmittag um vier wurde das Abendessen serviert. Die Passagiere waren in Gruppen eingeteilt, wobei die privilegierteren Gäste am Tisch des Kapitäns sitzen durften. Jeden zweiten Tag wurde die Tischordnung geändert. Am dritten Tag saßen der Leutnant und ich endlich am selben Tisch. Kapitän Ingram übernahm die Vorstellung.

»Mrs. Eliza James: Leutnant George Lennox. 4. Madras Cavaliers.«

Der Leutnant verneigte sich und ergriff meine Hand. Sein voller Mund lächelte spontan. Seine Hand, die die meine umfasste, fühlte sich warm an. Wie ich feststellte, waren seine Augen von einem warmen Schieferblau.

Plötzlich hatte ich überhaupt keinen Hunger mehr. Mein Körper bestand nur noch aus Licht und Luft. Als der Kellner eine Tasse mit brauner Suppe vor mich hinstellte, konnte ich mich kaum erinnern, was ich damit machen sollte.

Beim Essen bombardierten Mrs. Ingram und Mrs. Sturgis den Leutnant mit höflichen, aber hartnäckigen Fragen, die er mit einem schiefen Lächeln beantwortete.

Er habe die Ehre, Flügeladjutant von Lord Elphinstone, dem Generalgouverneur von Madras, zu sein. Er könne sich vorstellen, dass sein Onkel, der Herzog von Richmond, in der Tat sehr stolz auf ihn sei. Nach drei Jahren in Indien fahre er zum ersten Mal nach Hause zurück. Nein, er habe noch nicht ans Heiraten gedacht; schließlich sei er erst neunzehn. Ja, er wolle natürlich nach Madras zurückkehren. Indien sei freundlich zu ihm gewesen, und seine Zukunftsaussichten seien gut. Natürlich würde er mit Vergnügen Mrs. Sturgis und ihrer Nichte seine Aufwartung machen, sollten sie je nach Madras kommen.

Auf das gekochte Schweinefleisch mit Reis folgte Brathuhn mit Kartoffeln. Als ein gelbes Griesdessert serviert wurde, hatte das Gespräch eine unwillkommene Wendung genommen.

Immer, wenn der Leutnant seine Aufmerksamkeit auf mich richtete, legten meine Begleiterinnen ein extremes Beschützerverhalten an den Tag. Bevor ich antworten konnte, taten sie es. Als sie mich als glücklich verheiratete Frau beschrieben, konnte ich kaum etwas dagegen einwenden. Als sich Mrs. Sturgis in epischer Breite über die tragische Trennung eines solch jungverliebten Paares erging, erstickte ich fast an einem Bissen Griesdessert. Mrs. Ingram blieb es überlassen, zu erklären, dass ich von einem Pferd gestürzt und von meiner Verletzung noch nicht genesen sei.

»Das arme Kind«, sagte sie. »Wie ich gehört habe, sind Sie allein ausgeritten, meine Liebe, und nicht einmal im Damensattel. Ihr Mann hätte das niemals erlauben sollen.«

Jetzt konnte ich fast gar nichts mehr essen. Ein Gang nach dem anderen wurde serviert. Was in aller Welt hatte Thomas ihnen wohl erzählt, fragte ich mich. Kann da noch mehr kommen?

Später am Abend tanzte der Kapitän mit mir, dann Mr. Sturgis. Der Leutnant forderte Mrs. Ingram, dann Mrs. Sturgis und schließlich mich auf.

»Ihre Begleiterinnen nehmen ihre Aufgabe sehr ernst«, sagte er.

»Ich werde so gut bewacht wie die Kronjuwelen«, erwiderte ich lächelnd.

Unsere Handflächen berührten sich, und meine Wangen begannen zu glühen. Als wir die Tanzfläche betraten, konnte ich ihn nicht ansehen; selbst wenn sich unser Atem mischte, kam mir das wie eine Intimität vor. Der Leutnant war ein selbstbewusster Tänzer, und er führte mich leichtfüßig über das Parkett. Wir hatten in angemessener Entfernung zueinander zu tanzen begonnen, doch am Ende des ersten Walzers waren wir einander näher gekommen.

»Sie tanzen sehr gut«, sagte er.

Eines der wenigen Geschenke meiner Mutter, dachte ich. Dunkles Haar, flinke Füße.

»Sie aber auch«, antwortete ich.

»Für eine Frau mit einer Rückenverletzung gleicht die Art, wie Sie tanzen, einem Wunder.«

Am nächsten Tag war ich an Deck Luft schnappen, als der Leutnant neben mir auftauchte. Wir hatten ein paar Minuten allein, bevor Mrs. Ingram zwischen uns glitt und sich resolut bei mir unterhakte. Der Rest der Woche verlief nach dem gleichen Muster, bis ich mitbekam, dass keine meiner Anstandsdamen vor Mittag ihre Kabine verließ. Ich begann meine Spaziergänge auf den frühen Morgen zu verlegen und stellte fest, dass der Leutnant bereits an Deck flanierte.

»Darf ich Sie begleiten?«, fragte er, und ich nahm lächelnd seinen Arm.

Unsere Jugend machte uns zu natürlichen Verbündeten. Wir waren die frühmorgendlichen Verschwörer, während die Wächter der Etikette noch schliefen. Nach drei Jahren mit Thomas wurde mir bewusst, wie sehr mir Gespräche mit jemand Gleichaltrigem gefehlt hatten. Zwischen uns entwickelte sich rasch ein lockeres, zwangloses Verhalten. Wir hingen über der Reling und zeigten einander seltsame Fische oder Vögel und versuchten, ihre Namen zu erraten.

»Was ist das?«, rief ich.

»Das ist ein afrikanischer Springfisch.«

»Stimmt nicht. Das ist ein blauer Glitzerfisch.«

»Ich glaube, Sie werden feststellen, dass das ein erstklassiges Exemplar eines atlantischen Zapplers ist.«

»Unsinn. Es ist ganz bestimmt ein azurblauer Pedant.«

Eines Morgens zappelte ein Schwarm fliegender Fische an Deck. Sie drehten und wanden sich und waren dabei, in der Hitze zu ersticken.

»Sind die essbar?«, fragte ich, doch der Leutnant schüttelte den Kopf.

Während ich sie mit Wasser benetzte, nahm er sie an den Schwänzen und warf sie zurück ins Meer. An einem anderen Tag segelte ein Albatros über uns; sein Schatten glitt über das Deck.

Manchmal vergaßen wir uns vollkommen, wie zwei ungezogene Kinder, die die Schule schwänzten und darüber ganz aufgeregt waren.

»Schauen Sie! Schauen Sie!«, rief ich und zog ihn an der Hand zur Reling. Neben dem Schiff tauchte ein Schwarm

Delphine aus dem funkelnden blauen Wasser auf und wieder unter.

»Sie wollen uns begrüßen«, sagte ich lachend.

»Sie sind fast genauso verspielt wie Sie«, antwortete der Leutnant.

Er zog mich impulsiv an sich, riss sich dann aber zusammen und ließ abrupt die Arme sinken.

»Es tut mir so leid«, murmelte er.

Bevor ich ihm antworten konnte, drehte er sich um und marschierte davon. Er kam weder zum Abendessen noch zur Abendveranstaltung. Am nächsten Morgen wartete ich vergeblich an Deck. Auch an jenem Nachmittag tauchte er nicht zum Abendessen auf.

»Ist Leutnant Lennox krank?«, fragte ich.

»Er hat darum gebeten, die Mahlzeiten in der Kabine serviert zu bekommen«, antwortete der Kapitän.

An jenem Abend kam Mrs. Sturgis nach dem Abendessen in meine Kabine. Mit schmerzlich besorgtem Blick stand sie in der Tür. »Kommen Sie schon herein«, sagte ich.

»So können Sie nicht weitermachen, Eliza«, platzte sie heraus. »Die Leute klatschen schon.«

»Wovon reden Sie?«, fragte ich.

»Sie haben dreimal hintereinander mit ihm getanzt. Jetzt hat er sich versteckt. Was in aller Welt soll man denn von so einem Verhalten denken?«

»Ich nehme an, Sie sprechen vom Leutnant.«

Mrs. Sturgis setzte sich auf das Sofa; sie war pummelig, sah nervös und besorgt aus. Obwohl sie nur ein paar Jahre älter war als Mama, war sie so matronenhaft wie Mama nie sein würde.

»Bitte, Eliza, ich flehe Sie an, hören Sie damit auf.«

»Wenn Sie nichts dagegen haben, ich wollte mich gerade zum Schlafengehen fertig machen«, sagte ich.

»Ich denke dabei nur an Sie«, verteidigte sie sich.

Ich zeigte ihr die Tür. »Ich weiß Ihre Sorge zu schätzen«, sagte ich.

Erst nach zwei Tagen tauchte Leutnant Lennox wieder auf. Während des ganzen Abendessens wirkte er distanziert und verlegen. Nach einem kurzen Gruß sah er mich nicht einmal an. Als er vom Tisch aufstand und ging, entschuldigte ich mich ebenfalls.

Er lehnte am oberen Deck an der Reling. Ich ging leise zu ihm und hakte mich bei ihm unter. Als er seinen Arm wegziehen wollte, hielt ich ihn fest und legte meine Hände auf die seinen. Schweigend blickten wir über die Wasseroberfläche.

Es war eine klare, stille Nacht mit einer schönen Mondsichel am Himmel. Darüber leuchtete das Kreuz des Südens. Der Stern und der Mond spiegelten sich in den Wellen. Das Schiff zog in seinem Kielwasser eine silberne Schleppe hinter sich her.

»Wir müssen gebührende Distanz wahren, Mrs. James.«

Ich ließ meinen Arm fest in den seinen gehakt. Unsere Gesichter waren nur Zentimeter voneinander entfernt.

»Warum?«, fragte ich. »Sie sind mein einziger wirklicher Freund auf diesem Schiff. Ich lasse mich nicht von Ihnen trennen. Auch können wir einander nicht vier Monate lang aus dem Weg gehen.«

Der Leutnant drehte sich zu mir um und nahm meine Hände.

»Sie sind die Frau eines Offiziers. Ich würde Sie um keinen Preis zum Gegenstand von Klatsch machen. Der Kapitän hat bereits mit mir darüber gesprochen, wie unangemessen unser Benehmen war.«

Ich sah ihm in die Augen.

»Ich bin nur dem Namen nach die Frau eines Offiziers. Er verdient es nicht, als mein Ehemann bezeichnet zu werden. Durch seine Handlungen hat er jedes Recht auf mich verwirkt.«

»Was in aller Welt meinen Sie?«

»Ich werde bald nur mehr mir selbst gehören, Sie werden sehen.«

Das war natürlich Wunschdenken meinerseits. Ich wusste sehr gut, dass ich niemals von Thomas frei sein würde, weder finanziell noch vor dem Gesetz. Doch ich wollte wenigstens kurze Zeit so tun, als könne mein Leben wie durch Zauber den Kurs wechseln.

Ein paar lange Augenblicke starrten wir einander an, dann umarmten wir uns zögernd. Als ich mein Kinn von seiner Schulter hob, erschauderte er, und dann streiften seine Lippen die meinen.

»Dann ist das Band zwischen uns also besiegelt«, sagte ich.

Uns beiden war klar, dass wir eine Grenze überschritten hatten.

Von diesem Augenblick an waren wir unzertrennlich. Wenn die anderen Passagiere über uns redeten, war mir das egal. Wir verbrachten die Nachmittage nebeneinander in zwei Korbsesseln. Wir saßen beim Abendessen beieinander; wir tanzten immer wieder miteinander. An den langen, heißen Abenden spazierten wir Arm in Arm zu den dunklen, menschenleeren

Winkeln des Schiffes. Lange nachdem sich all die anderen Damen, wie es sich schickte, zurückgezogen hatten, hielten wir uns noch immer an Deck auf. Nachdem man mich die Kabine des Leutnants betreten gesehen hatte, statteten mir meine selbsternannten Wächterinnen einen Besuch ab.

Mit Mrs. Ingram an ihrer Seite, war die weichherzige Mrs. Sturgis strenger. Die kleine, schmucke und normalerweise angenehme Mrs. Ingram wirkte wie eine schwarze Gewitterwolke in Person.

»Ich muss wirklich protestieren«, sagte sie.

»Jeder kann sich im Dunkeln irren«, antwortete ich beiläufig.

»Glauben Sie mir, wir denken dabei nur an Sie«, sagte Mrs. Sturgis.

»Seine Kabine hat ein Fenster, meine nicht«, erwiderte ich.

Auf meine Einladung, Platz zu nehmen, reagierten beide Damen mit merklichem Widerwillen.

Mrs. Ingram wirkte nervös. »Jedermann weiß, dass in der Nacht das Sofa zu einem Bett wird«, sagte sie.

»Also wirklich, Mrs. Ingram«, protestierte ich. »Was genau wollen Sie damit sagen?«

Am selben Abend, der Leutnant und ich saßen auf eben diesem Sofa, sah ich Mrs. Ingram durch das Fenster hereinspähen. Als ich hinging und die Jalousien herunterließ, machte sie mit verlegener und verärgerter Miene einen Satz zurück.

Nach wenigen Tagen erklärten der Kapitän und seine Frau, dass sie mich nicht mehr empfangen könnten. Zuerst wurde ich vom Tisch des Kapitäns verbannt, dann wurde mir klargemacht, dass ich in Gesellschaft überhaupt nicht mehr erwünscht war.

Von da an wurde ich von allen Veranstaltungen ausgeschlossen, und meine Mahlzeiten wurden mir auf einem Tablett in die Kabine geschickt.

George und ich feierten Weihnachten und das neue Jahr zusammen in der intimen Atmosphäre seiner Kabine. Als wir vom Achterdeck Musik hörten, schoben wir die Möbel beiseite und tanzen langsam durch den Raum.

Ich konnte mir ein Leben jenseits des dahingleitenden Schiffes gar nicht mehr vorstellen. Jeden Abend kam Leutnant Lennox zu mir in die Kabine, und wir sahen einander stundenlang ganz glücklich an. Das Einzige, was ich klar sehen konnte, war das, was ich berühren konnte – sein Gesicht, sein Mund, seine Finger. Alles andere war verschwommen. Wir hypnotisierten einander mit den Augen. Wie lange konnten Küsse, seine Arme um meiner Taille, sein Gesicht unter meinen Fingerspitzen genug sein?

»Leutnant?«

Er lächelte. »Mrs. James?«

»Bitte nennen Sie mich Eliza«, bat ich.

Sein Lächeln wurde breiter.

»Eliza?«

Ich unterdrückte ein Kichern. »Ja, Leutnant?«

»Bitte nennen Sie mich George«, sagte er und küsste meine Nasenspitze.

»George?«

»Ja, Eliza?«

Ich zog ihn näher an mich. »Küss mich, George, bitte küss mich.«

Sein Mund glitt von meinem Nacken zu meinem Hals.

»Wo, Eliza? Da oder da?«

Wir saßen in seiner Kabine. Die Lampe baumelte leise von den Balken und warf Schatten an die Wände. Hinter den Luken leuchteten kupferfarbene und purpurne Schwaden am dunkel werdenden Himmel. Sein Mund wanderte von meinem Hals zu meiner Brust.

»Es gibt noch so viel mehr von dir unter diesem Kleid«, flüsterte er.

Mein Atem wurde schneller; das Fischbein in meinem Korsett knirschte, und mein Kleid spannte sich an den Nähten.

»Hilfst du mir, George?«

Ich drehte ihm den Rücken zu und wies auf die Haken und Ösen, mit denen mein Mieder befestigt war. Seine Hände zitterten, als er sie ungeschickt öffnete. Nach dem letzten Haken zog ich zuerst den einen, dann den anderen Arm aus dem Ärmel.

Unter meinem Mieder war mein Korsett, und darunter ein durchsichtiges Unterhemd, das kaum meine Brüste bedeckte. Meine Brustwarzen drängten sich gegen den Stoff. Der Atem blieb mir im Hals stecken. Mit zitternden Händen löste George das Band meines Unterhemdes. Als er mich in seine Arme nahm, konnte ich kaum atmen. Ich seufzte vor Glück, als er seinen Kopf zwischen meinen Brüsten vergrub.

»George«, flüsterte ich, »du kannst tun, was immer du willst.«

Wir nährten uns von der Liebe des anderen wie Kolibris vom Nektar in den Kehlen von Lilien. Doch je mehr wir uns labten, desto hungriger wurden wir. Eines Tages lagen wir in meiner Kabine auf dem Sofa. Ich hatte die Schuhe, den Überrock und das

Mieder meines Kleides ausgezogen. Georges Hemd war zerknittert, die Knöpfe offen.

Ich glitt zwischen seinen Schenkeln hinunter und begann, vorsichtig seine Hose aufzuknöpfen. Ich war neugierig; es gab etwas an ihm, das ich noch nicht gesehen hatte. George hielt den Atem an.

»Was tust du da?«, flüsterte er.

Seine Männlichkeit war prall und stolz wie ein hochgewachsener Pilz. Ich hielt ihn in den Händen, und er wirkte unschuldig und dankbar. George beobachtete aus halb geschlossenen Augen, wie ich seinen Penis in allen Einzelheiten untersuchte – die Spitze, den Spalt, den Rand – und seine Reaktion auf die leiseste Bewegung meiner Hand oder Zunge.

»Er beisst dich nicht«, sagte er.

»Wirklich?«, antwortete ich.

Ich holte eine Schüssel Wasser und ein Tuch und wusch ihn. Ich kniete zwischen seinen Schenkeln und bewegte das Tuch auf und ab, und sein Penis pochte gegen meine Hand.

George war hingerissen von der Ausstattung einer Dame. Korsette, Strümpfe und Kosmetikutensilien faszinierten ihn. Als ich mir einmal das Gesicht puderte, nahm er den Schwamm in die Hand. Nachdem ich mein eigenes Gesicht geschminkt hatte, puderte ich das seine und legte Rouge auf und Karminrot auf seine Lippen. Ich zeigte ihm sein Spiegelbild: er war hübsch wie ein Mädchen. Danach küssten wir einander und schmusten herum, bis der Puder und die Farbe in unseren Gesichtern verschmiert waren und wir aussahen wie zwei verrückte Clowns.

Als wir einander die Kleider vom Leib zogen, klopfte es an

der Tür. Wir unterdrückten das Lachen und warteten, bis das Klopfen aufhörte. Später fand ich auf einem Tablett auf dem Gang mein inzwischen kaltes Abendessen.

Mrs. Ingram begann, Spione auszuschicken. Ständig spähte jemand durch das Fenster oder lauschte an der Tür. Mehr als einmal erwischte mich ihr Dienstmädchen in Unterkleidern. Sie wartete, bis die Kabinentür aufschwang und schaute dann hinein. Einmal sah sie mich vor George meine Strümpfe anziehen; ein anderes Mal, wie er mein Korsett zuschnürte.

Wir beschlossen, vorsichtiger zu sein. Ich war nun einmal von meinem Mann abhängig, ob mir das gefiel oder nicht. Obwohl es in der Kabine drückend heiß war, begannen George und ich die Tür zu verriegeln. Ich redete mir weiterhin ein, dass unsere Verfehlungen nur geringfügig waren. Schließlich hatten wir, so intim unsere Beziehung auch war, den letzten Schritt noch nicht vollzogen.

Eines Abends lag ich schläfrig auf dem Sofa, und George saß, den Kopf auf meinem Schoß und einen meiner mit Strümpfen bekleideten Füße in der Hand, auf dem Fußboden.

»Es ist Zeit, dass ich mich zurückziehe«, sagte ich.

»Kann ich dir beim Ausziehen helfen?«, fragte er und fuhr mit dem Finger über die Innenseite meines Knöchels. Ich lehnte mich verträumt zurück, während er meine Unterröcke hochhob und dem Verlauf meines Seidenstrumpfes bis zum Ende meiner Schenkel folgte. Ich hatte wohl angenommen, er würde das Strumpfband lösen und die Strümpfe hinunterrollen. Stattdessen manövrierte er sich durch die vielen Schichten meiner Unterbekleidung. Als er die Öffnung meiner Unterhose fand, schrie ich erschreckt auf.

»Schsch«, machte er.

Seine Hände schoben sanft meine Schenkel auseinander, und sein Kopf verschwand unter meinen Unterröcken. Er fuhr mit seinen Erkundungen fort, und ich spürte, dass ich mich öffnete wie eine Muschel. Er erforschte die Auster, dann die Perle. Als seine Finger darüberstrichen, schwoll sie unter seiner Berührung an. Er reizte und tastete und leckte mich mit seiner Zunge. Ich bedeckte das Gesicht mit meinen Unterröcken, doch ich bat ihn nicht, aufzuhören.

Zum ersten Mal in meinem Leben begriff ich, was Leidenschaft und Verlangen war. Ich wollte alles ausprobieren; ich konnte die Hände nicht mehr von George lassen. Ich dachte an Bridie und ihren Liebhaber neben den Öfen tief unten im Schiff. Die erotischen Bilder im Tempel fielen mir wieder ein. Ich erinnerte mich an die indische Frau, die ihre Hüften über dem britischen Soldaten kreisen ließ, als ich ein Kind war.

George lag da, und ich tanzte mit langsamen, kreisenden Bewegungen meiner Hüften über ihm. Das Gefühl, einen Mann hilflos unter mir liegen zu sehen, war herrlich, überwältigend. Während ich ihn erregte, öffnete er unbeirrt zuerst meine Unterkleider, dann seine eigenen. Als ich zu kichern begann, drehte er mich herum. Mein Unterhemd stand offen; sein Penis schnellte aus seinen Kleidern heraus. Er hielt inne. Ich zog ihn an mich.

»Hör nicht auf«, flüsterte ich.

Sein erster Stoß machte mich ernst; beim zweiten schrie ich auf. Während er sich in mir bewegte, ließ er mein Gesicht nicht aus den Augen. Ich öffnete meine Schenkel weit, und George hakte meine Beine über seine Ellenbeugen. Ineinander verschlungen bewegten wir uns im Rhythmus der wogenden See. Wäre das

Schiff jetzt gesunken, es wäre mir egal gewesen. In jenem Augenblick wäre ich mit Freuden ertrunken.

Als wir zu den kanarischen Inseln kamen, entdeckten wir an den Dachsparren von Georges Kabine die Puppe eines Schmetterlings. Zuerst schlüpfte ein Flügel, dann der zweite aus dem Kokon. Er hing an der Decke und bewegte sich kaum. Er war ein wunderschönes Geschöpf, so groß wie ein winziger Vogel. Die Flügel waren leuchtend himmelblau mit einem strahlenden gelben Punkt in der Mitte, die Ränder silbern filigran gemustert, von den Spitzen hingen winzige Schleier.

Am nächsten Tag begannen die Flügel des Schmetterlings zu beben und dann zu flattern, als wollten sie sich an ihre Bestimmung gewöhnen. Als er im Zimmer herumzufliegen begann und mit den Flügeln an die Wände stieß, wussten wir nicht, was wir tun sollten.

»Was fressen denn Schmetterlinge?«, fragte ich.

»Ich habe keine Ahnung«, sagte George.

»Wenn wir ihn hierbehalten, wird er sterben«, sagte ich.

»Aber was geschieht, wenn wir ihn rauslassen?«

»Wer weiß?«

Als das Schiff Madeira passierte, öffnete ich das Kabinenfenster. George fing den Schmetterling ein und warf ihn dann in den Himmel hinauf. Wir spähten gemeinsam aus dem Fenster und verfolgten die weitere Entwicklung. Der Schmetterling flatterte einen Augenblick in der Luft und wurde dann von der Brise davongetragen.

Wir näherten uns Portsmouth. Nach Marokko war das Wetter entschieden kalt geworden. Ich wechselte von Seiden- in Wollstrümpfe und holte gestrickte Schultertücher hervor. Ende Januar, Anfang Februar segelten wir vom Golf von Biscaya in den englischen Kanal. Ungebeten zeichnete sich bedrohlich die Zukunft vor mir ab. Ich zog mich in meine Kabine zurück und schloss die Tür.

Wenn wir im Hafen von Portsmouth anlegten, würden meine Stieftante, Mrs. Catherine Rae, sowie Mrs. Sarah Watson, eine verwitwete Schwester von Thomas, auf mich warten. Nach einer Übernachtung in Blackheath würden Mrs. Rae und ich mit einem Dampfer nach Schottland fahren, wo ich bei ihrem Bruder in Leith wohnen sollte. Das Leben in Montrose würde sich wiederholen. Die tickenden Uhren. Die schweigsamen Mahlzeiten. Der leere Salon. Wie Montrose war auch Leith eine Hafenstadt. Dasselbe graue Watt, derselbe Fischgestank.

Meine Mutter hatte mich zweimal weggeschickt. Eines stand fest: Ich würde ihr nicht noch einmal Gelegenheit dazu geben.

KAPITEL 16

Im Hafen von Portsmouth ging ich mit gesenktem Blick über die Laufplanke, wie eine verurteilte Frau, die sich in ihr Schicksal fügt. Doch der Kutscher reichte mir einen Brief und fuhr sogleich davon. Ich öffnete den Umschlag; George lehnte sich über meine Schulter, und wir lasen den Inhalt gemeinsam.

Mrs. Rae hatte sich auf der Reise von Schottland erkältet und bedauerte, mich nicht abholen zu können. Sie legte die Adresse von Mrs. Watson in Blackheath bei und wies mich an, allein dorthin zu fahren.

»Meine Kutsche wartet schon«, bemerkte George grinsend.

Ich zögerte nur einen Augenblick.

Offenbar hatten wir beide denselben Gedanken gehabt. George nahm meine Hand, und wir rannten fast zur Postkutsche. Er hob mich schwungvoll auf den Sitz und sagte dem Kutscher, er solle mein Gepäck neben dem seinen aufladen. Als die Pferde sich in Bewegung setzten, blickten wir aus dem Fenster und sahen gerade noch, wie Kapitän Ingram und seine Frau atemlos hinter uns herliefen.

»Mrs. James, Mrs. James, warten Sie, warten Sie.«

Hinter ihnen stand Mrs. Sturgis und schüttelte traurig den Kopf.

George und ich ließen uns in der Kutsche auf die Sitze zurückfallen und kicherten wie Halbwüchsige. Sobald wir ein Stück gefahren waren, überflog ich den Brief noch einmal.

»Was wirst du tun?«, fragte George.

Ich faltete den Brief sorgfältig zusammen und steckte ihn in den Umschlag zurück.

»Was schlägst du vor?«, fragte ich.

Wir sahen einander in die Augen. Ein Hauch von Unsicherheit spiegelte sich kurz in Georges Miene, dann nahm er mein Gesicht in die Hände. Wir küssten uns, und es war, als schwebten wir auf Wolken. Jene Nacht verbrachten wir unterwegs in einem Gasthaus. Eng umschlungen fielen wir glücklich in einen tiefen Schlaf. Es war das erste Mal, dass wir die ganze Nacht miteinander verbrachten. Am Morgen hatten wir bereits beschlossen, uns nicht trennen zu lassen.

Wenn ich jetzt daran zurückdenke, wie ich im großen Stil in Ungnade fiel, sehe ich im Hintergrund stets das Imperial Hotel in Covent Garden. Als ich es erblickte, schwand jegliche verbliebene Sorge um meinen Ruf sanft dahin. Die cremefarbene Stuckfassade war mit Blumengirlanden und klassischen Säulen verziert, jede davon überragt vom grimmigen, bedrohlichen Kopf Jupiters, und eine entsprechend imposante geschwungene Treppe führte hinauf zu Doppeltüren mit Glasscheiben. Auf jeder Seite des Eingangs stand ein Lakai mit Zylinderhut und goldbesetztem Gehrock, um die rote Samtkordel zu öffnen. Leichtfüßig trippelte ich die Treppe hinauf und nahm Georges Hand, blind für alles außer meiner Freude. Wir waren nur einen Steinwurf vom Royal Italian Opera House entfernt, dem elegantesten Theater in England.

In unseren nebeneinander liegenden Zimmern hingen große, ziselierte Spiegel und schwere Damastvorhänge vor den tiefrot tapezierten Wänden. Ich war hingerissen von all der Pracht. Sobald der Gepäckträger weg war, wirbelte ich George überschwänglich durchs Zimmer.

Sowohl Hauptmann Craigie als auch Mama hatten mir ausdrücklich verboten, mich in London aufzuhalten, und jetzt, da ich tatsächlich hier war, hatte ich fest vor, herauszufinden, warum. Den ersten Nachmittag promenierten George und ich auf den Gehsteigen, an denen es überall Cafés, Varietés, Zigarrensalons und luxuriöse Nachtclubs gab. Als wir an der Oper vorbeikamen, reservierten wir Karten für den nächsten Abend. Auf den Straßen wimmelte es von schönen Pferden und eleganten Kutschen. An jeder Ecke stiegen vornehme Menschen aus. Und ich stellte mit Verwunderung fest, dass etliche gutgekleidete, aber merkwürdig auffällig wirkende Frauen allein auf der Straße spazieren gingen.

An unserem zweiten Abend in London besuchten wir die königliche Oper, und ich verliebte mich aufs Neue. Ich war von all dem wie geblendet – von den Lichtern, der Musik, der Geschäftigkeit, dem Glanz. Ein Offizierskollege und Freund von George, Leutnant Charles Hewitt, holte uns ab und fungierte als Fremdenführer.

Die Treppe hinauf und durch die Säulengänge bahnte er einen Weg durch die drängelnde Menschenmenge.

»Hier ist jedes menschliche Laster vertreten«, verkündete er, »vom Schmutzigen bis zum Exaltierten.«

Trotz seines frischen Gesichts und seiner strohblonden Haare hatte er etwas Lebensmüdes an sich, als wohne im Körper dieses jungen Mannes ein zynischer alter Wüstling. In regelmäßigen Abständen flüsterte er George etwas zu, worauf beide vor Lachen brüllten.

Im Zuschauerraum gesellten wir uns zu den Paaren, die in den Gängen auf und ab flanierten. Ich sah, dass sich einige prächtig gekleidete Frauen, die von Männern mit Rüschenhemden umringt waren, über die samtenen Brüstungen der Logen beugten.

Noch bevor die Vorstellung begonnen hatte, war ich fasziniert von dem, was sich im Publikum abspielte. Alle Blicke waren auf eine auffallende dunkelhaarige Frau in einer der Logen gerichtet. Ich betrachtete sie durch mein Opernglas. Ihr reifer Mund und ihre strahlenden japanischen Augen schienen unter der Aufmerksamkeit des Publikums aufzublühen. Unmengen Diamanten umschlossen ihren Hals und eines ihrer Handgelenke.

Ich zupfte George am Ärmel.

»Wer ist diese Dame?«, fragte ich. »Sie trägt viel zu viel Schmuck.«

»Diese Dame, wie du sie so freundlich nennst, ist eine *grande cocotte*«, antwortete er. »Sie steht so weit außerhalb der Gesellschaft, dass sie tun kann, was immer ihr beliebt.«

»Heißt das, sie hat einen Liebhaber?«, flüsterte ich.

George prustete vor Lachen. »Du kannst sicher sein, dass eine Frau wie die den Wert eines Mannes auf einen Blick abschätzen kann. Schau sie dir an«, sagte er. »Keine achtbare Frau würde das Publikum so frech mustern.«

»Der Vamp mit dem Schmuck hat den Spitznamen ›schamlose Bellona‹«, bestätigte Leutnant Hewitt. »Angeblich ist sie Italienerin. Es geht das Gerücht, dass sie das gesamte Vermögen ihres vorherigen Beschützers in weniger als zwei Jahren durchgebracht hat. Während der arme Mann im Schuldturm schmachtet, verbucht Maria Bellona einen Erfolg nach dem anderen.«

Solche Gespräche waren mir unangenehm. Ich wollte meine Begleiter gerade rügen, als eine Trompete ertönte und die Vorhänge aufgingen. In dem romantischen Ballett, das aufgeführt wurde, trugen die Tänzerinnen kurze, transparente Röckchen und an den Beinen fleischfarbene Strumpfhosen, sodass man den Eindruck hatte, sie wären nackt. Ich wünschte, ich könnte mich erinnern, welches Ballett wir sahen oder wie die Hauptdarsteller hießen, doch meine Aufmerksamkeit wurde immer wieder von der Bühne abgelenkt. Während der ganzen Vorstellung wurden die Sirenen in den Logen von einem steten Strom von Verehrern hofiert.

In der Pause erklärte mir Leutnant Hewitt hämisch, wer sie waren.

»Die Frau in Lila nennt sich Venus Mendicant, in der nächsten Loge sitzt die sogenannte Spottdrossel, auf der anderen Seite des Saales das weiße Reh.«

»Sie meinen, diese Damen sind alle …?«

»*Poules de luxe*«, antwortete Leutnant Hewitt.

Ich funkelte zuerst ihn, dann George an.

»Und Sie sind wohl ein Experte, wie ich annehme?«, versetzte ich.

In Wirklichkeit fand ich, dass er mit mir nicht über solche Dinge reden sollte, und ich war ungehalten über George, weil er nicht dazwischengefahren war.

Nach der Vorstellung kamen wir im Foyer an Madame Bellona vorbei. Leutnant Hewitt verbeugte sich formvollendet, und sie hielt inne. Wenn sie lächelte, blitzten ihre Augen auf – als wäre die ganze Welt und alles, was sie zu bieten hatte, ausschließlich zu ihrer Unterhaltung da. Einen Augenblick später stellte Leutnant Hewitt sie George vor, der errötete wie ein junges Mädchen. Als sich Leutnant Hewitt zu mir wandte, war ich überaus wütend. Ich nickte ihr ganz leicht zu und zog George dann weg.

»Wie kannst du es zulassen, dass ich einer Kurtisane vorgestellt werde?«, fauchte ich. »Wofür hält mich dein Freund?«

George gab keine Antwort, also zupfte ich ihn am Arm. »Warum hast du mich nicht in Schutz genommen?«, fragte ich.

Leutnant Hewitt, der das mitbekommen hatte, zog eine Augenbraue hoch. »Ahh! Die Kapricen der Liebe!«, meinte er affektiert.

Tagelang spielte ich mit Mrs. Watson und Mrs. Rae Versteck. Als sie nichts von mir hörten, begannen sie in ganz London Erkundigungen einzuholen. Kaum war ich in eine Suite in der Great Ryder Street eingezogen, hatte mich Mrs. Watson ausfindig gemacht.

»Bitte, höre auf die Stimme der Vernunft«, flehte sie mich an, doch ich schüttelte den Kopf und schickte sie weg. Ich beschloss, auszuziehen, ohne eine neue Adresse zu hinterlassen, doch sie kam gleich am nächsten Tag mit Mrs. Rae wieder.

Mir blieb nichts anderes übrig, als sie in den Salon zu führen und ihnen Tee anzubieten. Beide Frauen wirkten schrecklich verlegen. Ständig warfen sie einander ermutigende Blicke zu. Keine der beiden schien mich direkt ansehen zu können.

»Das sind sehr nette Räume«, sagte Mrs. Rae.

»Kommen wir zur Sache«, sagte Mrs. Watson.

»Gewiss«, sagte Mrs. Rae.

Mrs. Watson war eine stämmige, verschlossene Frau unbestimmbaren Alters und hatte eine bedauernswerte Ähnlichkeit mit ihrem Bruder. Mrs. Rae rang ihre Hände auf dem Schoß und blickte besorgt drein. Beide Frauen saßen unbehaglich am Sesselrand, als hätten sie Angst, sich irgendwie anzustecken. Wie hätten sie verstehen können, wie es mir ging? Meine Vorstellung von der Zukunft war ein Alptraum: mit pummeligen kleinen Händen und Pausbacken saß ich in einem überaus ehrbaren Salon in Leith und hegte eine ausgeprägte Vorliebe für Kuchen und Süßigkeiten – statt für aufregendere, sinnlichere Freuden. Ich dachte an die exotischen Kurtisanen im Theater, die eindeutig keine Anstandsdamen brauchten. Wenn ich mich jetzt nicht durchsetzte, würde ich kein eigenes Leben führen können.

»Worum genau geht es?«, fragte ich.

Mrs. Watson, die offensichtlich die Interessen ihres Bruders vertrat, ignorierte ich und richtete meine Frage an Mrs. Rae. Als ich ein Kind war, hatte sie mich vor Montrose gerettet; bevor ich nach Bath in die Schule geschickt worden war, hatte ich kurze Zeit bei ihr gewohnt.

Mrs. Rae zögerte.

»Du bist dabei, deine Zukunft zu zerstören«, sagte Mrs. Watson.

»Was für eine Zukunft?«, rief ich.

»Wenn du weitermachst mit dieser ... Affäre, wirst du von der anständigen Gesellschaft ausgeschlossen werden«, sagte Mrs. Rae.

»Du wirst nicht besser sein als eine Straßendirne«, sagte Mrs. Watson.

»Still«, sagte Mrs. Rae. »Solche Reden sind nicht nötig.«

»Es ist am besten, sich klar und deutlich auszudrücken«, erwiderte Mrs. Watson.

Mrs. Rae wandte sich an mich.

»Es ist noch nicht zu spät«, sagte sie.

»Ich lasse mich nicht in Schottland lebendig begraben«, rief ich.

»Komm zu mir nach Edinburgh«, bat sie mich.

Ich zögerte einen Augenblick. Sie war immer freundlich zu mir gewesen, aber ich war kein Kind mehr.

»Ich kann George nicht verlassen«, sagte ich.

»Wie du willst«, sagte Mrs. Watson.

Mrs. Rae wirkte zutiefst unglücklich.

»Oh, Eliza«, seufzte sie.

»Aber was sollen wir deinem Ehemann sagen?«, fragte Mrs. Watson.

Ich zuckte die Achseln. »Was immer Sie wollen«, antwortete ich. »Es hat für mich keine Bedeutung.«

George und ich wurden rasch zu einem festen Bestandteil der Londoner Gesellschaft. Meistens waren wir diskret – ich eine verheiratete Frau und er einfach mein Begleiter. Wir gingen jeden Abend essen oder ins Theater. Nachmittags fuhr ich in einer von zwei weißen Pferden gezogenen Kalesche durch den Hyde Park.

Zwischen drei und fünf Uhr Nachmittag füllte sich der Park mit schicken Phaetons und Landauern, in denen die elegante Gesellschaft auf- und abfuhr. Frauen ohne Begleitung galoppierten in engen Reitkostümen im Damensattel durch den Park, andere fuhren in Kutschen herum, auf denen die Wappen ihrer Beschützer prangten. Die *grandes horizontales* traten jedenfalls stilvoll auf. Mit einer Mischung aus Faszination und Abscheu beobachtete ich sie aus dem Augenwinkel.

Oft spürte ich die Blicke der Männer auf mir. In mir hatte sich etwas Unverhohlenes entwickelt. Ich wusste, die Intimitäten unseres Schlafzimmers waren mir ins Gesicht geschrieben. Meine Haut glühte vor Verlangen. George brauchte nur meinen Hals zu berühren oder meinen Arm zu streicheln, und schon war ich bereit für ihn. Ich war von seinen Zärtlichkeiten durchdrungen. Ich zerschmolz unter seiner Berührung. Es gab keinen Augenblick, an dem ich nicht an ihn dachte.

Im März mietete George in der Half Moon Street in Mayfair eine Wohnung für mich. Meine eleganten neuen Zimmer befanden sich im mittleren Stockwerk eines Hauses, das zart graublau verputzt und mit einem weißen Relief aus Bänder- und Blumengirlanden verziert war. Es sah aus wie ein Liebesnest, und ich wollte es auf der Stelle haben.

Wenige Tage nachdem ich eingezogen war, stattete mir Mrs. Rae einen Besuch ab. Es war noch nicht Mittag, und ich war erst halb angekleidet. George war kurz vorher gekommen, und ich lief, nur in Unterhemd und Unterröcken, barfuß herum. Ich bat das Dienstmädchen, meine Stieftante wegzuschicken, doch stattdessen hörte ich sie vom Gang her meinen Namen rufen. George wirkte erschreckt. Ich wollte sie auf jeden Fall ignorieren und schloss die Tür ab.

Dass mir ständig vorgeworfen wurde, ich sei ein gefallenes Mädchen, bedrückte mich einerseits, doch andererseits erregte es mich. Meine Sehnsucht nach George duldete keinen Aufschub. Unter meinen Röcken pulsierte das Verlangen.

Ich knöpfte mein Unterhemd auf und winkte ihn zu mir. Als er herkam, zog ich sein Hemd hinauf und lockerte seine Hose.

Draußen begann Mrs. Rae an die Tür zu klopfen.

»Ich denke doch nur an dich«, rief sie.

George drückte mich an die Wand. Ich griff in seine Hose und fühlte, wie sein Penis in meiner Hand in die Höhe schnellte. Er vergrub seinen Kopf in meiner Halsbeuge. Sein Herz schlug neben dem meinen. Sein Atem war in meinem Haar.

»Ruiniere mich«, flüsterte ich und schlang meine Beine um seinen Rücken.

George bahnte sich einen Weg durch meine Unterröcke und stellte fest, dass ich glitschig und feucht war. Er stieß in mich hinein, und ich spürte, wie ich ihn fest umschloss, wie der blinde, gierige Mund einer Seeanemone.

Beide stützten wir uns an der Wand ab.

Vom Gang her rief meine Stieftante weiterhin durch die Tür.

»Männer können tun, was sie wollen, aber die Frauen zahlen dann den Preis dafür.«

»Ruiniere mich«, flüsterte ich wieder.

Georges Mund schloss sich über dem meinen. Wenn ich versuchte zu sprechen, brachte er mich mit seinem Mund, seinen Lippen, seiner Zunge zum Schweigen.

Mrs. Rae schlug laut an die Tür. »Er wird dich mit nichts zurücklassen«, schrie sie.

Ich umschloss Georges Hüften fester. Wellen der Lust verbreiteten sich zwischen meinen Beinen. Ein paar Mal stolperten wir und fielen beinahe hin.

»Eliza, Eliza«, rief sie.

Schließlich hörten wir, dass ihre Schritte sich entfernten. Als die Eingangstür ins Schloss fiel, stürzten wir zu Boden. Georges Schreie kamen schneller. Ich umschlang ihn mit den Beinen. Ein warmes, pulsierendes Glühen durchflutete mich bis hinauf in den Kopf. Ich ertrank in einem Meer der Glückseligkeit. Ich seufzte: »Ich sterbe, ich sterbe.«

Eines Tages hörte ich bei meiner Fahrt durch den Hyde Park jemanden meinen Namen rufen. Als ich aufblickte und die Frau in einer edlen weißen Kutsche sah, traute ich meinen Augen nicht.

»Bist du es wirklich?«, rief ich.

Ich hatte Sophia seit sechs Jahren nicht mehr gesehen, seit wir in Bath zusammen in die Schule gegangen waren. Wir hatten einander sporadisch geschrieben, doch nachdem ich mit Thomas durchgebrannt war, hatten wir den Kontakt verloren. Und nun sah ich vor mir dieselben mandelförmigen Augen und dasselbe glänzende, lockige Haar, doch ihr rundes, freches Gesicht war jetzt gepflegt und markant. Sie trug ein mattblaues samtenes Reitkostüm, in das man sie offenbar eingenäht hatte. Sie hatte eine neue Ausstrahlung, ein Flair von spöttischer Kultiviertheit und vielleicht auch ein wenig Grausamkeit.

Wir tauschten unsere Adressen aus und stellten fest, dass wir nur ein paar Straßen voneinander entfernt wohnten. Bald darauf saßen wir in meinem Salon beim Tee.

»Bist du verheiratet?«, fragte ich.

»Und du?«, fragte Sophia.

Ich beschrieb ihr kurz meine Situation.

»Du bist also seine Mätresse«, sagte sie.

Noch nie hatte mich jemand derart unverblümt so genannt.

»Wir lieben einander«, antwortete ich steif. »Eines Tages werden wir heiraten.«

Sophia lachte laut auf.

»Meine liebe Rosana«, sagte sie und verwendete meinen alten Kosenamen aus der Schule.

Wie sich herausstellte, war Sophia momentan die Geliebte des Herzogs von Argyll, der Ländereien in Berkshire, Schottland und auf den Westindischen Inseln besaß. Davor hatte sie eine Reihe von Verehrern gehabt. Sie hatte Heiratsanträge bekommen, jedoch von Männern, die sie als unter ihrem Stand betrachtete.

»Deine Mutter hatte recht. Du hättest dich nicht an einen einfachen Leutnant wegwerfen sollen. Was in aller Welt hast du dir dabei gedacht?«

Ich mied ihren Blick. »Ich war naiv und weltfremd«, sagte ich. »Was wusste ich schon?«

Sophia schien in ihrer Situation vollkommen glücklich zu sein. Ich konnte keinerlei Schamgefühl an ihr entdecken.

»Aber du lässt dich aushalten«, protestierte ich.

»Ich habe Freunde, die mich unterstützen, das ist alles.«

»Jetzt wird dich nie mehr jemand heiraten«, sagte ich.

»Eine Ehefrau ist eine Frau, die sich aushalten lässt und zu Gehorsam gezwungen wird und von den Konventionen eingeschränkt ist, während ich tun kann, was immer mir beliebt. Wenn mein Beschützer mich verlässt, kann ich problemlos einen anderen finden.«

»Aber was ist mit der Liebe?«, fragte ich.

»Liebe welkt.«

»Die unsere nicht«, antwortete ich.

»Ich hoffe, du hast recht«, sagte sie.

Monatelang lebten George und ich hinter den zugezogenen Vorhängen der Half Moon Street in unserer eigenen glückseligen, dämmrigen Welt. Oft kam er früh am Morgen und blieb bis Mitternacht. Sein Körper hatte sich bis in die kleinsten Details in meine Fingerspitzen eingeprägt. Eine kaum sichtbare Narbe unter seiner Lippe. Die Kontur seiner untersten Rippe. Der feine Flaum auf seinem Bauch, der weiter unten kräftiger wurde. Die leichte Krümmung seines Penis, die kecke Spitze, und wie dick er in meiner Hand war.

In der Öffentlichkeit stellte mich George weiterhin als Mrs. James vor; in der Ungestörtheit unseres Schlafzimmers bestand er ebenfalls darauf, mich so zu nennen. Ich glaube, der Gedanke, dass ich jemand anderem gehörte, reizte ihn.

Eines Nachmittags, wir gaben uns gerade der Liebe hin, hielt er plötzlich inne.

»Hör nicht auf«, sagte ich.

Er bewegte sich langsam in mir und beobachtete dabei mein Gesicht.

»Wie war Leutnant James im Bett?«, fragte er. »Hat er das und das gemacht?«

Ich erstarrte.

Als er mir weitere Fragen stellte, stieß ich ihn weg und wickelte mich in die Bettlaken.

»Warum benimmst du dich so?«, fragte ich. »Ich werde niemals zu ihm zurückgehen. Du bist jetzt mein Mann.«

»Komm wieder her zu mir«, sagte George grinsend und wickelte mich aus dem Laken.

»Ich *werde* mich von ihm scheiden lassen«, sagte ich.

George runzelte die Stirn.

»Sei nicht albern«, sagte er.

Mit einer schnellen Bewegung riss ich die Laken vom Bett, stand auf und zog mich an. Wie konnte er es wagen, so mit mir zu sprechen? Da überfiel mich zum ersten Mal eine Ahnung, dass mir George keinen wirklichen Respekt entgegenbrachte.

Wenn ich allein war, begann ich, mir Sorgen zu machen. Die Worte von Mrs. Rae hallten in meinem Kopf wider. Was sollte aus mir werden, wenn George mich verließ? Ohne ihn hatte mein Leben keinen Sinn. Musste er aus irgendeinem Grund London verlassen, erlebte ich Augenblicke reiner Panik, in denen ich mir vorstellte, er würde nie mehr zurückkommen. Waren wir zusammen, begehrte ich ihn die ganze Zeit. Die Angst verschwamm mit dem Verlangen. Wenn er in mir war, fühlte ich mich befriedigt und beruhigt. Ich nahm ihm das Versprechen ab, mich nie zu verlassen. Ich begehrte ihn immer mehr. Als der Sommer kam, tauchte er jeden Tag später in der Half Moon Street auf. Manchmal verging ein ganzer Tag, an dem er mich nicht besuchte.

Eines Tages, gegen Ende Juli, kam er um vier Uhr am Nachmittag. Als er den Salon betrat, tat ich überrascht. Seine Reaktion war förmlich und beschämt.

»Wir müssen reden«, sagte er.

Wochenlang hatte ich mir vorgemacht, dass alles in Ordnung sei. Doch als ich ihn jetzt ansah, wusste ich, dass das Unvermeidliche nicht länger ignoriert werden konnte.

Er musste sich räuspern, bevor er sprach.

»Ich bin wieder nach Madras abkommandiert worden«, sagte er.

Ich blickte ihm forschend ins Gesicht, doch er schien nicht in der Lage zu sein, meinen Blick zu erwidern. Wir wussten beide, dass diese Entscheidung getroffen worden war, um uns zu trennen. Seine Vorgesetzten hatten ihn schon seit geraumer Zeit unter Druck gesetzt, sich nicht mehr mit mir zu treffen.

»Ich könnte mit dir mitkommen«, schlug ich vor.

»Du weißt, dass das nicht möglich ist.«

»Ich bin nicht gut genug für dich, ist es das?«

George schwieg.

»Offenbar bin ich gut genug, deine Mätresse zu sein, aber zu nichts anderem.«

»Ach, Eliza«, sagte er, »du weißt, dass ich dich immer lieben werde. Aber es hat keine Zukunft. Wenn wir so weiterleben, schade ich meiner Karriere. Du bist bereits die Frau eines Offiziers. Das kann man nicht ungeschehen machen.«

Er kniete zu meinen Füßen und nahm meine Hände in die seinen.

»Es tut mir so furchtbar leid«, sagte er.

Als er schließlich zu mir aufblickte, stieß ich ihn weg. Ich zitterte so stark, dass ich kaum die Tür öffnen konnte.

»Ich kann noch eine Zeitlang deine Rechnungen bezahlen«, bot er mir an.

»Hinaus«, sagte ich.

»Aber was wirst du tun?«, fragte er.

In diesem Augenblick hasste ich ihn aus ganzem Herzen. Glaubte er wirklich, sein Gewissen mit Geld beruhigen zu können? Ich sah ihn ein letztes Mal an und erkannte ihn als den schwachen, feigen Mann, der er war.

Ich schüttelte den Kopf. »Ich will dich nie wieder sehen«, sagte ich.

Am nächsten Tag besuchte ich einen diskreten und seriösen Juwelier in der Bond Street und verkaufte eine Smaragdbrosche. Als ich nach Hause kam, saß Ellen, mein Dienstmädchen, in meinem Schlafzimmer vor dem Spiegel. Als sie mich erblickte, machte sie keine Anstalten, aufzustehen. Sie hatte das Haar aufgesteckt und eine meiner Halsketten umgelegt. Ich hatte sie noch nie richtig angeschaut. Ihr Haar war glänzend und kastanienbraun, ihre Haut blass. Ihre Augen erinnerten mich an die von Bridie, sie waren ebenso haselnussbraun und goldgesprenkelt. Mit ein wenig Geld und Aufmerksamkeit konnte aus ihr eine attraktive Heiratskandidatin werden, dachte ich.

»Sie schulden mir zwei Monate Lohn«, sagte sie.

»Ich werde dich bald bezahlen«, antwortete ich.

»Das habe ich schon öfter gehört.«

»Was kann ich tun?«, fragte ich.

»Sie können mich in Naturalien bezahlen«, meinte sie und zeigte auf ein rosarotes Taftkleid, das auf dem Bett lag.

Der Vorschlag, nach Islington zu ziehen, kam von Ellen. Über eine frühere Arbeitgeberin fand sie das Häuschen in der Hornsey Road. Ich willigte ein, sie zu behalten und mit Kleidern und Schmuck zu bezahlen. In Bezug auf ihre Loyalität machte ich mir keine Illusionen. Ich wusste, die galt meiner Garderobe und meinem Schmuck.

Islington war über eine Stunde Fahrt von Picadilly entfernt, die Straßen waren morastig, und in der Luft hing der Geruch von Stallmist und Silage. Gegenüber dem Häuschen war ein Feld mit trübsinnigen Kühen. Ich bemühte mich, es tapfer zu ertragen. Ich war zwar ein gefallenes Mädchen, doch unter anständigen und ehrenwerten Menschen. Die frische Luft und das freie Land würden meiner Gesundheit guttun, redete ich mir ein. Das Häuschen war kompakt und sauber. Ich schmückte die Zimmer unkonventionell, in der Hoffnung, sie würden originell aussehen und nicht nur ärmlich und schäbig.

Sobald meine missliche Lage bekannt wurde, erhielt ich Besuch von einer Reihe von Gentlemen, die mir ihre Hilfe anboten. Ich entschied mich für den Marquis von Salisbury, weil ich dachte, er sei leicht zu lenken. Er war ein gedrungener, rundlicher Mann Ende zwanzig mit widerspenstigem schwarzem Haar und einem glänzenden rosa Gesicht. Obwohl er meine Rechnungen übernahm, war ich bestrebt, ihn auf Distanz zu halten, doch nach einem Abend im Theater mit darauffolgendem Dinner wurde es immer schwieriger, ihn abzuwehren. Als er zu leidenschaftlich wurde, erinnerte ich ihn an meine zarte Konstitution. Die Malaria hätte mich auf Dauer entkräftet, erklärte ich, und mein Arzt hätte mich angewiesen, mich in keiner Weise anzustrengen.

Bald gingen mir die Entschuldigungen aus. Wann immer mich der Marquis besuchte, richtete ich es so ein, dass uns Ellen alle zehn bis fünfzehn Minuten störte. Als ihre Unterbrechungen auffallend wurden, marschierte der Marquis frustriert und verärgert davon.

»Sie werden sich einen anderen Gentleman suchen müssen«, sagte Ellen, doch ich schüttelte den Kopf. Ich hatte einfach keine Lust dazu.

In meinem engen kleinen Salon in der Hornsey Road ging ich meine Finanzen durch. Von dem Geld, das mir Hauptmann Craigie gegeben hatte, war nichts mehr da. Bei dem Juwelier in der Bond Street hatte ich erfahren, dass ein Paar Diamantohrringe, das mir der Marquis geschenkt hatte, nur aus Strass war. Der Bankdirektor hatte sich geweigert, mich Geld abheben zu lassen, bevor Thomas eine weitere Zahlung tätigte. Bei meiner Rückkehr hatte mich Ellen gescholten. Die Miete war überfällig. An jenem Nachmittag waren drei weitere Rechnungen gekommen. Ich zählte mein verbliebenes Geld und stellte fest, dass ich kaum mehr als ein paar Scheine und eine Handvoll Münzen besaß.

Während der folgenden Woche konnte ich förmlich zusehen, wie mein kurzer Versuch, unabhängig zu sein, scheiterte. Die Pferde und die Kutsche kehrten in ihre Ställe zurück, die Möbel wurden verkauft. Ellen akzeptierte die Strassohrringe und ein jadegrünes Seidenkleid als Bezahlung. Eines wusste ich mit Gewissheit: ich würde nie wieder Pastellfarben tragen. Die Liebe hatte ihren Preis, und ich hatte teuer dafür bezahlt. Ich verkaufte noch den Rest, bezahlte mit dem Erlös die Miete und den Großteil der Rechnungen. Dann fuhr ich mit meinem letzten Geld in einer Postkutsche nach Edinburgh zu Mrs. Rae.

5. Szene

Scharlachrote Seide

KAPITEL 17

Auf den ersten Blick wirkte Edinburgh auf mich trostlos und unerbittlich. Die Burg ragte über der Stadt auf, als wollte sie sagen: »Du bist nur einen Schritt entfernt von einem feuchten, dunklen Grab.« Es war ein bewölkter Oktobernachmittag, und die Dämmerung legte sich bereits über die Häuser wie ein modriger, wallender alter Mantel. Die Leute auf den Straßen waren in dunkle, schwere Mäntel gehüllt, ihre Gesichter waren abgehärmt und verschlossen. Als die Kutsche über das Pflaster holperte, dachte ich an die himmelblauen und silbernen Flügel des indischen Schmetterlings, der in Georges Kabine auf der »Larkins« ausgeschlüpft war. Wir hatten ihn lieber dem Schicksal und den warmen Winden übergeben, als ihm beim sicheren Sterben zuzusehen. Und jetzt war ich aus freien Stücken hier und ergab mich.

Mrs. Rae empfing mich freundlich und anscheinend nicht überrascht.

»Du bist jung«, sagte sie. »Wir werden über das, was geschehen ist, nicht mehr sprechen.«

Meine Augen brannten von unerwarteten Tränen. »Ihr Mitgefühl ist mehr, als ich verdiene«, sagte ich.

Das Leben bei Mrs. Rae bestand aus einer todlangweiligen Abfolge von Nachmittagstees, Kirchenveranstaltungen und Stickereien. Die gesellschaftlichen Ereignisse liefen in gedämpfter Lautstärke ab wie Gemeindeversammlungen. Wenn mich bei so einem Anlass ein Mann in eine Unterhaltung verwickelte, war meine Stieftante im Nu neben mir. Sie erzählte immer wieder eine entschärfte Version meines Lebens, als hoffe sie, wenn sie die Geschichte nur oft genug wiederholte, könne sie wahr werden. Offenbar würde ich, sobald ich vollends genesen sei, wieder zu meinem Ehemann nach Indien zurückkehren.

Wenn ich dagegen protestierte, führte sie mich rasch weg.

»Es steht nicht nur dein Ruf auf dem Spiel«, sagte sie dann. »Wir müssen auch an deinen Mann und deinen Stiefvater denken. Und nicht zuletzt auch an meinen eigenen guten Namen.«

Mrs. Raes Verbote waren präzise. Keine Gespräche über Politik, keine Zeitungen, keine Romane. Als ich mich nach einem Pferd und der Möglichkeit, zu reiten, erkundigte, schüttelte sie den Kopf.

»Denk daran, du hast dir den Rücken verletzt.«

»Aber Sie wissen doch, dass es nicht wahr ist, dass ich vom Pferd gefallen bin«, sagte ich flehentlich.

»Streiten wir nicht«, antwortete sie.

Näharbeiten nahmen ungebührlich viel Zeit in Anspruch. Mrs. Rae betrachtete sie als ideale Methode, die Gedanken zu beschäftigen.

»Müßiggang ist aller Laster Anfang«, sagte sie.

Wäre es nur so, dachte ich.

Gemeinsam nähten wir die Aussteuer für ein schmächtiges, farbloses Mädchen, das mit einem jungen Offizier verlobt war. Wenn je eine junge Ehefrau dazu bestimmt war, im Kindbett zu sterben, dann sie. Um ihr ein wenig Glück zu bringen, stickte ich entlang der Innensäume ihrer Unterröcke weiße Heidekrautzweiglein.

An den seltenen Nachmittagen, an denen ich das Haus verließ, unternahm ich planlose Spaziergänge durch den botanischen Garten. Eisbedeckter Kies knirschte unter meinen Füßen. Zwischen den kahlen Ästen der Sträucher und Stauden hingen taufeuchte, mit Regentropfen benetzte Spinnweben. Ich schlenderte unter den triefenden Bäumen dahin und dachte darüber nach, welche Möglichkeiten ich hatte. Ich konnte Erzieherin oder Gesellschafterin einer Dame werden. Das waren die einzigen achtbaren Berufe, die es für mich gab.

Meine Nadel stach in die Leinwand; zuerst mit grüner, dann mit rotbrauner und schließlich mit heller korallfarbener Wolle. Am liebsten war es mir, wenn ich eine große Fläche sticken konnte. Wenn ich die Farben wechseln musste, wurde der Rhythmus meiner Stiche unterbrochen, und das machte mich nervös. Ich hatte bereits dreimal die Wolle gewechselt, und dabei war es noch nicht einmal Nachmittag.

In den vergangenen vier Monaten hatte ich Mrs. Rae bei ihren Gobelinarbeiten geholfen. Bis jetzt hatte sie noch nicht bemerkt, dass die Teile, die ich gestickt hatte, ein wenig überreif geworden waren. Früchte schienen unter meiner Nadel zu altern; eine Birne wölbte sich aus dem Leinen heraus, die Haut einer leuchtenden Pflaume wurde matt, ein Apfel sah angeschlagen aus. Wenn Mrs. Rae nicht hinsah, vertrieb ich mir die Zeit damit, winzige Fliegen und Spinnen zwischen die Früchte zu sticken. Aus einem Apfel lugte ein Wurm, ein Pfirsich platzte auf und verströmte seinen Saft, über ein Blatt kroch eine Fruchtfliege. Bald beherbergte die Obstschüssel eine ganze Welt, in der es von winzigen, herumwuselnden Geschöpfen wimmelte.

Anfang März, ein paar Wochen nach meinem zweiundzwanzigsten Geburtstag, erhielt ich die Vorladung vor Gericht. Im Salon hatte Mrs. Rae soeben meine heimlichen Ausschmückungen an ihrem Gobelin entdeckt.

»Und was kommt als Nächstes?«, rief sie. »Kobolde, Libellen, Elfen? Du kannst einfach nicht anders, nicht wahr?«

Ihre Überlegungen – sollte sie von mir verlangen, meine Arbeit aufzutrennen, oder sollte man sie lassen? – wurden von einem lauten Klopfen an der Tür unterbrochen.

Als Mrs. Rae hörte, wer Einlass begehrte, wurde sie leichenblass.

»Ach, du liebe Güte«, flüsterte sie.

Hinter ihr stand ein Gentleman vom Gericht.

»Ist Ihr Name Mrs. Eliza Rosana James?«, fragte er.

Ich nickte, und er fuhr fort: »Sie werden am 8. Dezember 1842 vor den Court of the Arches in London geladen.«

»Weswegen, um alles in der Welt?«

Der Beamte trat nervös von einem Bein auf das andere. »Sie werden des Ehebruchs angeklagt, Madam«, antwortete er.

Als er gegangen war, ließ ich mich auf meinem Sessel zurücksinken.

»Wie konnte er mir das antun?«, fragte ich.

»Guter Gott«, sagte Mrs. Rae, »Leutnant James ist anscheinend über deine Abenteuer informiert worden. Ich schwöre, von mir hat er es nicht erfahren.«

»Aber er war derjenige, der untreu war«, protestierte ich. »Das war ja überhaupt der Grund, weshalb ich ihn verlassen habe.«

»Das hat nichts zu bedeuten«, sagte Mrs. Rae.

»Aber mir wurde Unrecht getan«, rief ich.

»Du weißt sehr gut, dass ein Mann tun kann, was immer ihm beliebt.«

»Ich werde vor Gericht aufstehen und die Wahrheit sagen. Ich werde Gegenanklage erheben!«

Mrs. Rae biss sich auf die Lippen.

»Das könntest du dir unmöglich leisten«, sagte sie. »Der einzige Grund, aus dem du dich von ihm scheiden lassen könntest, wäre extreme körperliche Gewalt.«

»Er war körperlich gewalttätig.«

»Du bist nicht tot«, sagte sie. »Jeder Ehemann hat das Recht, seine Frau zu züchtigen.«

»Dann ist dieses Gesetz ungerecht«, rief ich.

Mrs. Rae setzte sich schwerfällig hin und schüttelte den Kopf.

»Du hast seinen Stolz verletzt«, meinte sie dann. »Das kann er nicht ignorieren.«

Da kam mir ein schrecklicher Gedanke.

»Aber wovon soll ich leben?«, rief ich. »Wenn er sich von mir scheiden lässt, werden meine Unterhaltszahlungen gestrichen. Ich werde ohne einen Penny dastehen.«

Mrs. Rae rang die Hände.

»Ich weiß nicht, was ich sagen soll«, antwortete sie. »Das ist das Ende. Es könnte nicht schlimmer sein.«

»Das kann er mir nicht antun«, sagte ich.

Mrs. Rae zog ein Taschentuch aus dem Ärmel und tupfte damit ihre Augen ab. »Ach, meine Liebe«, seufzte sie. »Mein armes, bedauernswertes Kind.«

Ich saß ganz still in meinem Schlafzimmer. Die gute Mrs. Rae war noch bestürzter als ich über die Nachricht. Ich hatte Schande über sie gebracht, obwohl sie sich so sehr bemüht hatte, mich davor zu bewahren. Sie hatte nichts dergleichen gesagt, aber ich wusste, ich konnte nicht mehr unter ihrem Dach bleiben.

Indem er sich von mir scheiden ließ, stieß mich Thomas vollkommen aus der Gesellschaft aus. Ich konnte mir seine kalte, rachsüchtige Wut beinahe vorstellen. Offensichtlich führte er Ehebruch als Grund an, um mich öffentlich zu demütigen. Jede Einzelheit meiner Beziehung zu George würde vor Gericht zur Sprache kommen. Mein Name würde in den Dreck gezogen werden. Wenn das Gericht mit mir fertig war, würde mein Leben ein Scherbenhaufen sein.

Ich dachte an George und unsere gemeinsame Zeit. An die zaghaften Küsse, während wir Delphine und fliegende Fische beobachteten. Wie wir im Imperial Hotel in Covent Garden in einem Zimmer mit rubinroter Tapete eng umschlungen eingeschlafen waren. In jenen kurzen, herrlichen Monaten der Freiheit hatte ich mich völlig der Liebe hingegeben.

Plötzlich verspürte ich Trotz in mir. Wie oft kann jemand ruiniert werden? Ich war eine junge Frau von zweiundzwanzig Jahren, die sich nicht so leicht unterkriegen lassen würde, und nicht ein verfallenes, vernachlässigtes Gebäude. Als ich mit Thomas durchgebrannt war, hatte es geheißen, ich hätte meine Zukunftsaussichten zerstört. Als ich mich in George verliebt hatte, war wieder vom Ende die Rede gewesen. Jetzt wollte mich mein

Ehemann ein für alle Mal zugrunde richten. Zweimal hatte ich den sicheren Ruin überlebt; ich würde es wieder schaffen.

Ich blickte mich in meinem kleinen Zimmer, meinem mit Rosenzweiglein geschmückten Gefängnis um. Zumindest konnte ich Mrs. Rae weitere Peinlichkeiten ersparen. Ich würde sie nur um eines bitten, um das Geld für die Fahrt nach London. Als ich all meine Sachen gepackt hatte, ging ich nach unten.

»Aber wohin wirst du gehen?«, fragte sie. »Was wirst du tun?«

Ich küsste sie auf beide Wangen.

»Sie brauchen sich keine Sorgen zu machen«, sagte ich. »Ich werde für mich selbst sorgen, das verspreche ich Ihnen.«

Verlegen standen wir im Gang, bis mich Mrs. Rae in die Arme nahm. Einen Augenblick lang drückte ich sie an mich und wollte sie nicht mehr loslassen.

»Es tut mir so leid«, sagte ich.

Mrs. Rae strich mir eine Haarsträhne von der Wange.

»Vergiss nie, dass es Menschen gibt, die dich lieben«, sagte sie.

Ich verließ Schottland unter dem Geräusch von strömendem Regen. Hinter den Moorfoot Hills war der Tweed über die Ufer getreten, und das Wasser schwappte über die Straße. Der Wind rüttelte die Kutsche gefährlich hin und her. Der Kutscher wollte umkehren, doch ich lehnte ab. Ich wies ihn an, schneller zu fahren, gegen den Wind und den Regen.

KAPITEL 18

In der dahinholpernden Kutsche sah ich mir den Umschlag an, den mir Mrs. Rae im letzten Moment in die Hand gedrückt hatte. Zwei Briefe mit indischen Briefmarken waren kurz nach der Gerichtsvorladung angekommen, doch in der ganzen Aufregung und dem Durcheinander waren sie ungeöffnet auf dem Tisch im Vorzimmer liegengeblieben, bis ich wegfuhr. (Warum sollte ich es eilig haben, Briefe zu lesen, die nur bestätigen würden, was ich bereits wusste?) Immer wenn die Kutsche hielt, inspizierte ich den Umschlag genauer. Das einst frische weiße Papier war abgewetzt, und die Ecken waren abgestoßen und gewellt. Der Brief war am 12. Dezember 1841 in Kalkutta aufgegeben worden, vor ganzen drei Monaten. Immer wenn die Pferde langsamer wurden, sah ich mir den Umschlag erneut an. Die Schrift meiner Mutter auf der Vorderseite wirkte eckig und verkrampft, als hätte sie sich sehr um Beherrschung bemüht. Ich konnte mir vorstellen, wie sich ihr rechtschaffener Zorn auf das Papier ergossen hatte und dann von Kalkutta über Bombay, Portsmouth und London nach Edinburgh gedampft war. Beinahe konnte ich ihre Vorwürfe durch den Umschlag hören. Wie konntest du mir das nur antun? Und deinem Stiefvater? Und der armen Mrs. Rae? Warum sollte ich ihn überhaupt öffnen, dachte ich. Warum warf ich ihn nicht einfach weg? Die Maßregelungen meiner Mutter hallten bereits in meinem Kopf wider; ich brauchte sie nicht auch noch auf Papier zu lesen.

Ich drehte den Brief um und betrachtete das Siegel.

Drei Stunden später brach ich es auf.

In dem Umschlag steckte eine bedruckte Karte aus dickem weißem Papier mit schwarzem Rand. Es lag kein Begleitbrief dabei, keine zornigen Worte. Verwundert und verwirrt nahm ich die Karte heraus. Obwohl ich sie einmal, zweimal las, fiel es mir schwer, die Bedeutung der Worte zu begreifen. Ich hatte das Gefühl, zu fallen, hinabzusinken; die Kutschenwände glitten nach oben und dann nach unten. Ich hielt mich an der Armlehne fest, die Worte verschwammen vor meinen Augen. In die Mitte der Karte war in kleinen schwarzen Lettern die formelle Nachricht über den Tod von Hauptmann Patrick Craigie geprägt.

Es kann nicht wahr sein, dachte ich.

Ich las die Karte erneut und versuchte, die wenigen Sätze zu verstehen. Gewiss musste doch noch irgendetwas dabei sein? Ein paar mildernde Zeilen, ein Andenken, etwas über seine letzten Worte, ein letzter Gedanke, eine liebe Erinnerung? Wie konnte diese nüchterne Karte einen so unvorstellbaren Verlust kundtun? Laut dem Aufdruck war mein Stiefvater auf dem Militärfriedhof in Dinapur begraben worden, wo auch mein Vater lag. Ich konnte mich noch lebhaft daran erinnern, wie ich dort neben meiner Mutter gestanden hatte, mein schwarzes Kleid ein Abbild des ihren, obwohl ich ihr kaum bis zur Hüfte gereicht hatte. Vor uns ein tiefes, rechteckiges Loch in der trockenen, staubigen Erde und der Rauch von riesigen Weihrauchkegeln, der in den Himmel gestiegen war.

Ich presste die Augen zu. Meine Schläfen pochten. Meine Brust schmerzte.

Die Möglichkeit, dass vielleicht ich meinen Stiefvater ins

frühe Grab gebracht hatte, ging mir durch den Kopf. Bei jeder Drehung der Kutschenräder hörte ich die Worte meiner Mutter: »Du rücksichtsloses, hitzköpfiges Mädchen. Du wirst bekommen, was du verdienst.« Es kann nicht wahr sein, dachte ich. Es kann nicht wahr sein. In meinem Kopf flüsterte eine leise, beharrliche Stimme unaufhörlich: Du hast bereits einen Papa verloren, wie hast du es geschafft, auch den zweiten zu verlieren? Warum sollte jemand ein Mädchen wie dich, das so viel Ärger macht, mögen?

In dem vergeblichen Versuch, die Tränen zurückzuhalten, schlug ich den Kopf immer wieder an einen Strebebalken an der Rückwand der Kutsche. Bilder aus meiner frühen Kindheit blitzten vor mir auf. Papa Craigie, der mit seinen Händen Figuren formte und die Schatten eines Kaninchens und eines Esels an die Wand warf. Papa Craigie, der mir Mandeln mit rosa oder blauem Zuckerguss schenkte und versicherte, dass wir jetzt eine Familie seien. Papa Craigie, der mir Polly, den Papagei, mitbrachte und ihn lehrte, »Ich liebe Liza, ich liebe Liza« zu sagen.

Ich zog die rußgeschwärzten Vorhänge der Kutsche zu und drückte meine Fäuste auf die Augen, doch all mein Gram und meine Sorgen kehrten zurück. Ich begann zu weinen; es war das Schluchzen eines kleinen, schutzlosen Kindes. Ich war eine Vierjährige, die ihren Vater verloren hatte, ich war eine Siebenjährige, die von daheim weit weggeschickt wurde und nicht verstand, warum. Ich weinte, bis meine Kehle schmerzte und meine Augen geschwollen waren.

Während all der langen Jahre in Schottland und später während der Schule hatte mir Hauptmann Craigie stets geschrieben. Er war die einzige beständige Verbindung zwischen den Bruchstücken meines Lebens gewesen. Ich dachte an seine Reaktion, nachdem ich Thomas verlassen hatte und in Kalkutta angekommen war. »Mein schönes kleines Mädchen«, hatte er mit einem breiten Lächeln gesagt. Als wir im Hafen zum letzten Mal voneinander Abschied genommen und dabei gewusst hatten, dass wir uns wohl kaum wiedersehen würden, hatte ich mich geschämt, weil ich ihn enttäuscht hatte. Doch egal, was ich getan hatte, irgendwie hatte ich darauf vertraut, dass er mich weiterhin lieben würde. Er war mein Schutzengel gewesen, für mich so selbstverständlich wie ein Berg oder ein See. Ohne ihn war eine weitere schwache Verbindung mit der Vergangenheit abgerissen, und ich fühlte mich plötzlich ganz allein auf der Welt.

Ich trocknete meine Augen und las ein letztes Mal die schwarzumrandete Trauerkarte. Zwar hatte ich nicht dabei sein können, als er in Indien zur letzten Ruhe gebettet wurde, doch ich konnte ihm jetzt dennoch die letzte Ehre erweisen. Ich schob eine Ecke der Karte zwischen die Roststäbe des Heizofens, bis sie knisterte und Feuer fing. Als ich sie in die Luft hielt, verschlangen gelbe und orangefarbene Feuerzungen die Worte auf dem makellos weißen Papier. Sobald die Buchstaben, aus denen sich sein Name zusammensetzte, vollkommen verbrannt waren, warf ich die brennende Karte aus dem Kutschenfenster und sah ihr nach, wie sie davonschwebte. Ein Windstoß erfasste sie und wehte sie nach oben, bevor sie in einem letzten Aufflackern der Flammen verschwand.

KAPITEL 19

Innerhalb weniger Tage hatte ich eine frisch renovierte Wohnung in einem eleganten Stadtteil von London und ein Dienstmädchen, das in einem schwarzen Seidenkleid die Tür öffnete. Die neuen Gardinen waren zweifelhafter Herkunft, Ellens Kleid war mit einem verlängerten Kredit gekauft worden, und ich besaß kaum genug Geld für einen Monat, aber ich hatte keine Zeit zu verlieren. Bald würde eine Reihe von Gentlemen, die ich kannte, eine Mitteilung erhalten, dass ich sie gerne empfangen würde.

Meine erste Anlaufstelle war Ellen gewesen. Nach meiner Abreise nach Schottland war sie in die Half Moon Street zurückgekehrt. Ich hatte den Kutscher dort anhalten lassen und draußen gewartet. Sobald sie aus dem Haus gekommen war, hatte ich ihr bedeutet, sie solle einsteigen.

»Die Ohrringe da, die waren aus Strass«, waren ihre ersten Worte.

»Tatsächlich? Der Marquis hat geschworen, es seien Rosenschliff-Diamanten«, antwortete ich. »Dass ich so einem Mann mein Vertrauen geschenkt habe.«

Als ich sie bat, wieder für mich zu arbeiten, kniff sie die Augen zusammen.

»Was kriege ich?«

»Was ist der Marktwert?«

»Sechs Shilling die Woche. Wenn Sie mich nicht in bar bezahlen können, dann in Naturalien.«

»Ich kann dir ein Kleid aus rosafarbenem Seidenbrokat anbieten, wenn du sofort anfängst. Was sagst du?«

»Gibt es dazu passende Schuhe?«

»Ja, die gibt es«, sagte ich lächelnd.

»Abgemacht«, antwortete sie.

Ich verpflichtete sie zu absoluter Verschwiegenheit und legte ihr dann meinen Plan dar und wie dürftig meine Finanzen waren. Mrs. Rae hatte mir fünfzig Guineas gegeben. Thomas' letzte Zahlung lag auf der Bank. Von dem Scheck, den mir Hauptmann Craigie gegeben hatte, waren noch ein paar Pfund übrig. Darüber hinaus hatte ich kein weiteres Einkommen. Natürlich gab es da noch den Inhalt meines Schmuckkästchens, aber ich hatte keine Ahnung, was die Stücke darin wert waren. Sobald Ellen über meine Mittel und Bedingungen informiert war, willigte sie ein, mir zu helfen, doch nur, wenn ich ihren Lohn erhöhte.

»Acht Shilling und sechs Pence«, sagte sie.

Wir einigten uns auf sieben.

Ich schlug vor, wieder nach Islington zu ziehen, doch Ellen schüttelte den Kopf.

»Dort werden Sie niemals die richtige Art Gentleman anlocken«, meinte sie.

Während Ellen eine passende Unterkunft ausfindig machte, suchte ich den Juwelier in der Bond Street auf. Während meines letzten Aufenthaltes in London war ich Stammkundin geworden, und der Besitzer und ich standen miteinander auf freundschaftlichem Fuß.

Mr. Smallbone war ein adretter kleiner Mann mit schlanken Fingern. Man konnte sich unbedingt auf seine Diskretion verlassen; er würde niemals sechs Fragen stellen, wenn eine reichte.

»Ah, Mrs. James«, sagte er und führte mich in sein Arbeitszimmer, wo wir ungestört waren.

Als ich ihm den Verlobungsring zeigte, schürzte er die Lippen und wog ihn in seiner Hand.

Jedes Mal, wenn ich in mein Schmuckkästchen sah, lauerte der Ring vorwurfsvoll in der Ecke. Mit seinem leuchtenden, glänzenden schwarzen Auge hockte er dort wie eine fette Kröte in der Nacht. Es war ein sperriges Schmuckstück: mitten in einem Ring aus winzigen Edelsteinen war ein dunkler, viereckiger Stein.

»Das ist offensichtlich ein Erbstück«, sagte Mr. Smallbone. »Wollen Sie den auch wirklich verkaufen?«

»Unbedingt«, antwortete ich.

Alles, was ich mit diesem Ring verband, war negativ gefärbt. Offenbar hatte ihn Thomas' Großmutter auf dem Totenbett von ihrem Finger gezogen. »Für deine zukünftige Frau«, hatte sie wohl gesagt. Thomas hatte ihn mir etliche Monate nach unserer Hochzeit gegeben; er hatte vorher nicht daran gedacht. Er hatte mich nie gefragt, ob er mir gefiel, oder sich die Mühe gemacht, herauszufinden, ob er auch passte. Ihm zuliebe hatte ich ihn einoder zweimal getragen und ihn dann in den hintersten Winkel meiner Schmuckschatulle gelegt.

Mr. Smallbone klemmte seine Lupen ans Auge und begann mit seiner Untersuchung.

»Interessant«, sagte er. »Der mittlere Stein ist ein dunkler Turmalin, und die kleineren Steine sind Diamanten.«

»Ist das gut?«, fragte ich.

»Ausreichend«, antwortete er.

Wir waren beide zufrieden mit dem Geschäft. Ellen hatte bereits einen Verhandlungspreis vorgeschlagen, und Mr. Smallbone war mehr oder weniger einverstanden gewesen. Wie Ellen meinte, konnte ich von dem Geld, das der Ring brachte, mindestens einen Monat in London leben.

Gleich am nächsten Tag zogen wir in eine bescheidene Wohnung in einer ruhigen Wohnstraße in Covent Garden.

»Nun, was sagen Sie dazu?«, fragte sie. »Ich weiß, es ist nicht Mayfair, aber es ist ein Anfang.«

»Kann ich es mir denn leisten?«, erkundigte ich mich.

»Das müssen Sie wohl«, antwortete sie.

Ellen kannte von allem und jedem den Preis. Schon ein Gespräch mit ihr war lehrreich. Auf der Straße zeigte sie auf eine Frau und schätzte, was ihr Kleid gekostet hatte.

»Das Kleid da drüben ist etwa zwölf Pfund wert«, meinte sie.

»Und das dort?«, fragte ich und deutete auf eine sehr elegante Dame, die aus einer Kutsche stieg.

»Teurer Samt, mit Hermelin besetzt. Ich würde sagen, das hat wahrscheinlich so um die zwanzig Pfund gekostet. Wenn man es gebraucht verkauft, wären zehn Pfund ein guter Preis dafür, das heißt, wenn man weiß, wo man damit hingeht.«

Hinter der Dame kam ein junges Dienstmädchen, das zwei große Hutschachteln trug.

»Also, die hingegen trägt ein billiges, aber zweckdienliches Baumwollkleid, das sie etwa zwölf Shilling gekostet hat. Oder den Großteil des Lohns von drei Wochen.«

Als wir über den Haymarket gingen, fiel mir ein Straßenmädchen in einem pfirsichfarbenen Taftkleid auf, das mir bekannt vorkam. Die übliche Bekleidung eines Strichmädchens war eine schlechtsitzende Krinoline und darüber ein Kleid aus Merinowolle; wenn sie eine Kopfbedeckung trug, dann einen flachen Herrenhut mit einer flatternden Feder. Dieses Mädchen sah fast wie eine Dame aus, nur stolzierte sie großspurig daher und blickte dreist um sich. Vor meiner Abreise nach Schottland hatte ich Ellen anstelle des Lohns ein ähnliches Kleid gegeben. Als das Mädchen näher kam, sah ich mir die Einzelheiten genauer an.

»Das *ist* mein Kleid«, stellte ich fest.

»Es ist sehr ähnlich«, räumte Ellen ein.

»Es ist wirklich mein Kleid«, beharrte ich.

»Tatsächlich?«, fragte sie.

»Sieh dir das feine Plissee am Saum an«, sagte ich. »Ich würde es überall erkennen.«

Ellen blieb wortkarg.

»Warum hast du es nicht behalten?«

»Was würde es mir nützen? Ein Dienstmädchen kann nicht das Kleid einer Dame tragen. Außerdem kriegt man beim Trödler einen sehr guten Preis für ein solches Kleid.«

»Wie viel?«, fragte ich.

»Kann ich denn nicht ein paar Geheimnisse für mich behalten?«, jammerte sie.

»Ich war nur neugierig«, sagte ich.

»Drücken wir es so aus«, meinte sie dann. »Wenn dieses

Mädchen Ihr Kleid trägt, kann sie von einem Gentleman fünf Pfund bekommen. In ihren eigenen Sachen wären es nicht mehr als fünf Shilling.«

»Du scheinst ja schrecklich viel darüber zu wissen«, sagte ich.

»Es gibt nur sehr wenige Frauen, die keinen Preis haben«, antwortete sie.

Natürlich fand ich einen Beschützer. Ohne einen Beschützer wäre eine Frau in meiner Lage nicht weit gekommen. Der Graf von Malmsbury war bekannt als Kunstmäzen, und er hatte äußerst gute Beziehungen. Eine Verbindung mit ihm konnte nur gut für mich sein. Sobald ich ihn ins Vertrauen gezogen hatte, war er nur zu gern bereit, mir zu helfen. Die Tatsache, dass er glücklich verheiratet war, erhöhte noch seinen Charme. Er war nicht nur diskret und stellte keine Ansprüche, er verbrachte auch einen beträchtlichen Teil seiner Zeit außerhalb der Stadt. Trotz aller Hinweise auf das Gegenteil hielt ich an der Vorstellung fest, dass er mich unterstützen und beschützen würde.

Alles lief nach Plan. Ich war noch keinen Monat in London, als ich mich in der Theater- und Schauspielschule von Miss Fanny Kelly in der Dean Street anmeldete. An meinem ersten Tag führte sie in einem Privatzimmer ein erstes Gespräch mit mir.

Miss Fanny Kellys Ruhm eilte ihr voraus. Sie hatte mit sieben Jahren ihr Debüt gehabt und war später eine der großen Schauspielerinnen ihrer Zeit geworden. Ihre Reputation war beeindruckend.

»Wie kann ich Ihnen helfen?«, fragte sie.

»Ich möchte auf die Bühne«, antwortete ich.

»Was können Sie?«

»Das Übliche«, sagte ich. »Ich kann Klavier spielen und singen. Und ich spreche fließend französisch.«

»Mit dem Üblichen werden Sie nicht sehr weit kommen.«

»Das, Madame, ist der Grund, weshalb ich mich an Sie wende.«

»Na schön«, räumte sie ein. »Kommen Sie morgen wieder, und wir werden sehen, was wir tun können.«

Ich erkannte sofort, was für ein Typ Miss Kelly war. Die aufstrebenden Iren fand man stets am Rand der Gesellschaft, egal, ob in Indien oder auf der Bühne. Miss Kelly erinnerte mich an eine wilde Mischung aus meiner Mutter und einer Revuetänzerin. Sie sah verblüht, aber majestätisch aus, und ihre Manieren schien sie sich erst in jüngerer Zeit angeeignet zu haben. Sie war achtundvierzig und ihr Haar eine üppige weiße Wolke um ihren Kopf. Ihr Kostüm mit dem Reifrock passte eher auf die Bühne als in den Alltag.

Als ich am nächsten Morgen hinkam, führte sie mich in einen großen Salon und deutete auf das Klavier.

»Spielen Sie mir etwas vor«, sagte sie.

Eine Mazurka von Chopin war das Erste, was mir einfiel.

»Also mögen Sie flotte Tanzmelodien«, meinte sie danach. »Jetzt stellen Sie sich dorthin und halten Sie mir eine kleine Rede.«

Kaum hatte ich angefangen, unterbrach sie mich auch schon.

»Sie haben einen äußerst seltsamen Akzent«, stellte sie fest.

Wie sehr ich auch versuchte, mit einem kultivierten englischen Akzent zu sprechen, die Orte, an denen ich meine Kindheit verbracht hatte, waren prägend gewesen und verrieten mich stets. Ich senkte die Stimme an den falschen Stellen, und ich dehnte die Vokale zu lange aus, wenn sie präziser hätten sein sollen. Meine Sprachmelodie enthielt sowohl etwas vom Singsang der Inder als auch den Hauch eines irischen Akzents, und über all dem lag etwas von der affektierten Sprache meiner Mutter.

»Versuchen Sie es noch einmal«, sagte sie.

Nach der zweiten Zeile unterbrach sie mich.

»Ihre Stimme ist sehr dünn.«

Ich begann wieder von vorn. Dieses Mal kam ich bis zur dritten Zeile, bevor Miss Kelly deprimiert den Kopf schüttelte.

»Ich weiß nicht, ich weiß wirklich nicht«, sagte sie. »Ich werde mein Bestes tun, aber mehr kann ich nicht versprechen.«

Als bekannt wurde, dass ich Miss Kellys Schule besuchte, begann sich die Einstellung der Menschen mir gegenüber zu verändern. Es waren Kleinigkeiten, die mir auffielen. Eine bestimmte Art von Matrone zog sich zurück oder verstummte, wenn ich näher kam. Junge Mädchen wurden rasch weggeführt. Während die Achtung der Damen mir gegenüber abnahm, stieg meine Popularität bei den Männern ums Hundertfache. Ich wusste, dass man in der Gesellschaft über mich zu tuscheln begonnen hatte, doch da musste ich durch. Dass ich vor Gericht geladen war, hatte sich noch nicht herumgesprochen, und bis zur Verhandlung waren es noch fünf Monate, doch irgendwann würde es herauskommen. Bis dahin war die Tatsache, dass ich verheiratet war, ein gewisser Schutz, doch ich wusste, die Zeit wurde knapp.

»Hoffnungslos, hoffnungslos«, rief Miss Kelly.

Mein Unterricht fand im Royalty Theatre statt, das an die Schule angegliedert war. Miss Kelly stand ganz hinten im Zuschauerraum, ich auf der Bühne. Sie hatte sich bemüht, mir beizubringen, wie man laut und deutlich spricht, doch wie oft ich es auch versuchte, meine Stimme wurde statt lauter immer höher. Aus dem leeren Zuschauerraum hallte ein leises Piepsen zurück.

»Meine liebe Eliza«, seufzte Miss Kelly.

»Ich tue mein Bestes«, antwortete ich.

»Das macht mir ja gerade Sorgen«, sagte sie.

Sie winkte mich zu sich, und ich nahm vor der Bühne neben ihr Platz.

»Wenn es nur einen Bedarf an stummen Schauspielerinnen gäbe«, sagte sie. »Ihr Auftreten ist sehr gut, daran besteht kein Zweifel. Die Darstellung von Liebe und Tragödie fällt Ihnen leicht. Sie sind sehr ausdrucksvoll, wenngleich ein klein wenig theatralisch. Und natürlich sind Sie bezaubernd anzusehen. Doch sobald Sie den Mund öffnen, nun, Sie hören es ja selbst.«

»Ich werde härter daran arbeiten«, sagte ich.

Miss Kelly schüttelte den Kopf.

»Es ist nicht einfach, das zu sagen. Sie sehen zwar aus wie eine Schauspielerin, doch Sie werden den Anforderungen niemals gerecht werden. Wir werden uns etwas anderes überlegen müssen.«

Ich starrte verdrießlich auf die leere Bühne. Was gibt es denn anderes? dachte ich.

Da klatschte Miss Kelly in die Hände.

»Ich hab's«, sagte sie. »Warum ist mir das nicht schon früher eingefallen? Sie müssen tanzen!«

»Dafür habe ich nicht gerade die richtige Figur«, meinte ich zweifelnd.

Wir blickten beide hinab auf meinen Busen.

»Sie können auf jeden Fall ein Kleid füllen«, sagte sie.

»Und ich bin viel zu alt«, warf ich ein.

Miss Kelly lächelte.

»Um eine Ballerina zu werden, vielleicht.«

Die Zeitungen waren tagtäglich voll mit Geschichten über Fanny Elsslers Erfolgen in Amerika; ihre Bühnenpräsenz war so gewaltig, dass man sie eine »heidnische Tänzerin« nannte. Als sie eine spanische Cachucha in ihr Programm aufnahm, war das eine Sensation.

»Ausdruckstänze sind sehr beliebt. Und man braucht dafür nicht jahrelang trainieren«, meinte Miss Kelly. »Denken Sie an Fanny Elssler in ›Le Diable Boiteux‹ von Coralli.«

Meine Augen leuchteten auf.

»Das stimmt«, rief ich. »Es gibt eine ganze Reihe von Tänzen – die Gavotte, die Tarantella.«

»Im ›Figaro‹ kommt ein wunderbarer Fandango vor«, bemerkte Miss Kelly.

Ich klatschte in die Hände, sprang auf die Bühne und machte ein paar Schritte.

»In der Schule haben wir den Bolero, die Mazurka und das Menuett gelernt. Und in Indien habe ich ein wenig von den einheimischen Tänzen mitbekommen. Ich zeige es Ihnen«, sagte ich.

Ich beugte die Knie, wie es mich Sita gelehrt hatte, bewegte die Hände über meinem Kopf, um Vögel und blühende Blumen darzustellen. Ich begann, die Hüften zu schwingen und blickte dabei von links nach rechts.

Miss Kelly lachte laut auf.

»Sie sehen aus wie eine arme Irre. Oder eine Tempelhure.«

»Finden Sie es nicht schön?«, fragte ich.

Während ich die Hüften hin und her wiegte, dachte ich, dass die Bewegungen jenen der Zigeunerin in der Oper von Mazilier nicht unähnlich waren, und ich begann die beiden Elemente zusammenzufügen. Ich war schon bei einem Maskenfest des Militärs als Zigeunerin aufgetreten. Ja, ja, dachte ich, während ich über die Bühne tanzte.

»Sie haben eindeutig Talent«, bemerkte Miss Kelly, »aber ich bin nicht sicher, ob es die richtige Art von Talent ist.«

In meinem Salon wurde mein schauspielerisches Können bereits auf die Probe gestellt. Eine leise, kindliche Stimme hatte auch ihre Vorteile. Graf Malmsbury war sichtlich entzückt von meiner Fähigkeit, ein tief ausgeschnittenes Kleid zu füllen. Meinen Akzent kommentierte er nicht. Als er Forderungen zu stellen begann, die alles andere als väterlich waren, bedurfte es meines ganzen Talents und Einfallreichtums, ihn mir vom Leibe zu halten.

Ich übte meine Stücke vor ihm, sank als sterbender Schwan zu Boden, ließ mein Kleid in der Rolle einer aufstrebenden Kurtisane hinunterrutschen, war das aufreizende Mädel vom Land und gestattete ihm ab und zu einen Blick auf meinen Knöchel oder meine Wade. Sobald er mir zu nahe kam, schmeichelte ich ihm und appellierte an sein Ehrgefühl. Wenn ich die vertrauensvolle, leicht zu beeindruckende junge Schauspielerin gab, die ihm ewig dankbar für seinen väterlichen Schutz war, konnte er schwer etwas dagegenhalten.

Señor Antonio Espa war Spanier. Es hieß, er sei ein typischer Spanier – romantisch, feurig und leidenschaftlich – mit dem typischen dunklen Haar und den blitzenden Augen. Hinter der Bühne des Italian Opera House war er sehr gefragt. Wenn man für eine neue Produktion etwas über Spanien wissen musste, holte man Señor Espa, der dem Stück ein authentisches Flair verlieh. Er lehrte die Ballerinen die Feinheiten des spanischen Tanzes und versuchte, etwas Temperament in ihre Darbietungen zu bringen. Wenn er Lust hatte, gab er gelegentlich auch Privatstunden. So geschah es, dass ich mit einem Empfehlungsschreiben von Miss Kelly in sein Studio in Covent Garden kam.

Ein Mann mittleren Alters mit gefärbten schwarzen Haaren und dicklichem Bauch begrüßte mich. Wenn ich ein wenig enttäuscht war, so trachtete ich, mir nichts anmerken zu lassen. Señor Espas stämmiger Körper war in enge schwarze Reithosen gekleidet, er trug ein kurzes Jackett und kubanische Absätze. Er hatte grimmige Augenbrauen und die ausgeprägte Selbstachtung eines Mädchens.

In einer Ecke des großen Studios mit den Spiegeln an den Wänden saß träge ein Gitarrist.

»*Aquí.* Stehen Sie aufrecht«, befahl Señor Espa und schlug mit einem Stock auf den Boden.

Während er den Empfehlungsbrief las, ging er mit ernster Miene um mich herum.

»Señora Kelly denkt, Sie haben Talent«, sagte er.

»Sie ist überaus freundlich«, antwortete ich.

Señor Espa starrte mich finster an und schlug wieder mit dem Stock auf.

»Können Sie tanzen, *sí* oder *no*?«

»Ja«, sagte ich.

»*En serio?*«

»Mein Leben hängt davon ab.«

»*Muy bien*«, meinte er. »Wir fangen auf der Stelle an. Gestatten Sie, dass ich es vorführe.«

Er klickte mit den Fingern, und der Gitarrist begann zu spielen. Der Señor war zwar ein kleiner Mann mit einem ausladenden Brustkorb, doch wenn er tanzte, war er wie verwandelt. Er konnte binnen Sekunden von Wut zu Tränen übergehen. Seine Augenbrauen stießen in der Furche über der Nase zusammen. Seine Hände waren beredt wie Raubvögel. Während seine Absätze Gefühle von Verlangen und Zorn auf den Boden trommelten, sah er sogar richtig gut aus. Als der Tanz zu Ende ging, fiel sein tintenschwarzes Haar in feuchten Strähnen über das schweißglänzende Gesicht.

»Jetzt sind Sie an der Reihe.«

Er wies auf die Mitte des Raumes.

»Vergessen Sie, dass Sie eine Lady sind«, sagte er. »Wir müssen ganz von vorn anfangen.«

Er klopfte mit seinem Stock leicht auf meinen Rücken.

»Stehen Sie gerade, noch gerader«, befahl er. »Halten Sie Ihr Kinn hoch, noch höher.«

»Sehen Sie mir in die Augen. *Aquí*«, sagte er. »Schauen Sie nicht weg.«

»Heben Sie die Arme über den Kopf.«

»*No, no*«, sagte er. »Nicht so. So.«

Als ich dastand, wie er mich geheißen hatte, meinte er: »*Ahora*, bleiben Sie so. *Ahora*, folgen Sie meinen Augen.«

Er ging um mich herum; sein Blick hielt den meinen fest.

»Wie fühlt sich diese Pose an?«, fragte er.

Sobald ich die Arme hob, wurden meine Brüste nach vorn gedrückt, und mein Zwerchfell weitete sich. Meine Lunge füllte sich mit Luft. Ich kam mir vor wie eine mächtige primitive Kreatur. Doch ohne den Schutz meiner Arme fühlte sich mein Rumpf exponiert an.

»Spreizen Sie die Finger«, sagte er. »*Bueno, bueno.* Doch das nächste Mal müssen Sie Ihr Korsett zu Hause lassen.«

Woche um Woche wurde Graf Malmsburys Ritterlichkeit mehr von seiner sinnlichen Begierde übermannt. Meine Appelle an seine väterlichen Gefühle verloren allmählich ihre Wirkung. Ich dehnte die Gunst, die ich ihm gewährte, auf meine Hände, meine Handgelenke und einen Teil meines Halses aus. Alles in allem hatte ich das Gefühl, unendlich großzügig zu sein. Ich schmeichelte ihm und unterhielt ihn; das hätte eigentlich reichen sollen. Wie konnte er bloß glauben, dass ich mich nach seinen Küssen sehnte?

Wenn sein Mund den meinen streifte, erfüllte mich das mit schmerzlicher Trauer. Nach einem Abend mit Geplänkel auf dem Sofa saß ich zu Tode betrübt herum.

»Wenn die Leidenschaft am größten ist, lass dir Schmuck schenken«, riet Ellen.

»Ich bin keine Kurtisane.«

»Denken Sie praktisch«, sagte sie.

»Verschwinde«, rief ich.

Als ich allein war, leerte ich meine Schmuckschatulle auf dem Bett aus. Unter dem ganzen Tand war, in himmelblaue Seide gehüllt, ein Liebespfand. Es war eine juwelenbesetzte Schmetterlingsbrosche, die mir George geschenkt hatte.

Ich wickelte sie aus und betrachtete die feinen Einzelheiten. Es war ein erlesenes Stück aus Silber und Lapislazuli. In der Mitte jedes blauen Flügels war ein leuchtendes Auge aus Topas. Die Ränder der Flügelspitzen waren mit winzigen Diamanten besetzt. Es war eine beinahe exakte Nachbildung des Schmetterlings, den wir auf dem Schiff gesehen hatten.

Nach unserem letzten Treffen hatte ich versucht, George aus meinen Gedanken zu verbannen. Gelegentlich hörte ich Neuigkeiten über ihn. Manchmal erwachte ich, weil ich von süßen, köstlichen Küssen geträumt hatte. Er sei vor kurzem nach Indien abgereist, hörte ich.

Ich hielt die Brosche in der Hand. Wie lange ein Schmetterling wohl lebt, fragte ich mich. Tage? Wochen? Ich hatte keine Ahnung. Ich lächelte traurig. Ich hatte gedacht, unsere Liebe würde ewig währen. In meiner Naivität hatte ich mir vorgestellt, wir würden heiraten und gemeinsam ein ganz neues Leben beginnen. In jener glücklichen Zeit hatte ich mich großzügig verschenkt. Jetzt hatte jede noch so banale Gunst ihren Preis. Heftige Liebe lodert hell, verlischt jedoch schnell. Das wusste ich jetzt. Ich musste praktisch denken. Ellen hatte recht. Ich wickelte die Brosche wieder ein und legte sie zurück in den hinteren Teil der Schatulle. Die Umarmungen des Grafen erregten mich nicht, aber sie zahlten die Rechnungen.

Jeden Tag kam ich mit dem religiösen Eifer einer Bekehrten in Señor Espas Studio. In der Mitte seines knarrenden Holzfußbodens verlangte er, dass ich alle Attribute der Weiblichkeit ablege. Ich hatte das Gefühl, jeden Tag mehr ich selbst zu werden. Señor Espa reduzierte jedes Gefühl auf seine fundamentalen Elemente. Ich begann zu begreifen, was Miss Kelly mit meiner ungeheuren Übertreibung gemeint hatte. Jene Seiten von mir, die ich immer hatte unterdrücken müssen, durften sich jetzt voll entfalten. Ich konnte theatralisch sein, impulsiv, ungebärdig, traurig. Sogar meine Erinnerungen an die indischen Tänze fanden ihren Platz. Als Señor Espa mir die schlangenartigen Bewegungen von Händen und Fingern zeigte, überraschte ich ihn mit der Biegsamkeit meiner Handgelenke. Wir gingen die verschiedenen Tanzstile durch, und mir wurde klar, dass die Tänze, die ich kannte, verwässerte und modifizierte Formen waren.

»All das müssen Sie verwerfen. Wir müssen ganz von vorn anfangen«, sagte Señor Espa. »*El baile de España* ist nicht zivilisiert, ist nicht höflich. Wenn Sie hier aufhören, können Sie tun, was Sie wollen. Aber bis dahin müssen Sie die authentische Form des Tanzes lernen.«

Nach vier Monaten täglicher Tanzstunden schlug Señor Espa vor, dass ich nach Spanien fahren solle.

»Das wird Ihrer *expresión* förderlich sein«, sagte er. »Ich habe Ihnen die Grundlagen beigebracht. Mehr kann ich nicht für Sie tun.«

Gegen Ende des Sommers hörte ich, dass Leutnant Lennox vor das Konsistorialgericht geladen worden war. Ich hatte mich geweigert, an die Scheidungsverhandlungen auch nur zu denken, doch jetzt konnte ich die Sache nicht länger ignorieren. Thomas hatte George wegen Ehebruchs verklagt.

»Armer George«, sagte ich.

»Sie sind arm«, sagte Ellen. »Ihr Ruf wird vor Gericht in den Schmutz gezogen werden.«

Wenn ich in London blieb, würde mich der Skandal vernichten. Mein Name würde in allen Zeitungen stehen. Endloses Gerede wäre die Folge. Man würde mich als Ehebrecherin, als Geschiedene und Schlimmeres brandmarken und mir den letzten Rest von Ehrsamkeit nehmen. Ich würde schutzlos ausgeliefert dastehen. Als der Gerichtstermin bedrohlich näher rückte, beschloss ich, zu verschwinden.

Sobald ich alle Vorbereitungen getroffen hatte, arbeitete ich mit Ellen und dem Grafen die Einzelheiten aus. Nach einem diskreten Besuch bei Mr. Smallbone ging ich zum letzten Mal in Señor Espas Studio. Während der vergangenen Monate hatten wir über Schritte und Interpretationen gestritten, und er war mir sehr ans Herz gewachsen. Als ich ihm meine Reiseroute beschrieb, legte er die Hand ans Herz und verpflichtete mich zur Verschwiegenheit.

»*Niña*, ich muss ein Geständnis ablegen«, sagte er.

»Was denn für eines?«, fragte ich.

»Versprechen Sie, dass Sie mich nicht auslachen werden.«

»Sie haben mein Wort.«

»Welche Staatsangehörigkeit habe ich?«

»Nun, Sie sind natürlich Spanier.«

Er schüttelte den Kopf. »Ich bin eigentlich gar kein Spanier.«

Ich war total erstaunt.

»Aber wie kann das sein?«, fragte ich.

Er klopfte auf seine Brust. »Ich habe ein spanisches Herz«, sagte er. »Das werden Sie bald genug verstehen.«

Wie sich herausstellte, war Señor Espa der Sohn eines Schneiders aus dem East End von London. Mit elf Jahren hatte er sich in den Vauxhall Gardens in eine spanische Tänzerin verliebt. Mit fünfzehn war er nach Spanien gereist.

Als ich mich verabschiedete, lief ihm eine Träne über das Gesicht. Wir umarmten uns, und er küsste mich auf beide Wangen.

»So macht man das in Spanien«, sagte er mit einem matten Lächeln.

KAPITEL 20

Für mich war Spanien ein verzaubertes Land: der Duft von Jasmin in der schwülen Brise, blaue Jacarandablüten, die sich über einen Innenhof ergossen, die rosa Farbtupfer des Oleander, die Sonne, die am späten Nachmittag ihr warmes Licht auf ein ausgedörrtes Feld warf. In Córdoba sahen Ellen und ich eine Prozession, bei der eine blutende Statue durch die Straßen getragen wurde. In Sevilla schliefen wir in einem alten *palacio*. In einem Innenhof in Cadiz entdeckte ich an einem blattlosen Strauch eine einzelne rote Hibiskusblüte. Sie erinnerte mich an Indien, und ich genoss den Anblick unendlich. Aus einem winzigen Fenster in einem alten Turm spähte eine Frau mit einem schwarzen Kopftuch.

Die engen, gewundenen Gassen von Granada waren erfüllt von Geräuschen: ein Kanarienvogel sang in einem Käfig, Gitarrenklimpern, ein kehliges Jammern, helles Kinderlachen. In Eingängen standen Frauen, die ihre Gesichter hinter Schleiern verbargen. An Straßenecken, unter einer Statue der Jungfrau Maria, stolzierten *hombres* mit schwingenden Capes herum und warfen sich in Pose.

Auf der Calle de San Juan de los Reyes spazierten die *damas* mit angeborener Würde durch die Straßen. Um die Schultern hatten sie bestickte Tücher drapiert; ihr Haar zierten Elfenbeinkämme. Ihre Gesichter waren lebhaft, dicke schwarze Haarsträhnen lugten unter schwarzen *mantillas* hervor, die Alabasterhaut wurde durch karminrot bemalte Lippen betont.

Ellen und ich saßen in den Cafés und sahen ihnen zu, wie sie vorbeispazierten, frei und unnahbar wie Königinnen. Manchmal trat ein Mann auf sie zu, und dann verneigte sich die *dama*, hakte sich bei ihm unter oder fuhr mit ihm in einer luxuriösen Kutsche davon. Ich studierte ihre Körperhaltung und ihren Stil bis ins Detail; nach wenigen Wochen hatte ich mir ein stolzes Auftreten und einen volantbesetzten, wirbelnden Rock zugelegt.

Ich würde gerne behaupten, dass ich wusste, was ich tat, dass ich einen Plan hatte. Doch ein zielloser Schritt führte mich zum nächsten und so weiter. An den Vormittagen nahm ich Tanzunterricht, an den Nachmittagen Sprachkurse. Abends beobachtete ich die *granadinas* in den Cafés und auf den Straßen. Ich dachte nicht an die Vergangenheit und stellte auch keine Spekulationen über die Zukunft an. Wie eine echte Spanierin genoss ich den Augenblick.

Ellen war jetzt meine ehrenamtliche Begleiterin. Ich war es leid, mich auf Männer zu verlassen, doch ich wusste, wenn ich allein in der Öffentlichkeit erschiene, würde ich zum Gegenstand unwillkommener Aufmerksamkeit. Wenn Ellen bei mir war, konnte ich tun, was mir beliebte. In einem meiner alten Kleider sah sie beinahe wie eine Dame aus; nur wenn sie den Mund aufmachte, verriet sie sich. Ich gab ihr genaue Anweisungen, wie sie sich benehmen sollte. Wenn Männer auf uns zukamen, sollte sie zum Gruß leicht den Kopf neigen, ansonsten sollte sie schweigen.

Wir wohnten für geringes Geld in prächtigen, wenngleich verblichenen Räumen, die einst einen arabischen Prinz beherbergt hatten. Jeden Tag kam das spanische Dienstmädchen mit

Blumen oder einer Handvoll Früchten – einem Granatapfel, einer Dattelpflaume, ein paar Feigen.

»Von der *finca*«, sagte sie.

Dolores war ein gutaussehendes, dunkelhäutiges Mädchen mit einem reizenden Lächeln und einer unbeschwerten Art. Ihr Name, sagte sie und bekreuzigte sich, bezog sich auf die Schmerzen der Jungfrau Maria.

Als ich eines Tages im Salon einen Fandango übte, kam sie mit einem Krug gelber Lilien herein. Wie oft ich den Tanz auch wiederholte, stets stolperte ich über ein paar Verbindungsschritte. Dolores stellte die Blumen auf den Tisch, schloss die Augen und führte dann mit verblüffender Leichtigkeit den schwierigen Mittelteil vor. Als sie damit fertig war, stampfte sie mit den Absätzen und warf mir ein strahlendes, glückliches Lächeln zu.

»Ich wusste gar nicht, dass du tanzen kannst«, sagte ich.

Sie zuckte die Achseln. »Nicht mehr oder weniger als jeder andere«, antwortete sie. »Meine Familie ist *gitana*. Bei uns liegt das im Blut.«

Ich tanzte den Fandango noch einmal.

»Was mache ich falsch?«, fragte ich. »Was fehlt?«

»Ihr Herz liegt nicht darin.«

»Mein Herz?«

»Ich will Sie nicht kränken«, sagte sie. »Kommen Sie mit mir, ich werde es Ihnen zeigen.«

In der folgenden Woche nahm mich Dolores zu ihrer Familie in die Zigeunerhöhlen von Sacromonte mit. Eine alte Frau inspizierte den Inhalt des Umschlags, den ich Dolores gegeben hatte, und nickte mir dann zu; ansonsten wurde meine Anwesenheit zum Großteil ignoriert. Zwischen den flackernden Schatten feierte etwa ein Dutzend Menschen die erste heilige Kommunion von Dolores' jüngerem Bruder. Auf einem Tisch lagen die Überreste einer Mahlzeit. Kleine Kinder liefen herum. Aus einer Gruppe von Leuten, die in der Mitte des Raumes saßen, erhob sich ein dicker Mann mit einem Schnauzbart. Es wurde still, und dann klopfte ein junger Mann einen einfachen Takt, und der Mann begann zu singen. Seine Stimme war ungeschliffen und rau. Sein Lied war ein Schrei aus tiefster Seele, ein gequältes Wehklagen, beinahe ein Heulen. Er sang mit einem so intensiven Gefühl, dass es mir fast das Herz zerriss. Die anderen Zigeuner begannen Rhythmen und Konterrhythmen zu klatschen, und der Sänger sang noch inbrünstiger. Der ganze Raum stampfte und klatschte mit der Intensität religiösen Eifers, als riefen sie einen fremden, dunklen Gott an.

Als das Lied zu Ende war, richtete sich die Aufmerksamkeit auf eine rundliche Frau mittleren Alters mit einem pockennarbigen Gesicht.

»Carmen, Carmen«, riefen sie.

»*Es mi tía*, meine Tante Carmen«, sagte Dolores. »Schauen Sie ihr gut zu.«

Die Zigeuner klatschten, manche riefen dazwischen, einer schlug mit kleinen Stöcken den Rhythmus. Carmen stellte sich in die Mitte der Gruppe. Eine Hand an der Hüfte, in der anderen einen großen Lackfächer, begann sie mit dem Absatz auf den Boden zu stampfen.

Wären wir in England gewesen, hätte man das Objekt all dieser Aufmerksamkeit für komisch oder grotesk gehalten. Hier hielt sie ihr Publikum mit Leichtigkeit in Bann. Ihr dicker, unschöner Körper steckte in einem knalligen scharlachroten Kleid, ihre prallen Finger waren mit filigranen Goldringen geschmückt, das schwarze Haar klebte in steifen Kringeln an ihren Wangen. Sie wirbelte ihre Röcke und machte mit einer souveränen, flüssigen, wiegenden Bewegung ein paar Schritte.

Als die anderen sie anfeuerten, wedelte sie mit ihrem Fächer und gab vor, sie zu ignorieren. Dann kreuzte Dolores tanzend ihren Weg, als wolle sie sie mit ihrer Jugend und Schönheit verspotten.

»*Guapa, guapa*«, riefen die Zigeuner.

Das Klatschen wurde beharrlicher. Zwei Männer klopften mit kurzen Holzstöcken den Rhythmus.

Mit einer schwungvollen Bewegung legte Carmen ihren Fächer nieder und blieb, einen Fuß etwas nach vor geschoben, reglos stehen. Sie klopfte mit dem Fuß drei- oder viermal auf, und es wurde still im Raum. Ganz langsam hob sie die Hände über den Kopf und schnipste dabei mit den Fingern. Ihre Handgelenke waren geschmeidig wie Weidenzweige, ihr Gesicht eine ernste Maske. Sie schien genau zu wissen, wann sie innehalten, wann sie das Tempo ändern, wann sie ihre Finger spreizen und wann sie Bogen in die Luft zeichnen musste. Ich verfolgte jede ihrer Bewegungen. Zwischen dem klagenden Lied und den wirbelnden Röcken entspann sich eine Geschichte von Trauer und großem Kummer. In einem Wirbel von *zapateados* zerrte sie an ihren Kleidern. Der Tanz war ein grimmiger Kampf gegen die finsteren Wolken des Todes.

Im zweiten *cante* wurde der Tanz leichter und fröhlicher. Carmens Heiterkeit erschuf die Illusion von süßen Orangen und fliegenden Vögeln. All meine Vorstellungen von Schönheit fielen von mir ab. Carmens Körper sprach beim Tanzen wortreich von Liebe und Sehnsucht. In einem Augenblick war sie anmutig wie ein junges Mädchen, im nächsten majestätisch wie eine Königin.

Als ein junger Mann ihre Schritte nachzumachen begann, reagierte sie mit leisem Humor. Das hier ist eine Frau, schien sie zu sagen; das Mädchen, das du vorher gesehen hast, war eine halbe Portion. Einen Moment verspottete sie ihn sanft, im nächsten war sie liebevoll und mütterlich. Die Tändelei in ihrem Tanz war abwechselnd sinnlich und spielerisch. Während der letzten Strophe stellte ich erstaunt fest, dass der schlanke Junge ihr Sohn war.

Danach kam Dolores mit ihrer Tante zu mir.

»Aber das hat man mich nicht gelehrt«, sagte ich.

Carmen zuckte die Achseln.

»Es gibt den spanischen Tanz und es gibt Flamenco«, sagte sie.

Ich wiederholte das Wort, der Klang gefiel mir.

»Was bedeutet es?«, fragte ich.

Wieder zuckte sie die Achseln.

Der Flamenco war eine innere Einstellung, ein bestimmter Stil. Er war draufgängerisch. Er hatte uralte Wurzeln und einen ausgeprägten Stolz. Er war eine Sache des Augenblicks. Er war laut und schrill und kühn.

Carmen war eine strenge, unnachsichtige Lehrerin. Obwohl ich sie überaus gut bezahlte, ließ sie mich nie vergessen, was für ein Geschenk sie mir machte. Eine Zeitlang zählte nichts anderes. Die Zigeuner wussten, wie man eine elementare Quelle anzapfte, und ich wollte verstehen, wie sie das taten.

Carmen ließ mich immer wieder dieselben Schritte wiederholen, während kleine Kinder kamen und gingen und kichernd meine Bewegungen nachahmten.

»Sie tanzen gut«, sagte Carmen. »Aber ohne *duende*, die Form ist eine leere Hülle.«

»Was heißt *duende*?«

»Das ist der dunkle Klang, das Geheimnis. Es ist eine Frage des Blutes, der Wurzeln. Um mit *duende* zu tanzen, müssen Sie den Kern finden. Sie müssen alles andere abstreifen. Wenn Sie ein wundes, zitterndes Etwas finden, dann können Sie anfangen.«

Sie klatschte in die Hände.

»Jetzt versuchen Sie es noch einmal.«

Ich begann mit den Eröffnungsschritten einer *Farruca*.

Carmen schüttelte den Kopf.

»Sie sind zu englisch, zu steif.«

»Ich bin keine Engländerin«, erwiderte ich scharf.

Carmen prustete vor Lachen.

»Sie tanzen, als hätten Sie statt Blut Wasser in den Adern. Sie tanzen wie eine alte Milchkuh auf dem Feld. Als hätten Sie statt Feuer einen dicken grünen Frosch in Ihrem Herzen.«

Wieder klatschte sie in die Hände. »Noch einmal.«

Wütend über ihre Beleidigungen, gerieten meine *taconeos* rasiermesserscharf. Meine Arme schnitten Schneisen in die Luft, meine Finger wurden zu Messern.

Nach dem letzten *turneo* applaudierte Carmen.

»Das ist schon besser«, sagte sie.

Wenn ich nach Sacromonte ging, fühlte sich Ellen verpflichtet, mich zu begleiten.

»Ich weiß nicht, warum wir dorthin müssen«, sagte sie. »Das

sind so schmutzige Leute. Alles, was sie essen, schwimmt in Öl. Und nicht nur das, sie nehmen Sie aus wie eine Weihnachtsgans.«

»Du brauchst ja nicht mitzukommen«, sagte ich.

»Und Sie allein dorthin gehen lassen! Es könnte Ihnen sonstwas zustoßen.«

»Na schön, es ist Zeit, wir müssen los.«

Während wir zu den Höhlen spazierten, fuhr sie mit ihrer Litanei fort.

»Das bringt doch nichts«, erklärte sie. »Das ganze Stampfen und Klagen. Es ist so primitiv und würdelos. Das kann man ja wohl kaum tanzen nennen.«

»Vielleicht gefällt mir gerade das«, antwortete ich.

»Nun, um das zu sehen, wird kein Mensch Geld bezahlen«, meinte sie. »Damit kann man gewiss nicht seinen Lebensunterhalt verdienen.«

»Wir werden sehen«, sagte ich.

Gegen Frühlingsanfang heiratete eine von Dolores' Cousinen. Carmen hatte mich zu der Hochzeitsfeier eingeladen und schlug auch ein passendes Hochzeitsgeschenk vor, einen Geldbeutel voller Münzen in einem Kasten mit Silberbesteck. Im Laufe des Nachmittags begann das Singen und Tanzen. Manchmal standen die Männer und die Frauen einander beim Tanzen gegenüber wie zwei Gegner in einem tödlichen Kampf; dann wieder wurde nur gelacht und freundlich gelächelt.

Ellen saß mit steinerner Miene in einer Ecke, als befände sie sich in den tiefsten Abgründen der Hölle. Wenn ihr jemand Speisen oder Wein anbot, schüttelte sie den Kopf.

»Du bist sehr unhöflich«, sagte ich.

»Das ist mir egal.«

Während der vergangenen Monate war der Großteil von Dolores' Familie mir gegenüber tolerant geworden. Ich glaube, es amüsierte sie, dass ich etwas von ihnen lernen wollte. Nur Dolores' Großmutter weigerte sich, mich zur Kenntnis zu nehmen.

Mujer irlandesa, so nannten sie mich. Oder *Niña india* oder *gitanita*.

In regelmäßigen Abständen wurden Gläser mit *fino* verteilt, einem dicken, goldenen Sherry, der im Magen brannte und die Kehle ölte. Am Abend waren die Tänze leidenschaftlich und wild geworden.

Nach einem weiteren Trinkspruch begann sich ein Mädchen namens Immaculata im Kreis zu drehen. Unter grimmigen Brauen, die sich auf ihrer Stirn trafen, blickten ihre schwarzen Augen um sich. Irgendjemand deutete auf mich, doch ich schüttelte energisch den Kopf. Immaculata ignorierte meine Proteste und zerrte mich in die Mitte des Raums. Sie begann mit den Eröffnungsschritten eines Fandangos; ihr Körper drehte und wendete sich von links nach rechts, ihre Arme zeichneten Arabesken in die Luft. Ich machte ihre Bewegungen nach, doch mein Körper fühlte sich steif und unbeholfen an. Immaculata stampfte mit dem Fuß auf den Boden, bis Staub aufstieg. Sie schob mein Kinn in die Höhe. Das Klatschen vibrierte in meinem Kopf. Immaculata schrie mich an. Alle um uns herum tobten und trampelten mit den Füßen.

Der *fino* und das Klatschen begannen ihre Wirkung zu zeigen. Mein Kopf schwirrte vom Lärm und der Hitze. Am Ende der zweiten Strophe barst mein Körper fast vor Energie. Schweiß glitzerte auf meiner Stirn, mein Kleid war am Rücken und zwischen den Brüsten schweißnass. Etwas Archaisches war in mir erwacht und wollte sich nicht mehr beruhigen. Immaculata umschmeichelte mich. Sie stampfte im Rhythmus. Ihre Handflächen zwangen den Tanz ins Leben. Ich konnte den Takt in meinem Magen spüren, in meinem Herzen und in der Kehle.

Nach dem Fandango tanzte ich eine *Soleá*. Meine Brust war von Liebe durchdrungen. Sie brachte die Bewegungen meiner Arme hervor. Sie machte meine Hände lebendig. Ich erschuf den Beginn der Liebe und ihr Ende. Es gab tiefe Schatten und dann plötzliche Lichtstrahlen. Eine einzelne Rosenknospe im Frühling. Ein Kranz mit vertrockneten Lilien, der vor ein Grab gelegt worden war. Das Prasseln des Regens auf der rissigen Erde. Ein gestorbener Liebhaber. Die nackten Zweige eines Baumes. Ein ungetauftes Kind, das unter einem Kapokbaum begraben lag. Am Ende des Tanzes hatten mich all meine Verluste wieder eingeholt. Mein Haar löste sich an meinem Hals. Schweiß strömte mir über das Gesicht. Mein Kleid war zerrissen. Meine Füße waren nass.

Danach klopfte mir Immaculata auf die Schulter. Carmen trocknete mir das Gesicht und strich mir die Haare aus den Augen. Irgendjemand reichte mir ein Glas süßen Weins. Ich sah, wie Ellen in einer weit entfernten Ecke angewidert die Lippen verzog.

Am nächsten Tag trafen einige Briefe aus England ein. Der erste, von Graf von Malmsbury, enthielt einen Bankscheck und ein paar Zeitungsausschnitte. Der zweite, von den Courts of the Arches in London, war mir über Mrs. Rae weitergeleitet worden. Laut dem offiziellen Schreiben war Thomas eine Scheidung

»*a mensa et thoro*« bewilligt worden. In der vergangenen Woche hatte sich George einverstanden erklärt, ihm eine Entschädigung zu zahlen. Hätte ich mir die Mühe gemacht, das Kleingedruckte zu lesen, hätte ich festgestellt, dass die Scheidung nur partiell war und das Recht auf Wiederverheiratung ausschloss. Leutnant James und ich waren aneinander gebunden, ob es uns gefiel oder nicht. Wegen meines familiären Hintergrundes war der Fall in vielen Zeitungen aufgetaucht. In seiner Zusammenfassung hatte der Richter verkündet, dass ich eines Verhaltens schuldig sei, das einen Alligator erröten ließe. Es gab jede Menge gemeinen Tratsch und Spekulationen über die genaue Natur unseres Ehebruchs. Meine Liaison wurde offenbar in den Theatern und Salons dargestellt wie eine billige Romanze. Die Leute flüsterten »Ehebrecherin, Schlampe.« Na schön, dachte ich. Ich habe nichts mehr zu verlieren.

»Heißt das, dass wir heimfahren können?«, fragte Ellen.

Ich nickte.

»Sobald sich die Wogen geglättet haben«, antwortete ich.

Es war Zeit für eine Bestandsaufnahme, eine realistische Einschätzung der Tatsachen. Ellen hatte recht. Sollte ich versuchen, in London Flamenco zu tanzen, würde man mich hohnlachend von der Bühne jagen. Die britischen Theaterbesucher wollten exotisches Flair erleben, nicht die echte Version. Sie wollten »La Gypsy« von Mazilier oder die Florinda in »Le Diable Boiteux«. Sie wollten eine Interpretation, eine Essenz von Spanien, die gründlich gefiltert, verdünnt und abgegossen war. Na schön, dachte ich, also werde ich ein Phantasiebild erschaffen. Ich würde der vergoldeten und kultivierten Welt des Londoner Theaters ein derartiges Schauspiel präsentieren, dass die Zuschauer nicht wissen würden, ob sie vor Vergnügen oder vor Abscheu erschauderten.

Ich ging nicht mehr in die Höhlen. Ich bestellte drei spanische Tanzroben. Ich übte die langsamen, majestätischen klassischen Tänze und lernte sie aufzuführen, ohne in Schweiß auszubrechen. Ich vereinfachte die Schritte. Ich halbierte die Intensität und verlangsamte das Tempo. Ich übte mit Kastagnetten. Ich lernte, einen Fächer und ein Schultertuch zu handhaben. Von Sita übernahm ich die anmutigen, wogenden Handbewegungen, von Miss Fanny Kelly ein paar dramatische Effekte, von Señor Espa das Gespür für das Theater.

Die Zigeuner von Sacromonte wären bestürzt gewesen, hätten sie gesehen, was ich aus ihrer Kunst gemacht hatte, und Carmen wäre sich verraten vorgekommen. Doch für mich war das keine reine Parodie. Wie schwach es auch war, ein Echo des Flamenco war noch immer vorhanden. Er war in meinem Herzen begraben; ich hatte ihn nicht weggeworfen.

Eines frühen Morgens entdeckte Ellen eine einzelne Rosenknospe, die vor dem Fenster lag. Am folgenden Morgen lag wieder eine dort. Jeden Abend stellte Dolores schweigend ein mit Wasser gefülltes Kristallglas auf das Fensterbrett; in der Früh standen Blumen drin. Ellen war fest entschlossen, den Täter zu entlarven, doch wie zeitig sie auch erwachte, niemals sah sie jemanden im Hof. Jeden Morgen stürzte sie zum Fenster und fand noch eine weitere vollkommene Rose. Zuerst waren die Blumen weiß, mit einem Hauch von Rosa und die Knospen fest geschlossen. Die Tage vergingen, und die Blüten waren allmählich weiter geöffnet, der Rotton kräftiger. Am siebenten Tag stand die Rose in voller Blüte, die samtigen Blütenblätter waren an den Rändern von einem satten, gedämpften Karminrot. Ellen, Dolores und ich sogen den berauschenden Duft ein.

»Offenbar habe ich einen geheimen Verehrer«, sagte ich.

Dolores und Ellen sahen mich überrascht an. Dann schüttelte Ellen den Kopf.

»Die Rose ist für mich«, behauptete sie.

Dolores sagte mit einem schüchternen Lächeln: »Ich glaube, sie ist für mich.«

Während der Tag unserer Abreise näher rückte, stellte ich eine völlig neue Garderobe zusammen. Bald darauf gab Dolores ihre Verlobung bekannt. Auf mein Drängen schenkte ihr Ellen eines meiner alten Kleider.

»Muss ich das wirklich tun?«, fragte sie.

»Ja«, sagte ich.

Beim Tuchhändler kaufte ich auch eine prächtige Mantille aus weißer Spitze mit einem aufwendigen Muster aus Orangenblüten und Rosen. Ich redete mir ein, es sei ein Geschenk für Dolores, das sie an ihrem Hochzeitstag tragen sollte, doch irgendwie schaffte ich es nicht, es ihr zu geben. Als meine neuen Kleider geliefert wurden, verstaute ich die Mantille mit ihnen und schenkte meine gesamte alte Garderobe Ellen, die sich vor Glück gar nicht fassen konnte.

»Ist das Ihr Ernst?«, fragte sie.

Ich nickte. »Sie haben Eliza James gehört«, sagte ich.

Eines Tages saßen wir vor einem Café an der Calle de San Juan de los Reyes und sahen den *damas* zu. Ich war in meinen neuesten Staat gekleidet, Ellen trug eines meiner abgelegten Kleider. In Sacromonte wurde wohl gerade eines der alten Kleider von Eliza Gilbert in ein Hochzeitskleid für Dolores umgearbeitet.

Während ich das Gespräch einer der eleganten *damas* mit einem Verehrer beobachtete, hatte ich plötzlich eine Eingebung. Ich flüsterte meine Erkenntnis Ellen ins Ohr.

»So viel steht fest«, sagte sie naserümpfend.

»Aber sie sind so diskret«, wandte ich ein.

Ellen warf mir einen merkwürdigen Blick zu und lachte dann laut auf. Die spanischen Damen, die ich mir zum Vorbild genommen hatte, waren Kurtisanen. Ich blickte auf mein neues Kleid hinab. Ich hoffte nur, dass der Großteil der Londoner Gesellschaft ebenso naiv war.

6. Szene

Schimmernder purpurner, violetter und blauer Organza

KAPITEL 21

An einem frischen, frostigen Morgen im April 1843 gingen die Passagiere aus Cádiz im Hafen von Southampton von Bord. Unter ihnen befand sich eine exotische junge Frau, die vor Kälte leicht schauderte und ein Kaschmirtuch enger um ihre Schultern zog. Señora Maria Dolores de Porris y Montez – denn wie eine echte Spanierin legte sie Wert auf ihren vollen Namen – stammte aus einer vornehmen spanischen Familie, die erst vor kurzem in den Carlistenkriegen verarmt war. In der zarten Blüte ihrer Jugend und ganz frisch vermählt, hatten sie grausame Umstände bereits ihres Ehemanns beraubt. Von Kopf bis Fuß in Trauerkleidung, war die Witwe ein Bild verzweifelten Grams. Ihr rabenschwarzes Haar war mit einem spanischen Kamm hochgesteckt, ihre feuchten Augen hinter einer Mantille verborgen, ihre Haltung betrübt, aber aufrecht und stolz. Ungewöhnlich für eine Spanierin, die ja meist eher dunkle Typen sind, hatte Señora Porris y Montez die erstaunlichsten himmelblauen Augen.

In dem Menschengewühl am Hafen prüfte ich die Wirkung, die ich ausübte. Niemand zweifelte auch nur einen Augenblick an mir. Im Vorbeigehen hörte ich bewunderndes Flüstern; ich erregte Aufmerksamkeit, aber keine ungebührliche. Ich beobachtete das alles mit angehaltenem Atem. Ellen schlurfte hinter mir her. Sie befolgte meine strikten Anweisungen und hielt die ganze Zeit den Mund.

Die Galaaufführung des »Barbier von Sevilla« in Her Majesty's Theatre in London war *das* gesellschaftliche Ereignis des Jahres. Die Karten dafür wurden schon zu überhöhten Preisen gehandelt, als ein neuer Star angekündigt wurde. Zwischen den Akten würde Dona Lola Montez, eine berühmte Tänzerin vom Teatro Real in Sevilla, den original spanischen Tanz *El Oleano* vorführen. Gerüchte grassierten. Die Nachfrage nach den Karten verdoppelte sich. Am Premierenabend herrschte im Theater helle Aufregung. In der königlichen Loge saß der betagte König von Hannover neben der Königinwitwe. Im Erdgeschoß drängten sich Herren ins Foyer und wollten unbedingt noch Karten haben.

Der Graf von Malmsbury hatte das Vortanzen arrangiert. Obwohl er seine Zuneigung seit kurzem einer aufstrebenden jungen Schauspielerin schenkte, konnte er doch einer Gelegenheit zum Amüsement und Schabernack nicht widerstehen. An der Theaterkasse überflog er die Liste der bevorstehenden Ereignisse und zeigte dann auf die königliche Galaaufführung.

»Das wäre aber sehr gewagt«, sagte der Direktor. »Sind Sie denn auch sicher, dass die kleine Señorita es schafft?«

»Das wird unerhört«, feixte der Graf.

Am Premierenabend mischte ich mich vor der Vorführung in einem alten dunklen Kleid und einer Haube von Ellen mit einem Korb Orangen unter das Publikum. Der Graf von Malmsbury war wirklich rührig gewesen; die Frühausgabe der »Morning Post« hatte eine glühende Vorbesprechung gebracht, und das Debüt heute Abend war das Hauptthema aller nennenswerten Soireen und Kaffeehäuser in London. Bei jeder Wiederholung der Geschichte hatte der Klatsch einen weiteren bunten Schnörkel und eine weitere faszinierende Facette dazubekommen. Sowohl im Parkett als auch in den Logen stellten die Leute Mutmaßungen über die geheimnisvolle Lola Montez an. Ich belauschte die Zuschauer rund um mich und genoss jede köstliche Bemerkung.

Im hinteren Teil des Parketts beugten sich zwei Schauspielerinnen mit bemalten Gesichtern und kessen kleinen Hüten, die an jenem Abend nicht auftraten, über den Ankündigungszettel.

»Wie ich sehe, hat sie die Formalitäten über Bord geworfen«, sagte die eine.

»Und ihr fleischfarbenes Trikot«, antwortete die andere und hob sarkastisch eine Augenbraue.

»Eine Orange?«, fragte ich und bot eine Frucht an.

»Psst«, zischte Ellen hinter mir. »Sie müssen hinter die Bühne. Es wird mehr als ein paar Minuten dauern, diese hübsche kleine Maskerade zu entfernen.«

Nach der Pause ging der Vorhang hoch, und spanische Musik erfüllte den Raum. Vor der Kulisse, die einen maurischen Raum in der Alhambra darstellte, dominierte eine geschlossene Tür die Bühne. Das Tempo der Musik wurde schneller, und die Tür öffnete sich langsam. In prächtige schwarze Spitze gehüllt, trat ich vor. Das Publikum verstummte. Ich hielt inne. Dann riss ich mit einer einzigen theatralischen Geste meine Mantille herunter, warf die Arme in die Höhe und klapperte mit den Kastagnetten. Ein anerkennendes Murmeln lief durch den Zuschauersaal.

Das war mein perfekter Augenblick, mein Meisterwerk. Die Musik, die Wahl des richtigen Zeitpunkts, die Körperhaltung, die Choreographie – ich wusste genau, wie es sein würde. Mein glänzendes schwarzes Haar war straff aufgesteckt, mein Gesicht eine Maske leidenschaftlicher Intensität. Drei blutrote Kamelien schmückten meine Frisur. Mein Körper war zu einer Statue erstarrt, meine Arme und mein Hals alabasterweiß. Das enge Mieder aus schwarzem Samt betonte meine Taille, der tiefe Ausschnitt meine schwellenden Brüste. Ein schimmernder Rock mit purpurnen, violetten und blauen Volants umspielte meine Waden; meine Füße waren schockierend nackt. Im harten Rhythmus meiner Kastagnetten trat ich theatralisch ins Licht. Als eine einzelne Geige erklang, beschrieben meine Arme Kreise in der Luft, und ich begann zu tanzen.

Ich holte tief Luft, und der letzte Rest von Verstellung fiel von mir ab. Während ich mit den Kastagnetten den Rhythmus vorgab, füllte mein Atem meine Kehle, meine Lungen, mein Herz. Als ich *El Oleano* zu tanzen begann, verschmolz ich mit Lola Montez. Ich folgte der Melodie der Geige, trat nach links, dann nach rechts, machte kreisförmige Bewegungen mit den Armen, die ersten Tanzschritte entfalteten sich auf der Bühne. Meine Hände wurden schwebende Vögel, dann sanft fallende Blätter. Ich spürte die Kraft des Tanzes durch meinen Körper, durch meinen Nacken, über meinen Rücken fließen. Zur Musik des Orchesters begann ich zu gleiten. Tief in meinem Inneren machte sich ein Gefühl breit, dass ich alles tun, alles sein konnte.

Vor mir erstrahlte das Licht von tausend Kerzen, der Glanz von tausend Augen. Während ich um die Bühne herumwirbelte, wiegte sich mein Körper wie im Wind. Meine Arme wogten von links nach rechts. Meine Handgelenke drehten und bewegten sich wellenförmig in den unzähligen Ausdrucksmöglichkeiten von Qual und Sehnsucht. Aus grazilen *paseos* wurden Sprünge, dann Drehungen. Ich konnte den Applaus spüren, er überflutete mich wie sanfte Meereswellen. Innerlich lächelnd, hob ich mein Kinn noch etwas höher.

Mitten im Publikum erspähte ich ein vertrautes Gesicht, das mich ungläubig anstarrte. Es war der Marquis von Salisbury, der einst versucht hatte, meine Gunst mit Strassohrringen zu kaufen. Ich klapperte mit den Kastagnetten. Das dicke Gesicht des Marquis bebte vor Entrüstung, sein schwarzes Haar fiel ihm über die Augen, seine Wangen röteten sich. Er konnte mich jetzt nicht mehr aufhalten. Die Vergangenheit lag hinter mir. Ich war nicht mehr die vernachlässigte Tochter meiner Mutter, die Waise meines Vaters, die verstoßene Ehefrau. Das alles war ich nicht mehr.

Was ist Macht? Weder Geld noch Land noch Königreiche. Das hier hingegen schon. Ich hatte die Zuschauer vollkommen in meiner Hand. Ich konnte vor ihren Augen ein Stück Spanien auferstehen lassen. Ich konnte bewirken, dass sie eine Gänsehaut bekamen. Ich schüttelte Rhythmen aus den Händen. Ich stampfte mit den Füßen.

Der Marquis sprang von seinem Sitz auf, doch die übrigen Zuschauer waren begeistert. Er protestierte lautstark, doch seine Worte gingen im Applaus unter. Ich lächelte. Ich bin Lola Montez, sagte ich mir im Stillen, und die Welt gehört mir. Ich sah die Frauen im Publikum an, die von Zwängen eingeengt wurden, die ich weit hinter mir gelassen hatte. Ich segelte hoch in den Himmel hinauf. Ich sah, dass halbwüchsige Mädchen sich ans Herz griffen und ihre Wangen bleich wurden. Als Zugabe tanzte ich noch einmal *El Oleano*. Dieses Mal spürte ich Lolas Macht von den Zehen bis in die Fingerspitzen. Wo ich schüchtern wurde, hob sie meine Röcke hoch. Wo ich zauderte, stampfte sie mit ihren Absätzen einen rasenden *zapateado*. Ich wusste, sie würde mich nie wieder verlassen.

Der Marquis wedelte weiter mit den Armen und schrie. In einem stillen Augenblick war seine Stimme schließlich zu hören.

»Das ist doch Mrs. Eliza James!«, rief er.

Die Worte hallten im Zuschauerraum. Köpfe wandten sich um.

Ich hielt inne. Dann schüttelte ich verächtlich und empört meine Röcke aus. Ich dachte an all die Männer, die je auf mich erpicht gewesen waren, an jede unerwünschte Berührung. Der Applaus trug mich hinauf in luftige Höhen. Wie die Venus wurde ich wiedergeboren. Ein Mann, der mich einst beleidigt hatte, schrie auf, dann ein anderer, der mich betatscht hatte. Meine Kastagnetten fraßen ihre Worte auf wie kleine Krokodile. Ich stand jetzt so weit über ihnen wie die Sonne. Ich verneigte mich ein letztes Mal. Ich wusste, ich hatte gewonnen. Meine Kusshände galten der ganzen Welt.

Am nächsten Tag waren die Zeitungen voller begeisterter Kritiken. Ich triumphierte und hatte das Gefühl, nichts könne mich aufhalten. Zu meinem Pech beschloss mein verschmähter Verehrer, sich zu rächen. Der Marquis hatte einflussreiche Freunde, und gemeinsam mit ihnen beanstandete er, dass das Theater eine Betrügerin und Ehebrecherin unterstütze. Graf Malmsbury protestierte, jedoch vergeblich. Bald begann eine Zeitung eine Kampagne gegen mich. Als ein prominenter Journalist drohte, einen Enthüllungsartikel zu schreiben, sagte das Theater alle zukünftigen Auftritte ab. Obwohl ich Stein und Bein schwor, dass ich nicht die verrufene Person sei, als die mich meine Feinde bezeichneten, wollte der Direktor nicht das Risiko eingehen, mich noch einmal auftreten zu lassen.

London war voller Hochstapler. Doch für mich zählte Lola nicht dazu. Sobald ich die Bühne betrat, wurde sie vollkommen real. Zum ersten Mal in meinem Leben tat ich, was ich wirklich wollte. Eliza Gilbert war die Betrügerin, Thomas' Frau die unglaubwürdige Schwindlerin. Lola Montez war für mich lebendiger, als die anderen es je gewesen waren. Erinnern Sie sich an die arme Eliza Gilbert? Sie nahm ihrer Mutter den Namen und den Liebhaber. Sie war wohl kaum eine eigenständige Person. Und dann gab es noch Rosana, ein romantisches Schulmädchen, das in den Wolken schwebte. Sie trat mit Leutnant James vor den Altar und ward danach nie wieder gesehen. Und Mrs. James, die Frau des Offiziers? Sie verschwand in einer Rauchwolke, gemeinsam mit ihren geblümten Häubchen und ihren sittsamen gemusterten Kleidern.

In Spanien gehören der Stierkämpfer und der Tänzer zusammen. Beide kämpfen auf Leben und Tod, und Francisco Montez war der mutigste Stierkämpfer von ganz Spanien. Was meine Mutter anlangte – ich hatte mich selbst geboren. Ich war in einer Höhle in Granada aus Staub, Schweiß und Feuer geboren worden. Zuerst die Geburt, dann die Taufe: Mein Name, der nach der Trauer der Heiligen Jungfrau klang, war beinahe zu passend, zu perfekt. Jedes Dienstmädchen kann Dolores heißen, doch in den Armen ihres Liebhabers wird sie immer Lola sein. Der Name selbst klingt furchtbar traurig, doch die Verkleinerungsform ist verspielt und vergnügt. Der Name war wie für mich geschaffen. Gibt es nicht inmitten des schlimmsten Kummers auch Augenblicke reiner

Freude? Ich trug eine Witwentracht, doch das Einzige, was ich verloren hatte, war mein früheres Selbst. Lola Montez war wild und impulsiv und frei. Sie war alles, was ich sein wollte. Wenn dir die Umstände einen Namen geben, der dir nicht passt, nimm einen anderen an! Wenn dein Leben sich gegen dich verschwört und dich klein machen will, wirf es weg und fang von vorn an!

Nach dem Triumph kam der Fall, nach der Niederlage eine neue Parole. Wenn ich nicht in London tanzen konnte, würde ich meine Karriere im Ausland fortsetzen. Ich plante meine Vorgehensweise wie einen Feldzug. Bevor ich London verließ, studierte ich den Almanach de Gotha und legte eine Route fest, die jeden Hof in Europa mit einbezog. Ich hatte vor königlichem Publikum getanzt, und ich würde es wieder tun. Ich stellte mir vor, wie die Theatertüren aufgingen und vornehme rote Teppiche vor mir ausgerollt wurden.

Nur Ellen mahnte zur Vorsicht. Als ich sie bat, mich zu begleiten, schüttelte sie den Kopf.

»Wenn Sie schon die Wahrheit verdrehen, dann auf Ihre eigenen Kosten, nicht auf meine«, sagte sie. »Wenn Sie die Spanierin satt haben, was werden Sie dann? Sie können Ihre Zukunft nicht auf einer Laune und einer momentanen Regung aufbauen. Wenn Sie einmal Ihre eigenen Lügen glauben, will ich gar nicht daran denken, was aus Ihnen werden wird!«

»Sprich nicht so mit mir«, fauchte ich sie an.

»Ich spreche mit Ihnen, wie es mir gefällt«, blaffte sie zurück.

Leider hatte sie recht. Ich war mehr auf sie angewiesen als sie auf mich, und wir wussten es beide. Ich biss mir auf die Lippen.

»Es tut mir leid«, sagte ich. »Ich bin nur enttäuscht. Wie soll ich bloß ohne dich zurechtkommen?«

»Sie werden es schon schaffen.«

»Und du willst es dir nicht noch einmal überlegen?«

»Ich werde ein Geschäft für gebrauchte Kleider aufmachen«, erklärte sie.

Ich lachte. »Tatsächlich! Ich bin sicher, du wirst damit viel Erfolg haben.«

Ich wandte mich wieder der Karte zu, die auf dem Tisch ausgebreitet war. »Ich werde mein Glück machen, du wirst schon sehen.«

»Daran zweifle ich nicht«, antwortete Ellen. »Bleiben Sie nur mit beiden Beinen auf dem Boden. Geld ist nicht alles, wissen Sie.«

Worauf wir beide in schallendes Gelächter ausbrachen. »Es ist aber hilfreich, das weiß ich«, sagte sie.

»Heißt das, du gibst mir deinen Segen?«

»So gut wie. Dieses Kleid hier brauchen Sie doch nicht mehr, oder?«, fragte sie und wies auf ein pastellfarbenes Gewand.

Am Tag bevor ich nach Hamburg abreiste, stattete mir Sophia einen Besuch ab.

»Ich wollte dir nur Glück wünschen«, sagte sie.

»Wer hat dir erzählt, dass ich weggehe?«

Sie deutete auf Ellen, die meine Garderobe in zwei feinsäuberliche Haufen aufteilte, einen für den Koffer, den anderen für ihr neues Geschäft in der South Molton Street.

»Warum glaubst du, dass du alles allein machen musst?«, fragte Sophia.

»Sag nicht, dass du mit mir mitkommen willst?«

Sowohl sie als auch Ellen lächelten. »Ich wollte damit sagen, dass du nicht allein bist. Dein Stolz wird noch dein Untergang sein.«

»Was habe ich denn sonst noch?«, fragte ich.

»Freundschaft«, antwortete Sophia.

»Na gut, ich werde dir schreiben.«

»Versprichst du es?«

Ich nickte.

»Schauen wir mal, wer von uns beiden zuerst sesshaft wird!«, meinte sie.

Wir zeigten gleichzeitig auf die jeweils andere und begannen dann haltlos zu kichern.

»Das ist nicht komisch!«, sagte Ellen.

»Auf keinen Fall«, antwortete ich mit einem breiten Grinsen.

»Ich glaube, ich bin die einzige Vernünftige hier in diesem Raum«, erklärte Ellen und klopfte auf den wachsenden Haufen abgelegter pastellfarbener Kleider.

KAPITEL 22

In einer kleinen Ecke einer Garderobe in Hamburg, inmitten von verschmierten Flaschen und Schminktöpfen, fuhr ich entschlossen mit dem Finger über eine Karte von Europa. Dralle deutsche Fräulein mit flachsblonden Zöpfen drängten sich an mir vorbei, um an einen Spiegel zu kommen, ein Bariton übte seine Tonleitern, und ein scheußlicher kläffender kleiner Hund lief vorbei, gefolgt von der Gewandmeisterin. Es war mir gelungen, einen provisorischen Vertrag für Auftritte am Stadttheater zu bekommen, aber leider keine eigene Garderobe. Während ich auf die Pause von »Der Dorfbarbier« wartete, studierte ich meinen Taschenatlas und versuchte, die Hektik und das Chaos, das mich umgab, zu ignorieren. Die Namen von Ländern, in denen ich noch nie gewesen war, raunten mir von den Seiten aus zu. Die riesigen Weiten Russlands waren grün gefärbt, das benachbarte Preußen hellorange. Unterhalb von Preußen war Deutschland ein Flickenteppich winziger Königreiche. In meinem Tagebuch plante ich eine Route. Dresden, Berlin, Sankt Petersburg, schrieb ich. Ein kurzer Blick in die Garderobe – ein Fräulein bedeckte ihr Gesicht mit einem klebrigen weißen Puder, der Bariton wurde purpurrot, der Hund pinkelte auf einen Haufen abgelegter Kleider – bestärkte meinen Entschluss. Ich zog ein paar Linien nach und kringelte alle großen Städte auf dem Weg nach St. Petersburg ein: Prag, Warschau, Riga. Unter meinen Füßen würden die großen Städte von Europa zu meinen Sprungbrettern werden. Ich sah mich selbst wie eine Tochter von Gulliver über den Globus marschieren.

In Hamburg tanzte ich eine Tarantella. In Dresden führte ich einen sevillanischen Tanz und einen Bolero auf. Dann hatte ich mein Repertoire ausgeschöpft und fuhr weiter nach Preußen. Ein fingierter Empfehlungsbrief eines entfernten deutschen Verwandten von Königin Victoria öffnete mir die Tür eines Kapellmeisters, und der Rest ergab sich von selbst. Nach der ersten Vorstellung war es leicht, weitere Engagements zu bekommen. Ich sammelte Empfehlungsschreiben wie Spielkarten – jedes Schreiben versprach ein weiteres von noch höherem Wert.

Ich bestieg wieder einmal eine Kutsche, legte eine lavendelfarbene Mohairdecke über die Knie und drückte den Hut auf meinem Kopf fest. Ich öffnete meinen abgenutzten Handkoffer, wickelte meinen Glücksbringer aus und nahm ihn fest in die Hand. Zu meinen häufigen Besuchen bei Mr. Smallbone hatte ich oft den Verlobungsring meiner Mutter mitgenommen und dann im letzten Moment doch ein anderes Schmuckstück verkauft. Vielleicht hatte ich insgeheim Angst, er würde mir erklären, dass er eine wertlose Fälschung sei; für mich war er dennoch von unschätzbarem Wert. Egal, was Mama sagte, der Rubinring war ein handfester Beweis dafür, dass ich ein Kind der Liebe war. Außerdem war es mein einziges Andenken an meinen Vater – der facettierte rote Stein war wie ein Blutstropfen, der uns miteinander verband.

Der Rhythmus der Kutschenräder lullte jegliche noch vorhandenen Reste von Panik und Angst ein. Bewegung passte zu mir. Postkutschen und Kajüten waren wie ein Zuhause für mich, die Zeit zwischen Abreise und Ankunft meine glücklichste. Durch die Fenster sah ich die Welt vorbeifliegen. Verlassenheit oder Verletzlichkeit – das gehörte zu Eliza Gilbert, nicht zu mir. Wenn ich merkte, dass ich anlehnungsbedürftig oder verträumt war, dachte ich an meine Mutter in Indien, wie sie meine Hände von ihrem Rock löste. Eliza Gilbert, das waren schmuddelige Fingerabdrücke auf pfefferminzfarbener Seide; sie war ein mitleiderregender Überrest, der mit fester Hand weggefegt werden musste.

Jenseits der eleganten Boulevards stolperte ich durch enge Gassen mit Mietshäusern, in denen sich der Gestank der Bierkneipen mit dem Duft von frischgebackenem Brot vermischte. Ich marschierte zielstrebig weiter und ignorierte die Spottrufe der Gassenjungen, die Reißnägel verkauften, und die Huren in ihren rosafarbenen Strümpfen, die auf den Gehsteigen promenierten. Vor meinem heruntergekommenen Hotel beäugte ich eine Schokoladenverkäuferin mit vom Quecksilber verfärbten Zähnen, und sie beäugte mich. Ich wusste genau, was sie wirklich verkaufte, und ich glaube, sie nahm dasselbe von mir an. Das Schreckgespenst der Armut verfolgte mich auf Schritt und Tritt. Überall sah ich gefallene Frauen.

Dass ich keine Anstandsdame bei mir hatte, wurde häufig als offene Einladung aufgefasst. Ich war Annäherungsversuchen aller Art schutzlos ausgeliefert. In Hamburg rief mir ein Rudel Kinder Zoten nach. In Leipzig stieß mich ein Betrunkener in eine finstere Gasse und machte sich an meinen Röcken zu schaffen. In Dresden, Potsdam und Berlin wurde ich angepöbelt und grob behandelt. Daraufhin begann ich rascher und mit schärferen Worten zu reagieren. Zu meinem Schutz bewaffnete ich mich mit einer kleinen Pistole, einem Dolch und einer Peitsche aus Rohleder, die ich liebevoll mit Bienenwachs und Sattelseife pflegte.

Während meines Aufenthalts in Berlin wurde mir aus England ein Bündel Briefe nachgeschickt. Darunter befand sich eine schwarzumrandete Karte, auf der der Tod von Mrs. Eliza James, geborene Gilbert, Tochter von Mrs. Craigie aus Kalkutta, Indien, bekanntgegeben wurde. Aufrichtig verwirrt studierte ich sie. Es war über ein Jahr her, seit ich zuletzt meinen ehelichen Namen verwendet hatte, von meinem Mädchennamen ganz zu schweigen. Das muss ein Irrtum sein, dachte ich. Die Karte, auf die ich starrte, gab eindeutig meinen eigenen Tod bekannt. Ich brauchte ein paar Minuten, bis ich begriff; dann lief es mir kalt den Rücken hinunter. Jede Hoffnung, dass ich mich eines Tages mit meiner Mutter versöhnen könnte, schwand. Was war das für eine Frau, die eine förmliche Anzeige verschickte und ihre einzige Tochter für tot erklärte?

Der Begleitbrief war aus Schottland, von meiner Stieftante Elizabeth Rae.

»Deine Mutter hat die Nachricht von deinem Bühnendebüt sehr schlecht aufgenommen«, schrieb sie.

Arme alte Mama, dachte ich. Sie hat sich so sehr um Ehrbarkeit bemüht, nur um dann von Entehrung und Skandalen besudelt zu werden. Die Mutmaßungen, die hochangesehene Mrs. Craigie sei vielleicht einmal Tänzerin gewesen, hatten sie tatsächlich eingeholt und quälten sie. Ich stellte mir vor, wie sie sich in ihrem Salon versteckte und sich weigerte, ihn zu verlassen.

Wenn ich eine herzlose und undankbare Tochter war, dann hatte sie genau das verdient. Sie war bereit gewesen, mein zukünftiges Glück ihren eigenen Ambitionen zu opfern. Doch statt ihre süßesten Träume zu erfüllen, war ich zum Inbegriff all ihrer Ängste geworden.

Mrs. Rae hatte auch einen Brief meines verstorbenen Stiefvaters, Patrick Craigie, beigelegt. Er war mit November 1841 datiert, vor fast zwei Jahren. Hauptmann Craigie musste ihn im Monat vor seinem Tod geschrieben haben.

Ich drückte den Brief an meine Brust; dann schluckte ich schwer und zwang mich, ihn zu lesen:

Man kann jetzt nichts mehr für sie tun, hatte er geschrieben. *Meine süße kleine Eliza hat sich der Welt ausgeliefert. Sag ihr, dass ihre Mutter noch zornig auf sie ist, aber vor allem meinetwegen. Sie macht sich solche Sorgen, dass meine Karriere Schaden erleiden könnte. Natürlich sind Elizas Handlungen bedauerlich, aber wir werden sie immer lieben. Sie war stets dickköpfig; darin ist sie ihrer Mutter ähnlich. Möge Gott ihr beistehen.*

Gegen Ende des Briefes bot sich Mrs. Rae als Vermittlerin an. Gewiss, schrieb sie, kann es doch kein stärkeres Band geben als die Liebe zwischen einer Mutter und ihrer Tochter?

Ich lachte bitter vor mich hin. Ich kannte meine Mutter gut genug, doch in diesem Fall war ich zufällig ganz ihrer Meinung. Ich betrachtete die Karte, die den Tod meines früheren Selbst bekanntgab. Du hast recht, Mama, dachte ich. Eliza Gilbert ist wirklich und wahrhaftig tot.

KAPITEL 23

Am Tag der großen Parade in Berlin rief ich die Hotelschneiderin zu mir, damit sie mich in mein Reitkostüm einnähte. »Enger, enger«, flüsterte ich, bis meine Silhouette aussah wie die Galionsfigur eines alten Schiffes. Die Parade war das große Finale des Staatsbesuchs von Zar Nikolaus I. und im preußischen Kalender als das Ereignis des Jahres angekündigt worden. Ich war speziell für diesen Anlass in Berlin geblieben. Während ich meine Vorbereitungen traf, bemühte ich mich, nicht an meine Zweifel zu denken. Ein preußischer Diplomat hatte mir hoch und heilig versprochen, mich in das königliche Areal zu begleiten. Ich hoffte nur, er hatte es sich nicht anders überlegt. Persönlichkeiten aus gehobenen Kreisen verkehrten gerne nach Einbruch der Dunkelheit mit Tänzerinnen, doch ein gesellschaftliches Ereignis bei hellem Tageslicht mochte etwas anderes sein.

Ich hatte mich von Hamburg in Richtung St. Petersburg durchgetanzt, doch ich stand oft ohne einen Pfennig da, und meine Tanzschuhe wurden schon fadenscheinig. Eine persönliche Einladung, am russischen Zarenhof aufzutreten, würde nicht nur den Start meiner Karriere in ganz Europa bedeuten, sondern auch meine finanzielle Situation etwas verbessern. Die Leidenschaft des Zaren für Tänzerinnen war wohlbekannt. Bei einem Bankett hatte er seine Gäste in Erstaunen versetzt, indem er Marie Taglionis Schuhe auf einem Silbertablett servieren ließ – sie köchelten leicht in einer feinen Madeirasoße. (Wie mussten die Gäste einander über den Tisch befremdet angeschaut haben! Zum Glück brauchten sie nur die Soße zu verzehren).

Die große Parade war meine letzte Chance, Eindruck zu machen. Vom Frühstück bis zum späten Vormittag ging ich in meinem Hotelzimmer auf und ab und wartete auf meinen preußischen Diplomaten. Um elf Uhr wurde mir klar, dass er sein Versprechen gebrochen hatte; um halb zwölf wusste ich, wenn ich der Parade beiwohnen wollte, würde ich allein und ohne Anstandsdame hingehen müssen.

Zu Mittag verließ ich, rittlings auf einem schwarzen andalusischen Hengst mit dem passenden prächtigen Namen Fury sitzend, den Stall des Hotels. Mein Reitkostüm aus pflaumenblauem Samt, eingefasst mit weichstem Wildleder, saß wie eine zweite Haut, und Furys gewaltige Muskeln spielten und glänzten. Während wir Unter den Linden dahinritten, tätschelte ich seine Flanken, und wir fielen rasch in Schritt.

Es war ein schöner Oktobertag, und die Sonne schimmerte in den Lindenbäumen. Glänzende Kanonen rollten vorbei, patriotische Wimpel flatterten in der Brise. In einem entspannten Rhythmus ritten Fury und ich nach Friedrichsfelde. Neben uns schien die gesamte Bevölkerung aus der Stadt hinauszuströmen – zu Fuß, zu Pferde, in Kutschen, auf wackeligen Karren. Gruppen schwatzender Hausmädchen mit weißgeschminkten Gesichtern schlenderten Arm in Arm dahin. Auf einem Milchwagen saßen fünf Dirnen und klopften mit den Messingabsätzen ihrer Stiefel auf den Boden; ihre bleichen, mit einer Gänsehaut überzogenen Brüste quollen aus grellbunten, tief ausgeschnittenen Kleidern.

Als ich sie passierte, zwinkerte mir eine von ihnen zu und rieb die Finger aneinander, als würde sie mit Geldscheinen rascheln.

Ich ritt schnell weiter, um nicht mit ihnen in Verbindung gebracht zu werden. Vor kurzem hatten mich bei Polizeirazzien übereifrige preußische Gendarmen zweimal aufgehalten und meine Papiere verlangt.

Als wir uns Friedrichsfelde näherten, schwoll die Zahl der Menschen auf hunderttausend an. Familien drängten sich in kleinen Gruppen zusammen. Eine Mutter wärmte die winzigen Hände ihres Kindes mit ihrem Atem. Dicker Nebel lag auf dem Boden. Ich hielt Fury fest im Zaum. Als er über die Pflastersteine trabte, wichen ihm die Leute rasch aus.

Dreißigtausend Soldaten marschierten in Reih und Glied und blieben dann stehen. Die Infanterie marschierte vorbei, dann die Kavallerie und schließlich die berittene Artillerie. Die preußische Armee in ihrer blau-weiß-roten Uniform, so weit das Auge reichte. Rundum schwollen die Beifallsrufe der Menschenmenge an und ab. Zwei Reiter galoppierten über die Paradestrecke. Als ein paar Jungen vor sie liefen, begannen die Regimentsreihen zu wanken und brachen dann ganz auseinander. Die Massen drängten vorwärts, und die Polizei hatte alle Hände voll zu tun, die Kontrolle zu behalten.

Die königliche Tribüne fest im Blick, ritt ich um die Absperrungen herum. Reiter und Kutschen hatten sie bereits durchbrochen. Ein preußischer Offizier mit grauem Backenbart versuchte, die Menschen zurückzuhalten, indem er mit seiner Reitgerte auf sie einschlug. Ein Salut der Artillerie ertönte; ich gab Fury die Sporen und ritt geradewegs in das abgesperrte Gebiet hinein. Ich sah mich nach einem bekannten Gesicht um und bewegte mich zwischen den Honoratioren, als hätte ich meinen angestammten Platz gefunden. Als der backenbärtige Offizier herübergaloppierte und Furys Zaum packte, versteifte sich jeder Muskel in meinem Körper.

Ich heftete meinen Blick auf den Zaren auf der kaiserlichen Tribüne in der Ferne und musterte dann den preußischen Offizier, der mir den Weg versperrte. Ich funkelte ihn zornig an; ich war entschlossen, weiterzureiten, ob es ihm passte oder nicht.

»Lassen Sie mich los«, fauchte ich, doch der Offizier mit seinem schmalen, autoritären Gesicht und den harten Augen verstärkte seinen Griff.

Während er versuchte, mich unter Kontrolle zu bringen, ließ ich meine Peitsche knallen. Für den Bruchteil einer Sekunde blitzten zwei Bilder ganz deutlich vor meinem inneren Auge auf. Auf dem ersten widersetzte ich mich Thomas, meinem Ehemann; auf dem nächsten duckte ich mich als Zehnjährige unter dem strengen Gesicht von Bürgermeister Craigie über mir. Auf seiner Oberlippe standen Schweißtropfen, und mir wurde vor Demütigung und Angst ganz mulmig.

Fury bäumte sich auf, als ihn der Offizier bändigen wollte, seine Hufe blitzten im Licht. In der ganzen Verwirrung erhob ich wieder die Peitsche.

Seit ich England verlassen hatte, war ich bei jeder Gelegenheit gedemütigt und beleidigt worden; dieser backenbärtige Offizier war der Tropfen, der das Fass zum Überlaufen brachte. Ich schlug mit der Peitsche zu, und all die Kränkungen und Zurückweisungen, die ich im vergangenen Jahr erfahren hatte, brachen in diesem einzigen, verheerenden Schlag hervor.

Die Peitsche sauste durch die Luft.

Der Offizier zuckte zurück.

Ich wurde von der Wucht des Schlages nach hinten geworfen.

Die Menschen um mich herum schnappten nach Luft. Jene, die innerhalb der Einfriedung standen, blickten weg.

Am Hals und auf der Wange des Offiziers zeichnete sich eine rote Strieme ab. Dann quollen winzige Blutstropfen aus seiner Haut hervor. Die Peitsche hatte seine Wange durchschnitten wie eine Klinge.

»Das wird Sie teuer zu stehen kommen, Madame«, sagte er.

Mein Mund öffnete und schloss sich, doch es kam kein Wort heraus. Ich musste mich zwingen, zu antworten.

»Ich schlage vor, Sie lassen mein Pferd los«, flüsterte ich. Es klang hölzern.

Rundum strömten alle, egal, ob Reiter oder Fußgänger, in die den kaiserlichen und königlichen Hoheiten vorbehaltene Absperrung. Der preußische Offizier warf einen Blick auf die wogende Menge. Ich starrte den Offizier an und bemühte mich, nicht in Panik zu geraten. Mich konnte er davon abhalten, hineinzureiten, aber all die anderen? Der Offizier fluchte und ließ mich dann los.

Ich ritt weiter, tätschelte Furys schweißüberströmten Hals und flüsterte ihm beruhigende Worte zu. Ich spürte, wie das Blut in meinen Wangen pochte und der Herzschlag in meinen Ohren dröhnte. Innerhalb der Absperrung lud mich ein russischer Adjutant ein, sich ihm anzuschließen. Ich brachte ein schwaches Lächeln zustande, doch ich sah noch immer vor mir, wie meine Peitsche die Wange des Offiziers durchschnitt. Als der preußische Diplomat meiner ansichtig wurde, mied er geflissentlich meinen Blick. Die kaiserliche Tribüne schimmerte verlockend, doch war sie nach wie vor außer Reichweite für mich. Umgeben von einem undurchdringlichen Kordon von uniformierten Leibwächtern, unterdrückte der Zar ein Gähnen.

Am nächsten Tag wurde ich wegen Körperverletzung angeklagt.

Natürlich hätte ich nie derart mit der Peitsche zuschlagen sollen. In dem Moment, als der erste Blutstropfen auf der Wange des Offiziers erschien, bereute ich es schon. Ich ließ die Szene immer wieder vor meinen Augen Revue passieren, als könne ich damit den Verlauf der Dinge ändern. Mir war klar, dass ich eine unsichtbare Grenze zu einem unbekannten, gefährlichen Terrain überschritten hatte, aber ich wusste nicht, wie ich wieder auf sichereren Boden zurückkehren konnte. Es dauerte über sechs Wochen, bis sich der Aufruhr legte und die Anklage still und leise fallengelassen wurde. Man gestattete mir, Berlin zu verlassen, doch ich wurde diese Sache nie mehr los. Wo immer ich auch hinkam, die Geschichte, dass ich dem preußischen Offizier einen Peitschenschlag versetzt hatte, eilte mir voraus. Sobald sie von der ausländischen Presse aufgegriffen worden war, wurde der Vorfall noch weiter aufgebläht. Die Zeitungen druckten satirische Zeichnungen, auf denen ganze Regimenter vor meiner Peitsche flohen. In immer wieder neuen Auflagen, die sich blendend verkauften, wurde ich peitschenschwingend dargestellt. In ganz Europa standen die Männer in Bordellen mit Spezialangeboten Schlange und waren offenbar bereit, für eine »Lola Montez« zu zahlen. Wo immer ich auftrat, ließen die Journalisten die Geschichte wieder aufleben.

KAPITEL 24

Als ich an einem trostlosen Novemberabend in Polen eintraf, wurde ich bereits von einem Empfangskomitee erwartet. Manchmal kam ich mir vor wie Minerva, die erwachsen und vollentwickelt dem Gehirn des Jupiter entsprang. Wurde mein Name genannt, schreckte eine bestimmte Art Menschen zurück. Fremde zögerten, mit mir in Kontakt zu treten; Bewunderer waren weniger geneigt, sich Freiheiten herauszunehmen. Statt um mein Honorar zu streiten, erklärten sich Theaterdirektoren gern dazu bereit, mir die Hälfte der Kasseneinnahmen zu zahlen. Manchmal fühlte ich mich unsterblich. Manchmal hatte ich das Gefühl, wirklich alles tun zu können, was mir beliebte; die Zeitungen hatten so viele maßlos übertriebene Geschichten veröffentlicht, dass es von mir fast erwartet wurde. Vor dem Hotel Rzymski scharte sich ein Haufen Journalisten in schwarzen Mänteln wie Krähen um ein Stück Aas. Mit einem großherzigen Lächeln rauschte ich an ihnen vorbei, ohne ein Wort zu sagen.

Warschau erinnerte mich an Dublin; beide Städte hatten etwas Ländliches an sich, das die Straßen lebendig machte. Zwischen prächtigen klassizistischen Gebäuden kauerten armselige Holzhütten. Pferdegespanne rumpelten über das Kopfsteinpflaster. Mädchen mit fest verknoteten Tüchern fegten mit Reisigbesen Berge goldener Blätter weg. An den Straßenecken verkauften Straßenkinder grell bemalte Zinndosen.

Wie ich bald herausfand, teilte sich die Warschauer Gesellschaft in zwei unterschiedliche Lager. Wenn sich die Russen an der Tür aufhielten, scharten sich die Polen lieber um den Kamin, und umgekehrt. Mir fiel auf, dass mich die russischen Besatzer mit einer gewissen Vorsicht behandelten, während die Polen, denen ich mich sofort aufs wärmste verbunden fühlte, eher ausgelassen waren. Bei der ersten Soiree, an der ich teilnahm, wurde ich Piotr Steinkeller vorgestellt, einem wohlhabenden polnischen Industriellen mit einer großen Leidenschaft für sein Land und das Theater. Bald beobachteten wir gemeinsam die Vorgänge im Raum und heckten einen boshaften Plan aus.

Der Direktor des Großen Theaters in Warschau strich über seinen martialischen Backenbart; sein Mund verzog sich ganz langsam zu einem lüsternen Lächeln. Er warf einen flüchtigen Blick auf meine Empfehlungsschreiben und schob sie dann beiseite.

»Ich sehe, Sie haben im Schauspielhaus getanzt. Das reicht mir«, sagte er. »Sie und ich, wir werden die besten, die intimsten Freunde werden.«

Ich zog spöttisch eine Augenbraue hoch.

Oberst Ignacy Abramowicz war ein großer, schlanker Mann Anfang fünfzig. Er hatte sehr lange, knöcherne Hände, wie eine prähistorische Spinne.

Sobald wir uns über die Termine und die Konditionen geeinigt hatten, umklammerte er meinen Unterarm und bestand darauf, mich ins Hotel zurückzubegleiten. In seiner Kutsche musterte er mich mit scharfen, glitzernden Augen.

»Ich bin die Augen und die Ohren dieser Stadt«, sagte er.

»Ich hoffe, mein kleiner Tanz wird bei niemandem Anstoß erregen«, antwortete ich.

Der Oberst lachte und packte mein Knie.

»Wie charmant Sie sind. Was für einen Schaden könnte ein entzückendes kleines Geschöpf wie Sie denn schon anrichten?«

Bei meiner ersten Vorstellung war das Theater bis auf den letzten Platz ausverkauft. Von dem Augenblick an, da ich mit den Kastagnetten klapperte, wurde ich mit Rosen und ständigem Beifall überschüttet. Nach dem Auftritt riss ich meine Garderobentür auf und erwartete, jede Menge Bewunderer zu sehen. Stattdessen stand da nur ein verrunzelter Zwerg in einer Generalsuniform mit einem Strauß Lilien in der Hand.

»Und wer sind Sie?«, fragte ich.

Bevor ich ein weiteres Wort sagen konnte, trat Oberst Abramowicz herein und stellte uns einander vor.

Ich zuckte zusammen und machte dann einen Hofknicks. Der kleine Mann küsste nicht nur meine Hand, sondern meinen ganzen Arm. Bevor ich mich aus seinem Griff befreien konnte, drückte er seine Lippen auf meine Schultern. Wie sich herausstellte, war mein neuer Bewunderer kein Geringerer als Fürst Iwan Paskewitsch, der russische Statthalter von Polen.

In den vergangenen zwölf Jahren hatten der Fürst und der Oberst Polen mit eiserner Hand regiert. Nach der brutalen Unterdrückung des Novemberaufstands 1831 war Paskewitsch zum Fürsten von Warschau ernannt worden und Abramowicz zu seinem Sicherheitschef. Überall war die Geheimpolizei das stumme, wachsame Auge des russischen Staates. Zehntausende Regimegegner flohen aus dem Land. Schriftsteller und Dichter schmachteten in düsteren Gefängniszellen oder wurden nach Sibirien verbannt, und man hörte nie wieder etwas von ihnen. Die allerschlimmsten Verliese befanden sich direkt unter dem Ballsaal des Prinzen.

Binnen weniger Tage hatten beide Männer ihr wahres Gesicht gezeigt. Als mich der Oberst zu einer Ausfahrt in seiner mit Samt ausgeschlagenen Kutsche einlud, wusste ich, dass mein Vertrag davon abhing. Auf dem Weg zum Łazienki-Park nahm ich seine Komplimente wohlwollend entgegen. Draußen riss ein stürmischer Wind die Blätter von den Bäumen. Als wir durch die hohen gusseisernen Tore des Parks fuhren, verdunkelte sich der Himmel und Regen prasselte hernieder. Abramowicz zog mich in seine Arme und drückte seine dünnen kalten Lippen an meinen Hals. Ich versuchte, ihn wegzustoßen, doch mein Widerstand erregte ihn noch mehr. Als er sich an meinen Röcken zu schaffen machte, grub ich meine Zähne in seine Wange.

Der Oberst fuhr zurück und fasste sich ans Gesicht.

»Madame«, sagte er, »dafür werden Sie teuer bezahlen.«

»Sie irren sich, mein Herr. Wenn Fürst Paskewitsch davon erfährt, werden Sie die Rechnung bekommen.«

Abramowicz hob die Hand, hustete und entschuldigte sich dann. Ich zog meine Röcke glatt. Auf dem ganzen Weg ins Hotel wurde die Kutsche vom Sturm hin und her gerüttelt.

An jenem Abend saß ich mit meinen polnischen Freunden bei süßem Wein und polnischen Pasteten zusammen; zu ihrer Unterhaltung schmückte ich die Geschichte noch aus und bemerkte nebenbei, ich hätte den Oberst bei strömendem Regen aus seiner eigenen Kutsche geworfen. Als Abramowicz, der versuchte, die Wunde an seiner Wange zu verbergen, davon hörte, begann er einen Racheplan zu schmieden.

Nachdem ich den einen Verfolger losgeworden war, wurde ich in Bezug auf den zweiten zu nachlässig. Ein paar Tage später gab ich in meiner Hotelsuite ein kleines Abendessen, als – uneingeladen und unangekündigt – Fürst Paskewitsch erschien. Der Abend nahm seinen Lauf, die Gäste begannen sich zu verabschieden, doch der Fürst von Warschau blieb. Einmal betrachtete er sich im Spiegel und strich seinen Schnurrbart glatt. Er nickte kaum merkbar mit dem Kopf, worauf sich die noch verbliebenen Gäste entschuldigten und gingen.

Fürst Paskewitsch rückte näher. Ich berechnete den Abstand zwischen mir und der Tür. Jedes Mal, wenn der Fürst sprach, sah man den künstlichen goldenen Gaumen in seinem Mund. Als er seinen Arm über die Rücklehne des Sofas gleiten ließ, zuckte ich zurück.

Ich rollte mir eine Zigarette, blies ihm den blauen Rauch ins Gesicht und rauchte dann noch eine. Nichts konnte seine Leidenschaft dämpfen. Der Fürst erklärte mir seine Liebe und ergriff dabei mit seiner knotigen Hand die meine. Seine eingefallenen Augen fixierten die Schwellung meines Busens. Jedes Mal, wenn dieser sich hob und senkte, bot er mir etwas anderes an – Pelze, Diamanten, ein Anwesen auf dem Lande.

Als sein Oberschenkel meinen streifte, sprang ich vom Sofa auf und deutete auf die Tür.

»Wenn Sie ein Haustier wollen, Eure Hoheit, dann schlage ich vor, Sie kaufen sich einen Papagei«, sprudelte ich hervor. »Nicht für alle Wunder dieser Welt würde ich mich von Ihren welken Armen umfangen lassen.«

Fürst Paskewitsch richtete sich zu seiner vollen Größe auf und ging zur Tür.

»Das wird Ihnen leid tun, Madame.«

»Das sagen sie immer«, antwortete ich.

Bei meiner vierten Vorstellung im Großen Theater tanzte ich zwischen den Akten von »Fra Diavolo« von Aubers *La Saragossa*, dann *El Oleano*. Meine Bewunderer waren in Scharen gekommen, und ihre Angestellten ebenso. Piotr hatte ein Dutzend Setzer seiner Druckerei dafür bezahlt, dass sie die Begeisterung der Zuschauer anheizten. Viele seiner Fabrikarbeiter waren im Publikum verteilt.

Oberst Abramowicz war ebenfalls nicht untätig gewesen. In fast jedem Teil des Zuschauerraums waren Geheimpolizisten in Zivil postiert. Als ich zu tanzen begann, fingen die Polizisten, wie ihnen geheißen, zu zischen an.

Meine Bewunderer sprangen auf, und das Zischen der Polizisten wurde noch lauter. Bald mischten sich Pfiffe und Beifallrufe unter das Johlen. Ich hielt inne und glitt dann über die Bühne. Mit eleganten Handbewegungen ahmte ich den Rhythmus meiner Füße nach. Die beiden rivalisierenden Gruppen starrten einander finster an. Mit schwingenden Röcken machte ich einen *Paseo* nach dem anderen. Der Applaus wurde lauter. Die Buhrufe ebenso. Bald war das Orchester über dem Lärm kaum mehr zu hören. Die unbeteiligten Zuschauer sahen einander erschreckt und verwirrt an. Ich tanzte weiter. Meine Füße stampften auf den Bühnenboden. Am Ende verbeugte ich mich trotzig. Als sich der Vorhang senkte, war in einem Teil des Parketts eine Rauferei ausgebrochen.

Ich trat vor den Vorhang und ins Rampenlicht; meine Wangen brannten vor rechtschaffener Empörung. Das Zischen und die Beifallrufe verstummten. Alle starrten auf die Bühne.

Ich holte tief Luft und zeigte dann mit dem Finger auf Abramowicz, der in einer Loge saß.

»*Messieurs et Mesdames*«, rief ich. »Diese unwürdige Beleidigung verdanke ich diesem Gentleman! Das ist der Schurke, der sich an einer armen, schwachen Frau rächen will! Zuerst bombardiert er mich mit liederlichen und schändlichen Anträgen. Und wenn ich mich weigere, sie anzunehmen, versucht er meine Vorstellung zu ruinieren! *Messieurs et Mesdames*, das ist zu viel!«

Die Zuschauer verstummten erstaunt; dann begann ein Mann zu klatschen und dann noch einer. Bald darauf schrie der Großteil des Publikums: »Noch einmal! Noch einmal!«

»*Brava*, Lola, *brava*!«

Oberst Abramowicz starrte entsetzt auf die Menschenmenge. Die Geheimpolizisten sahen einander betreten an. Zwölf Jahre Unterdrückung machten sich im Publikum Luft. Junge Polen sprangen erregt auf. Selbst die Damen schüttelten die Fäuste und schrien. Die wenigen Russen zogen sich rasch zurück. Nachdem ich mir den Tumult angesehen hatte, trat ich hinter den Vorhang und ließ das Theater in Aufruhr zurück. Der Radau wurde schlimmer. Abramowicz strich den zweiten Akt der Oper, rief die uniformierte Polizei herein und ließ den Zuschauerraum räumen.

Die Neuigkeit vom öffentlichen Angriff gegen Oberst Abramowicz verbreitete sich schnell in der ganzen Stadt. Es kam zu Krawallen. Eine Brandbombe flog durch das Fenster des Namiestnikowski-Palastes. Russische Kutschen wurden umgeworfen und Hunderte Menschen verhaftet. In der Nacht druckten

Untergrundblätter die Geschichte; sie schrieben, ich hätte meinen Gegnern meinen *derrière* gezeigt und gerufen: »Alle Menschen auf der ganzen Welt haben ein Recht auf Freiheit!« Am Morgen war ich eine Heldin der polnischen Freiheitsbewegung.

Im Hotel Rzymski wurde ich sofort unter Hausarrest gestellt. Als sich der Wache stehende Polizist weigerte, mich hinauszulassen, gab ich ihm eine Ohrfeige und knallte dann vor seiner Nase die Tür zu. Auf der anderen Seite der Tür sank ich zu Boden. Sie konnten mich doch nicht verschwinden lassen, oder? Ich hatte eine alptraumhafte Vorstellung, wie ich im Verlies unter dem Ballsaal des Fürsten eingesperrt war, in der Finsternis kauerte und in anderen Ecken Ketten klirren und über mir Tanzschritte hörte.

Als der Oberst mit dem Abschiebungsbefehl kam, verbarrikadierte ich mich und schrie durch die Tür, ich würde den ersten Mann, der es wagte, einzudringen, erschießen.

Vor dem Hotel drückten sich bereits Gruppen von Polen herum. Beim leisesten Hinweis auf eine Auseinandersetzung im Hotel würde die ohnehin schon unberechenbare Situation eskalieren.

Zuerst rief der Oberst durch die Tür, dann hörte ich Piotr.

Beim Klang seiner Stimme schob ich die Möbel zurück; er wurde von einem Gewehrkolben ins Zimmer gestoßen. Mit aschfahlem Gesicht ließ er sich auf einen Sessel fallen. Als er mich auf seinen Landsitz einlud, begriff ich, dass man mir einen Ausweg anbot. Ich bemühte mich, die Panik aus meiner Stimme zu verbannen.

»Sie werden mich nicht ins Gefängnis werfen?«, fragte ich.

»Sie haben Glück, dass Sie keine Polin sind«, antwortete er traurig.

Schnell hatte ich meine Koffer gepackt und war zur wartenden Kutsche hinuntergegangen. Als mir Piotr hineinhalf, hielt ich ihn fest. »Ich kann Sie nicht einfach hier lassen«, flüsterte ich. Während ich mich noch einmal entschuldigte, formierte sich eine Gruppe junger Polen zu einer Ehrenwache. Ein Gassenjunge schenkte mir eine bemalte Holztafel; ich nahm sie freundlich an und drückte ihm dann meine Pelzkappe auf den Kopf. So zogen wir alle durch die Straßen, und an jeder Ecke sah ich Gruppen russischer Soldaten, die pyramidenförmig gerollte feuchte, qualmende Blätter rauchten.

KAPITEL 25

Das große Finale meiner Europatournee war eine Symphonie sich schließender Türen. In St. Petersburg versagte meine übliche Vorgehensweise. Meine Empfehlungsschreiben machten keinen Eindruck. Theaterdirektoren schüttelten den Kopf; seltsame Männer schlichen in den Korridoren meines Hotels herum; Journalisten weigerten sich, mit mir zu sprechen. Ich wurde verfolgt, und meine Visitenkarten wurden ignoriert.

Als ich einem Zeitungsherausgeber gegenüber beteuerte, dass man mich mit der großen Ballerina Marie Taglioni verglichen hatte, lachte er mir ins Gesicht.

»Darüber weiß ich Bescheid«, sagte er und zog eine Berliner Tageszeitung hervor. »Wenn man von der Taglioni sagt, sie schreibe mit ihren Füßen Geschichte, kann man von Lola Montez sagen, sie schreibt mit ihrem ganzen Körper die Memoiren von Casanova.«

Ich hätte diesem Mann für seine Impertinenz nur allzu gern eine Ohrfeige gegeben, doch ich hatte zu wenige Freunde, um zu riskieren, mir einen weiteren Feind zu machen. Also setzte ich ein zuversichtliches Lächeln auf.

»Das ist kein schlechter Vergleich«, sagte ich. »Ich glaube, die Memoiren von Casanova haben doch ein gewisses Niveau. Es gibt Opern, die darauf basieren; warum also nicht ein Tanz?«

»Hier in Russland unterstützen wir Zügellosigkeit nicht.«

»Wie es scheint, unterstützen Sie in Russland überhaupt nichts«, sagte ich.

»Ich würde Ihnen raten, vorsichtig zu sein, Madame. Ein spanischer Pass ist nicht der stärkste Schutz.«

»Aber ich habe vor dem Zaren getanzt«, wandte ich ein.

»Und vom Zaren haben wir unsere Anweisungen bekommen.«

Nach fünf fruchtlosen Tagen in St. Petersburg musste ich eingestehen, dass mein Traum, dort zu tanzen, ausgeträumt war. Die Neuigkeiten aus Polen waren auch nicht gerade hilfreich gewesen. Als direkte Konsequenz meines Aufenthaltes in Warschau waren über dreihundert Menschen, darunter Piotr, ins Gefängnis gekommen. Die Zeitungen berichteten, dass das Große Theater einen Monat geschlossen war, während neue Richtlinien für die Zensur erstellt wurden. Jede Aufführung wurde mit größter Vorsicht geprüft; selbst die harmloseste Ballerina wurde als potentielles subversives Element betrachtet. Ich legte meine Bühnenkostüme zwischen Seidenpapier und versuchte mich zu trösten. Ich war zwar gescheitert, aber wenigstens im großen Stil.

Eine Woche lang reiste ich ununterbrochen, Tag und Nacht, durch Russland und das Baltikum Richtung Ostpreußen. Das Wetter war scheußlich; wilde Tiere kamen auf der Suche nach Nahrung bis in die Dörfer. Vor mir erstreckte sich unaufhörlich die flache, trostlose Landschaft, ein unwirtliches Ödland aus Eis und Schnee. In der Ferne sah ich von einer einsamen Holzhütte Rauch aus dem Schornstein steigen, dann eine verlassene, zerbröckelnde Burg mit einem verfallenen Turm. Ein hungriger Wolf lief schwankend am Wegrand. Selbst in den kurzen Stunden des Tageslichts hing der Mond schwer am Himmel. Eine endlose, glitzernde weiße Decke schien über der ganzen Welt zu liegen. Ich kauerte in meiner Kutsche und fühlte mich ausgestoßen und allein. Meine ledergebundene Mappe, die gewöhnlich Empfehlungsschreiben enthielt, war leer. Ich hatte Paris ins Auge gefasst, doch ohne Kontakte hatte ich wenig Hoffnung auf Erfolg.

Wenn ich als Kind unsicher gewesen war, hatte ich nach einem Zeichen gesucht. Kleinigkeiten hatten mich darin bestärkt, nicht aufzugeben: der Gedanke, dass sich die Tür am Turm in Montrose endlich öffnen und ein wunderschöner Vogel herausfliegen würde; die Briefe meines Stiefvaters aus Indien; ein besticktes Taschentuch von meiner Schulfreundin Sophia. Ich beschloss, dem Schicksal noch einmal zu vertrauen. Doch in welches Land sollte ich zuerst fahren? Und wo sollte ich anfangen?

An der preußischen Grenze hielt der Kutscher an, um die Pferde zu wechseln. In der Poststation bestellte ich Kaffee und einen Cognac. Unter den wachsamen Blicken der anderen Gäste rollte ich mir eine Zigarette und nahm dann eine Zeitung zur Hand, die auf dem Tisch lag. Sogleich schaffte ein Mann seine Frau und seine Tochter aus den Räumlichkeiten. Ein alleinreisender Mann zog sich ans andere Ende des Zimmers zurück. Der Besitzer verzog das Gesicht. Ich sog den Rauch meines dünnen schwarzen Zigarillos ein und blies eine blaue Rauchwolke in die Luft.

Ein Schluck Cognac wärmte meine Kehle, und ich dachte an die Ermahnungen meiner Mutter und an Thomas' nachsichtiges Lächeln. Eine Zeitung enthielt eine ganze Welt von Ideen; kein Wunder, dass die Männer (und die Mütter) bestrebt waren, sie für sich zu behalten.

Raschelnd schlug ich die Zeitung auf und überflog die

Schlagzeilen. Im Inneren entdeckte ich einen Artikel über den romantischen Komponisten Franz Liszt, der mit neuen Klavierkonzerten auf Tournee war. Wohin ich auch kam, Liszt war vor mir dagewesen. In Stettin, Danzig, Königsberg, Tilsit und in Riga hatte ich von seinen Konzerten gehört. Bei meinen polnischen Freunden war der Ungar besonders beliebt. Er war sechs Monate vor mir in Warschau gewesen. An den Zeitungskiosken in St. Petersburg hatte ich ein Foto von ihm mit den dunklen, brennenden Augen gesehen. Ich war ihm monatelang auf Schritt und Tritt gefolgt. Was würde wohl geschehen, fragte ich mich, wenn wir beide am selben Ort wären?

Nach seiner Tournee durch Deutschland wollte Liszt nach Paris zurückkehren. Meine Augen leuchteten auf. Gab es eine bessere Einführung in die Pariser Gesellschaft als einen Brief von Franz Liszt? Ich studierte die Liste der Termine und Städte, in denen seine Konzerte stattfinden sollten, und markierte dann einen kleineren Ort in Süddeutschland.

KAPITEL 26

Es war Mitte Februar, und die Straßen waren eine gefährliche Berg- und Talbahn aus tiefen Pfützen, spritzendem Matsch und freiliegenden Baumwurzeln. Ich wurde in der Kutsche ständig hin und her gestoßen. Ich wickelte eine Chinchilladecke enger um meinen Schoß, zog meine Persianermütze über die Ohren und vergrub die Hände im Muff. Als ich in Obersachsen ankam, hatte ich das Gefühl, aus einer losen Ansammlung von Knochen mit einer rosa Nase und steifen Gliedern zu bestehen. An jenem Abend im Konzertsaal steckte mir die Kälte noch immer in den Knochen. Mein Magen knurrte, und ich sehnte mich nach meinem kuscheligen Mantel und dem warmen Muff, die einsam in der Garderobe im Erdgeschoss warteten. Ich versuchte, nicht allzu auffällig zu zittern, und rieb meine Hände aneinander, bis meine Fingerspitzen nicht mehr blau waren.

Ich war in Rekordzeit von Russland hierhergefahren und hatte dabei den Rest meiner mageren Mittel aufgebraucht. Erst als Franz Liszt schließlich auf der Bühne erschien, erinnerte ich mich daran, warum ich so viel Mühe auf mich genommen hatte. Mit dem wallendem Haar, den tiefliegenden Augen und der losen, langärmeligen weißen Bluse sah Liszt wirklich aus wie eine Gestalt aus einem romantischen Sonett. Als er am Klavier Platz nahm, erwachten Tausende statische Bilder und Eindrücke überwältigend zum Leben. Er hob die Hände, hielt kurz inne. Dann spielte er wie ein Besessener. Sein Gesicht war starr, sein Haar wirr und unbändig, seine Handgelenke schnitten Muster in die Luft. Bei seinem Teufelswalzer hatte man das Gefühl, dass drei Männer Klavier spielten, nicht einer. Die Zuschauer saßen mit offenem Mund da. Eine Frau fiel in Ohnmacht; andere weinten.

Danach rannte ich fast zur Bühne hinunter, doch beim Anblick der wachsenden Menge blieb ich einen Moment unschlüssig auf der Treppe stehen. Zwei Frauen rauften sich um Liszts Taschentuch, eine andere küsste seine Hände, eine vierte lief mit seinen Handschuhen davon. Als er schließlich aufsah, trafen sich unsere Blicke. Unter all den blassen Frauen in pastellfarbenen Kleidern war ich die Einzige, die ausschließlich Schwarz trug. Mein Kostüm war aus steifem Samt mit einem passenden Bolero, das im spanischen Stil mit einer Borte besetzt war; mein Haar war mit einem großen Elfenbeinkamm am Hinterkopf hochgesteckt. Jeder, der regelmäßig Zeitung las, hätte mich erkannt.

Liszt verbeugte sich, und dann verzogen sich seine Lippen zu einem Lächeln. Ich neigte den Kopf ein wenig. Bevor ich ging, schickte ich ihm eine Mitteilung, in der ich ihn einlud, mich zu besuchen.

In meinem Hotelzimmer bestellte ich einen Teller mit Sandwichs und trank dann ein großes Glas Cognac, um meine Nerven zu beruhigen. Am Abend hatte ich dem Kutscher die volle Bezahlung und eine großzügige Prämie angeboten, wenn er auf das Geld warten würde, bis wir in Paris waren, doch er hatte abgelehnt. Wahrscheinlich hatte er meine Verzweiflung gespürt. Er hatte mir hartnäckig die ausgestreckte Hand hingehalten. Widerstrebend öffnete ich meine Brieftasche und trennte mich von einer

Handvoll Geldscheinen in verschiedenen Währungen. Der Kutscher hatte die Scheine gezählt und mir dann erneut die Hand hingehalten; erst als ich ihm ein Paar Perlenohrringe und einen silbernen Anhänger gab, ließ er mich in Ruhe. Ich hatte alles auf meinen Erfolg in St. Petersburg gesetzt. Ohne diesen Erfolg hatte ich gerade genug Mittel, um bis hierherzukommen, aber nicht weiter. Wenn ich im Restaurant essen oder meine Hotelrechnung bezahlen wollte, würde ich mir am nächsten Morgen einen Pfandleiher suchen müssen.

Ich inspizierte mein Hotelzimmer und fand es plötzlich für meine Zwecke nicht angemessen. »Nur Mut, nur Mut«, flüsterte ich. Ich ordnete rasch die Möbel anders an und taxierte dann mein Werk. Zwischen den zugezogenen schweren Damastvorhängen sah ein schneeweißer Spitzenrand hervor. Zu beiden Seiten des Kamins standen zwei gepolsterte Lehnsessel; an einem lehnte eine Gitarre, über den anderen hatte ich ein besticktes spanisches Tuch geworfen. Die Lampen leuchteten gedämpft, die Kohlen glühten auf dem Rost. Daneben standen auf einem Chiffonier eine halbvolle Karaffe mit Cognac und zwei kristallene Cognacschwenker mit Goldrand.

Perfekt.

Der Teller mit den halb aufgegessenen Sandwichs wurde gemeinsam mit verschiedenen Möbelstücken ins Schlafzimmer verbannt.

Um zehn Uhr – ich zupfte gerade auf meiner Gitarre eine wehmütige Melodie – hörte ich ein leises Klopfen. Ich holte tief Luft, trank noch einen Schluck Cognac und öffnete dann die Tür.

Liszt, der ein wenig betrunken war, ließ sich vergnügt in

einen der Lehnsessel fallen und streckte die Beine aus. Dabei fielen seine ziegenledernen Handschuhe zu Boden. Im richtigen Leben schien ein warmes, goldenes Leuchten von ihm auszugehen. Seine Augen unter den buschigen Brauen waren lebhaft; sein ungebärdiges Haar war goldgesprenkelt.

Wir griffen beide gleichzeitig nach den Handschuhen.

Ich unterdrückte ein Lächeln.

»Ihre Bewunderinnen würden ein kleines Vermögen dafür zahlen«, sagte ich und legte die Handschuhe auf seine Armlehne.

»Ich verliere drei Paar in der Woche«, antwortete er. »Die, welche ich nicht verliere, sind eher die Ausnahme.«

Ich schenkte ihm ein Glas Cognac ein.

»Ich verliere Kamelien aus Seide; das ist viel billiger«, sagte ich.

Liszt lachte leise und stieß dann mit mir an.

In kurzer Zeit erzählten wir einander um die Wette Geschichten. Als er von ungarischen Zigeunern erzählte, beschrieb ich die spanischen Zigeunerhöhlen in Granada.

»Ich bin halb Zigeuner, halb Franziskaner!«, rief er.

»Ich bin halb Zigeunerin, halb Königin!«, konterte ich.

Wir unterbrachen einander ständig, und der Abend verging wie im Flug.

»Lass mich ausreden«, protestierte ich.

»Aber ich muss dir das erzählen«, sagte Liszt.

Wir saßen nahe beieinander; ich nahm eine Hand des Pianisten und betrachtete die Handfläche. Seine Haut war weich, die Finger eckig und breit.

»Du bist kalt«, sagte er. »Komm, ich wärme dich.«

Er nahm meine Hände in die seinen und hauchte sanft auf meine Fingerspitzen. Jeder Gedanke an Protektion oder Empfehlungsbriefe (ja, sogar an die viel dringendere Sache mit meiner Hotelrechnung) war wie weggeblasen. Die vergangenen drei Jahre war ich so damit beschäftigt gewesen, Bewunderer abzuwehren, dass meine eigenen Sehnsüchte fast auf Eis lagen. Meine ganze Sinnlichkeit war in meinen Tanz geflossen, meine Leidenschaft hatte ich auf der Bühne ausgedrückt. Als ich seinen heißen Atem auf meinen Fingerspitzen spürte, schauderte ich unwillkürlich.

»Was bin ich? Ein Geschöpf der Vernunft oder der Triebe?«, fragte ich.

Ich sah auf seinen zarten, fast mädchenhaften Mund und wollte jede Lippe kosten und mit meiner Zunge über seine Zähne streichen. Die Glut im Kamin verlosch. Die Uhr auf dem Kaminsims läutete drei.

Liszt hob meine Hand an seine Lippen. »Auf solch eine Frage gibt es nur eine mögliche Antwort, aber die Entscheidung liegt bei dir.«

Während er Kohlen nachlegte, breitete ich eine Chinchilladecke auf dem Fußboden aus. Er küsste meine Ohren. Ich vergrub meine Finger in seinem Haar. Er knöpfte mein Kleid auf; ich zog ihm die Bluse aus. Ich konnte seinen heißen Atem auf meinem Hals spüren, sein Fleisch pulsierte unter meinen Fingerspitzen. Ich knabberte an seinem Mund; er teilte meine Lippen mit seiner Zungenspitze. Als ich in seine Arme sank, hatte ich das Gefühl, in geschmolzenem Licht zu versinken. Wir stolperten ins Schlafzimmer und kletterten über die Salonmöbel, die ich so hastig hinter der Tür aufgestapelt hatte.

Am nächsten Morgen fuhren wir nach Leipzig, dann nach Dresden. Liszt zahlte die Rechnungen, sodass meine unmittelbaren finanziellen Sorgen schwanden, und ich sicherte mir rasch Engagements in allen führenden Theatern. Meine Schmucksammlung blieb unangetastet, und ich begann, mir ein finanzielles Polster für Paris anzulegen. (Der Trick beim Geldanhäufen besteht darin, dass man den Eindruck erwecken muss, es eigentlich nicht zu brauchen, das begriff ich jetzt. Ein Hauch von Verzweiflung, und man kann sich gleich in die Gosse legen.) Jeden Morgen erwachten Franz und ich ineinander verschlungen auf zerwühlten Laken in unserem Himmelbett im Hotel de Saxe. Jeden Abend spielte Franz vor verzückten Zuhörern, während ich im Hoftheater zwischen den Akten tanzte. An den Nachmittagen lag ich, während Franz übte, unter dem Klavier und ließ mich von der Musik einhüllen. Manchmal sang ich ihm ein spanisches Volkslied vor oder zupfte auf meiner Gitarre eine Tanzmelodie. Oft kleideten wir uns erst am späten Nachmittag an. Wir waren Byrons Kinder: impulsiv, kreativ, inspiriert. Wir stammten aus demselben Märchenbuch – er war mein *Compañero*, mein Bruder, mein Zwilling. Nach einer Woche hatte er beschlossen, nach Spanien zu reisen. Während er endlose Variationen über die spanischen Volkslieder komponierte, die ich ihm vorgespielt hatte, begann ich einen Reiseplan mit meinen Lieblingsorten zu erstellen.

Nach zwei Wochen begann meine Euphorie bereits abzuflauen. Liszt mochte ein Genie sein, doch er hatte auch seine Schwachpunkte. Die leidenschaftlichen und kreativen Funken zwischen uns waren sehr schnell erloschen. Genau die Eigenschaften, die wir aneinander so reizvoll gefunden hatten, wurden jetzt zum Ärgernis. In einem bestimmten Licht betrachtet, konnte man Liszts goldenes Leuchten auch für arrogante Selbstgefälligkeit halten.

Wenn ich ihn am Klavier unterbrach, warf er mich aus dem Zimmer.

»Ich lasse mich nicht tyrannisieren«, rief ich.

Er lachte laut auf und schob mich aus der Tür.

»Ich verlange, als gleichberechtigt behandelt zu werden«, sagte ich. »Sonst wäre ich lieber allein.«

»Das Einzige, was mir ebenbürtig ist, ist die Musik.«

Ich knallte die Tür zu und stürmte hinaus auf die Straße.

Als Liszt anfing, ganze Nachmittage am Klavier zu verbringen, war ich zutiefst verletzt.

Ein paar Tage später legte ich mich auf das Klavier und versuchte ihn zu verführen. Als ich nackt durch das Zimmer lief und er es nicht einmal bemerkte, wurde mir klar, dass es Zeit war, zu gehen.

Nach fünf Wochen in Dresden neigte sich Liszts Konzertprogramm dem Ende zu, und er wurde in Preußen erwartet; mein Ziel war die Pariser Oper. Meine Brieftasche war jetzt wieder prall gefüllt, und ich schätzte, genug Mittel zu haben, um mich über die Runden zu bringen, bis ich wieder ein regelmäßiges Einkommen hatte. An unserem letzten gemeinsamen Morgen bestellten wir Frühstück ans Bett. Bei dampfendem Kaffee und krümeligem Mohnkuchen tauschten wir Geschenke aus. Ich schenkte Liszt ein Liederbuch mit spanischen Melodien und eine handgezeichnete Karte von Spanien, er gab mir einen Satz silberner Gitarrensaiten und eine Handvoll Briefe an einflussreiche Pariser.

Unter den Empfehlungsschreiben an Kritiker und Journalisten befand sich auch ein unversiegelter Umschlag, der an den Schriftsteller Alexandre Dumas adressiert war.

Liszt lächelte. »Öffne ihn, wenn ich weg bin«, sagte er.

Ich war selig und erleichtert, wieder der Mittelpunkt meines eigenen Universums zu sein. Während die Kutsche über das Kopfsteinpflaster rumpelte, breitete ich auf beiden Sitzen meine Habseligkeiten aus, bis sie die ganze Kutsche in Anspruch nahmen. Am Stadtrand von Dresden sah ich ein dünnes kleines Mädchen in gesprungenen Holzschuhen, das Gerstenzuckerstangen verkaufte. Ich musste an ein anderes kleines Mädchen in Bath denken, das als Vorwand für etwas anderes Brunnenkresse angeboten hatte. Ich hieß den Kutscher anhalten, kaufte eine Zuckerstange und ließ dann all meine Silbertaler in die schmutzige Handfläche des Mädchens gleiten. Als die Kutsche weiterfuhr, sah ich, wie seine Augen vor Verwunderung und Freude funkelten, und war dankbar für das, was ich hatte. Ich lutschte an der klebrigen orangefarbenen Süßigkeit und dachte über meine Zukunft nach. Nach St. Petersburg war Paris die zweite Kulturhauptstadt Europas. Mit den Briefen von Liszt war meine Zukunft gesichert. Als die Kutsche aus Dresden hinausfuhr, öffnete ich den an Alexandre Dumas adressierten Umschlag.

KAPITEL 27

Vor der Pariser Oper, auf der Rue Le Peletier, öffneten sich an den Kastanienbäumen die ersten Knospen. Neben der Bühne führte eine Falltür hinunter zu einem kleinen, dunklen See. In meiner Garderobe zitterte ich wie ein Vogeljunges auf einem hohen Ast. Meine gesamte Zukunft hing von einem einzigen Auftritt ab. Ich konnte triumphieren oder abstürzen. Ich betrachtete den abblätternden gelben Anstrich, den fleckigen alten Spiegel, den schmutzigen, mit Farbspritzern übersäten Fußboden. Jetzt könnte ich noch verschwinden, dachte ich. Ich könnte einfach zur Tür hinausgehen. Durch ein winziges Fenster sah ich leuchtendgrüne Blätter, die sich entfalteten; direkt unter meinen Füßen konnte ich die Feuchtigkeit spüren, die von den kalten schwarzen Tiefen des unterirdischen Sees aufstieg.

Am ersten Probentag hatte mir der Hausmeister die Falltür gezeigt und mit einem Schlüsselbund geklimpert.

»Vor vielen Jahren«, sagte er, »hat sich eine Primaballerina darin ertränkt. Jetzt muss ich mit den Schlüsseln sehr achtsam umgehen.«

»Die Arme!«, rief ich. »Warum hat sie das bloß getan?«

»Weil sie erkannte, dass sie niemals zu den ganz Großen zählen würde«, sagte er und schüttelte traurig den Kopf. »Sie wissen ja, wie diese Tänzerinnen sind.«

Ich betrachtete mich im Garderobenspiegel und zupfte zum

x-ten Mal mein Kostüm zurecht. Die Pariser Oper war die weltweit führende Ballettbühne. Marie Taglioni war hier aufgetreten. Fanny Elssler hatte hier ihre berühmte Cachucha getanzt. Nur Mut, sagte ich mir. »Le Bal de Don Juan« war ausverkauft; man hatte in den Gängen sogar zusätzliche Stühle aufgestellt.

Als sich der Vorhang hob, brach das Publikum in stürmischen Applaus aus. Ich stand reglos in der Mitte der Bühne. Von meinem engen Mieder bauschten sich die silbrigen Röcke, von dem Kamm, der hoch oben auf meinem Haar thronte, fiel eine Spitzenmantille herab. Beim ersten Ton einer Geige hob ich meine Kastagnetten über den Kopf. Ich drehte die Handgelenke und klickte in einem abgehackten Rhythmus, den ich dann mit stampfenden Absätzen aufnahm. Ich wiegte mich hin und her und stellte mir vor, dass mir die Sonne die Haut wärmte und der Duft von Orangenblüten in der Luft lag. Ich war eine Frau, die für ihren Ehemann tanzte. Ich war die vollen roten Blütenblätter einer erblühenden Rose. Mein Körper bog sich, meine Arme strichen durch die Luft. Mein Herz glühte. Durch meine Adern floss Verlangen. Mit drei kühnen Schritten war ich im Rampenlicht. Mit blitzenden Augen, die Hände an den wiegenden Hüften, tanzte ich herausfordernd über die Bühne.

Nach der anfänglichen Begeisterung wurden die Zuschauer unruhig. Beim Mittelteil des Tanzes rutschten sie auf ihren Sitzen hin und her. Dann hörte ich sie sogar murmeln und wurde unsicher.

Als ich im vorderen Teil der Bühne herumwirbelte, flog mir ein Satinschuh vom Fuß. Ich hielt mitten in der Pirouette inne. Das Publikum begann zu kichern. Ich warf einen zornigen Blick in den Zuschauerraum, um mich dann in einer einzigen, gewandten Bewegung zu bücken, den Schuh aufzuheben und ihn einem jungen Offizier in einer der Logen zuzuwerfen. Die Zuschauer waren verblüfft. Mit geröteten Wangen schleuderte ich trotzig den anderen Schuh vom Fuß, strich mit raschelnden Röcken über die Bühne und tanzte das Stück zu Ende. Ein Dutzend Leute verließen angewidert den Saal. Einige wenige sprangen auf und riefen *Encore*! Zum Abschluss streckte ich mit ein paar schwungvollen Handbewegungen meinen nackten Fuß vor und verbeugte mich. Drei rote Rosen landeten einsam auf der Bühne. Der Applaus war eindeutig gedämpft.

Am nächsten Tag ging es mit den Gerüchten los. Eine Zeitung berichtete, ich hätte ein Strumpfband ins Publikum geworfen, eine andere, ich hätte mich vollkommen nackt ausgezogen. Trotz meiner Proteste verbreitete sich die Fama, dass ich nie wieder in der Oper tanzen würde.

Am Schießstand in Lepage lebte ich meinen Frust in einem Wettkampf gegen meinen neuen Freund Alexandre Dumas aus. In Indien hatte mir ein Sergeant beigebracht, wie man mit einer Pistole umging, und ich war beim Schießen selbstbewusst und genau. Rasch hintereinander feuerte ich meine Schüsse ab; der Karton war vollkommen durchlöchert. Dumas machte erstaunte Augen. Am folgenden Tag berichtete »La Presse« darüber, in der Woche darauf hatten Zeitungen in ganz Europa die Geschichte gekauft.

Obwohl ich es heftig bestritt, war mein kleiner Rückschlag in der Pariser Oper ein riesiges Fiasko. Die nackte Wahrheit war, dass ich keine Elssler und keine Taglioni war. Wie hätte ich mit Primaballerinen konkurrieren können, die seit frühester Kindheit ausgebildet worden waren? Und obwohl ich steif und fest behauptete, dass meine Tänze echt spanisch waren, wäre ich nicht so töricht gewesen, sie vor einem spanischen Publikum aufzuführen. Ich hatte mir hohe Ziele gesteckt, doch jetzt musste ich einen Platz im Mittelfeld finden.

Im Herbst fiel mein Blick auf einen jungen Mann mit graugrünen Augen. Alexandre Dujarier war ein enger Freund von Dumas, ein ungestümer, scharfsinniger Mann mit einem Grübchen im Kinn und einem breiten, ungezwungenen Lächeln. Mit seinen zwanzig Jahren war er bereits Eigentümer von »La Presse«, der erfolgreichsten Zeitung von Paris. Groß und hager, mit dunklem Haar und einer markanten Stirn, machte er in den eleganten Salons von Paris eine gute Figur. Jeder auf seine Art hatten wir beide im Wesentlichen aus eigener Kraft etwas aus uns gemacht. Als wir das erste Mal allein waren, prosteten wir einander mit Champagner zu.

»Du bist eine *arriviste*«, lächelte Alexandre.

»Und du ein *parvenu*«, lachte ich.

Von all meinen Bewunderern beeindruckte mich Alexandre am meisten mit der Zärtlichkeit seiner Werbung. Während mich die anderen mit Rosensträußen überhäuften, schenkte er mir ein Sträußchen taufeuchter Veilchen. An einem Tag brachte er mir ein einzelnes Gänseblümchen, am nächsten das zarte Gerippe eines Blattes. Nach wenigen Wochen war ich in die Wohnung neben seiner gezogen.

»Ist das denn klug?«, fragte Dumas. »Warum sollte man sich eine Geliebte nehmen und sie dann neben sich haben wie eine Ehefrau?«

In der Rue Lafitte 39 begannen wir ein neues gemeinsames Leben. Ich war lebhaft, Alexandre war träge; wenn ich mich aufregte, blieb er ruhig. Zum ersten Mal seit achtzehn Monaten begann ich meine Deckung aufzugeben. Als ich ihm die Wahrheit beichtete, lachte Alexandre nur belustigt. Nach dem Abendessen saßen wir in meiner Wohnung; die Vorhänge waren zugezogen, das Feuer brannte, zwei Gläser Madeira leuchteten bernsteinfarben im Kerzenlicht.

»Ich bin gar keine Witwe. Ich bin geschieden«, gestand ich.

»Es wäre mir auch egal, wenn du ein Dutzend Ehemänner hättest«, erklärte er.

»In Preußen wurde ich wegen tätlichen Angriffs angezeigt.«

Alexandres Gesicht verzog sich zu einem breiten Lächeln. »Du bist berühmt dafür, *ma chère.*«

Ich biss mir auf die Lippen.

»Aber sie sagen, ich bin eine Ehebrecherin und Betrügerin.«

»Du bist eine Frau aus Fleisch und Blut. Wo ist da der Betrug?«

»Du weißt, dass ich aus Polen ausgewiesen wurde.«

Alexandre nahm mich in die Arme und küsste meinen Hals. »Wir haben die Geschichte in ›La Presse‹ gebracht. Was kann ich sagen? Ihr Verlust ist mein Gewinn.«

Ich ließ nicht locker. »Mein Ehemann ist Hauptmann in der britischen Armee in Indien, kein spanischer Held.«

»Dann wundert es mich nicht, dass du ihn verlassen hast.«

»Du nimmst mich nicht ernst«, platzte ich heraus. »Ich bin dir völlig egal!«

Alexandre zog mich fester an sich und küsste meine Augen und meine Nasenspitze.

Obwohl ich ihm alles erzählte, schwor er, dass seine Liebe unermesslich sei. Nicht einmal der Schwindel mit meiner Staatsangehörigkeit schreckte ihn ab.

»Du bist es, die ich liebe«, sagte er. »Nicht dein Land.«

Anstatt zwanghaft von der Zukunft zu träumen, begann ich, jeden Tag, jede Stunde zu genießen. Ich betrachtete Alexandre so gern, wenn er schlief und seine dunklen Wimpern auf seinen Wangen lagen. Ich beobachtete so gern, wie seine langgliedrige Gestalt durch eine Menschenmenge ging. Wenn ich ihn mit verschlafenen Augen über seiner Kaffeetasse sitzen sah, stieg mir das Blut in die Wangen. Wenn er in einem Café über Politik diskutierte und dabei mit den Händen gestikulierte, hatte ich das Bedürfnis, seine Fingerspitzen zu streicheln.

Als ich wieder einmal vorhatte, zum Schießstand zu gehen, nahm ich an, er wolle mich begleiten.

»Warum sollte eine Frau mit einer Pistole schießen?«, fragte er.

Ich blickte ihn überrascht an.

»Ich kann mich selbst verteidigen«, sagte ich. »Und du?«

»Ich kann nicht schießen«, antwortete er. »Und ich hoffe, ich muss es niemals tun.«

Ich ließ nicht locker. Ehrenhändel waren gang und gäbe, besonders in der Zunft der Journalisten. Für einen Mann in Alexandres Stellung war es nur eine Frage der Zeit, bis er zum Duell herausgefordert wurde.

Am Schießstand traten die Männer zurück, um uns durchgehen zu lassen. Es hatte den ganzen Nachmittag geregnet, und zwischen den Ständen waren Pfützen. Dienstboten hielten große schwarze Regenschirme hoch, während ihre Herren zielten. Einige übten mit Gewehren, andere mit Pistolen. In einem weißen Zelt umkreisten einander zwei Männer mit Degen. Die Luft war erfüllt vom scharfen Geruch von Schießpulver und feuchtem Sägemehl. Die rot-weißen Zielscheiben waren von Einschüssen durchlöchert.

Alexandre hatte mit seinen mangelnden Schießkünsten nicht übertrieben. Während ich jedes Mal traf, gelang ihm das bei einem mannsgroßen Ziel bei vierzehn Versuchen nur zwei Mal.

»Ich bringe es dir bei«, sagte ich.

Alexandre schüttelte den Kopf.

»Dann lerne wenigstens fechten«, bat ich ihn.

Er zuckte die Achseln. »Wenn ich zum Duell herausgefordert werde, kann man eben nichts machen. Dann werde ich mich ins Unvermeidliche fügen.«

In jenem Winter kam Sophia zum Einkaufen nach Paris. Alexandre und ich trafen uns mit ihr und dem Herzog von Argyll, der ebenfalls an einigen Zeitungen beteiligt war, zum Dinner. Den ganzen Abend ließen sich die beiden Männer über die Gefahren des Kommunismus aus, einer radikalen neuen Weltanschauung, die gerade sowohl in London als auch in Paris großes Aufsehen erregte. Über den Tisch hinweg lächelte ich Sophia, die in ihrem eisblauen, hermelinbesetzten Seidenkleid wunderschön aussah, selbstzufrieden zu. Ihre Nase zuckte kurz, dann teilten sich ihre Lippen zu einem breiten, ungezwungenen Lächeln.

Am nächsten Vormittag besuchte sie mich in der Wohnung, und wir gratulierten uns zu unserem Glück. Wir hatten die Grenzen der achtbaren Gesellschaft überschritten, und trotz all der düsteren Prophezeiungen war uns nichts Schreckliches passiert. Wenn wir mit Künstlern und Intellektuellen verkehrten, fielen engstirnige Sorgen um die Moral auf wundersame Weise von uns ab. Wir waren jung, begehrenswert und unbekümmert. Was konnten wir mehr verlangen?

Obwohl es noch nicht einmal Nachmittag war, stießen wir in meinem Boudoir mit prickelndem Champagner an.

»Nun sind wir also in Paris!«, sagte Sophia.

»Es ist nicht ganz so, wie wir es uns in der Schule vorgestellt haben. Reicht es?«

»Oh, das ist mehr als genug«, meinte Sophia.

»Die Fräulein Aldridge wären stolz darauf, dass wir unser Französisch so gut einsetzen«, behauptete ich.

»Fühlst du dich nicht manchmal ein wenig unsicher?«, fragte Sophia.

»Du denkst doch nicht an Heirat?«

»Das ist natürlich ausgeschlossen. Charles hat bereits eine Frau«, antwortete sie. »Aber eine Heirat ist natürlich eine Möglichkeit, für die Zukunft vorzusorgen. Und du?«

»Ich denke gern, dass wir einmal heiraten werden«, sagte ich.

Sophia wirkte ein wenig überrascht. »Ist Alexandre nicht Katholik?«, fragte sie.

Ich zuckte die Achseln. »Wir haben noch nicht darüber gesprochen, aber ich bin sicher, Alexandre würde mich heiraten, wenn er könnte.«

»Ich wäre nicht so sicher, dass seine Mutter es erlauben würde.«

»Das ist nicht so wichtig«, sagte ich mit einem breiten Grinsen.

Ich füllte unsere Gläser. »Trinken wir auf die herrliche Gegenwart«, sagte ich. »Trinken wir auf jeden kostbaren Augenblick!«

Wir stießen an, doch ich merkte, dass Sophias Lächeln nicht ganz von Herzen kam.

Als sie weg war, ging mir unser Gespräch nicht aus dem Kopf. Natürlich hätte ich Alexandre direkt auf eine Heirat ansprechen können, aber warum sollte ich den Moment verderben? So wie es war, waren wir vollkommen glücklich miteinander, sagte ich mir.

Im darauffolgenden Frühling bekam ich ein Engagement am Theatre de la Porte St. Martin. Bei der Premiere von »La Dansomanie« gerieten die Zuschauer außer Rand und Band, sie klatschten und trampelten mit den Füßen. So viele Rosen landeten auf der Bühne, dass ich mich kaum bewegen konnte. Ich tanzte eine wilde Polka und dann eine sinnliche Mazurka. Ich hatte ein Jahr hartes Training bei einem strengen Ballettmeister eingelegt, und mein Tanz war jetzt viel präziser und dabei voller Leichtigkeit und Anmut. Aus dem Zuschauerraum kam beifälliges Murmeln.

In meiner Garderobe warf ich meinem Spiegelbild scherzhaft einen Kuss zu. Das Leben konnte nicht schöner sein. Am Vorabend hatten Alexandre und ich mit Austern und Champagner unsere ersten sechs gemeinsamen Monate gefeiert. Als Mitglied des Ensembles des Theatre de la Porte St. Martin konnte ich mich auf eine lange Laufzeit einstellen. Ich wagte es, mir ein langes, glückliches Leben auszumalen, wie ein glänzendes rosa Satinband, das sich endlos vor uns entfaltete.

Als Alexandre nach der Vorstellung zu mir kam, begrüßte ich ihn mit einem breiten Lächeln.

»Wie sollen wir feiern?«, fragte ich.

»Es tut mir leid«, antwortete er, »ich habe eine Verabredung in den Trois Frères Provencaux.«

Mein Lächeln erlosch.

»Dann komme ich mit dir«, sagte ich.

Alexandre schüttelte den Kopf.

»Warum in aller Welt denn nicht?«, fragte ich.

»Ich verbiete es«, antwortete er.

Ich sah ihn verwirrt an.

»Wenn die Gesellschaft dort gut genug für dich ist, dann doch gewiss auch für mich.«

»Du stehst über ihnen allen«, sagte er. »Es ist das letzte Mal. Ich verspreche dir, dich nicht mehr allein zu lassen.«

Widerstrebend ließ ich ihn gehen. Ich hatte seine Andeutung verstanden. Mit meinem Ruf stand es ohnehin nicht zum Besten, und ich hatte kein Bedürfnis, ihn durch Kontakte mit der Halbwelt noch weiter zu besudeln. Ich setzte mich wieder an den Schminktisch und dachte über das Gespräch nach. Er war seit Wochen nervös und reizbar.

Beim Nachtmahl am nächsten Abend zitterte Alexandre so stark, dass er kaum Messer und Gabel zur Hand nehmen konnte. Ich bombardierte ihn mit Fragen, doch er wich mir aus. Während er gewöhnlich gern amüsante Anekdoten über die Zeit erzählte, die wir getrennt verbracht hatten, war er an diesem Abend gereizt und still. Als ich schließlich die Wahrheit erriet, konnte er sie nicht leugnen.

»Ich wusste, ich hätte dich begleiten sollen«, rief ich.

Alexandre schenkte sich noch ein Glas Cognac ein.

»Es musste früher oder später passieren«, sagte er.

»Um Himmels willen«, bat ich, »sag mir, wer dich zum Duell herausgefordert hat. Ich werde der Sache ein Ende bereiten.«

Alexandre prustete vor Lachen. »Und wie willst du das machen?«

»Ich würde an deiner Stelle kämpfen, wenn du mich nur ließest«, rief ich.

Alexandre nahm mich in die Arme.

»Das weiß ich«, sagte er. »Aber dieser Feuertaufe kann ich mich nicht entziehen.«

Als ich ihn nach den Einzelheiten fragte – den Ort, die Wahl der Waffen –, wurde er zornig.

»Herrgottnochmal!«, rief er. »Lass mich in Ruhe! Wir reden in der Früh darüber.«

Ich stellte mich auf die Zehenspitzen und gab ihm zögernd einen Gutenachtkuss. Er hielt mich einen Augenblick fest und strich mir dann übers Haar.

»Es besteht kein Grund zur Sorge, das verspreche ich dir«, sagte er.

Ich erwachte um sechs Uhr. Um sieben schickte ich ihm eine Nachricht. Während ich auf eine Antwort wartete, blickte ich aus dem Fenster. Es hatte in der Nacht geschneit, und eine weiche weiße Decke lag über der Erde. Die Welt wirkte still und friedlich. Ein paar Schneeflocken wirbelten herab und legten sich dann auf das Fensterbrett. Endlich klopfte es an der Tür. Ich lief hinaus auf den Gang und erwartete, Alexandre zu sehen; statt dessen reichte mir sein Diener einen Brief.

Als ich das Siegel aufbrach, hörte ich draußen auf der Straße Lärm. Vom Fenster aus konnte ich gerade noch Alexandres Kutsche wegfahren sehen und dahinter im jungfräulichen Schnee die schmutzigen Spuren von Rädern und Hufen.

Ich überflog den Brief. Die Hand, die ihn geschrieben hatte, hatte ganz offensichtlich gezittert, und die Worte liefen schräg über die Seite.

Ich fahre jetzt weg, um mit Pistolen zu kämpfen. Um zehn wird es vorbei sein, und ich werde zu dir laufen und dich umarmen, es sei denn ...

Der Brief glitt aus meinen Fingern.

»Gott stehe ihm bei«, rief ich.

Ich raste kreuz und quer durch Paris und hämmerte an die Türen aller Leute, die mir einfielen, doch niemand konnte mir sagen, wo das Duell stattfinden sollte. In seinem Haus an der Chaussee d'Antin schüttelte Dumas den Kopf.

»Um Himmels willen!«, flehte ich ihn an.

»Diese Dinge müssen ihren natürlichen Lauf nehmen«, erklärte er.

»Nennen Sie mir wenigstens den Namen seines Gegners.«

Als ich mich standhaft weigerte, zu gehen, sagte mir Dumas, dass sich Alexandre mit Beauvallon, dem Theaterkritiker von »La Globe«, duellierte. In jener Nacht im Trois Frères Provencaux hatten die beiden Männer ihre Feindschaft beim *lansquenet* ausgelebt. In den frühen Morgenstunden war es zu einem Streit über eine Spielschuld gekommen. Beauvallon, der als ausgezeichneter Schütze bekannt war, hatte Alexandre zum Duell herausgefordert.

»Mein Gott«, rief ich. »Alexandre ist verloren.«

In der Rue Lafitte 39 las ich wieder und wieder den Brief. Als die Kirchenglocken zehn schlugen, die Stunde, zu der das Duell stattfinden sollte, griff ich mir ans Herz. Es wurde elf, dann zwölf. Noch immer keine Nachricht. Ich ging ununterbrochen auf und ab. Ich konnte beinahe sehen, wie die beiden Männer sich zueinander umdrehten. Ein Mann erhob die Pistole, dann der andere. Einer stand reglos da, der andere sank zu Boden. Ich konnte es mir nur allzu deutlich vorstellen. Ich hielt mir die Ohren zu und presste die Augen zusammen.

Um halb eins hörte ich auf der Straße Pferde. Als die Kutsche in den Hof fuhr, flog ich die Stiegen hinunter und riss die Tür auf. Alexandres schlaffer Körper fiel in meine Arme; sein Mantel war nass von schmelzendem Schnee. Beim Anblick seines übel zugerichteten Gesichts begann ich hemmungslos zu weinen. Blut war aus seinem Mund gesickert. Die Kugel war durch seine Wange eingedrungen und hatte ein ausgefranstes Einschussloch hinterlassen. Als ich meine Stirn an seine drückte, spürte ich, wie kalt er war. Seine Freunde mussten mir die Leiche gewaltsam entreißen.

Ich stand mitten im Hof und streckte hilflos die Arme aus. Mein hellblaues Morgenkleid war blutverschmiert. Tränen liefen mir über die Wangen.

»Der einzige Mann, den ich wirklich geliebt habe«, schluchzte ich.

Ich ließ mich hinaufbringen, doch als mich mein Dienstmädchen überreden wollte, mich auszuziehen, hielt ich das blutige

Kleid fest. Als ich versuchte, das Kleid zu zerreißen, holte sie den Arzt. Nach einer großen Dosis Laudanum brach ich bewusstlos auf dem Fußboden zusammen. Kaum eine Stunde später begannen zwei Offiziere des Königs mit der offiziellen Untersuchung des Mordes an Dujarier.

»Er ist tot, er ist tot«, sagte ich unter Tränen.

Beim Begräbnis in der Kirche Notre Dame de la Lorette wurde ich weder von Dujariers Mutter noch von seinen Schwestern gegrüßt. Nach dem Gottesdienst bat mich Dumas um der Familie willen, nicht an der Beerdigung teilzunehmen. Von den Kirchenstufen aus sah ich ohnmächtig zu, wie vier weiße Pferde den Sarg wegbrachten.

Zu Beauvallons Prozess wurde ich als Zeugin geladen. Ich saß im Gerichtssaal von Rouen, verbarg mein Gesicht hinter einem schwarzen Schleier und hüllte mich in ein schwarzes Kaschmirtuch, das mir immer wieder von den Schultern glitt. Als ich über die Umstände befragt wurde, die zu dem Duell geführt hatten, rief ich: »Ich hätte an seiner Stelle duellieren sollen!«

Da brachen die Zuschauer in nervöses Lachen aus, das rasch erstarb, als ihnen klar wurde, dass es mir ernst war.

Ich deutete mit einer Kopfbewegung auf Beauvallon.

»Hätte ich geschossen, dann wäre der Gentleman dort tot«, sagte ich.

Ich starrte ihn an, bis er schuldbewusst wegsah. Monatelang hatte er mich bedrängt, mit ihm zu schlafen und gemeint, es sei nur eine Frage der Zeit, doch ich hatte ihn nur ausgelacht. Ich hatte Alexandre nichts davon erzählt, weil ich Angst gehabt hatte, er könne glauben, ich hätte seine Avancen herausgefordert. Doch weil ich Beauvallon nicht ernst genommen hatte, war Alexandre jetzt tot.

Beauvallons Kugel hatte nicht nur Alexandre umgebracht; sie hätte beinahe meine Karriere zerstört. Wie konnte ich weiter tanzen, wenn ich voller Tränen war, die mir die Kehle zuschnürten? Zehn Tage nach dem Begräbnis wurde bekanntgegeben, dass ich nicht mehr dem Ensemble des Porte St. Martin angehörte. Alexandre hatte mir siebzehn Anteile am Palais Royale hinterlassen, doch das war nicht genug, um davon zu leben. Ich zog in ein Hotel am Boulevard des Italiens, versuchte, meinen Gläubigern zu entkommen und war abhängig vom Wohlwollen eines kleiner werdenden Freundeskreises.

Unter jenen, die sich gegen mich wandten, war Alexandre Dumas. In seiner Trauer prägte er einen neuen Begriff, Femme fatale, und bezeichnete mich als den wahren Grund für das Duell. Mein Bedürfnis nach finanzieller Sicherheit wurde vorrangig. Als mir ein Bewunderer eine Tournee durch die Badeorte von Belgien und danach durch Deutschland anbot, nahm ich an.

Am Tag meiner Abreise ritt ich zum Friedhof am Montmartre hinauf. Es war ein schöner Frühlingsmorgen, und die Luft roch frisch und rein. Als ich an Alexandres Grab stand, dachte ich an unseren letzten gemeinsamen Abend, seine zitternden Hände, seinen Fatalismus, wie er mich festgehalten hatte. Etwas mehr als sechs Monate waren seit unserer ersten Begegnung, unserem ersten zaghaften Kuss vergangen. Ich erinnerte mich an das erste Mal, als ich neben ihm aufgewacht war, an seinen Kopf auf dem Kissen neben mir. Muss mir denn alles Gute genommen werden, dachte ich? Dumas hatte recht, meine Liebe *war* ein tödlicher Fluch. Ich legte eine weiße Rose auf Alexandres Grabstein. Dann sagte ich mit trockenen Augen und wehem Herzen Paris Lebewohl.

KAPITEL 28

Nach Alexandres Tod war ich ständig auf Reisen und wechselte meine Begleiter so oft wie die Kutschen. Jetzt benötigte ich keine Empfehlungsschreiben mehr. Häufig brauchte ich mich nicht einmal anzukündigen. Meine schwarze Mantille und die drei roten Kamelien waren mein Markenzeichen geworden. Obwohl ich mich noch immer als Tänzerin bezeichnete, brach ich häufig Verträge und sagte Vorstellungen ab. Ich war eine hohle, ausgelaugte Version meiner selbst geworden. Bei Proben war ich manchmal unfähig, mich zu bewegen. Mein Herz schlug langsamer, meine Glieder wurden hölzern, meine Finger und Zehen seltsame, fremdartige Anhängsel, die sich weigerten, meine Anweisungen zu befolgen. Wie konnte ich Freude, Lebendigkeit, das Leben feiern? Ich hatte das Glück gekostet und es dann in einem Duell, das niemals hätte stattfinden dürfen, verloren. Ich hätte eine *Petenera* tanzen können, in der es um Trauer, Verlust und Wut ging, doch dafür hätte niemand Eintritt gezahlt.

Ich reiste von Ostende nach Heidelberg und dann nach Homburg. Von Stuttgart aus fuhr ich durch Bayern, wo in der Ferne die schneebedeckten Alpen schimmerten. Sie erinnerten mich an den Himalaja in Indien. Vor sechs Jahren hatte ich meinen Mann verlassen, ohne die leiseste Ahnung, was vor mir lag. Ich versuchte, mir mich als junge Ehefrau vorzustellen, doch nur die arme Evelyn tauchte lebhaft in meiner Erinnerung auf. Ich dachte daran, wie sie weinend in ihrem Salon gesessen hatte, während der *Punkah-wallah* ihre Papiere durch die Luft wirbelte. Wenn ich irgendwo eine Vorliebe fürs Theaterspielen entwickelt hatte, dann in Nordindien. Vor einer Reihe von braunen Gesichtern, die mich unablässig beobachteten, war es leichter gewesen, die Rolle zu spielen, die von mir erwartet wurde. Evelyn war wenigstens echt, mitleiderregend, ganz einfach sie selbst gewesen. Als ich mir Mrs. Eliza James ins Gedächtnis rufen wollte, sah ich nur eine leere Hülle. Kein Wunder, dass ich weggelaufen war.

An meinem ersten Nachmittag in München schlenderte ich mit meinem weißen Schoßhündchen Zampa müßig durch die Innenstadt. Es war Anfang Oktober, und meine Finger und Zehen froren in dem beißenden Wind. Auf den Gehsteigen wimmelte es von schwarzen Soutanen. An jeder zweiten Ecke erhob sich eine Kirche, ein Kloster oder eine Klosterschule. Kaum hatte ich den Bayerischen Hof verlassen, waren mir die Menschen feindselig begegnet. Zwei Damen wechselten demonstrativ die Straßenseite, eine Gruppe von Jungen rief mir unflätige Worte nach, ein Mann nahm mich am Arm, ein anderer flüsterte seinem Begleiter meinen Namen zu.

Empört schritt ich schwungvoller aus.

»Riecht München besser, als es aussieht?«, fragte ich Zampa, als sie an einem Baum und dann an einem Pfosten schnüffelte. »Vielleicht sollten wir unser Glück in Österreich versuchen. Es heißt, Wien ist die zweite Hauptstadt von Europa.«

Ich hörte eilige Schritte hinter mir.

»Fräulein Montez, Fräulein Montez!«, rief ein Mann atemlos. »Vielleicht könnten wir uns kurz unterhalten.«

Wo immer ich hinkam, die Journalisten folgten mir. Kaum war ich in einer neuen Stadt eingetroffen, erschien in der Zeitung eine reißerische Darstellung meines Lebens. Bei Beauvallons Gerichtsverhandlung war Alexandres Brief, der ans Licht brachte, dass wir gewöhnlich zusammen schliefen, vor dem ganzen Gericht verlesen worden; danach hatten die europäischen Zeitungen ausführlich darüber berichtet. Meine Kritiker waren entweder fassungslos, oder sie verdammten mich. Meine Bewunderer verzehrten sich vor Leidenschaft, glühten unter meiner Berührung oder warfen sich mir zu Füßen. Frauen gaben sich entrüstet, lasen aber begierig alles über meine Taten. Was in aller Welt würde aus der Gesellschaft werden, fragten die Zeitungskommentatoren, wenn die Frauen ihren Regungen folgten und taten, was sie wollten? Was mich betraf, so lebte ich unter dieser Aufmerksamkeit förmlich auf.

»Was ist der Zweck Ihres Besuchs in München?«, fragte der Journalist.

»Aufsehen zu erregen«, antwortete ich lächelnd.

»Werden Sie tanzen?«

»Nur wenn der König darauf besteht!«

Ich bewahrte alle Zeitungsausschnitte – ob sie nun unverfrorene Lügen oder Lobeshymnen enthielten – in zwei Wildlederalben auf, einem scharlachroten und einem aquamarinblauen. Wenn es mir schlecht ging, las ich sie durch, um mich aufzubauen oder mich darauf vorzubereiten, es mit der Welt aufzunehmen.

Der Journalist lächelte höhnisch. »Es heißt, dass Dujarier vergeblich versucht hat, Ihre Ehre zu verteidigen, und dabei umgekommen ist. Wie viele Männer sind noch Ihretwegen gestorben?«

Ich hob Zampa hoch und machte auf dem Absatz kehrt.

»Stimmt es, dass Ihre Liebe ein tödlicher Fluch ist?«, rief er mir nach.

In den vergangenen achtzehn Monaten hatte ich ausschließlich Schwarz getragen – Kleider mit dem hohen Kragen und den Ärmeln mittelalterlicher Kostüme. An dem Tag, an dem ich merkte, wie theatralisch und schmeichelhaft Trauerkleidung war, mochte ich mich ein bisschen weniger. Ich hatte meine Karriere als Witwe begonnen, ohne weiter darüber nachzudenken; jetzt schien mich das Leben zu verspotten. Mir fiel ein, wie meine Mutter am Grab meines Vaters die Gesichter der Offiziere auf der anderen Seite gemustert hatte. Ich war um die halbe Welt gereist, ihrem Einfluss aber dennoch nicht ganz entkommen. In letzter Zeit hatte ich eine gewisse Dünnhäutigkeit an mir festgestellt. Meine Träume kamen mir jetzt dumm vor, mein Durst nach neuen Erfahrungen tollkühn. Eine nörgelnde, zeternde kleine Stimme drängte mich, vernünftig zu sein und an die Zukunft zu denken. Die einzige Möglichkeit, meinen zunehmenden Fatalismus abzuschütteln, bestand darin, weiterzureisen, in die nächste Stadt, zum nächsten Hoftheater.

Manchmal kam ich mir vor wie eine groteske Gestalt auf einem Karussell, die sich endlos im Kreis drehte. Am liebsten hätte ich gesagt: »Schsch, halte inne, sei ruhig.« In meinen Träumen fiel ich durch feuchte, düstere Keller, durch bodenlose Schluchten, in tiefe aufgegebene Brunnen. Ich musste wieder tanzen. Ich brauchte die Bühne, das Rampenlicht. Nur beim Tanzen war ich wirklich ich selbst.

Als ich um den Max-Joseph-Platz herumging, wirbelte ein geflügelter Ahornsamen durch die Luft und landete zu meinen Füßen. Ich beugte mich hinunter und hob ihn auf. Durch einen puren Zufall kann ein riesiger Baum entstehen, dachte ich. Vielleicht würde sich mein Schicksal bald wenden. Vielleicht würden sich die düsteren Wolken über meinem Kopf bald verziehen. Seit meiner Abreise aus Paris hatte ich darauf gewartet, dass mein Leben wieder einen Sinn bekommen oder eine andere Wendung nehmen würde. Ich blickte zum Palast hinüber. Im gleißenden Licht des Oktobers schimmerten die Gebäude wie ein neuer Schleier über einer morschen Brücke.

7. Szene

Mitternachtsblauer Samt

KAPITEL 29

Man stelle sich einen umfriedeten Garten vor, in dem eine vollkommene Rose steht, eine Damaszener Rose kurz vor dem vollen Erblühen, deren Farbe vom blassesten Rosa bis zu einem satten Karminrot an den sanft geschwungenen Rändern reicht. Ein gefühlvoller Jugendlicher mag daran vorbeigehen und beglückt den Duft in sich aufnehmen, ein anderer behutsam über die samtenen Blütenblätter streichen und dabei selig seufzen. Ein Dichter mag sie preisen, ein Künstler sie malen, ein Musiker eine Symphonie komponieren. Ein Kaufmann würde, ohne zu zögern, den dornigen Stengel abschneiden und den Preis kalkulieren. Ein anderer würde vielleicht die Blütenblätter zwischen den Seiten eines Buches pressen oder sie destillieren, um ein betörendes Parfum zu gewinnen. Ein Lebemann würde die Rose einer Tänzerin auf die Bühne werfen, ein Gärtner sie stutzen. Ein eifriger Sammler würde die Vollkommenheit noch steigern wollen und beinahe mit Sicherheit den abgeschnittenen Stiel auf einen anderen Strauch aufpfropfen, um eine Kreuzung zu züchten, eine ganz neue Rose.

In Bayern kontrollierte König Ludwig I. fast alle Lebensbereiche, vom Theaterprogramm bis zur Farbe der Girlanden beim Oktoberfest. Um im Hoftheater in München auftreten zu können, musste ich mir seine persönliche Genehmigung besorgen. In den königlichen Gemächern glitt mein Blick über die italienisch inspirierte Ausstattung mit den riesigen Spiegeln und vergoldeten Rokokoschnörkeln, bevor er auf einen bejahrten Beamten fiel, der an einem riesigen Tisch in der Mitte des Raumes Schriftstücke sortierte. Ich wollte schon fragen, wo der König sei, als ich sah, dass der Beamte einen großen Ring mit den Insignien der Wittelsbacher trug. Der Mann in dem abgetragenen, verblichenen grünen Hausmantel *war* der König. Die langen Beine streckten sich unter dem Tisch, und er erhob sich, um mich zu begrüßen. Er war überraschend imposant, trotz der pockennarbigen Haut und der großen, irritierenden Zyste mitten auf seiner Stirn.

»Ich bin einer der letzten wahren Könige von Europa«, verkündete er. »Ich bin ein Autokrat. Meine Macht ist absolut, mein Wort ist Gesetz.«

Ich machte einen ehrerbietigen kleinen Knicks und versuchte meine Verwirrung zu verbergen. Ich merkte, wie meine Augen groß wurden, und bemühte mich, ein unwiderstehliches Zucken auf der Oberlippe zu beherrschen.

»Ich bin eine spanische Tänzerin und gekommen, um auf Eurer berühmten Bühne die Tänze meines Landes aufzuführen«, brachte ich gerade noch heraus.

Ludwig taxierte mich mit seinen grauen Augen, als führe er eine gründliche und detaillierte Inspektion durch.

»*Encantado*«, sagte er.

»*Habla español?*«, antwortete ich erstaunt.

Ludwig strahlte. »*Muy bien*«, sagte er und unterzeichnete die entsprechenden Papiere. »Sie dürfen in den Pausen tanzen. Und ziehen Sie unbedingt ein spanisches Kostüm an.«

Während meines ersten Auftritts im Hoftheater spürte ich, wie Ludwig jede meiner Bewegungen beobachtete. Als ich meinen Bolero für ihn tanzte, verschlang er mich mit seinen Blicken. Danach begrüßte er mich in einem lauten, eigenwilligen Spanisch und erklärte, dass er eine Leidenschaft für alles Spanische hege. Am Ende des Abends bat er mich, für den Hofmaler Modell zu stehen. Bald besuchte er mich im Bayerischen Hof, manchmal zweimal am Tag. Als ich für mein Porträt Modell zu stehen begann, bestand er darauf, dabei zu sein.

Ludwig gab jedes Jahr das Porträt einer schönen Frau in Auftrag; in einem besonders ergiebigen Jahr waren es sogar drei gewesen. In seiner Schönheitsgalerie im Nordflügel des Palastes befanden sich die Bildnisse einer Engländerin, einer Griechin, der Frau eines Hühnerhändlers und der Tochter des städtischen Ausrufers. Ludwig wollte mit dieser Sammlung seiner intellektuellen und spirituellen Hochachtung vor der Kunst und der weiblichen Schönheit ein Denkmal setzen. Wenn er hörte, dass man sie als seinen Harem bezeichnete, war er äußerst ungehalten. Dass sich seine Wertschätzung gelegentlich auch körperlich ausgedrückt hatte, war, wie er behauptete, reiner Zufall.

Im zugigen Atelier des Hofmalers saß ich inmitten von klassizistischen Requisiten und ölgetränkten Tüchern auf einem staubigen roten Samtsofa und wärmte meine Hände an einer Holzkohlenpfanne. Auf der anderen Seite des Raumes starrte mich der Künstler finster an und wischte sich dann die Hände an seiner Schürze ab. Ein Auge zugekniffen, schwang er einen Pinsel in der Luft.

Ludwig saß neben mir und rezitierte laut eines seiner spanischen Gedichte. Der Preis der Unsterblichkeit, das merkte ich jetzt, waren ein schmerzender Nacken, bohrende Kopfschmerzen und eingeschlafene Füße. Wenn Ludwig mit einem Gedicht fertig war, begann er mit einem anderen. Das starre Lächeln auf meinem Gesicht wurde immer gezwungener.

»Halten Sie still«, fauchte der Maler.

Das Maleratelier war ein langgestreckter weißer Raum mit geschwungenen Treppen, die in dunkle Winkel führten. Antiquitäten wetteiferten mit Treibholz und vom Meer glattgewaschenen Steinen um Platz auf dem Fußboden. Die aufdringlichen Düfte von Leinsamen und Terpentin vermischten sich mit dem von Weihrauch und brennender Holzkohle. An jeder Wand lehnten Leinwände in den verschiedensten Stadien der Vollendung, von groben Skizzen bis zu nicht verkauften Gemälden, die mit dicken schwarzen Kreuzen gekennzeichnet waren.

Inmitten all dieser Dinge saßen Ludwig und ich und starrten einander in gegenseitiger Bewunderung an. Unter den wachsamen Augen des Hofmalers unterhielten wir uns flüsternd und mit verstohlenen Blicken. Wir sprachen von Anfang an miteinander spanisch und entwickelten ein übersteigertes, gefühlsgeladenes Kauderwelsch, das jeden anderen ausschloss.

»*Serenissimus*«, sprach ich ihn mit der förmlichen Anrede an.

»Nennen Sie mich Luis«, verlangte er.

»Das könnte ich unmöglich«, erwiderte ich.

Er nahm meine Hände in seine.

»*Me extraño?*«, fragte er. »Haben Sie mich vermisst?«

Meine Augen blinzelten vor Vergnügen und Belustigung. »*Más que puedo decir*, mehr als ich sagen kann«, antwortete ich.

Vielleicht war Ludwig deshalb so fasziniert vom Ideal der Schönheit, weil seine eigene äußere Erscheinung nicht dem entsprach, wie er sich innerlich wahrnahm. Populäre Karikaturen stellten ihn mit einem übergroßen Hörrohr und den Knopfaugen und der langen Schnauze eines Frettchens dar; Ludwig hingegen sah sich als einen leidenschaftlichen Mann mit dem Herzen eines Dichters. Er war zutiefst verletzt von den Bildern und versuchte immer wieder, sie zu verbieten. Wo ihm bloße körperliche Schönheit unweigerlich versagt blieb, barg die Kunst die Möglichkeit der Vollkommenheit. Wenn ein Gemälde seine hohen Anforderungen nicht erfüllte, konnte er einfach ein anderes bestellen.

Als mein eigenes Porträt beinahe fertig war, stellte es der Künstler auf einer Staffelei in der Mitte der Schönheitsgalerie zur Begutachtung aus. Ludwig starrte es mit gespannter Aufmerksamkeit an und wandte sich dann an mich.

»Verlassen Sie mich nicht«, sagte er. »*Estancia en Munchen. Estancia con mí.*«

Der Künstler hüstelte und entschuldigte sich dann.

Ich versuchte mich auf das unvollendete Gemälde zu konzentrieren, doch mein Blick wurde von den Dutzenden kunstvoll gerahmten Porträts an den Wänden angezogen. Es gab Frauen jeden Typs – Matronen, Mädchen, kultivierte Frauen von Welt. Dunkle, dralle, ätherische, blonde; manche wirkten geheimnisvoll, andere bodenständiger; eine sah unterwürfig aus, eine andere eindeutig boshaft. Ich riss mich von den Bildern los und betrachtete wieder mein eigenes Porträt. In wenigen Sitzungen hatte der Künstler mit Licht und Schatten und Rot ein Meisterwerk geschaffen. Auf dem Gemälde hatte ich einen verträumten Blick und ein spitzeres Kinn, als mir lieb war.

»*Bien?*«, fragte Ludwig.

»*No sé*«, antwortete ich.

Warum nicht bleiben? flüsterte mir eine leise Stimme zu. Seit Paris war ich von einem Hoftheater zum nächsten gereist, jedoch ohne jegliche Ambitionen und mit dem einzigen Ziel, weiterzuziehen und meinen Lebensunterhalt zu verdienen. Vielleicht war es Zeit für eine Veränderung, aber was genau wollte Ludwig eigentlich von mir? Mein Blick glitt über die Porträts in der Galerie, und ich musste an die ausgestopften Jagdtrophäen denken, die im Offizierskasino in Karnal in Indien verstaubten.

Die räudigen Köpfe eines indischen Tigers, eines Elefantenbullen und eines aufgeschreckten Hirschs starrten wahrscheinlich noch immer mit glasigen, unheilvollen Augen von den Wänden. Wenn ich Thomas dort hatte treffen müssen, hatte ich stets versucht, sie nicht anzusehen.

Die Porträts in Ludwigs Schönheitsgalerie waren jedenfalls aufgereiht wie Trophäen, ob sie das nun waren oder nicht. Wie weit gingen eigentlich die königlichen Vorrechte? Wie viele dieser Frauen waren einfach jedem Wunsch Ludwigs nachgekommen, bevor sie sich wegschicken ließen?

Ich schüttelte den Kopf.

»Ich weiß nicht«, sagte ich.

Mit ausladenden Gesten legte ich meine Pläne dar, nach Wien weiterzureisen und auf dem Weg dorthin in den größeren Städten zu tanzen.

»Was schlagt Ihr vor?«, fragte ich. »Salzburg vielleicht, oder Linz?«

»*Estancia*«, flüsterte Ludwig.

Das Gemälde vermittelte ein ausgeprägtes Gefühl der Bewegung, fand ich, als wolle ich gleich aufspringen und weglaufen.

Bei der letzten Sitzung stürmte Ludwig in das Atelier und legte drei aufwendig gebundene Ausgaben seiner eigenen Gedichte auf meinen Schoß.

»*Yo te quiero*, ich liebe dich«, erklärte er.

Ich saß auf dem roten Samtsofa, blätterte die ledergebundenen Bücher durch und wog meine Möglichkeiten ab. Ludwig glaubte fest an die Macht der platonischen Liebe. Er war verheiratet und hatte acht Kinder; er war vor kurzem sechzig geworden. Ich war kaum sechsundzwanzig und gab mich als unschuldige einundzwanzig aus. Als Ludwig mit seiner Schönheitsgalerie angefangen hatte, war ich noch nicht einmal geboren worden.

»Ich muss an meinen Ruf denken«, sagte ich.

»Ich liebe dich wie ein Vater«, beharrte er. »Gestatte mir, mich um dich zu kümmern.«

Warum nicht bleiben? Ich könnte eine Zeitlang sesshaft werden. Mich entspannen. Mir ein Zuhause schaffen. Meine Tanzschuhe ausziehen. Zur Ruhe kommen.

»Es wird schwer sein, mich loszureißen«, räumte ich ein.

Ludwig wirkte hoffnungsvoll. »Ich habe noch nie solche Gefühle gehegt«, sagte er. »Die Liebe, die du in mir erweckst, ist rein und unantastbar. Ich fühle mich wie neugeboren.«

In der Schönheitsgalerie war für mein Porträt bereits ein prominenter Platz freigemacht worden. »Aber du bist anders als alle anderen«, hatte Ludwig behauptet. An den Wänden hingen beinahe vierzig Porträts, die mich daran erinnerten, dass ich nur die Letzte in einer langen Reihe von königlichen Musen war.

»Ich lasse dich nicht gehen«, flüsterte er.

Ich schichtete die drei Gedichtbände neben mir zu einem ordentlichen Stapel auf und schenkte ihm meine ganze Aufmerksamkeit.

»Es ist wahr, dass ich in den vergangenen Wochen eine große Zuneigung zu Euch gefasst habe«, sagte ich.

Seine Stimme zitterte. »Ohne dich ist mein Herz tot«, sagte er.

Ich sah ihm in die Augen und strich ihm dann sanft über das Gesicht.

»Ich wäre ja gern bereit, alles für Euch aufzugeben, *cariño*«, sagte ich, »aber wovon soll ich leben?«

Ludwig versprach mir ein Haus, einen Titel, eine Kutsche mit Pferden und ein garantiertes Jahreseinkommen. Wann immer ich meine Karriere erwähnte, verdoppelte er die Summe. Als sein Angebot zehntausend Gulden überstieg, musste ich mich auf meine Hände setzen und mir auf die Lippen beißen, um mich zu beherrschen. Nur wenige Mitglieder des Adels hatten derartige Einkünfte. Wenn Luis sein Versprechen hielt, brauchte ich mir nie wieder Sorgen um Geld zu machen.

Der Hofmaler legte hinter seiner Staffelei mit geschickten, zornigen Strichen letzte Hand an das Gemälde.

»Also bleibst du?«, fragte Luis.

»Abgemacht, mein *Luisito*«, antwortete ich und küsste ihn auf beide Wangen.

Drei Monate später saß ich im Theater in meiner eigenen Loge, und zwar in dem Teil, der für den Adel reserviert war. Mein Selbstbild und meine Garderobe hatten eine feine Veränderung durchgemacht. Ich sah mich jetzt durch Ludwigs von Gott berufene Augen und hatte mich rückhaltlos in meine neue gehobene Rolle gestürzt. Ein großer Teil meiner Zeit ging für die Renovierung einer kleinen Villa im Zentrum von München drauf. Jeden Tag studierte ich Kataloge und die Pläne der Architekten. Während der Inszenierung von »La Sylphide« blickte ich wehmütig auf die Bühne. Ich faltete meine Handschuhe ordentlich auf dem Schoß und unterdrückte einen flüchtigen Drang, die Schuhe von den Füßen zu schleudern. Zumindest nach außen hin war ich jetzt ein achtbares Mitglied der bayerischen Elite.

Während der Pause kam Ludwig in meine Loge. Als ich keinen Hofknicks machte, ging ein empörtes Raunen durch den Zuschauerraum. »Für wen hält sie sich eigentlich?«, flüsterten sie. »Sie glaubt doch wohl nicht, sie sei dem König ebenbürtig?«

Luis hustete und gab mir dann zu verstehen, ich solle mich erheben. Ich hörte kaum, was er sagte. »Welche Wasserhähne soll ich für das Bad bestellen? Die goldenen aus Paris oder die mit den Marmorintarsien aus Wien?«

Als die Renovierungsarbeiten beendet waren, steckte ich den schweren Eisenschlüssel in das Schloss des Hauses Barerstraße 7 und drehte ihn um. Einen köstlichen Augenblick lang hielt ich inne und stieß dann die Tür auf. In meiner Euphorie schob ich jegliche Beunruhigung beiseite. Ich hatte noch nie mehr besessen als den Inhalt meines Gepäcks, ganz zu schweigen von einer Villa.

In dem Haus mit der klassizistischen Fassade fiel das Licht durch die hohen Fenster wie eine Bühnenbeleuchtung in jedes Zimmer. Ein Blick genügte, und ich strahlte vor begeisterter, kindlicher Freude. »Mein Haus, mein Haus, mein Haus«, flüsterte ich. Der Salon war mit Wandbildern im pompejanischen Stil geschmückt; im Hof war ein Brunnen mit vier Delphinen; zum Boudoir führte eine Treppe, die vollständig aus Glas war. Wenn ein Haus das Spiegelbild seines Besitzers ist, dann beschwor dieses hier wohl das Bild einer schönen Prinzessin in einer höfischen Liebesgeschichte herauf. Ich ging von einem Zimmer ins andere und genoss jede Einzelheit. Ich strich über die Türgriffe und fuhr mit dem Finger über die weißen Marmorkamine. Nichts war dem Zufall überlassen worden. Die Badezimmerfenster hatten rosafarbenes Glas. Die Badewanne war aus einem einzigen cremefarbenen Marmorblock gehauen, eine Antiquität aus Rom. Die Spiegel waren aus Venedig, die Möbel vergoldet. Das Einzige, was das unbeschwerte, sinnliche Aussehen des Hauses etwas verdarb, waren die schweren eisernen Fensterläden, die aussahen, als seien sie für eine Festung gedacht, nicht für einen Palast.

Im Salon setzte ich mich ans Fenster und erfreute mich am Gewicht der Schlüssel in meiner Hand. Zampa streckte sich aus und wärmte sich im Sonnenlicht. Einen Augenblick später flogen Glasscherben durch die Luft. Ein Kieselstein landete neben meinen Füßen. Zampa begann zu bellen.

Das Leben einer Mätresse ist unsicher und abhängig von den Banden der Verpflichtungen, sollten die Bande des Begehrens nicht mehr halten. Doch ich war keine Mätresse; ich war eine Muse, eine Göttin, ein lebendes, atmendes Kunstwerk! An jenem Abend veranstaltete ich für Ludwig eine Führung durch das Haus. Im Salon mit den pompejanischen Wandgemälden überreichte ich ihm ein prächtig verpacktes Geschenk.

»Schließe die Augen«, sagte ich.

Luis fingerte an goldenen Kordeln und purpurnen Falten aus Samt und feinem Stoff herum und öffnete dann die Augen. Auf dem Tisch vor ihm stand eine lebensgroße Skulptur meines Fußes aus Alabaster. Er drückte ihn atemlos an seine Lippen und bedeckte ihn mit Küssen, von der Wölbung über die Fußsohle bis zu den Zehen, die auf ein Kissen aus gelbem Marmor gebettet waren.

»*Te gusta?*«, fragte ich.

»Dein Fuß hat nicht seinesgleichen«, erklärte er. »Er ist wie ein antikes Ideal.«

Die Skulptur fand als Briefbeschwerer auf dem königlichen Schreibtisch Verwendung und hielt all die wichtigen Staatsdokumente auf ihrem Platz. Als ich sie dort sah, musste ich schmunzeln. Ohne es zu merken, hatte Ludwig begonnen, mich in alle Entscheidungen, die er traf, mit einzubeziehen.

Eine kurze, glückliche Zeit lebten wir in einer verzauberten Welt voller spanischer Balladen und Romanzen. Mitten im kalten bayerischen Winter zogen wir uns in ein Land mit Jacarandabäumen und strahlendem Sonnenlicht, mit langen Schatten und Gitarrenserenaden zurück.

»Ich fühle mich wie Vesuvius!«, erklärte Ludwig. »Alle haben gedacht, ich sei ausgebrannt, doch sieh mich jetzt an! Ich bin wieder voll zu herrlichem Leben erwacht. Ich habe die Vitalität eines Zwanzigjährigen!«

Ohne die wachsenden öffentlichen Unruhen und die sporadischen Krawalle wahrzunehmen, memorierten wir gemeinsam spanische Verse. Im Nymphenburger Park schritten wir durch Alleen mit kahlen, blattlosen Bäumen und rezitierten Verse über Reben mit schweren Trauben und Zigeunerköniginnen. Als das Parlament wegen meiner Einbürgerung zurücktrat, ernannte Luis einfach ein anderes. Die absolute Monarchie hat zweifellos Vorteile, dachte ich. Zum ersten Mal seit ich Paris verlassen hatte, schlief ich jede Nacht volle acht Stunden.

Der Frühling kam, und mit ihm erschienen auf den Bäumen grüne Knospen, und der Saft begann zu steigen. Trotz seiner Beteuerungen wollte Ludwig jetzt von mir mehr als nur meine platonische Zuneigung. Vesuvius zeigte sich von einer beunruhigend körperlichen Seite. In einem vergeblichen Versuch, sein Verlangen zu zügeln, bestellte Ludwig ein Porträt nach dem anderen, sodass er mich in Öl, wenn schon nicht in natura, besitzen konnte. Als er das Thema schließlich ansprach, tat er das im Sinne der künstlerischen Würdigung. War der nackte Körper nicht das Ideal der klassischen Antike? Konnte ich ihm nicht einen Blick auf meine Waden, meine Schenkel, auf meine prachtvollen Brüste gewähren?

»Was?«, rief ich. »Du würdest mich vor aller Welt nackt zur Schau stellen! Ich weiß, dass deine Untertanen nicht viel von mir halten; offenbar tust du das auch nicht.«

»Du könntest doch gewiss für mich Modell stehen«, flehte er mich an. »Du könntest eine herrliche, lebende Skulptur nur für meine Augen sein.«

Ich warf meinen Schuh nach ihm und hielt dann inne, um zu überlegen, was ich tun sollte. Solange mich Luis idealisiert hatte, hatte ich seine Gunst erwidert. Jetzt, da er dieselben Forderungen stellte wie jeder andere Mann, regte sich in mir zum ersten Mal leiser Abscheu. In dem Maß, in dem seine Küsse glühender wurden, wurde ich kühler. Ich gestattete ihm, meinen Knöchel, mein Knie zu küssen. Als ich einmal in der Badewanne saß, erlaubte ich ihm, mit dem Schwamm meinen Rücken zu waschen. Ohne es mir selbst wirklich einzugestehen, gewährte ich ihm ab und zu eine Gunst, die ihn in ständiger Erregung hielt, die er gezwungen war, allein zu befriedigen.

Zwei Tage, nachdem die Königin über den Sommer die Stadt verlassen hatte, drängte Ludwig darauf, den letzten Schritt zu tun. Ich hatte schon jede Ausrede verwendet, mir fiel keine neue mehr ein. Ich holte tief Luft und führte ihn zu der gläsernen Treppe. Die Stufen glänzten im Lampenlicht. Von jeder Oberfläche wurden von den Spiegeln und den Wänden Myriaden von Spiegelbildern zurückgeworfen. Es war, als stiege man über eine Treppe aus schimmerndem Licht. Ich betrachtete Luis' runzeliges Gesicht, die wässrigen Augen, die fleckigen Hände. Dann erklomm ich mit einem wehmütigen Seufzen die letzten Stufen. Im Ankleideraum legte ich langsam meine Kleider ab; auf den Armen und der Brust hatte ich eine Gänsehaut. Ich zog ein keusches Nachthemd mit Lochstickerei an und setzte mich dann zu Ludwig aufs Bett. Ich legte mich auf die Kissen und schloss die Augen. Die Vereinigung war kurz und unbefriedigend. Ludwig fummelte herum und entschuldigte sich. Ich dachte an Alexandre und hätte am liebsten geweint. Danach versicherte ich Ludwig meine Zuneigung und fiel dann sofort in einen vorgetäuschten Schlaf. Der König ist ein Kunstkenner, dachte ich bitter. Er hatte mich erworben wie ein Zuchtpferd oder ein seltenes altes Buch. Ich war der größte Dummkopf gewesen. Ich hatte sein Spiel mitspielen wollen und verloren.

Nach nur sechs Monaten war Ludwigs erhabenes Ideal der platonischen Liebe in sich zusammengefallen. Doch ich war kein Gemälde, keine Orchidee und kein Pferd. Er hatte vielleicht Zutritt zu meinem Schlafzimmer, doch meine Gedanken konnte er nicht besitzen. Er hatte den Einsatz erhöht, das war alles.

KAPITEL 30

Wenn man die Haupttreppe hinaufging, befand sich am anderen Ende des Ganges ein bescheidenes, in Buttermilch- und Elfenbeintönen gehaltenes Zimmer, das durch eine kleine, schmucklose Tür zu erreichen war. Mein Schlafgemach war der einzige Raum im Haus, den ich für niemand anderen, nur für mich selbst eingerichtet hatte. Ich konnte die Welt aussperren und brauchte nicht mehr daran zu denken, dass ich Ludwig erfreuen, seine Untertanen für mich gewinnen oder mir Sorgen über die Zukunft machen sollte. Ich konnte mich entspannen, zur Ruhe kommen und mein Korsett lockern. Es war ein ganz privates Zimmer nur für mich allein. Die Wände waren mit alabasterfarbener Seide tapeziert, die Vorhänge aus moiriertem cremefarbenem Taft. Das Licht fiel durch mehrere Lagen hauchdünnen, mit sizilianischer Spitze besetzten Stoffs an den Fenstern. Im Gegensatz zu den anderen Räumen enthielt dieser keine Spiegel und nur sehr wenige Möbel. Das kleine Doppelbett war mit Schnitzereien in Form von Rosen, Schnörkeln und Vögeln verziert, genau wie mein kleines Bett in Indien; darauf lag eine elfenbeinfarbene, mit Goldfäden bestickte indische Bettdecke. In der Ecke stand ein kleiner Schreibtisch aus Rosenholz, in dem ich Briefpapier, eine Handvoll alter Liebesbriefe und einige in Stoffreste meiner Lieblingskleider gebundene Tagebücher aufbewahrte. Hierher zog ich mich oft mit Zampa zurück, die sich neben mir auf dem Bett zusammenrollte, und las einen Roman. Wenn ich in Stimmung war, schrieb ich einen Brief an Sophia oder trug ein, zwei Seiten in mein aktuelles Tagebuch ein.

Während mich Ludwig weiter mit erotischen Liebesgedichten bombardierte, wurde ich zunehmend bedrückter und fatalistischer. Ein neuerwachter Vesuvius war nicht so leicht zu bändigen. Während Luis' Forderungen heftiger wurden, zog ich mich immer weiter ins Haus zurück. Doch egal, wie weit ich zurückwich, er folgte mir. Egal, wie viele billige Kompromisse ich schloss, er wollte mehr. Sobald er einmal die gläserne Treppe hinaufgegangen war, gab es für mich keinen Platz mehr, an dem ich vollkommen allein sein konnte. Manchmal hatte ich das Gefühl, dass mir das Leben entglitt; kleine Gegenstände schienen verlorenzugehen, die Dinge waren nicht mehr dort, wo ich sie zuletzt gelassen hatte, Schmuckstücke waren verlegt. Mehr als einmal kam mir der Gedanke, einer der Dienstboten könne mich bestehlen.

Kaum einen Monat nachdem ich mit Ludwig geschlafen hatte, war mein wunderschönes Schlafzimmer zu einem Sanatorium geworden, das nach schlechtem Atem und Krankheit roch. Dort lag ich zwischen feuchten Tüchern, hilflos wie ein Kleinkind, jeder Zentimeter meines Körpers von einer dicken, klebrigen Schweißschicht bedeckt; auf dem Tisch neben dem Bett drängten sich blaue Medikamentenflaschen und nasse Handtücher.

Die Malaria, mit der ich mich in Indien infiziert hatte, trat mit Vorliebe in Krisenzeiten wieder auf. Zuerst erschien Sita neben mir, dann kam Jaswinder, trocknete mir die Stirn und schalt mich. »Es tut mir so leid«, rief ich, »aber was konnte ich sonst tun?« Mit einem enttäuschten und resignierten Ausdruck auf ihrem majestätischen Gesicht stand sie neben dem Bett. Ich sank zurück auf das Kissen und seufzte. Am Fußende des Bettes bellte mich Zampa frustriert und verwirrt an. Zwischen den Vorhängen blickte ich auf einen strahlenden Sommerhimmel. Der Juli kam und ging. Was habe ich getan, dachte ich. Was ist aus mir geworden?

Wo ich auch hinsah, allem hatte Ludwig seinen Stempel aufgedrückt; jede Fläche schien besudelt von seiner Berührung. Sobald ich wieder gesund war, wollte ich unbedingt alles renovieren, und wenn ich die alabasterfarbene Seide eigenhändig von den Wänden reißen musste. Die Erinnerung an Ludwigs angespanntes Gesicht über mir kam immer wieder und fraß sich in mein Gedächtnis. Einfach alles erinnerte mich an seine Berührung. Überall sah ich Spuren seiner Fußabdrücke. Ich konnte den Raum genauso gut in das Boudoir einer Kokotte umwandeln, dachte ich bitter. Ich könnte ihn mit knalligen scharlachfarbenen Tapeten und Unmengen vergoldeten Spiegeln einrichten. Hol ihn der Teufel, dachte ich, und mich selbst auch. Jeden Tag bat ich Susanne, das Hausmädchen, das Bettzeug zu wechseln, in der Hoffnung, die Erinnerung an jene Nacht möge verblassen.

Jeden Vormittag kam Ludwig ins Haus, doch ich schickte ihn weg. Susanne überreichte mir seine besorgten kleinen Mitteilungen und seine dichterischen Ergüsse, doch ich weigerte mich, sie zu lesen. Dass er mir alles geben würde, was immer ich verlangte, verstärkte noch meine Hoffnungslosigkeit. Ich sollte weggehen, dachte ich, aber wohin? Nach London, Paris, Berlin? Jeder dieser Orte war mit einem Skandal oder einer Schmach verbunden. Ich hatte mir geschworen, niemals irgendwohin zurückzukehren, doch wohin konnte ich sonst? Der Gedanke, auf ewig in München in der Falle zu sitzen, erfüllte mich mit Angst und Schrecken. Obwohl ich reicher war als je zuvor, wuchs meine Unzufriedenheit.

Beim ersten Anzeichen von Genesung tauchte Ludwig erwartungsvoll wie ein Hündchen bei mir auf. Wenn ich ihn nicht körperlich daran hinderte, folgte er mir in meinen Ankleideraum oder ins Badezimmer. Ich versuchte, ihn auf Distanz – oder zumindest aus meinem Schlafzimmer heraus zu halten, indem ich meinen angegriffenen Gesundheitszustand vorschob. Als das nicht funktionierte, führte ich die langfristig schwächenden Folgen der Malaria an, die Angst vor Schwangerschaft, die möglicherweise schädlichen Auswirkungen jeglicher Anstrengungen.

»Zwinge mich nicht, von solchen Dingen zu reden«, bat ich ihn, während ich mich durch Schuhschränke wühlte.

»Meine teure Lolita«, sagte Ludwig, »du musst mir alles sagen.«

Auf seine systematische Art begann er über meinen Menstruationszyklus Buch zu führen und holte dann einen Spezialisten, der mit Diäten und Kräutern meine Kräfte aufbauen sollte.

Eines Abends kam er nach einem Diner in meinen Ankleideraum, und ich brachte es nicht übers Herz, ihn zu bitten, zu gehen und dann zu sehen, wie er enttäuscht den Kopf hängen ließ. Ich saß vor dem Spiegel und legte meinen Schmuck zurück in die Schatulle. Ohne weiter nachzudenken, schleuderte ich meine mit goldgelbem Satin gefütterten blauen Brokatschuhe von den Füßen. Ludwigs Augen wurden immer größer, und seine Wangen röteten sich. Interessiert beobachtete ich, wie er meine Füße in den Strümpfen anstarrte. Ich wollte schon kichernd seine Nase mit meiner Zehe kitzeln, als ich merkte, mit welcher Intensität er hinstarrte. Nach all den Jahren, in denen ich getanzt hatte, waren meine Füße wohlgeformt und muskulös, fast männlich. Ich bog meine Füße und wackelte mit den Zehen. Obwohl ich jetzt nicht mehr tanzte, waren meine Füße noch immer geschmeidig, aber sie waren weder schön noch feminin. Die Spannung in meinem Ankleideraum wurde fast unerträglich. Ich fixierte Ludwigs Gesicht; seine Augen hingen an meinen Füßen. Mir kam eine verlockende Idee: So eine Schwäche wäre gewiss ein Mittel, mir Ludwig fernzuhalten. Ich hob meine Unterröcke hoch und begann, die Strümpfe hinunterzurollen, doch meine Finger wurden total ungeschickt und tolpatschig. Ich schloss die Augen, um mich voll und ganz auf meine Tätigkeit zu konzentrieren. Als ich meine Strümpfe ausgezogen hatte, fiel Ludwig vor mir auf die Knie und leckte mich begeistert zwischen den Zehen.

Ich wand mich unter seinem Ansturm und versuchte, einen kühlen Kopf zu bewahren. »Hast du denn überhaupt keine Würde?«, hätte ich am liebsten gerufen. »Wie kannst du behaupten, ein von Gott ernannter König zu sein, und meine Füße anbeten? Macht dich das nicht zu einem Götzendiener, wenn nicht zu etwas noch Schlimmerem?«

Ich stützte meinen Fußballen fest auf seine Brust und stieß zu. Ludwig taumelte nach hinten, und ich fing ihn in meinen Armen auf.

»Hoppla«, murmelte ich.

Ludwig wirkte gekränkt und verwirrt.

Ich kicherte, schloss ihn in meine Arme und küsste ihn auf die Wange. »Ist mein lieber alter Luis wirklich so unersättlich?«, fragte ich mit einem ganz sanften Lächeln. »Die Last der Monarchie muss wirklich schwer sein. Aber warum sollst du dich nicht erleichtern, wenn wir allein sind? Deine Geheimnisse sind bei mir sicher.«

Nachdem sich Ludwig so gründlich erniedrigt hatte, schien er sich darin zu aalen, als hätte er eine seltsame Art von Freiheit entdeckt. Es erschreckte mich, wie tief er sinken konnte. Wenn wir getrennt waren, gewöhnte er sich an, mir zwei Flanelltücher zu geben, die ich an meiner Haut tragen sollte.

»Du weißt schon, wo«, sagte er.

Wenn ich ihm dann die feuchten Tücher zurückgab, drückte er verzückt seine Nase hinein. Ich begann, den Stoff mit Moschus oder Zibet zu besprühen. Ludwig merkte keinen Unterschied. Zynismus verhärtete mein Herz wie ein Narbengewebe. Warum konnte er mich nicht, wie er versprochen hatte, auf eine reine, platonische Art lieben? Warum musste er aus einer Freundschaft einen so schmuddeligen Austausch von beschmutzten Tüchern und grapschenden, klebrigen Fingern machen? Warum konnte er nicht die einem König angemessene Würde an den Tag legen?

Kaum hatte ich mich von dem einen Malariaanfall erholt, wurde ich vom nächsten heimgesucht. In einem seltenen Augenblick der Klarheit erkannte ich, dass ich mein Reich auf Sand gebaut hatte. Jeder Akt der Intimität kam mir vor wie ein kleiner Verrat; jeder unerwünschte Kontakt ließ mich erschaudern. In einem Traum liefen schimmernde Schleimspuren von Schnecken über meinen Bauch und meine Brüste. Alles, was ich für rein gehalten hatte, war besudelt. Von Grauen und Ekel erfüllt, lag ich in meinem Krankenbett.

Bruchstücke von Gesprächen mit Ellen, meinem Dienstmädchen in London, fielen mir ein und plagten mich. Ich erinnerte mich an eine Auseinandersetzung zu einem Zeitpunkt, als ich zwischen Erfolg und Absturz schwebte.

»Alle Frauen haben einen Preis«, hatte Ellen gemeint.

»Du hörst dich an wie meine Mutter«, hatte ich protestiert.

Den Großteil jenes zweiten Winters in Bayern verbrachte ich in meinem Zimmer. Während die Stadt knietief im Schnee versank, schoss meine Temperatur in die Höhe. Am Höhepunkt meines Fiebers halluzinierte ich, dass Ludwig meinen Brustkorb wie einen Schrank geöffnet und dort, wo mein Herz hätte sein sollen, einen leeren Hohlraum vorgefunden hätte. In einem Alptraum war ich wieder in Indien und brannte mit George durch, nur um festzustellen, dass er sich in Thomas verwandelt hatte, den Ehemann, dem ich hatte entkommen wollen.

Eines Morgens erwachte ich von einem besonders bösartigen Anfall und entdeckte neben mir auf dem Bett einen halb geschriebenen Brief. Ich sah ihn mir ehrlich verwirrt an. Viele Worte waren durchgestrichen und neu geschrieben; die Handschrift war zittrig, aber sofort erkennbar. Auf das Drängen der Fräulein Aldridge hatte ich mich viele Stunde damit abgemüht, eine elegante und fließende weibliche Handschrift zu entwickeln. Es war unverkennbar meine Schrift.

Der Brief, den geschrieben zu haben ich mich nicht erinnern konnte, war an meine Mutter gerichtet, und enthielt viele Korrekturen, etliche Stellen waren durchgestrichen. Ich versuchte ihn zu lesen, doch es fiel mir schwer, einen Sinn darin zu erkennen. Ich musste ihn mehrmals studieren.

~~Meine liebste Mama~~

~~Meine liebe Mrs. Craigie~~

Liebe Mrs. Craigie,

Es ist einige Zeit vergangen, ~~beinahe fünf Jahre,~~ seit wir zuletzt Kontakt miteinander hatten. Ich weiß, wir sind nicht im besten Einvernehmen auseinandergegangen, und ich bin sicher, Du hattest Grund, zornig auf mich zu sein, aber jetzt sind wir beide allein, haben keine Verwandten als uns, und ich finde es schade, wenn wir nicht ~~irgendwie~~ aufeinander zugehen. Vielleicht können wir versuchen, Freunde zu werden. ~~Du fehlst mir.~~ Schließlich bist du meine Mutter. Als ich Thomas verließ, wie hätte ich da wissen können, was die Zukunft für mich bringen würde? Sobald der Geist aus der Flasche entwichen war, entwickelte mein Leben eine Eigendynamik. ~~Bin ich wirklich so schlecht?~~ Die Zeitungen erfinden Geschichten. Bringst Du es nicht übers Herz, mir zu vergeben? ~~Es ist nicht meine Schuld.~~ Gewiss sind wir uns doch nicht total unähnlich? Du hattest einmal einen Hut mit einem winzigen Segelschiff drauf, erinnerst Du Dich? Und einen anderen, auf dem exotische Früchte aufgetürmt waren. Erkennst Du nicht einen winzigen Teil von mir in Dir selbst~~? Du warst offensichtlich eine ehrgeizige Frau. Du kannst nicht leugnen, dass ich meine flinken Füße von Dir habe.~~ Kann es wirklich sein, dass Du es vorziehen würdest, ich wäre tot, als mich zu akzeptieren? ~~Was willst Du von mir?~~ Eine Entschuldigung? ~~Für Ehrbarkeit ist es zu spät.~~ Gibt es denn nichts, was ich tun kann? Denk doch einmal an mich. Vielleicht mit ein paar Zeilen. Ein paar Worten.

Der Brief war unvollendet; auf der letzten Seite waren die Worte langgezogen, als hätte ich sogar in meinem Fieberzustand erkannt, wie vergeblich sie waren. Ich überflog die Seiten und hörte dabei fast, wie mich der flehende Tonfall verspottete. Mein Gott, hatte ich denn so wenig Stolz? Tränen brannten in meinen Augen. Ich knüllte den Brief zusammen und ließ mich erschöpft auf die Kissen zurückfallen.

Ich gab es nur ungern zu, aber in letzter Zeit dachte ich immer öfter an meine Mutter. Wenn ich merkte, dass ich über unsere Beziehung nachgrübelte, schob ich diese Gedanken weg. In meinen Träumen suchte ich sie manchmal auf, nur um dann festzustellen, dass ich in einen kunstvoll gefertigten, schönen Spiegel sah, der kein Bild wiedergab. Ich ertappte mich dabei, wie ich mich an winzige Möglichkeiten klammerte. Hätte ich doch nur versucht, sie zu erreichen, ihre Schulter zu berühren; hätte ich sie doch nur ein letztes Mal angefleht …

Ich strich den zerknitterten Brief glatt und starrte die Worte an, bis meine Augen blind vor Tränen waren. Tief in meiner Brust spürte ich schmerzlich die Verletzungen und Zurückweisungen. Wenn sie sich doch nur gestattet hätte, mich ein wenig zu lieben, wäre mein Leben vielleicht ganz anders verlaufen.

Als mir klar wurde, welch sentimentale Richtung meine Gedanken nahmen, riss ich mich zusammen. Bei den wenigen Gelegenheiten, bei denen ich ihre Zuneigung wirklich gebraucht hätte, war sie immer zurückgewichen. Sie verachtete Schwäche ebenso wie ich. Ich dachte daran, was sie nach meiner Heirat mit Thomas auf meine Bitte um Hilfe geantwortet hatte. *Wie man sich bettet, so liegt man*, hatte sie geschrieben. *Wenn Du entdeckst, dass es kein Bett aus Rosen, sondern aus Dornen ist, dann ist das allein Deine Schuld.*

Kopfschüttelnd nahm ich den Brief zur Hand und zerriss ihn

sorgfältig und bedächtig in tausend Stücke. Als die Fetzchen auf die Bettdecke rieselten wie billiges Konfetti, beschloss ich, nie wieder daran zu denken, mit meiner Mutter Kontakt aufzunehmen.

In einer halben Stunde hatte ich den ganzen Brief aus dem Gedächtnis neu geschrieben. Vielleicht schicke ich ihn ja ab, dachte ich zögernd. Was kann es schon schaden? Ich schöpfte neue Hoffnung. Man kann nie wissen, dachte ich. Vielleicht könnten wir eine distanzierte, aber freundliche Korrespondenz führen. Es hat keinen Sinn, unrealistisch zu sein. Mehr als das kann ich nicht erwarten.

Einen Monat später verließ ich ziemlich geschwächt das Krankenbett. Nach den abwechselnden Anfällen von Schüttelfrost und Fieber fühlte ich mich ausgewrungen wie die Bettlaken, die meinen Schweiß aufgesaugt hatten. Meine Knochen schmerzten; ich sah abgespannt aus. Wenn ich allein war, brütete ich vor mich hin und versank in Melancholie. Häufig überfiel mich blinde, schäumende Wut. Am allermeisten hasste ich Ludwig, weil er glaubte, mich kaufen zu können, und mich selbst, weil ich einen Preis genannt hatte. Wie immer hat meine Mutter recht gehabt, dachte ich. Ich habe ein Bett in Bayern gewählt, jetzt muss ich darin liegen. Als ich siebzehn war, hatte sie mich mit einem alten Mann verheiraten wollen. Ich war um die halbe Welt gereist, um dem zu entgehen, nur um mich jetzt in genau dieser Lage zu befinden. Allerdings gestattete ich es nun selbst, dass ich betatscht wurde, und das ohne die Sicherheit einer Ehe. Wie würde meiner Mutter diese Ironie des Schicksals gefallen! Ich konnte mir vorstellen, wie ein bitteres, triumphierendes Lächeln über ihr hübsches kleines Gesicht huschte. Vielleicht war ich eben doch ihre Tochter. Irgendwie würde ich lernen, Ludwigs Forderungen im Zaum zu halten. In der Zwischenzeit musste ich meine Interessen wahren und meine Stellung festigen. Ich musste vernünftig sein. Ich muss an die Zukunft denken, sagte ich mir.

KAPITEL 31

Wenn man tief in die labyrinthartigen Gänge des Palastes vordrang, gelangte man zu einem abgeschiedenen Innenhof, der in ein Glashaus überging, das Ludwigs kostbare Orchideensammlung beherbergte. Oft verbrachten wir ganze Nachmittage dort und saßen inmitten von Kakteen, Palmen und anmutig zitternden Farnwedeln müßig auf einem gestreiften brokatbezogenen Sofa. Wenn Ludwig von Regierungsangelegenheiten sehr in Anspruch genommen wurde, dann zog es ihn zu seinen Pflanzen, und ich sah zu, wie er die Feuchtigkeit prüfte oder Samen um eine Mutterpflanze streute. Es gab eine seltene violettmagentarote Orchidee aus Sumatra mit einem winzigen Kallus in der Form eines menschlichen Schädels, eine reinweiße Hybridpflanze aus Ostafrika und ein exotisches, feuerfarbenes Exemplar mit gekräuselten mehrfarbigen Blütenblättern und langen, geschlängelten Kelchblüten, das einen asiatischen Schmetterling imitierte.

Wenn mir Ludwig seine ganze Aufmerksamkeit schenkte, war ich geneigt, nachsichtig zu sein, solange sich seine Leidenschaft in höheren Sphären bewegte. Beim leisesten Anzeichen einer körperlichen Annäherung änderte ich meine Taktik. Ein alternder Mann, und sei er noch so mächtig, ist sehr verletzbar. Das konnte ich in seinen Augen sehen.

»Wie sehr liebst du mich?«, fragte ich ihn in neckendem

Ton, während ich an seinen Ohren knabberte und seine Nase ableckte.

Ich zupfte eine nicht vorhandene Fussel von seinen Schultern und streifte dabei mit meinen Brüsten seinen Arm. Wenn seine Umarmungen zu stürmisch wurden, brauchte ich nur von Politik anzufangen, und er prallte zurück. Einmal stieß er mich dabei fast vom Sofa. Manchmal war ich für Sekundenbruchteile davon überzeugt, ihn dazu bringen zu können, alles zu tun, was ich wollte. Aus irgendeinem Grund musste ich immer wieder an den unglücklichen Vorfall in Berlin denken. Fast bildlich sah ich vor mir, wie meine schöne Rohlederpeitsche durch die Luft sauste. In meinen kleinen Tagträumen wand sich die Peitschenspitze um Ludwigs Knöchel und zog ihn mit einem dumpfen Laut direkt vor mir auf die Knie.

»Wie sehr liebst du mich?«, fragte ich ihn in neckendem Ton.

Als die Zeitungen mich als die mächtigste Frau in Bayern zu bezeichnen begannen, führte Ludwig im ganzen Land die Zensur ein. Auf den Seiten waren oft große Abschnitte geschwärzt, und die Polizei durchkämmte in der Morgendämmerung die Straßen und riss alle neu aufgehängten Plakate herunter. Obwohl die bayerische Gesellschaft zum Großteil weiterhin aus treuen, konservativen Katholiken bestand, rief eine nicht unbedeutende Minderheit nach Veränderungen. Als mein Einfluss auf den König bekannt wurde, bekam ich ständig Besuch von Radikalen und Studenten, die um Gefälligkeiten baten oder von Verschwörungen tuschelten. In Irland, in Indien und im besetzten Polen hatten sich die hitzigsten Diskussionen stets um die Mechanismen der Macht gedreht; in Paris debattierte man heftig über Liberalismus und Demokratie; doch in Bayern waren die Kirche und der Staat noch immer in einem mittelalterlich anmutenden System miteinander verbunden. Ludwig hatte einundzwanzig Jahre lang unangefochten regiert. Die Versuchung, mich einzumischen, war unwiderstehlich.

Während unserer nachmittäglichen Treffen begann ich ein paar kleinere Vorschläge zu machen. Hätte die Kirche die Regierung weniger im Würgegriff, argumentierte ich, würden mich die Menschen in Bayern eher akzeptieren können. Ludwig besprühte seine Orchideen und schnitt vertrocknete Wurzeln zurück und gab sich alle Mühe, mich zu ignorieren. Als er darüber nachdachte, wen er in die neue Regierung aufnehmen könnte, zog ich meine eigene Kandidatenliste hervor.

»Es gibt Menschen, die stellen das Gottesgnadentum der Monarchie in Frage«, bemerkte ich sanft.

Ludwig packte seine Lupe fester und marschierte entschlossen zu einem bernsteinfarben und violett gesprenkelten Frauenschuh aus Brasilien.

Seine Augen verengten sich. »Das ist Hochverrat«, erklärte er.

Er inspizierte weiter die verschlungene Struktur im Inneren der Blüte; seine Hand zitterte sichtbar.

Ich lehnte mich auf dem Sofa zurück.

»Vielleicht solltest du einen Code Napoleon einführen«, sagte ich neckend.

Ludwig knallte die Lupe hin; die Orchidee zitterte auf ihrem schlanken Stengel.

»In Bayern? Niemals!«

Ich kicherte. »Und den gewöhnlichen Leuten das Wahlrecht geben?«

Mit bebendem Gesicht wandte sich Ludwig zu mir. »Man kann von einer Frau nicht erwarten, dass sie diese Dinge versteht«, sagte er. »Ich werde das nicht weiter diskutieren. Und jetzt, wenn du gestattest, muss ich mich um meine Orchideen kümmern.«

Ich sprang auf und zerraufte ihm die Haare. »Du Armer«, sagte ich und schmollte. »Du weißt doch, dass ich nur scherze.«

Zu meinem siebenundzwanzigsten Geburtstag verlieh mir Ludwig einen Titel, und ich war jetzt offiziell Marie Gräfin von Landsfeld. Zu meinem eigenen Schutz trat ich nun wie die Königin oder die Kronprinzessin mit zwei livrierten Lakaien auf. Wenn irgendwelche adeligen Damen mich ignorierten, grüßte ich sie mit ein paar erlesenen Ausdrücken in umgangssprachlichem Französisch.

Gegen Jahresende erhielt ich unerwarteten Besuch. Als mir Susanne ihre Visitenkarte zeigte, konnte ich kaum glauben, dass sie es wirklich war. Ich lief ins Vorzimmer, um sie zu begrüßen, und wir umarmten uns herzlich. Dann traten wir beide einen Schritt zurück, musterten einander und grinsten.

»Ich freue mich so, dich zu sehen«, sagte ich und führte sie in den Salon.

Wir setzten uns, und ich fühlte mich plötzlich befangen. »Ich nehme an, du bist gekommen, um mich anzugaffen«, sagte ich.

Die frischgebackene Herzogin von Devonshire fixierte mich mit ihren grauen Augen, damit ich an der Ehrlichkeit ihrer Worte nicht zweifeln möge. »Ich habe niemandem gesagt, dass ich dich besuche, nicht einmal meinem Mann. Und wenn ich nach London zurückkomme, werde ich auch niemandem davon erzählen.

Ich schwöre dir, ich bin nicht gekommen, um dem Klatsch neue Nahrung zu geben.«

Sophias Aufstieg tat ihr eindeutig gut; ich spürte, dass nichts, was ich sagte, sie aus der Ruhe bringen konnte. Obwohl ihr Verhältnis mit Charles, dem Herzog von Argyll, bald nach ihrer Abreise aus Paris im Sande verlaufen war, hatte sie sehr schnell einen neuen Verehrer gefunden. Sie war erst seit etwa einem Monat verheiratet, wirkte jedoch bereits solide und gebieterisch. Ein Hauch von Selbstvertrauen und Wohlstand umgab sie und milderte den Eindruck von glatter Gewandtheit, an den ich mich erinnerte. In einem kostbaren graubraunen Alpakakostüm mit dazu passendem Cape und samtbesetztem Hut schaffte es meine alte Schulfreundin, gleichzeitig schick und höchst achtbar zu wirken. Sie unternehme gerade mit ihrem Ehemann eine große Europareise, sagte sie, und habe beschlossen, mir auf dem Weg nach Wien einen Besuch abzustatten.

»Also haben wir es beide sehr gut getroffen«, meinte ich.

»Ich habe gehört, du bist jetzt Gräfin«, sagte sie lächelnd.

Ich grinste zurück. »Sogar da hast du mich übertrumpft«, antwortete ich. »Muss eine deutsche Gräfin vor einer englischen Herzogin einen Knicks machen? Ich weiß es wirklich nicht mehr.«

»Meine liebe Rosana«, sagte sie und sah plötzlich ernst aus. »Ich darf dich doch so nennen?«

Ich nickte.

»Ich musste einfach herkommen und mit dir sprechen. Die Zeitungen schreiben schreckliche Geschichten, und ich habe mir ein wenig Sorgen um dich gemacht.«

»Sorgen?«

»Dir ist doch gewiss klar, dass du ein gefährliches Spiel treibst?«

»Ich hätte gedacht, du würdest das gutheißen.«

»Du verstehst anscheinend nicht. Dein Leben könnte in Gefahr sein. Die Situation ist in ganz Europa sehr unberechenbar. Das Volk könnte sich erheben.«

»Sei nicht so theatralisch«, spottete ich. »Ich habe die Liebe und den Schutz des Königs. Sieh dich doch um. Was könnte ich mir denn sonst noch wünschen?«

»Und bist du glücklich?«

»Glücklich!« Ich hörte, wie meine Stimme brach. »Ich fasse es nicht, dass du das gesagt hast!«

»Du weißt, was ich meine«, beharrte sie.

»Ich habe es versucht, erinnerst du dich? Eigentlich sogar mehr als einmal. Das erste Mal hat mich jeder Möglichkeit beraubt, ein normales, achtbares Leben zu führen. Das zweite Mal endete mit einem Duell in Paris. Du hast wahrscheinlich in den Zeitungen davon gelesen.«

Sophia nickte. »Ich war sehr betrübt, als ich von Alexandres Tod las. Ihr schient so glücklich und zufrieden miteinander.«

»Also hast du dir schließlich einen Ehemann genommen«, sagte ich leise.

»Der gute Herzog wollte mich ganz für sich allein«, sagte sie mit einem selbstgefälligen kleinen Lächeln.

»Das freut mich sehr für dich. Wirklich. Aber so ein Leben ist nichts für mich. Als ich mit Alexandre in Paris lebte, habe ich mir schon manchmal vorgestellt, dass wir einmal heiraten würden, aber das war nur ein dummer Traum. Ich glaube, ich habe das eigentlich immer gewusst.«

Sophia zögerte. »Ich wünschte wirklich, du würdest auf mich hören«, sagte sie. »Europa ist nicht so sicher, wie du anscheinend glaubst. Du brauchst dir nur anzuschauen, was in einigen der kleineren Fürstentümer los ist.«

Ich läutete nach Susanne.

»Können wir bitte das Thema wechseln?«, fragte ich.

Wir verbrachten einen Nachmittag in gezwungener Atmosphäre. Zwischen uns herrschte Schweigen, in dem nur das Klirren der Porzellantassen zu hören war, bis Sophia ging. An der Salontür drehte sie sich um und blickte mich ein letztes Mal an. »Sei vorsichtig«, bat sie mich inständig.

»Du brauchst dir wirklich keine Sorgen um mich zu machen«, versicherte ich ihr, doch irgendwie brachte ich nicht das dazu passende Lächeln zustande. An der Eingangstür merkte ich, dass ich sie ein klein wenig zu lange an mich drückte. Ich ging zurück in den Salon und lauschte dem Geräusch der Kutschenräder auf dem Pflaster. Plötzlich war ich sehr verärgert. Sophia war vielleicht durch ihre Heirat Herzogin geworden, aber das gab ihr wirklich nicht das Recht, mich gönnerhaft zu behandeln. Warum hatte sie bloß herkommen und mit ihren besorgten Fragen Zweifel und Unsicherheit säen müssen?

Am Neujahrsabend beschloss ich, statt zu warten, bis sich Ludwig von der Familienfeier im Palast loseisen konnte, selbst ein rauschendes Fest zu geben. Umgeben von Schottenstoff und Stechpalmenzweigen läutete ich zusammen mit einer Handvoll in mich vernarrter junger Studenten das neue Jahr ein. Zum Abendessen gab es glasierte Ente, und dann zogen wir uns in den Salon zurück. Sie begannen mich wegen meiner Karriere als Tänzerin aufzuziehen; ich sah in ihre erwartungsvollen jungen Gesichter und schleuderte meine Schuhe von den Füßen.

In meinem Überschwang führte ich einen Fandango in seiner authentischen Form vor. Die Kraft des Tanzes durchflutete mich, die Enttäuschungen des vergangenen Jahres beseelten meine Schritte. Ich warf den Kopf zurück, und mein Haar fiel mir über den Rücken. Ich hob die Röcke hoch. Meine Finger wurden zu Kolibris, und dann zu exotischen Blumen, die sich wie ein Reigen über meinem Kopf entfalteten. Ich schloss die Augen. Ein paar kostbare Augenblicke lang war ich in einer Zigeunerhöhle in Spanien, die Zukunft noch ein rosiger Traum. Und wieder schwindelte mir, als der Applaus ertönte.

Die Studenten schrien laut Beifall und trampelten mit den Füßen. Dann hoben sie mich auf ihre Schultern, trugen mich durch den Salon und direkt in den kristallenen Kronleuchter mitten im Raum. Im nächsten Augenblick lag ich ausgestreckt auf dem Fußboden, hatte rasende Kopfschmerzen, und aus einer Wunde an meiner Stirn tropfte Blut. In der Geschichte, die sich rasch in der ganzen Stadt verbreitete, war meine Kleidung in einem liederlichen Zustand, und die Studenten hatten keine Hosen an.

In der folgenden Woche trug ich bei einem Theaterbesuch eine neue Robe aus mitternachtsblauem Samt, die meine strahlenden neuen Diamanten perfekt zur Geltung brachte. Der schwere Schmuck glänzte an meinen Handgelenken, um den Hals und in meinem Haar. Bei der kleinsten Bewegung sandte ich Lichtblitze aus. Als ich in meiner Loge Platz nahm, lief ein missbilligendes Raunen durch den Saal.

Nach zwei Jahren in München fühlte ich mich wie ein Vogel in einem juwelenbesetzten, vergoldeten Käfig. Wo immer ich hinkam, gafften mich die Leute an und machten spöttische Bemerkungen. Ich war mir jedes Blicks, jedes Affronts bewusst. Wenn die Leidenschaft am größten ist, lass dir Schmuck schenken. Ellens irritierende kleine Leitsprüche fielen mir immer wieder ein. Ich dachte an die ersten Edelkurtisanen, die ich im Italian Opera House in Covent Garden gesehen hatte. Wie abgeklärt sie gewirkt hatten, als würden Brüskierungen und Beleidigungen sie überhaupt nicht berühren.

Von meiner vornehmen, samtgepolsterten Loge in der oberen Reihe musterte ich die nach oben gewandten murmelnden Gesichter der Zuschauer. Ich wusste ganz genau, was die Leute sagten. Ich war die Hure von Babylon, die in ihrer Mitte aufgetaucht war. Ich war die Hexe, die ihren geliebten König verzaubert hatte. Die Neujahrsfeier in meinem Haus war wirklich ein wenig ungestüm gewesen, das stimmte, aber die Geschichten darüber waren über alle Maßen übertrieben gewesen. Kein Mensch beachtete die Inszenierung von »Der verzauberte Prinz« auf der Bühne. Ich zuckte die Achseln und blickte hinüber zur königlichen Loge. Selbst ich musste zugeben, dass meine Chancen, am Hof akzeptiert zu werden, dahin waren. Ich befühlte die Diamanten an meinem Hals. Wenigstens Luis hatte mich nicht fallenlassen. Die goldenen und silbernen Fassungen waren aus Paris, die großen facettierten Diamanten aus Indien.

Wenn ich mich umdrehte, spürte ich das Gewicht der Diamanten auf meinem Kopf. Während die Zuschauer sich flüsternd darüber ausließen, welch kleines Vermögen der König wohl dafür ausgegeben hatte, versuchte ich, ein Lächeln zu unterdrücken. In der königlichen Loge saß Ludwig neben der Königin und bemühte sich krampfhaft, Ruhe zu bewahren.

An jenem einen, vollkommenen Abend fühlte ich mich allmächtig, unantastbar. Als ich die Gesichter der Zuschauer unter mir betrachtete, stieg ein Lachen in meiner Kehle auf. Wenn mich der Erzbischof von München mit dem Titel »Göttin der Liebe« beehren wollte, dann würde ich ihn gern annehmen. »Es gibt keine Jungfrau Maria mehr in München; Venus hat ihre Stelle eingenommen.« Seine Worte gingen mir durch den Kopf; ich weiß noch, wie ich mich damit brüstete. Alle Augen im Zuschauerraum waren auf mich gerichtet, jeder Gedanke, jedes geflüsterte Gespräch drehte sich um mich. »Wenn euer von Gott eingesetzter König zu meinen Füßen liegt und mich verehrt, was bin ich dann?«, flüsterte ich. Sollte die alte Ordnung doch zusammenbrechen, sollte die Verschwörung der Könige zerbröckeln, weg mit den Privilegien, die mit Titeln einhergingen!

Für mich war dieser Abend bereits verewigt. Ich war ein Bild, das von den Druckpressen lief und in jeder Zeitung in ganz Europa erschien. Ich war die meistverkaufte Reproduktion an den Kiosken im ganzen Land. Ich war auf einem Bild der Laterna Magica zu sehen, meine Silhouette wurde in Hunderten schummrigen Varietés an die Wand geworfen. Ich war ein schimmernder Anblick in einem Großstadtpanorama, ein leuchtendes, ewiges Trugbild, das endlos in der Dunkelheit flackerte. Ich war ein Meisterwerk im Stil des französischen romantischen Malers Eugène Delacroix, ein lebensgroßes Porträt in Öl und Tempera, zu glühendem, pulsierendem Leben erweckt. In hundert Jahren noch würde ich die Wände eines privaten Salons schmücken, und das Mitternachtsblau meines Kleides würde sich strahlend von den weinroten Samtbezügen abheben. Durch den riesigen Kronleuchter mit dem flackernden Kerzenlicht hinter mir würden mein Gesicht und mein Hals glatt und bleich wie Alabaster wirken, und jeder Diamant würde wie Tausende kleine Lichter funkeln. Ein Abend wird zu einem ganzen Leben, eine flüchtige Sekunde zur Ewigkeit. Egal, was als Nächstes passierte, egal, wohin ich ging, diesen Augenblick würde ich immer wieder vor mir sehen.

Ende des I. Aktes

Intermezzo

Mit dem Frühling hatten sich in ganz Europa bereits die ersten Anzeichen einer Revolution bemerkbar gemacht. In jeder Stadt, in jedem Ort wurde das Flüstern lauter. Überall in Bayern gab es Verschwörungen, und die Gemüter erhitzten sich. In den Kaffeehäusern und Bierkellern wurden die Diskussionen unberechenbar. Eine erhobene Stimme konnte eine Rauferei auslösen, eine gärende unterschwellige Unzufriedenheit entlud sich in Plünderungen und Brandstiftung.

II. AKT

8. Szene

Indigoblauer Kaschmir

(Die Röcke zerrissen und zerfetzt, blutbespritzt
und voller Schmutz und Dung)

KAPITEL 32

An einem trostlosen winterlichen Morgen des Jahres 1848 lockte eine Auseinandersetzung auf dem Marktplatz Scharen von Menschen an. Es war Anfang Februar, und die Temperatur war auf minus fünf Grad gefallen. Auf der anderen Seite der Stadt quoll aus einer Küchentür an der Rückseite einer palastartigen Villa in der Barerstraße eine riesige Dampfwolke, und ein kapriziöser weißer Spitz namens Zampa schlüpfte hinaus ins Freie.

Im vorderen Teil des Hauses saß eine Frau in einem Salon mit einem schimmernden grünen Seidenvorhang aus Paris und schnitt Artikel aus einem schrumpfenden Stoß Zeitungen aus. Neben ihr glühte in einem Aschenbecher die Spitze eines schwarzen Zigarillos. Zu ihren Füßen stapelten sich die zerschnipselten Seiten von Zeitungen eines ganzen Monats aus London, Paris und Berlin.

Jenseits der hohen Fenster mit den eisernen Läden, jenseits der gusseisernen Tore und der beiden uniformierten Leibwächter, jenseits der von Pappeln gesäumten Barerstraße ertönte aus der Ferne kaum hörbar der Lärm vieler Menschen.

Als ich den Zigarillo zur Hand nahm, wurde ich plötzlich unsicher. Einen Augenblick lang war ich mir vorgekommen wie eine Figur in einem Theaterstück. Es wurde allmählich ein wenig zu leicht, in eine Phantasiewelt abzudriften, die Einbildung mit der Wirklichkeit zu verwechseln, die Geschichten zu glauben, die die Zeitungen druckten.

Ich betrachtete die Zeitungsausschnitte auf meinem Schoß.

»Also, wer soll ich heute sein?«, überlegte ich.

Ich erblickte mich in dem riesigen venezianischen Spiegel über dem Kamin. Wirre schwarzbraune Haarsträhnen und ausdrucksvolle, fast männliche Augenbrauen umrahmten ein Gesicht, das bleich, fast kränklich aussah. Würden die Menschen da draußen jetzt hereinstürmen, wären sie gewiss arg enttäuscht, dachte ich. Dunkle Wolken jagten über den Spiegel, und während mein Bild in den Schatten glitt, dachte ich an eine junge Frau mit geschwollenen Augen und blauen Flecken unter den Kleidern. Die Stimme meiner Mutter hallte in meinem Kopf wider. »Nun, was genau hast du denn erwartet?«, flüsterte sie. Die Lola oder Eliza oder Marie im Spiegel prallte zurück, als hätte sie eine Ohrfeige bekommen.

»Ich bin Marie Gräfin von Landsfeld, vergiss das ja nicht«, fauchte ich, doch meine Worte kamen sogleich als spöttisches Echo wieder zurück.

Ich schlug eine leere Seite in einem scharlachroten Album auf und griff nach dem Tiegel mit dem Kleister. Den ganzen Morgen war ich fest entschlossen gewesen, den Lärm da draußen zu ignorieren, doch er war stetig lauter geworden, hatte sich in mein Bewusstsein gedrängt und war auf meinen Nerven herumgetrampelt. Ludwig hatte mich zwar mit Reichtum und einem Titel bedacht, doch die Feindseligkeit, die mir die Stadt entgegenbrachte, konnte er nicht zerstreuen. Seit über drei Tagen hatte ich das Haus nicht verlassen können. Ich versuchte, mich darauf zu konzentrieren, meine letzten Zeitungsausschnitte einzukleben, als Susanne ins Zimmer stürmte.

»Der Hund!«, schrie sie. »Zampa ist wieder davongelaufen! Ach nein, Madame! Sie können da nicht hinaus. Bitte nicht, ich bitte Sie.«

KAPITEL 33

Ich hatte Veränderungen wie Gewitterstürme oder einen Waldbrand, der alles vor sich hertrieb, stets bereitwillig angenommen, doch als das Ende kam, war ich darauf nicht vorbereitet. Genau in dem Moment, als ich versuchte, mich mit der unvollkommenen Realität auszusöhnen, flog mir das ganze zerbrechliche Gebäude um die Ohren. Innerhalb einer Woche war das Pendel in die andere Richtung geschwungen. An einem Tag blickte ich von meiner samtbezogenen Loge im Theater in den Zuschauerraum; am nächsten lag ich hilflos vor einer mörderischen Menschenmenge, die mit Händen und Füßen auf mich eindrosch.

Ich *wusste*, dass ich nicht hätte hinausgehen sollen. Susanne hatte mich angefleht, es nicht zu tun. Doch als ich hörte, dass Zampa verschwunden war, hatte ich das Gefühl, sie suchen zu müssen. Zampa war ein weißer Spitz; sie trug ein diamantenbesetztes Halsband mit einem silbernen Anhänger, in den mein Name eingeprägt war. Ich konnte sie nicht allein da draußen lassen. Seit über einer Woche waren in der gesamten Stadt schwere Unruhen ausgebrochen. Den ganzen Morgen hatte man in der Ferne zorniges Grollen gehört. Als der Tumult lauter wurde, hatte ich Angst, was mit meinem kleinen Hund passieren würde, wenn die Menschen ihn zu fassen kriegten. Die Stimmung da draußen war aggressiv. Ich hörte es an dem bedrohlichen Geschrei und den immer wieder ertönenden Sprechchören.

Erschreckt schlug ich die Augen auf; ich hatte die Arme abwehrend in die Luft gestreckt und die Hände zu Fäusten geballt. Mein Blick flatterte nervös und verwirrt umher. Auf dem Rost glühte Asche, auf dem Fußboden lag ein elfenbeinerner Kamm. Als mir klar wurde, dass ich mich im Salon befand, sank ich erleichtert und erschöpft zurück auf die Chaiselongue. Susanne spritzte mir Lavendelwasser ins Gesicht. In meinem Hinterkopf pochte es mit der dumpfen Beharrlichkeit von Metall auf Holz. Als ich versuchte, mich zu bewegen, fühlte ich mich schwer wie Blei. In meinen Ohren dröhnte es. War ich denn nicht draußen gewesen? In der Barerstraße? Hatte ich nicht etwas gesucht? Panik überkam mich. Schweiß brach mir aus. Ich rang nach Luft.

Ich hatte Zampa gesucht. War durch die Straßen gelaufen, hatte immer wieder nach ihr gerufen, und mein Herz hatte so rasend geschlagen, dass ich das Pochen in den Ohren und im Hals gespürt hatte.

»Zampa?«, flüsterte ich.

Ich spürte eine nasse, raue Zunge auf meiner Wange. Die anscheinend unversehrte Zampa saß erwartungsvoll mit gespitzten Ohren, wedelndem Schwanz und sauberem, seidenweichem, glänzendem Fell neben mir auf der Chaiselongue. Als ich sie in meine Arme nahm, erblickte ich im Spiegel über dem Kamin eine schmutzstarrende, erbärmliche Gestalt mit zerrissenen Kleidern und dreckverschmierten bloßen Füßen.

Ich wollte schon eine Erklärung verlangen, als ich bemerkte, wie sich ihre Augen vor Grauen und Abscheu weiteten. »Was bildest du dir ein, mich so anzustarren?«, wollte ich schreien, als mir die Wahrheit dämmerte. Ich schluckte schwer und unterdrückte das Verlangen, loszuheulen. Ich sah aus wie eine elende

Kreatur, die sich von Essensresten ernährte. Eine Abfallsammlerin, eine Bettlerin, die jeder anständige Mensch um jeden Preis meiden würde. Meine Haare waren ein Gewirr von Dreck und Stroh. Mein Kleid war zerfetzt und mit eingetrocknetem Schmutz verkrustet. Ein Ärmel war an der Schulter zerrissen, der andere fehlte. Die ramponierten Überreste meiner Unterröcke waren schwarz vor Dreck. Auf meiner Wange bildete sich ein blauer Fleck. Was war mit meinen Schuhen passiert, mit meinen Strümpfen, meinem schönen Kaschmirtuch?

In kurzen, alptraumhaften Bildern tauchte alles wieder vor mir auf. Ein sich aufbäumendes Pferd, ein Meer von Händen, die nach mir griffen, auf mich niederhagelnde Schläge, Fäuste, Zähne, ein berittener Gendarm, der sich einen Weg durch die Menge bahnte. Grauen überkam mich. Ich hörte Schreie und Handgemenge, die auf der Straße hinter dem Haus ausbrachen.

Mein Blick schoss im Raum umher, um eventuelle Eindringlinge ausfindig zu machen. Ich konnte kaum atmen. Meine Brust hob sich schwer. Ich sog die Luft ein. Die Fenster klapperten unter dem Ansturm einer riesigen Menschenmenge. Das Chaos war im ganzen Haus zu hören, doch der Salon strahlte eine ruhige, fast zeitlose Ordnung aus. Alles war so, wie es sein sollte. Alles war an seinem Platz. Susanne drückte sich nervös an der Tür herum, und Ludwigs Gesicht tauchte neben mir auf und verschwand wieder. Susanne rang die Hände in ihrer Schürze; ihre Erregung war förmlich zu spüren.

Ludwig ergriff meine Hände; seine Lippen bewegten sich rasch. Er zitterte und schnappte nach Luft wie ein Fisch in einem ausgetrockneten Flussbett. Die Falten in seinem Gesicht waren tiefer, als ich in Erinnerung hatte, und er wirkte erschöpft und blass, als würde sich sein Gesicht kalt anfühlen. Er wiederholte ein-, zweimal denselben Satz.

»Mein Gott, sie hätten dich töten können«, rief er.

Er stammelte etwas von Verschwörungen der Republikaner, über Minister, die seine Autorität untergruben, doch ich registrierte kaum, was er zu sagen versuchte. Ich spürte, wie sich seine Finger in meinen Arm gruben, sah, dass seine Augen bange und prüfend mein Gesicht fixierten. Warum verschwinden sie nicht einfach alle? Dachte ich. Warum können sie mich nicht in Ruhe lassen? Ich nahm Zampa in die Arme, vergrub mein Gesicht in ihrem Fell und erlaubte ihr, meine Nase abzulecken. Ich schloss die Augen und lauschte dem Schlag ihres kleinen Herzens. Wenn ich mich fest genug konzentrierte, könnte ich vielleicht Ludwig und sein unablässiges Gelabere zum Verschwinden bringen.

Nach einem unruhigen Schlaf erwachte ich vom Gekreisch der Menschenmenge, das durch das Haus dröhnte, als striche da draußen ein riesiges Ungeheuer umher. Im Kamin brannte kein Feuer, und die Vorhänge waren noch zugezogen. Ich läutete, aber es kam niemand. Ich rief hinaus in den leeren Gang, doch keiner antwortete. Das eisige, unheimliche Gefühl, allein und orientierungslos durch die Welt zu treiben, beschlich mich. Als ich einen Morgenrock anzog, protestierte jeder einzelne Muskel in meinem Körper. Ich ging durch die verlassenen Korridore des Hauses und kam mir vor wie ein Gespenst, das in einem leeren Schiff herumwandert. Obwohl alle Fenster verschlossen und die meisten Vorhänge zugezogen waren, durchdrang ein kollektives Geschrei das Haus und hallte in den Gängen wider. Zampa lief von einem Raum in den anderen, wedelte mit dem Schwanz und bellte.

Die Anspannung legte sich um meine Brust und meine Kehle wie ein stählernes Band. Im Obergeschoß spähte ich aus einem Fenster und schwor mir sofort, das nie wieder zu tun. Eine wütende Menschenmasse füllte die ganze Straße. Trotz des Kordons bewaffneter Polizisten rund um das Haus rückte die Menge näher.

Im Salon fand ich eine Nachricht von Ludwig, der bedauerte, dass er in den Palast zurückkehren müsse. In der Küche entdeckte ich am Herd zusammengekauert die wenigen verbliebenen Dienstboten. Ich versuchte, Befehle zu erteilen, doch sie glotzten mich nur mit offenem Mund an.

»Ach, macht euch bloß keine Umstände«, murmelte ich. »Ich kann es genauso gut selbst erledigen.«

Ungefähr stündlich kam ein Bote mit weiteren Neuigkeiten. Ludwig hatte sowohl seine Regierung als auch alle seine Minister entlassen. Die Universität war gewaltsam geräumt worden; alle Studenten, die keinen ständigen Wohnsitz in München hatten, mussten binnen achtundvierzig Stunden die Stadt verlassen. Auf den Straßen patrouillierten Soldaten. Rund um den Palast standen bewaffnete Polizisten.

Die Zeit dehnte sich aus und verkürzte sich wieder. Die Nacht kam und ging. Am folgenden Nachmittag saß ich im schwachen bernsteinfarbenen Schein einer einzigen Öllampe in der Dunkelheit meines Salons. Ich wusste nicht, wie viele Stunden ich schon dasaß, nicht einmal, wie viele Tage ich schon im Haus gefangen war. Mein ganzer Körper schmerzte, jeder Muskel, jeder Knochen, sogar meine Haut fühlte sich wund an. Unter meinen Kleidern hatte ich auf den Armen, Waden und Schenkeln geheimnisvolle Blutergüsse. Die Schwellung auf meiner Wange war zurückgegangen, der blaue Fleck jetzt ein blasses, durchscheinendes Lila. Bei meiner letzten Suche nach Dienstboten hatte ich festgestellt, dass ich vollkommen allein war; das Haus blähte sich um mich herum auf wie riesige, endlose Bienenwaben aus verlassenen Räumen.

Auf dem achteckigen Tisch vor mir stand eine kleine blaue Glasflasche. Von Zeit zu Zeit nahm ich sie in die Hand und stellte sie wieder hin. Durch das schwere, ultramarinfarbene Glas sah mich die dicke, klebrige Flüssigkeit verlockend an. Ich hatte die Flasche mit einer potentiell tödlichen Dosis Laudanum nach Alexandres Tod in Paris gekauft; sie hatte mich seither auf all meinen Reisen begleitet. Der Gedanke an die Flasche und ihren Inhalt war mir schon ziemlich früh durch den Kopf gegangen.

Während das letzte Licht des Nachmittags dem Schatten wich, betrachtete ich die funkelnde blaue Flasche. Jetzt ist es nur noch eine Frage der Zeit, dachte ich. Der letzte Bote, der mir Neuigkeiten gebracht hatte, war mit einer blutenden Kopfwunde hereingestürmt. Die königliche Familie durfte den Palast nicht verlassen. Die Polizei hatte die Kontrolle über die Stadt verloren. Tausende Menschen blockierten die Straßen. Die Vorratskammer war leer. Die einzigen Lebensmittel im Haus, eine Tafel Marzipan, eine gebratene Entenkeule und eine halbleere Flasche Champagner, befanden sich unberührt auf einem Tablett neben mir.

Halbherzig griff ich nach dem Marzipan, doch als ich in die kompakte, klebrige Masse biss, zuckte ein pochender Schmerz durch meinen Kiefer. Ich legte die Reste des Entenbratens auf den Fußboden und sah zu, wie Zampa Stücke davon abriss. Wenn mich der Mob in die Finger bekam, würde er mich mit demselben gierigen Vergnügen in Stücke reißen. Ich setzte die Champagnerflasche an die Lippen und trank vorsichtig einen Schluck. Der Champagner war schal und warm, die Flüssigkeit brannte in meinem Mund. Draußen wurde das Gebrüll wilder, und etwas Schweres krachte an die Eingangstür. Ich nahm die Flasche Laudanum in die Hand und zog den Korken heraus.

Sollen sie doch hereinstürmen; sie werden mich tot vorfinden, dachte ich.

Der berauschende Duft von Laudanum hing verlockend in der Luft. Ich sog den Geruch ein und stellte mir vor, wie ich bewusstlos wurde. Wer würde mich denn schon vermissen? Ludwig, meine Mutter, Mrs. Rae? Bei jedem von ihnen würde die Trauer zweifellos von Erleichterung gemildert werden. Die einzigen zwei Menschen, denen ich wirklich etwas bedeutet hatte, Alexandre und Hauptmann Craigie, waren bereits tot. Ich dachte an all die Menschen, die kopfschüttelnd sagen würden, ich hätte mein Leben schon vor Jahren selbst in die Hand genommen – Thomas, George, Ellen. Liszt würde möglicherweise ironisch zu meinem Gedenken sein Glas erheben. Nur meine alte Schulfreundin Sophia würde vielleicht ehrlich um mich weinen. Zampa bellte und zerrte dann beharrlich an meinen Röcken. Draußen krachten die Steine hernieder. Ich blickte hinab auf mein verhätscheltes kleines Hündchen mit dem langen, seidigen weißen Fell und den vertrauensvollen schwarzen Augen. Zampa war mit mir von Paris hierhergekommen; ich konnte sie jetzt nicht im Stich lassen. Ich steckte den Korken sorgfältig in die Flasche zurück und verstaute sie in einer Seitentasche meines Kleides; dann folgte ich Zampa die Treppe hinauf.

Im ersten Stock öffnete ich die Glastüren, die zur Straße gingen, und trat hinaus auf den Balkon. Als ich auf all die nach oben gewandten Gesichter blickte, begann etwas in mir wegzugleiten und zerbrach dann. Wenn ich mich stark genug konzentrierte, konnte ich den Tumult in Applaus verwandeln. Ich war ein kleines Mädchen und tanzte für Sita, meine indische *Aya*. Ich war mit Sophia in der Schule und übte Walzertanzen. Ich stand als Tänzerin vor einem übervollen Zuschauerraum. So muss es sein, wenn man als Königin auf sein Volk hinunterschaut, dachte ich. Die Szene vor mir flirrte und begann dann wegzudriften. Die Menschenmenge wogte vorwärts und wurde von der Polizei zurückgedrängt; ich fühlte mich wie eine Zuschauerin bei einem Turnier oder einem Festzug, der nur für mich veranstaltet wurde. Ich wog die Laudanumflasche in meiner Tasche und spürte das kalte Glas an der Handfläche. Mit der anderen Hand erhob ich meine leere Champagnerflöte zu einem kläglichen Salut und machte eine ironische Verbeugung.

Die Menschen drehten durch. Der entrüstete Aufschrei war so laut, dass er durch das ganze Haus dröhnte und mich gegen die Türen zurückwarf.

»Raus mit Lola! Raus mit Lola!«, brüllten sie. »Lang lebe die Republik! Nieder mit der Hure!«

Meine Finger schlossen sich fester um die Flasche in meiner Tasche, und ich blickte hinauf in den weiten blauen Himmel. Tief, tief unter mir bewegten sich die Leute wie winzige Figuren auf einem Brett, die Randalierer stürmten die Tore, und die Polizei griff sie mit Bajonetten an. Eine Reihe von Soldaten eröffnete das Feuer, und die Luft füllte sich mit Rauch und dem Knall einer einzigen Salve. Während ich zurück ins Haus stolperte, implodierten hinter mir die Balkontüren in einem Regen von zerberstenden Scherben. Eine Stunde später kam eine letzte

Nachricht von Ludwig, der mich inständig bat, aus dem Land zu fliehen.

Am folgenden Tag kauerte ich in einer Ecke eines seltsamen, winzigen Zimmers auf dem Dachboden; ich hatte die Knie zum Kinn hochgezogen, und mein Herz pochte laut gegen meine Rippen. Im Halbdunkel versuchte ich meine Umgebung auszumachen: nackte Fußbodenbretter, auf einem schmalen Bett eine verblichene Steppdecke, an einem Wandhaken Susannes schwarzes Kleid und ihre weiße Schürze. Aus irgendeinem Grund lag mein Lackfächer aus Cordoba mitten auf dem Boden. Der Lärm von draußen war so laut, dass ich das Gefühl hatte, mich in den Klauen eines riesigen, brüllenden Ungeheuers zu befinden. Langsam drang das Tageslicht unter den Vorhängen und unter der Tür herein. Als ich aus dem Fenster spähte, sah ich Kugeln fliegen, Blut aus Wunden spritzen, ein Mädchen, das von einem Stein niedergestreckt wurde. Und mitten in dem ganzen Chaos kletterte ein Kohlenhändler auf die Tore hinauf. Als er einen Galgenstrick in der Luft schwang, grölte die Menge begeistert. Ich zuckte zurück und glitt wieder hinab auf den Fußboden.

Mein Hals war bereits von meinem letzten Ausflug ins Freie voller roter Ringe und gelber Flecken. Meine Haut fühlte sich überdehnt und wund an; bei der kleinsten Berührung zuckte ich zusammen.

In Newgate hatte ich einmal gesehen, wie ein Dieb aufgehängt wurde. Als der Körper am Strick baumelte, verlor er die Kontrolle über Blase und Darm. Seine Zunge hing ihm dick angeschwollen und schwarz aus dem Mund.

Ich legte eine Hand sanft an den Hals und griff mit der anderen nach meiner Pistole, die neben mir auf dem Boden lag. Der Lärm von draußen fuhr durch das Haus wie ein Wirbelsturm und ließ die Wände erzittern. Mein Magen krampfte sich zusammen. Ich war unfähig, mich zu bewegen. Ich spürte die Angst in meinen Fingern und Zehen. Meine Ohren begannen zu jucken, dann meine Nase. Meine Augen fixierten die Tür. Ich lauschte nach Geräuschen im Haus: knarrende Stiegen, quietschende Türen, Schritte. Zampa versteckte sich winselnd unter meinen Röcken; um ihre Augen waren angsterfüllte gelblich-weiße Ringe.

Eins, zwei, drei, vier; eins, zwei, drei, vier. Zwei Paar nicht ganz saubere, nackte Füße gingen auf dem Holzboden auf und ab: ein Paar Füße war groß, das andere klein. Bridie zeigte mir, wie man über den Fußboden watschelte und würde mich sofort auffangen, falls ich hinfiel. Eins, zwei, drei, vier; eins, zwei, drei, vier. Unsere vier Füße tappten über den Boden. Ich musste mich auf jeden Schritt konzentrieren. Bridies große Hand umfasste sicher und warm meine. Nur ihr fester Griff hielt mich aufrecht. Wenn sie mich losließe, würde ich taumeln und hinfallen. Eins, zwei, drei, vier; eins, zwei, drei, vier. Ich verfolgte das Trippeln der Füße systematisch beim Auf- und Abgehen.

Geschichten wie meine nehmen stets ein tragisches Ende, das ist in jedem billigen Roman oder Zeitungskommentar nachzulesen. Ich hörte, wie Holztüren zersplitterten, und mein eigenes hysterisches Lachen, weil das alles so verrückt war. Plötzlich war mir klar, was ich tun musste. Was hatte ich schon zu verlieren?, dachte ich. Mein Leben, mein Haus, meinen Schmuck? Was spielte das alles denn für eine Rolle?

Ich trat ins Freie und sog gierig die frische Luft ein. Es war ein klarer Morgen, feiner Nebel schimmerte in den ersten zögernden

Sonnenstrahlen. In weiter Ferne konnte ich die Berge rund um München erkennen. Hinter den Toren rauften sich Adelige mit Bierkutschern und Hufschmieden um Platz. Die Straße war schwarz von Blutlachen. In allen Richtungen sah ich zornige, schreiende Menschen und drohende Fäuste.

Pflastersteine krachten in den Hof. Jugendliche begannen über die Mauern zu klettern.

»Raus mit Lola!«, skandierten sie.

»Tod der Spanierin! Tod der Hure!«

Mit der Pistole in der Hand stieß ich die Eingangstüren des Hauses auf und stieg dann auf die Marmortreppe des Springbrunnens.

»Hier bin ich. Tötet mich, wenn ihr es wagt!«, rief ich.

Die Menschen starrten mich an; ich starrte zurück.

»Macht schon, tut das Abscheulichste«, höhnte ich.

Vor mir sah ich ein Meer von Gesichtern, die von Eifersucht, Groll und Wut verzerrt waren.

»Nun, worauf wartet ihr?«, schrie ich.

Ein Stein flog durch die Luft, dann ein weiterer.

»Schlecht gezielt«, rief ich.

Ein Stein traf mich am Arm; ein anderer schürfte mein Gesicht auf. Ich hob die Pistole und zielte direkt auf den Mann mit dem Galgenstrick. Er war so nahe, dass ich seinen Atem erkennen konnte. Ich sah die schwarzen Augen von Musketen, die auf mich gerichtet waren, Fäuste, die Steine hielten, den baumelnden Strick. So wird mein Leben enden, dachte ich. Ein Stein, der mich an der Wange trifft, unsichtbare Hände, die an meinen Röcken zerren, Hunderte trampelnde Füße.

Ich zielte genauer und atmete ein letztes Mal tief durch. Als ich den Abzug betätigte, wurde ich plötzlich vom Kurs abgebracht, und die Kugel flog in die Luft. Ich stürzte nach hinten in eine tiefschwarze Dunkelheit. Ich versuchte mich zu befreien, bekam aber keine Luft. Als sich undurchdringliche Schatten über mich legten, war ich beinahe erleichtert. Es wird bald aus sein, dachte ich. Nichts wird mir mehr weh tun. Der Kampf würde endlich vorbei sein. Dunkelheit umfing mich. Wie ein schwerer, weiter Mantel hüllte sie mich ein und erstickte mich.

KAPITEL 34

Als ich mich von der stinkenden, haarigen Pferdedecke befreien konnte, die man über mich geworfen hatte, war die Entscheidung schon gefallen. Zwei Offiziere der bayerischen Armee hatten mich in der Barerstraße entführt und in eine wartende Kutsche verfrachtet. Während wir durch die Vororte von München rasten, überreichten sie mir einen Umschlag mit einer Fahrkarte und Papieren. Meine Ausreise aus Bayern war bereits arrangiert. Ludwig hatte mir mit ziemlicher Sicherheit das Leben gerettet, nur um gleichzeitig dem Druck nachzugeben und mich für immer aus dem Land zu verbannen. Warum überließ er mich nicht einfach dem Mob, der mich lynchen wollte, und sparte sich die Mühe?, dachte ich. Das Dampfschiff, das am Ufer des Bodensees auf meine Ankunft wartete, war passenderweise nach ihm benannt.

Es war ein grauer, trostloser Tag. Obwohl es kaum Nachmittag war, schwand das Tageslicht rasch. Ich trat auf die Laufplanke und starrte hinunter auf das eiskalte Wasser, das an die Seitenwand des Schiffes klatschte. Jedes Mal wenn die beiden Offiziere versuchten, mich am Ellbogen zu führen, schlug ich ihre Hände weg. Auf halbem Weg bestand ich darauf, noch einmal die Ausweisungspapiere zu sehen. Tränen traten mir in die Augen. Das war kein schrecklicher Irrtum. Da unten auf dem Blatt war Ludwigs unverkennbare Unterschrift. Für den Fall, dass ich auch nur einen Augenblick Zweifel hegte, hatte er einen Brief beigelegt, in dem er mich anwies, in der Schweiz auf ihn zu warten. Ich starrte über den See. In der Ferne konnte ich die schneebedeckten Spitzen der Schweizer Alpen sehen. Der Regen stach in meine Wangen, der Wind peitschte meine Röcke hoch.

Trotz all meinem Flehen hatte ich mein Schoßhündchen, meine Kleider und meinen Schmuck zurücklassen müssen. Mein einziges Gepäck war ein kleiner, ramponierter Handkoffer, mit dem ich seit meiner Kindheit gereist war. Er enthielt Kleidung zum Wechseln, drei meiner Tagebücher, eine juwelenbesetzte Brosche in Form eines exotischen Schmetterlings und einen Ring mit einem Stein aus rotem Glas.

Als das Schiff ablegte, versammelte sich eine Handvoll Schaulustige schweigend am Hafen. Die Männer nahmen ihre Hüte ab. Eine Frau bekreuzigte sich. Allein in meiner Kabine legte ich meine mageren paar Habseligkeiten auf die Schlafkoje und zog dann meine schmutzigen, dreckverkrusteten Kleider aus. Nackt, verängstigt und allein setzte ich mich auf die Kante der Koje. Ich fühlte mich wund, im Stich gelassen und vollkommen schutzlos.

In der Schweiz hauste ich zwischen Abdecktüchern und kaputten Möbeln im halbverfallenen Chateau l'Imperatrice, das einmal der Kaiserin Josephine gehört hatte. Einen Monat später brachte man mir meine heißgeliebte kleine Zampa. In der Woche darauf kam endlich in zwei armierten Schrankkoffern mein Schmuck im Chateau an. Ich schloss mich in meinem Schlafzimmer ein und kontrollierte den Inhalt; dann setzte ich die diamantenbesetzte Tiara auf und legte die dazugehörige Halskette und das Armband an, die mir Ludwig geschenkt hatte. Ich betrachtete mich im Spiegel und dachte über meine Situation nach. Ludwig machte weiterhin alle möglichen Versprechungen, durfte aber Bayern nicht verlassen. Das leiseste Gerücht, dass er mich besuchen wollte, provozierte weitere Unruhen.

Ich entdeckte ein einzelnes, drahtiges graues Haar und zupfte es schnell aus. Ich war achtundzwanzig Jahre alt. Geschieden. Ich hatte seit über zwei Jahren nicht mehr in der Öffentlichkeit getanzt. All meine Kostüme, meine Schuhe, meine Kastagnetten, meine Gitarre, meine Notenblätter waren in München geblieben. Ich hatte keine Familie und wesentlich mehr Feinde als Freunde. Mein Haus in der Barerstraße war geplündert und ein Großteil der Möbel zertrümmert worden. Außerhalb von Bayern hatte ich kein Einkommen, kein Vermögen, keine Ersparnisse und nur wenige Besitztümer. Was war mit meinen Schätzen geschehen, meinen Alben mit den Zeitungsausschnitten, meinem spanischen Schultertuch, meinem Lackfächer? Ich dachte an meine wunderschöne gläserne Treppe, meinen Schrank voller Kleider, meine Loge im Theater. Vielleicht war wirklich alles eine Illusion, ein Traum, überlegte ich. Ich hatte kurz am Reichtum schnuppern dürfen, bevor er mir wieder genommen wurde.

Wenn ich mich genauer im Spiegel betrachtete, sah ich keine Tänzerin mehr, und auch nicht mehr die Mätresse eines Königs. Vor meinen Augen erblickte ich ein kleines, verwirrtes Mädchen. Aus dem Spiegel sah mir die siebenjährige Eliza Gilbert entgegen, die mit einem Namensschild am Mantel weit von daheim weggeschickt wurde. Ich riss die Halskette herunter. Was für einen Sinn hatten Ruhm, gesellschaftliche Stellung oder Reichtümer, wenn ich tief im Inneren noch immer jenes schrecklich vernachlässigte kleine Mädchen war? Ich wandte mich abrupt vom Spiegel ab, warf die Diamanten in meine Schmuckschatulle und knallte den Deckel zu.

Ich dachte an meinen letzten Tag in England, als ich die Karten für die Überfahrt nach Hamburg bereits in Händen hielt. Die letzten warnenden Worte von Ellen, meinem Dienstmädchen, hallten in meinem Kopf wider: »Wenn Sie schon die Wahrheit verdrehen, dann auf Ihre eigenen Kosten, nicht auf meine«, hatte sie gesagt. »Wenn Sie einmal Ihre eigenen Lügen glauben, will ich gar nicht daran denken, was aus Ihnen werden wird.«

KAPITEL 35

Am Ende einer kleinen Seitengasse in München befand sich über einer Eisenwarenhandlung am oberen Absatz einer klapprigen Wendeltreppe ein Lagerraum, dessen Tür einen Spalt offen stand. Darin waren alte Koffer und Kisten mit rostigen Türklinken und Scharnieren aufgetürmt, die Luft war voller Staub und Spinnweben. Auf zwei hölzernen Trittleitern stand auf Augenhöhe ein großes Stück eines kaputten Spiegels. In der Mitte des Raumes hing von der Decke ein kunstvoll mit Perlen besticktes silbernes Tanzkostüm.

Die verschiedenen Lagen von Röcken des silberglänzenden Kleides fielen wie strahlende Blütenblätter von der schmalen Taille herab. Ein weißes Musselintuch war über den gepolsterten Kleiderbügel zurückgeschlagen worden und enthüllte ein winziges Mieder und durchscheinende Röcke. Darunter stand auf den Fußbodenbrettern ein Paar silberne Satinschuhe, die an der Ferse und an den Zehen abgewetzt waren. Von einem silbernen Band hing eine dazu passende hüftlange weiße, mit silbernen Spitzen besetzte Mantille.

Die glitzernde Oberfläche des Kostüms funkelte in dem Licht, das sich durch ein winziges Flügelfenster kämpfte. Bei der leisesten Brise, die durch die Türöffnung drang, flatterten die silbernen Röcke, und das Mieder schien vor Energie und Lebenskraft zu strotzen. Mitten in dem düsteren, staubigen Raum erwachte das Kostüm wie durch ein Wunder zum Leben, als hätte ein Phantom davon Besitz ergriffen, als wäre eine Erinnerungsspur im Gewebe unerwartet lebendig geworden. Von einer unhörbaren Musik belebt, die in der Brise wehte, begann sich das Kostüm zu bewegen und wogte im flackernden Halbdunkel träge hin und her.

Auf dem Fußboden lagen Unmengen zensierte und verbotene Zeitungen verstreut. In einigen davon war jeder Hinweis auf Lola Montez gänzlich geschwärzt worden, auf anderen prangte der Name noch in den Schlagzeilen.

Auf dem Gehsteig vor dem Geschäft sah sich Susanne, Lolas Dienstmädchen, rasch nach allen Seiten um, bevor sie einen Schlüssel aus der Tasche zog und die Tür aufschloss. Zu ihren Füßen lag ein abgenutzter alter Koffer. Bevor das Haus in der Barerstraße vollkommen geplündert worden war, hatte sie noch ein paar wertvolle Gegenstände retten können.

Ende des II. Aktes

Intermezzo

Eine Revolution ist etwas Geheimnisvolles, fast ein alchemistischer Prozess, eine Beschleunigung, eine kollektive Hysterie, ein gemeinschaftlicher Impuls, alles hinwegzufegen. Man stelle sich einen Wirbelwind vor, einen Tornado. Über Nacht kann aus einer sanftmütigen kleinen Näherin eine Xanthippe werden, ein ausgelaugter Kohlenmann Veränderungen fordern, ein missachtetes Dienstmädchen Ideen entwickeln, die weit über seinen Stand hinausgehen. Das Rad dreht sich beständig weiter. Der abnehmende Mond nimmt wieder zu. Eine Tänzerin wirbelt im Kreis herum. Bei jeder Drehung facht sie den Wind an. Mit jeder Geste bewegt sie die Luft.

III. AKT

9. Szene

In Stoffreste gebundene Tagebücher

KAPITEL 36

Im Broadway Theatre in Manhattan wurde das Stück »Das Leben der Lola Montez« gegeben. Natürlich spielte sie selbst die Hauptrolle. Es war schließlich ihr Leben. Sie hatte die Idee dazu gehabt und führte Regie. Sie hatte die Kostüme ausgesucht und den Text geschrieben. Auf ein Fingerschnipsen von ihr öffnete sich der Vorhang. Augenblicklich wurde sie zur Hauptdarstellerin in ihrem eigenen Drama. Jeden Abend setzte sie ihr Leben aufs Neue in Szene. Das Publikum saß vor dem Hintergrund von blendendem geädertem Marmor und vergoldeten barocken Schnörkeln. Die Tänzer strömten in ihren prächtigen Kleidern aus den Kulissen. Riesige Gaskronleuchter verströmten ein bläuliches Licht, an der Wand verbreiteten Kerzen einen warmen Schein, Schmuck glitzerte. Bei der Premiere blickten mehr als dreitausend Menschen hinauf auf die Bühne.

Lola stand reglos in der Mitte und spürte, wie sich die Erwartung ins Unermessliche steigerte. Sie brauchte eigentlich nichts anderes zu tun, als reglos dazustehen und zu warten. Mit ihren wirbelnden Röcken und der schwarzen Mantille beschwor sie eine flüchtige Mischung aus Emotion und Beherrschung und primitiven, kaum gezähmten Leidenschaften herauf. Sie verströmte den unverkennbaren Geruch der Revolution, die Faszination der abweichenden Meinung, eine Atmosphäre, die an Schießpulver und brennende Fackeln denken ließ, an den Drang, die Schranken der Konventionen zu sprengen, eine Andeutung aller nur denkbaren, früher unvorstellbaren Möglichkeiten.

Sie hob die Kastagnetten über den Kopf und hielt dann inne. Als das rhythmische Stakkato ertönte, stieß das Publikum einen hörbaren Seufzer aus, als hätten alle Zuschauer zur gleichen Zeit ausgeatmet.

Ob auf der Bühne oder abseits davon, Lola war in Amerika sowohl im Theater als auch in den Tageszeitungen eine Attraktion. Sie war jetzt nicht mehr ein Überraschungsgast an einem unterhaltsamen Abend, sie war der Star. Ein oder zwei Tänze in der Pause zwischen den Akten waren nicht mehr genug. Als Schauspielerin konnte sie die Hauptrolle in einem Stück übernehmen *und* es mit einem Tanz eröffnen und beschließen. Damit standen ihr nun wirklich alle Möglichkeiten offen: sie konnte sowohl die Gräfin als auch die Tänzerin darstellen.

Zwei Wochen nach ihrer Ankunft hatte sie ihren spanischen Akzent aufgegeben und sich rückhaltlos in den Schmelztiegel gestürzt. Sogar der Klang ihrer eigenen seltsamen Stimme begann ihr zu gefallen, obwohl es ihr noch immer ein wenig schwerfiel, auf der Bühne für alle hörbar zu sprechen. In einem Land voller Opportunisten war Authentizität nicht nötig. Je nach Lust und Laune behauptete sie, in verschiedensten Variationen spanischer, irischer oder schottischer Abstammung zu sein. Wie Tausende andere Immigranten vor ihr ergriff sie die Chance, ein ganz neues Leben zu beginnen. Warum stillstehen, wenn Bewegung alles ändert? Aus dem Chaos entsteht Leben, Stillstand führt zu Abstumpfung, zu einer langsamen, andauernden Eintönigkeit. Europa hatte ihr nichts mehr zu bieten. Sie war unersättlich in ihrem Verlangen nach Fremdartigkeit, neuen Dingen, neuen Menschen, dem Unentdeckten, dem Unerforschten, dem Unbekannten. Sie lebte in einem Traum, wie das Leben sein könnte: immer größer, heller, strahlender. Die »Realität« war ein bisschen wie eine unerwünschte Erbschaft, wie eine vernachlässigte Messingvase; sie müsste poliert werden, sie müsste stärker glänzen, man ließ sie lieber zurück.

In jenen ersten Tagen in Manhattan traf sie überall auf irische Stimmen: aus Sligo, Dublin, Wexford, Cork. Am Hafen hörte sie einen vertrauten Akzent und drehte sich um – ein irisches Paar verkaufte Kastanien und karamelisierte Äpfel. Sie ging zu den beiden hin und wollte sie schon ansprechen, als ihr klar wurde, wo sie den Mann und die Frau bereits einmal gesehen hatte. Sie erinnerte sich an ein armseliges dunkelhaariges Paar, das von den Ländereien in Ballycrystal vertrieben worden war. An eine dünne und trotzige Frau, barfuß und ungepflegt, die den Blick abgewandt hatte. Diese Frau stand jetzt mit den Händen auf den üppigen Hüften da und schaute Lola direkt in die Augen. Lola lächelte entschuldigend und ging weiter. Auf dem Weg zum Hotel sah sie eine Frau, die eine unheimliche Ähnlichkeit mit Bridie hatte. Fast hätte sie ihr zugerufen, wollte aber denselben Fehler nicht ein zweites Mal begehen. Die Frau kam näher; es war eine mollige, lächelnde Matrone in kastanienbraunen Stiefeln am Arm eines wohlhabenden Kaufmanns. In New York wimmelte es von dieser neuen Rasse, wie es schien. In ihren karierten Westen, Schultertüchern im Schottenmuster und glänzenden neuen Stiefeln waren diese brandneuen irischen Amerikaner stolz und laut und keck.

In Amerika war alles neu, jeder war neugeboren: nur das Hier und Jetzt zählte. Von New York aus begab sich Lola auf eine Tournee durch die Staaten im Nordosten des Landes, wobei sie unterwegs ihr Stück weiterentwickelte und ihm den letzten Schliff verlieh. Das amerikanische Publikum wollte etwas sehen, das seine eigenen Erfahrungen widerspiegelte. Sie führte einen Tiroler Tanz auf, einen bayerischen Volkstanz, einen ungarischen Csárdás und eine spanische Cachucha; doch dann begriff sie, dass Nationalität und Herkunft keine Rolle mehr spielten – was gewünscht wurde, war eine Synthese des Europäischen. Amerika verlangte nach etwas mit Kultcharakter, das ganz leicht immer wieder reproduziert werden konnte. Die Theaterrollen kamen und gingen: Lady Teazle, die Königin von Spanien, Charlotte Corday, und sogar die verschiedenen Inkarnationen von Lola Montez – doch ein einziger Tanz konnte zum Symbol werden. Die Amerikaner schrien nach etwas Neuem, nach etwas, das einerseits aufsehenerregend war, jedoch auf tiefe Wurzeln schließen ließ.

Lola gab ihnen ihren ganz persönlichen Spinnentanz. Sie nahm die Tanzschritte von ihrem *Oleano* – jene wütenden *zapateados*, bei denen die Männer vor heimlichem masochistischem Vergnügen schauderten und die Frauen angesichts des Tabubruchs erzitterten – bei der Vorstellung, dass eine Frau tatsächlich Wut oder Verachtung oder Geringschätzung fühlen und sogar ausdrücken könnte. Mit einem neuen Namen wurde die altehrwürdige Tarantella eine funkelnagelneue Sensation.

Eine tödliche Spinne verfängt sich in den Unterröcken eines unschuldigen jungen Mädchens. Es befindet sich in Lebensgefahr und schüttelt seine Röcke gründlich aus. Als die Spinne schließlich auf den Boden fällt, zertrampelt es sie mit seinem Fuß. Voller Leidenschaft zelebrierte es triumphierend und erleichtert, dass es knapp dem Tod entkommen war.

Es war kein kultivierter Tanz, er war einfach und voller Ambivalenz zugleich. In Boston empfahlen die Zeitungen dringend, den Auftritt zu boykottieren; in Philadelphia eilte ihm der Ruf voraus, er sei für achtbare Frauen nicht geeignet; in Connecticut wurde die erste Anzeige wegen Unschicklichkeit erstattet; in Pennsylvania brachten einige Gentlemen eilig ihre Damen aus dem Zuschauerraum. Lola spielte oft vor einem schwarzen Haus – das heißt, dass überhaupt keine Frauen im Publikum saßen –, obwohl das Theater in New Orleans voller Frauen war, die Blumen auf die Bühne warfen. (Diese Südstaatendamen mit spanischem und kreolischem Blut in den Adern kannten sich natürlich mit Leidenschaft und Feuer aus, aber das ist eine andere Geschichte.) Einer von Lolas Lieblingszeitungsausschnitten war jener aus der »Alta California«, in dem der Kritiker liebenswürdigerweise zugab, dass es an ihm liegen könne, wenn er an dem Tanz etwas Unschickliches gefunden hätte, und nicht an der Vorführung auf der Bühne.

Wenn Madame Montez die Spinne aus ihren Röcken schüttelt, erhascht man kaum einen Blick auf ihren Knöchel, vom Schenkel ganz zu schweigen! Die Pikanterie liegt einzig in der Andeutung, was wohl hinter verschlossenen Türen passieren könnte. Als sie die Spinne so genüsslich zertrat, wurden bei mir alle möglichen lüsternen und sinnlichen Vorstellungen geweckt. Sollen sie in Frankreich Mädchen verhaften, weil sie Polka tanzen! Hier wird das nicht geschehen. Vergessen wir nicht, wir sind Amerikaner, keine Europäer.

Sollen wir ihren Auftritt verbieten, weil sie uns Ideen in den Kopf setzt, oder sollen wir offen zugeben, dass sie bloß Gedanken und Gefühle anspricht, die bereits vorhanden sind? Meine Herren, ich plädiere für Letzteres.

Die Kunde vom Spinnentanz verbreitete sich und warb im Voraus für sie. Lola war zur Antithese von Eleganz und weiblicher Kultiviertheit geworden, der dunkle Schatten jeder sanftmütigen achtbaren Frau, die sich still mit ihrer Gobelinstickerei beschäftigte. Nach einem Abend im Theater gingen viele männliche Zuschauer nach Hause und schauten ihre Frauen misstrauisch an. War das ein Funkeln in ihren Augen? Was hatte diese unmerklich hochgezogene Augenbraue, das heimliche Lächeln im Mundwinkel zu bedeuten? Es war schon verflixt, aber manchmal kam es einem vor, als schmachte einen die treuergebene Gattin fast zu sehr an, als verberge das wohlgefällige Äußere etwas viel Komplexeres. Weiß Gott, wenn es so weiterging, würden die Frauen bald das Wahlrecht fordern! Auf dem ganzen Kontinent lasen die Damen in ihren Salons interessiert Zeitungen, um sie eilig hinter den Kissen oder unter ihrer Stickerei zu verstecken, wenn sie ihre Männer kommen hörten. In ihren Boudoirs, Souterrains und Küchen hoben Mätressen, Dienstmädchen und Näherinnen zögernd ihre Röcke hoch und stampften mit den Füßen auf und produzierten Hunderte geheime Versionen des unendlich variablen Spinnentanzes.

Lola trat in ganz Amerika auf, in so gut wie jeder größeren Stadt in jedem Staat, in prächtigen Stadttheatern und in Sälen über Saloons mit Sägespänen auf dem Fußboden, wo der Eintritt

25 Cent kostete. In der boomenden Stadt San Francisco, die gerade einmal drei Jahre alt war und in der Streitigkeiten noch immer mit dem Schießgewehr ausgetragen wurden, kamen häufig ihre Peitsche und ihre Pistole zum Einsatz. In Sacramento forderte sie die unaufmerksamen Zuschauer zum Duell auf.

Sacramento war in vieler Hinsicht noch immer eine Grenzstadt, und das Publikum war nicht ungewöhnlich laut, doch als ein paar sogenannte Gentlemen die Frechheit besaßen, über den Spinnentanz zu kichern und Lolas Konzentration zu stören, hielt sie die Musik an und trat an den Bühnenrand.

»Kommt herauf!«, rief sie und deutete auf den rot angelaufenen Rädelsführer – das Theater war klein genug, dass man die Übeltäter auf den besten Sitzplätzen identifizieren konnte.

»Gebt mir eure Hosen und nehmt dafür meine Röcke; ihr seid nicht würdig, Männer genannt zu werden!«

Die Zuschauer verstummten verblüfft und brachen dann in Gelächter aus.

»Ich will reden!«, rief sie.

Leider richtete sich die Heiterkeit nicht nur auf die Störenfriede. Bald flogen faule Äpfel und Eier durch die Luft. Lola blickte hinab auf ein Meer von Männergesichtern, die sich eindeutig über sie lustig machten.

»Ihr seid Feiglinge, und ich verachte euch!«, überschrie sie den Lärm. »Ich würde liebend gern mit jedem Mann kämpfen, der es wagt, mich zu beleidigen! Was schlagt ihr vor – vielleicht die Peitsche, oder eine Pistole?«

Der Dirigent geriet in Panik und erhob seinen Stock.

Niemand nahm Lolas Angebot an.

Die Musiker begannen wieder zu spielen, und da sich Lola

kein Gehör verschaffen konnte, begann sie zögernd wieder zu tanzen. Als ein Rosenstrauß auf der Bühne landete, trampelte sie darauf herum. Sie sah mit blitzenden Augen ins Publikum; das wahre Objekt ihrer Verachtung war unverkennbar. Jeder noch vorhandene Anschein von Ordnung löste sich in Nichts auf, und ein Tumult brach aus. Als Stühle durch den Raum flogen, trat Lola hastig den Rückzug an. Von den Kulissen aus hörte sie gleichermaßen Buhrufe und Applaus. Als die Ordnung schließlich wiederhergestellt war, gab sie vor einem Saal voller zerbrochener Bänke eine Zugabe, während der Wind durch die kaputten Fensterscheiben pfiff.

Später in jener Nacht versammelten sich ein paar hundert betrunkene Männer unter ihrem Hotelfenster und brachten ihr mit Töpfen und Pfannen ein Ständchen. Sie beugte sich aus dem Fenster und drohte ihnen mit der Faust; die Männer johlten und grölten.

Es war eine Pantomime.

»Ein dreifaches ›Buh‹ für Lola Montez!«, schrien sie zum Scheppern von Topfdeckeln.

»Ihr seid keine Gentlemen«, schimpfte Lola.

»Und du bist keine Lady«, brüllten sie zurück.

Lola antwortete mit einer Herausforderung. »Kommt morgen Abend ins Theater, dann könnt ihr mich anpöbeln, so viel ihr wollt!«

Als endlich alle nach Hause gegangen waren, ließ sie sich mit einem Glas Weinbrand zur Stärkung auf einen Lehnstuhl fallen.

»Oje!«, sagte Lolas Manager. »Das ist eine Katastrophe.«

»Unsinn«, antwortete sie. »Der heutige Abend war mehr wert als tausend Dollar, du wirst sehen.«

Am folgenden Abend war das Theater gerammelt voll, und ein ganzes Kontingent von Polizisten säumte die Wände. Lola hielt eine nette Entschuldigungsrede.

»Ich bin bloß eine arme, hilflose Frau, die man verfolgt und ausgenutzt hat. Vergebt mir, meine geliebten Amerikaner, die ihr ebenso wie ich an die Freiheit glaubt, wenn ich in der Hitze des Augenblicks zu heftig reagiert habe. Ich hätte mich über das unehrenhafte und unfeine Benehmen einer Gruppe von Störenfrieden nicht aufregen sollen. Als ich auf den Blumenstrauß trat, war das ein Teil der langen und alten Tradition, nach der man die Spinne zertritt. In Wirklichkeit wollte ich mich nicht abfällig äußern oder die Gesinnung der rechtschaffenen Menschen von Sacramento in Frage stellen, die mir sehr am Herzen liegen. Meine Damen und Herren, wenn Sie wollen, dass ich weitertanze – ein Wort genügt.«

Die Zuschauer reagierten mit tosender Zustimmung, und Lola zeigte sich mit zwei Zugaben erkenntlich.

In der restlichen Laufzeit ihres Programms in Sacramento verdoppelten sich die Kartenverkäufe, und sie hatte keine Probleme mehr. Wenn sie die Zuschauer aufgrund ihres Geschlechts angriff, dann deshalb, weil die Männer mit ihr genau dasselbe taten. Einen kostbaren Abend lang entband sie die Männer von der Pflicht, sich ritterlich verhalten zu müssen. Sie hätten ihr dankbar sein sollen!

Natürlich hatte Lola auch gedämpfte, nachdenkliche Momente voller Zweifel und Bedauern. Niemand ist immer selbstbewusst, niemand ist wirklich überlebensgroß. Wie jeder andere hatte sie Tage, an denen sie sich schutzlos vorkam. Tage, an denen sie reglos in abgedunkelten Zimmern saß. Tage, an denen sie das Licht in den Augen schmerzte und ihr selbst das Flüstern des Dienstmädchens zu laut vorkam. Tage, an denen sie das Hotelzimmer nicht verlassen konnte, an denen ihr für das Lächeln, die Ausstrahlung, das Wesen von Lola Montez die Kraft fehlte.

An solchen Tagen zog sie sich zwischen die Blätter ihres Tagebuches zurück. Das war der einzige Ort, wo sie nicht auf der Hut sein musste, wo sie ganz kompromisslos, ungeschminkt und konsequent sie selbst sein konnte. Das aktuelle Tagebuch war in ein Stück weiches meergrünes Wildleder gebunden, das sie in London gekauft hatte. Frühere Exemplare waren in Stoffresten von ihren Lieblingskleidern gebunden: in pfauenblaue Seide, in goldgelb schillernden Taft, in düsteren olivgrünen Samt, in ein Stück abgesteppten lachsrosa Satin. Darin hielt sie ihre geheimen Gedanken und Phantasien fest. Während ihrer ganzen Kindheit hatte das Tagebuchschreiben sie in einem so großen Maß aufrechterhalten, dass ihre engste Beziehung die zu sich selbst war. Während all ihrer Aktivitäten, den endlosen Reisen, von der Kindheit bis ins Erwachsenenalter war das der einzige rote Faden gewesen, der alles verband.

Vor dem ersten Broadwayauftritt hatte sie in den Kulissen gestanden und auf ihr Stichwort gewartet. Von den Vorhängen stieg Staub auf. Die Tänzer und Tänzerinnen schwirrten herum. Der Regisseur brüllte. Sein Assistent duckte sich. Die Bühnenarbeiter legten letzte Hand an. Lola blickte durch das Guckloch auf der Seite der Bühne ins Publikum. Die Musiker im Orchestergraben unterhielten sich flüsternd miteinander. Gelegentlich ertönte ein Instrument: ein Triangel oder das Brummen der Tuba. Der Dirigent klopfte zweimal mit dem Stock. Im Parkettgang sah sie eine junge Frau, die am Arm eines Gentlemans promenierte, der nickte und lächelte. Mit ihren leicht abfallenden Schultern über einem bauschigen Kleid in sanften Farben wirkte die junge Frau so bleich und sittsam wie ein Schwan. Demütig neigte sie den schönen Kopf, die Augen waren verschämt zu Boden gesenkt, auf dem farblosen Gesicht lag der Hauch eines Lächelns. Lola beobachtete, wie der Mann dieses zarte Wesen gleichermaßen mit Umsicht und Geringschätzung behandelte. Er führte sie am Ellbogen. Könnte sie sonst vielleicht stolpern? Hinfallen? Er brachte seinen Schützling an seinen Platz wie ein kleines Kind. Lola sah aufmerksam zu. Sie dachte daran, dass sie in einer anderen Zeit, in einem Leben, das sie hinter sich gelassen hatte, auch einmal eine solche Frau gewesen war.

KAPITEL 37

Von San Francisco landeinwärts steigen die Straßen an, bis in einer Höhe von etwa 600 Metern über dem Meeresspiegel die Hügel in eine üppige grüne Hochebene übergehen. Mit den Bergen der Sierra Nevada im Hintergrund und dem Ozean in der Ferne hatte man in Grass Valley das Gefühl, dem höchsten Punkt der Welt nahe zu sein. In der kleinen Stadt herrschte ein Optimismus, der nicht nur von den Goldvorkommen im Gestein herrührte. Die Luft war rein, und die Aussicht vermittelte ein Gefühl von Weite, die Lola tief beeindruckte. Das Geräusch der Mühlen, die den goldhaltigen Quarz mahlten, hallte durch das Tal und schuf eine Atmosphäre von Zielstrebigkeit und Fleiß. Grass Valley war eine aufstrebende Stadt, und sie passte perfekt zu ihr. Alles war neu; alles war möglich. Männer wurden durch harte Arbeit oder Glück reich. Die ganze Gegend war durchsetzt von Bergwerken und verarbeitenden Industriebetrieben, doch für Lola waren sie unglaublich schön. Die alte Welt wurde hinweggefegt und mit ihr die alten Zwänge. Grass Valley war ein aktiver, pulsierender Ort, in dem man überall das Geräusch von Wasserrädern und Dampfmaschinen hörte. Rundum gab das zermahlene Erz seine Schätze frei und feine Filter glitzerten golden im Licht.

Die Main Street bestand aus zwei Reihen von Lattenholzhäusern, einem Saloon, einem Restaurant, einer Kegelbahn, einem

Buchgeschäft, einem Bordell und einem einzigen Hotel mit Stockbetten für die Goldsucher. In dem kleinen Theater über dem Saloon trat Lola vor einem Publikum auf, das so ausgehungert nach Unterhaltung war, dass es bereitwillig doppelt so viel wie üblich für die Eintrittskarten zahlte. Goldsucher saßen neben ungehobelten Typen in neuen Anzügen und alten Männern in verblichenem Sonntagsstaat. Bergwerksbesitzer und ihre Führungskräfte zwängten sich zwischen Schauspieler und Musiker. Selbst die Mädchen vom Bordell steckten ihre Köpfe zur Tür herein.

Als Zugeständnis an die intime Atmosphäre trat Lola an den Rand der winzigen Bühne.

»Wir alle hier sind Goldgräber«, sagte sie mit einem kleinen Knicks. »Wir alle sind Könige und Königinnen. Sehen Sie mich an: eine Gräfin verneigt sich ergebenst vor Ihnen.«

Bei jener ersten Vorstellung kam der Sturz von Ludwig besonders gut an, und beim Spinnentanz erboten sich die Zuschauer, beim Fangen der Spinne behilflich zu sein. Am Ende des Abends hatte Lola ihre Entscheidung getroffen. Grass Valley würde ein guter Ausgangspunkt sein, von dem aus sie die Staaten des Westens bereisen konnte, und sie hatte bereits beträchtliche Investitionen getätigt. Sie hatte ihre Lektion von Ludwig gelernt: ein König kann einem ein Vermögen vermachen, aber er kann es einem auch wieder wegnehmen. Weiter oben im Tal befand sich die Empire Mine, die ertragreichste Mine in Kalifornien, und dort hatte sie ihr Claim abgesteckt.

Als Lola das kleine Holzhaus in der Mill Street sah, wusste sie sofort, dass es wie für sie geschaffen war. Es war weiß gestrichen und hatte eine Veranda, die rund um das ganze Haus lief, wie der Bungalow in ihrer Kindheit in Indien. Der Anblick der Berge schien Elemente ihrer Vergangenheit zu vereinen – die Ausläufer des Himalaya, die bayerischen Alpen rund um München und die Sierra Nevada in Spanien, die der alten Stadt Granada ein so schimmerndes, zauberhaftes Flair verlieh. Als sie ihr neues Zuhause gestaltete, merkte sie, dass sie es für das kleine Mädchen tat, das sie einst gewesen war. Im Garten pflanzte sie neben den einheimischen Kakteen bernsteinfarbene Trompetenbäume und goldene Gartentrompeten mit großen, leuchtenden Blüten, die sie an Indien und Spanien erinnerten. Auf der Veranda war eine Hängematte, und von einem Baum hing eine Schaukel. Sie kaufte einen Hund, ein Pferd und einen grünen Papagei namens Polly. Bald hatte sie eine ganze Menagerie beisammen: Truthähne, Hühner, zwei Ziegen, ein Schwein, zwei Turteltauben. Jede Woche brachte ihr jemand noch ein Tier. Einmal rettete sie ein zimtfarbenes Bärenjunges aus einem herumziehenden Zirkus; dann wieder brachte ihr ein Nachbar eine Wildkatze mit einer übel zugerichteten Pfote.

An jedem Samstagmorgen gab sie für drei Mädchen aus Grass Valley Tanzstunden. »Steht aufrecht, seid stolz«, flehte sie sie an. Sie lief nie wieder vor Eliza Gilbert davon. Wenn die Leute sie kindisch und impulsiv nannten, war ihr das egal. Besucher aus Europa, die eine vornehme Gräfin erwarteten, fanden stattdessen eine braungebrannte Frau in einem Kattunkittel, die ihren Blumengarten umgrub. Als Piotr Steinkeller aus Polen auswanderte, ließ er es sich nicht nehmen, sie zu besuchen.

»Na so etwas, du bist ja schwarz wie eine Indianerin!«, rief er. »Ich habe dich kaum erkannt!«

In einer Kleinstadt gerät man natürlich leicht aneinander, und Grass Valley war da keine Ausnahme. Henry Shipley, dem Herausgeber des »Grass Valley Telegraph«, war seine Macht offenbar zu Kopf gestiegen. Trotz seiner Jugend war er bereits abgestumpft und zynisch. Jede Woche zog er in seiner Zeitung spöttisch über Künstler her, die in der Stadt ein Gastspiel gaben, doch dann hatte er die Frechheit, Lola zu beleidigen. Schon seit Wochen hatte ein Kleinkrieg gebrodelt, doch das war für Lola dann der Tropfen, der das Fass zum Überlaufen brachte. Sie rannte sofort los und fand ihn im Golden Gate Saloon in der Main Street, wo er bereits vor einem Glas Whisky saß, obwohl es erst zehn Uhr früh war.

»Sie wagen es, mich eine Heuchlerin zu nennen!«

»Wenn das nicht die gnädige Lola Montez ist«, feixte er.

»Ich verlange eine Entschuldigung!«

Als er sich weigerte, seine üble Nachrede zu widerrufen, fiel Lola mit ihrer scharfen Zunge über ihn her und unterstützte ihre Argumente mit der Peitsche.

»*Das* ist für jede Karriere, die Sie zerstört haben. *Das* ist für den Missbrauch Ihrer Stellung, und *das* ist für die Impertinenz, mich schwarz auf weiß mit Eigenschaftsworten zu beleidigen, die viel eher Ihr eigenes erbärmliches Naturell beschreiben würden. Wirklich unerhört!«

Beim dritten Hieb bekam Mr. Shipley die Peitsche zu fassen. Er setzte zu einem Fausthieb an, doch wie Lola erklärte, ergriff der Geist ihrer irischen Vorfahren von ihrer linken Hand Besitz, und sie schlug als Erste zu.

Ihre Faust landete auf seinem Auge; Mr. Shipley taumelte zurück und verbeugte sich dann. »Lola Montez schafft es wieder auf die Titelseiten!«, meinte er hämisch. »Sie müssen wirklich versuchen, nicht so berechenbar zu sein, meine Liebe!«

Die Wirtin des Golden Gate hatte sich zwischen sie gestellt, sodass das Handgemenge eigentlich vorbei war. Sie warfen einander weiterhin Beleidigungen an den Kopf, sowohl dort als auch danach in der Presse. Lola musste nach Nevada City fahren und dort ihre Sicht der Dinge darlegen. Shipley war unverbesserlich, aber sie lebten in einer Kleinstadt, und er profitierte von den höheren Verkaufszahlen. Wer von den beiden den Sieg davontrug? Sagen wir, er zog sich als Erster zurück. Bei öffentlichen Zusammenkünften kam es immer wieder zu gegenseitigen Beleidigungen und spöttischem Geplänkel, wobei beide behaupteten, den anderen übertrumpft zu haben und Shipley, wenn sie ihn niedergeredet hatte, den moralischen Sieg für sich beanspruchte. In Wahrheit waren sie aufeinander angewiesen, ob es ihnen passte oder nicht. Lola versorgte Shipley unaufhörlich mit Material, und er brachte ihr Publikum. Publicity ist eine Kunst, aber man muss behutsam damit umgehen. Sobald sich die Maschinerie in Bewegung setzt, bekommt sie ein Eigenleben, besonders bei Artikeln, die an verschiedene Zeitungen gleichzeitig verkauft werden. Es ist, wie wenn man sich in einem Spiegelkabinett im Kreis dreht: es wird einem nur allzu leicht schwindlig, man wird waghalsig und verliert das ursprüngliche Ziel aus den Augen.

Lola hatte das Haus in Grass Valley unter anderem gekauft, um sesshaft zu werden und ihre Memoiren fertigzuschreiben. Zeitungen druckten jede auch noch so dünne Geschichte, doch für ein Buch musste der Inhalt wesentlich solider sein. Feurige Leserbriefe an Zeitungen zu schreiben war einfach, aber ihre eigenen

Gedanken und Erinnerungen ans Tageslicht zu befördern, erforderte ein Maß an Reflexion, das ihr nicht leichtfiel. Jeder wollte über ihre Heldentaten in Europa lesen, doch jene schwindelerregenden, berauschenden Tage waren ihr bereits sehr fern. Lola kamen sie vor wie Erinnerungen an einen Traum. In »The Life of Lola Montez« hatte sie jegliche Schwierigkeiten umgangen, indem sie sich als eine Figur in einem etwas absurden Theaterstück darstellte. Aufgrund ihres Erfolgs boten einige Verleger jetzt große Summen für eine richtige Biographie.

Als sich Lola zum ersten Mal an den Schreibtisch setzte, gerieten die Worte, die sie niederschrieb, ins Stocken. Sie erkannte, dass sie von dem Augenblick an, als sie London verließ, ihren Weg verloren hatte. Bei ihrem zweiten Versuch ging sie weiter zurück und holte Eliza Gilbert hervor. Sie gestand sich ein, dass es vor der Vergangenheit kein Entrinnen gab. Wie schnell sie auch davonlief, sie wurde stets von ihrer Kindheit eingeholt. Als sie das begriffen hatte, kamen die Worte von selbst. Sie fühlte sich wie ein Maulwurf, der Tunnel durch die Erde gräbt: sobald sie begonnen hatte, konnte sie nicht mehr aufhören.

Lola Montez war so sicher aus Eliza Gilbert geboren, wie der braune, zerbrechliche Panzer einer Puppe aufbricht und ein wunderschönes Bild seiner selbst freigibt. Eliza war die träumende Puppe, Lola Montez der flatternde Schmetterling, der erste lebendige Farbfleck, die Manifestation ihrer Schulmädchenträume. Wenn Lola auf ihr Leben zurückblickte, sah sie nicht eine Geschichte, sondern zwei, wobei sich eine innerhalb der anderen entfaltete. Sie war wie eine janusköpfige Figur, in der zwei Wesen miteinander in Konflikt liegen: das eine wollte unbedingt nach vorn und immer weiter, der Blick des anderen war starr auf die Vergangenheit gerichtet. Ihre Mutter hatte sie im zarten Alter von sieben Jahren allein gelassen, worauf sie geglaubt hatte, es mit der ganzen Welt aufnehmen zu müssen. Wenn sie versuchte, sich von der Liebe oder der Billigung der Gesellschaft unabhängig zu machen, dann nur, weil sie sie zu sehr brauchte. Sie hatte ihrer Mutter nie ganz verziehen, doch sie hatte gelernt, ein wenig freundlicher zu sich selbst zu sein. Als die Memoiren fast fertig waren, konnte sie sich beinahe vorstellen, dass Lola und Eliza Hand in Hand gingen: Lola strahlend in einem blutroten Flamencokostüm, Eliza in einem leuchtenden orangefarbenen und pfauenblauen indischen Seidenkleid.

Eines Tages saß sie auf der Veranda und beobachtete, wie sich eine dicke Hummel am Blütenstaub labte und gleichzeitig eine Gruppe gelber Lilien bestäubte. Von dem pulverigen Staub an ihren Beinen nach unten gezogen, schwebte die Hummel unsicher über den Blumen, bevor sie tief in die Blüte hineintauchte. Lola dachte an ihren Tanzunterricht bei Carmen in der staubigen Höhle in der maurischen Stadt Granada. »Sie müssen den Kern finden«, hatte Carmen gesagt. »Sie müssen alles andere abstreifen. Wenn Sie ein wundes, zitterndes Etwas finden, dann können Sie anfangen.« Es ist wahr, dachte Lola. Was kann ich anderes tun, als anfangen und immer wieder von vorn anfangen.

10. Szene

Finale

(Addendum)

KAPITEL 38

Nach fast zwei Jahren in Grass Valley sickerten beunruhigende Berichte aus der ganzen Welt in Lolas Gedanken, wie Gold, das sich im Gestein ablagert. In Irland, in Indien und auf den Westindischen Inseln hatten Menschen Vermögen und einen guten Ruf aufgebaut und wieder verloren; das Resultat waren Hungersnöte, Meutereien und Rebellionen. Es war nur eine Frage der Zeit, bis in Amerika das Gleiche passierte. In Kalifornien geriet die Wirtschaft bereits ins Stocken. Jetzt, wo man in Australien Gold gefunden hatte, erschloss sich eine ganz neue Welt. Goldsucher und Spekulanten aller Art stürmten die Küsten des Kontinents: Unternehmer, Bergleute, Schauspieltruppen, leichte Mädchen. Verlockende Erzählungen von diesem riesigen Kontinent mit der roten Erde und den vielen Rohstoffen drangen stetig in Lolas Bungalow in der Mill Street. Die Geschichten von Goldfieber und Unruhen, von Bergwerksbesitzern und Bergleuten, die ausgehungert waren nach Unterhaltung, von hohen Preisen und einträglichen Geschäften erwiesen sich als unwiderstehlich. Zwischen den ersten Frühlingstagen und dem Beginn des Sommers stellte Lola eine Truppe zusammen und setzte die Segel.

Die europäischen Siedler hatten den roten Kontinent in vieler Hinsicht erfolgreich erobert – große Teile von Sydney und Melbourne unterschieden sich im Aussehen kaum vom eleganten London –, doch eine allgegenwärtige Erinnerung an die wilde, ungezähmte Seite blieb. An Orten, wo man sie am wenigsten erwartete, in Salons und Empfangszimmern, hinter Vorhängen und unter Klavieren tauchten die grässlichsten Spinnen auf, sausten seitwärts davon oder liefen eilig die Wand hinauf. In Waschküchen und Vorratskammern, in Schlafzimmern und auf der Toilette lagen behaarte Riesenkrabbenspinnen und andere schaurige Artgenossen auf der Lauer. Wie es schien, gab es in Australien unzählige Spinnenarten mit klingenden Namen: Webspinnen, braune Falltürspinnen, Lassospinnen. Australische Taranteln konnten so groß werden wie eine Männerhand, und die Wolfspinnen hatten acht Augen, die in der Dunkelheit leuchteten. Es gab sogar eine australische Verwandte der schwarzen Witwe: wenn der Biss einer weiblichen Rotrückenspinne auch nicht tödlich war, so konnte er doch Krämpfe und Anfälle auslösen.

In einem Land mit Bewohnern dieses Kalibers nahm Lolas Spinnentanz ein unerwartetes Eigenleben an. Plötzlich wurden in Theatern auf dem ganzen Kontinent die schlimmsten Ängste der aufkeimenden Nation auf die Bühne gebracht. Für Zuschauer, die bereits auf die sehr realen Gefahren eingestellt waren, gewann Lolas Hauptattraktion einen viel höheren Grad an Dringlichkeit und Leidenschaft. Sie war mitten in einem stürmischen australischen Winter in Sydney angekommen und spielte bald vor vollen Häusern. Im Victoria Theatre präsentierte sie ein Paradestück, das bis zur höchsten dramatischen Perfektion choreographiert worden war.

»Die Spinne, die Spinne, die Spinne!«, riefen die Männer im

Publikum und forderten lautstark, die Spinne möge gefunden und verscheucht werden.

Man stelle sich eine geschmeidige junge Frau vor, die sich in einem Spinnennetz verfangen hat. Die Fäden wickeln sich um ihre Knöchel, und sie wird immer verwirrter. Hypnotisierende Musik erfüllt den Raum; sie wird langsamer, und die junge Frau entdeckt in ihren Unterröcken einen Eindringling. Sie versucht, ihn herauszuschütteln und untersucht ihre Röcke dann erneut. Die Spinne klettert höher. Die Frau dreht sich und wirbelt mit fliegenden Röcken herum. Wie eine Besessene zappelt sie und windet sich. Der Kampf wird immer hektischer, die Spannung steigt. Die Frau tanzt selbstvergessen und leidenschaftlich, bis es ihr schließlich gelingt, die Spinne auf den Boden zu schütteln. Wütend zertrampelt sie sie mit ihrem Fuß. Endlich ist es vollbracht. Der bedrohliche Eindringling ist besiegt. Plötzlich wird die abgehackte Musik sanft. Die Frau lächelt vergnügt und entzückt, und ihr Körper scheint zu bersten vor Liebe zum Wunder des Lebens, die ihre Bewegungen beseelt.

Die Zuschauer waren wie gebannt von der Kraft der Leidenschaft, die sie auf der Bühne sahen. Sie gingen in dem Drama vor ihren Augen so auf, dass sie die Spinne beinahe sehen konnten. Als sie zu Boden fiel, seufzten sie erleichtert auf. Dann schauten sie entsetzt zu, wie sie von einem so zierlichen weiblichen Fuß entschlossen zertreten wurde. Das Tier, das gedroht hatte, sich unsägliche Freiheiten herauszunehmen, war eindeutig tot, doch ein neues Schreckgespenst war aufgetaucht: der Anblick einer schönen Frau, in der Ungestüm und Vitalität tobten. Blumen regneten auf die Bühne, stürmischer Applaus ertönte.

Lola brauchte gar keinen Körperteil zu entblößen, um einen

Skandal zu entfachen. Es reichte, zu zeigen, dass die Spinne in ihre Röcke eindrang, sie herauszuschütteln und dann mit ihrem Fuß zu töten. Es war ein perfektes Drama in drei Teilen.

Vor langer Zeit, im Mittelalter, als die Kreuzzüge über Europa hinwegfegten, brach in Süditalien eine seltsame Hysterie aus, die sich rasch im ganzen ländlichen Italien und in Spanien ausbreitete. Zur Erntezeit wurden auf den Feldern viele Frauen von Taranteln gebissen. Während das Gift in ihre Körper drang, wurden sie von unkontrollierbaren Krämpfen geschüttelt. Das einzige bekannte Heilmittel dagegen war Tanzen, und bunt zusammengewürfelte Musikantengruppen kamen zu den Feldern und warteten, bis ihre Dienste benötigt wurden. Den ganzen Tag und die ganze Nacht drehten sich die armen gepeinigten Seelen im Kreis, bis sie das tödliche Gift ausgeschwitzt hatten und erschöpft zusammenbrachen.

Daraus entstand die Tarantella, in der sich die Paare im Kreis drehten und die Frauen ihre Röcke herumwirbelten und wütend auf den Boden stampften. Sozialwissenschafter haben behauptet, dass der Ursprung des Tanzes bis zu den dionysischen Riten zurückverfolgt werden kann, dass aber ab dem Beginn der Kreuzzüge der Ausdruck von Verlangen als Krankheit betrachtet wurde. Dieses Leiden schien tatsächlich am häufigsten zur Saat- und Erntezeit aufzutreten, zu der Zeit, in der auch die orgiastischen Fruchtbarkeitstänze des Altertums stattfanden.

In Amerika und Australien strömten die Männer in Scharen ins Theater, wenngleich viele von ihnen demonstrativ ihre Frauen zu Hause ließen. Wovor genau wollten sie sie eigentlich schützen, wenn nicht vor der Vorstellung, dass Frauen eigene, angeborene

Wünsche und Sehnsüchte haben könnten? Was ist eine Tarantella ohne eine Spinne, und was könnte dieses älteste aller Tiere wachrufen? Als Symbol rührt die Spinne an etwas aus den dunkelsten Tiefen. Was ist dunkel und behaart und kriecht im Schutz der Dunkelheit umher? Was mag sonst noch in der Büchse mit den unaussprechlichen Dingen lauern? In unserer dunklen Tabubüchse? Betrachten wir noch einmal die Spinne. In den Erzählungen der alten Griechen webte Arachne die Seitensprünge der Götter in Wandteppiche. Die Göttin Athene war empört darüber, dass eine Sterbliche es gewagt hatte, die göttliche Vorherrschaft in Frage zu stellen, und bestrafte Arachne, indem sie sie in eine Spinne verwandelte. Somit sind seit dem Altertum die Spinne und der Ausdruck der Sexualität untrennbar miteinander verbunden.

Denken wir an die Spinne. In ihrer makabersten Form verschlingt sie das unglückselige Männchen. Für dieses unersättlichste aller Geschöpfe, die schwarze Witwe (und ihr australisches Gegenstück, die Rotrückenspinne), wird der Akt der Fortpflanzung zu einem verlockenden Todestanz, und doch opfert sich das Männchen bereitwillig und macht mit. Schauen wir uns wieder die Männer an, die die Theater füllen und wahlweise mit Schimpftiraden oder Komplimenten reagieren und zwischen Begeisterung und Empörung hin und her gerissen sind.

Während Lola die Städte und Vorposten Australiens bereiste, entwickelte der Spinnentanz eine Reihe von dramatischen Wendungen. Bevor die Spinne herausgeschüttelt wurde, gelang es ihr, vorher noch zuzubeißen. Sobald das Gift durch ihren Körper strömte, taumelte Lola, geschwächt und wie von Sinnen, von der

Bühne. In dieser aufsehenerregenden neuen Version musste sie tanzen, bis das Gift ausgeschwemmt war, oder sterben. Die Vorführung erlangte ein neues Maß an Dringlichkeit. Die Zuschauer sahen beunruhigt zu, wie sie bis zur Erschöpfung tanzte. Mehr als einmal brach sie mitten in der Darbietung zusammen. Manchmal sah es aus, als würde sie den Kampf verlieren. Einmal stürzte sie zu Boden und blieb reglos liegen, während die Musik weiterspielte. Minuten vergingen, bis Bühnenarbeiter sie von der Bühne tragen mussten. Auch andere unangenehme Dinge passierten. In Lolas Truppe kam es zu Streitereien, Geld ging verloren und Schauspieler verschwanden. In Victoria wurde das Bendigo Theatre mitten in einer Vorstellung vom Blitz getroffen.

Lola war gerade am Beginn ihres Auftritts, als lauter Donner durch das Theater grollte. Ein leuchtender Blitz und dann eine ohrenbetäubende Explosion. Ein Kugelblitz krachte durch die Dachziegeln und hinab auf die Bühne. Ein zweiter Blitz, und dann ein Geruch wie von Schießpulver. Der Kugelblitz traf die Bühnenbretter und verfehlte nur knapp Lola, die noch rechtzeitig zur Seite springen konnte. Die Bühne brach entzwei. Die mit Gaze bezogenen Kulissen fingen Feuer. Das Theater füllte sich mit Rauch. Die Damen schrien. Bühnenarbeiter liefen umher. Der Direktor brüllte nach Wassereimern. Kulissenschieber versuchten, das Feuer einzudämmen.

In diesem Chaos trat Lola an den Rand der Bühne. Während sich hinter ihr der Vorhang senkte, hob sie die Hand.

»Fürchten wir uns nicht!«, bat sie. »Stellen wir uns vor, dass Blitz und Donner zur Vorstellung gehören. Die alte Ordnung fällt, doch glauben Sie mir, eine neue wird entstehen! Und jetzt fahren wir mit der Aufführung fort!«

Der Vorhang ging hoch und enthüllte rauchende Kulissen; zwischendurch erhellten Blitze das Ausmaß des Schadens. Im Orchestergraben stimmte eine Geige einen Ton an, und Lola begann zu tanzen. Auf dem vorderen Teil der kaputten Bühne wiegte sie sich hin und her, starrte hinauf zum Himmel und forderte stumm die Elemente heraus, sie niederzuschmettern, halb in der Hoffnung, dass ein Blitzschlag all dem endgültig ein Ende setzen würde. Inmitten der Verwüstung tanzte sie weiter. Und wäre es der Untergang von Pompeji oder das Ende der Welt gewesen, sie hätte weitergetanzt. Während sie ihre Röcke hob, verließen die Zuschauer nach und nach das Gebäude. Sie konnten ihre Blicke nicht von dem aufregenden Schauspiel auf der Bühne wenden und gingen Schritt für Schritt rückwärts hinaus, bis der Saal leer war.

Lola beschloss den Abend mehr oder weniger unversehrt; sie hatte von dem Sturz nur ein paar Kratzer und blaue Flecken davongetragen, doch sie war unsicher, ob sie den Spinnentanz noch einmal aufführen sollte. In ihrem Hotelzimmer sank sie dankbar in ein heißes Bad und schloss die Augen. Die Tage des Tanzens waren für sie im Grunde vorüber; sie brauchte keine Naturgewalten, damit ihr das klarwurde. Jeder Knochen in ihrem Körper schmerzte. Sie fühlte sich kraftlos, ihre Füße pochten, stechende Kopfschmerzen plagten sie. Nach jedem Auftritt fühlte sie sich leer und ausgelaugt. Danach dauerte es immer länger, bis sie sich erholte. Während ihr früher der Spinnentanz Kraft verliehen hatte, zehrte er sie jetzt auf und erschöpfte sie. Die Wahrheit war, dass man für eine Tarantella die Ausdauer einer jungen Frau brauchte, und sie war nicht mehr jung. Mit fünfunddreißig brachte sie nur mit Mühe die Energie und das nötige Feuer auf.

Während in der Ferne noch immer Donner und Blitz zu hören waren, blieb sie noch lange, nachdem das Wasser abgekühlt war, im Bad liegen. Die Zeit war gekommen, mit dem Tanzen aufzuhören oder etwas Neues zu suchen.

Australien erwies sich in vieler Hinsicht als entscheidend. Es war nicht nur die natürliche letzte Ruhestätte des Spinnentanzes, es war auch das Land der Peitschen. Während ihrer Tournee durch den riesigen Kontinent tauchte die peitschenknallende Lola regelmäßig in den Lokalzeitungen auf. Sie gewann bei Tombolas Peitschen, sie posierte bereitwillig damit für Fotografien, manchmal bezog sie sie in ein Stück mit ein. In Ballarat, einer Kleinstadt in der Nähe von Melbourne, Victoria, wurde sie erneut in eine Auseinandersetzung mit einem Zeitungsmenschen verwickelt. Es war immer dasselbe. Als sich Henry Seekamp auf Lolas Kosten als Moralwächter der Gemeinde aufspielte, war der Rest wahrscheinlich unvermeidlich. Auf der Main Street von Ballarat fochten die Tänzerin und der Zeitungsherausgeber ihren Zwist zuerst mit Peitschen und dann mit den Fäusten aus. Der ungleiche Kampf zwischen der zierlichen Tänzerin und dem auf dem Boden liegenden Säufer – warum sind anscheinend so viele Zeitungsleute so versessen auf das Trinken? – endete in einem Unentschieden, doch erlitt der Ruf des Journalisten größeren Schaden. Er konnte nur noch mitten auf der Straße, vor aller Augen, Lola an den Haaren und den Röcken ziehen. Als die beiden schließlich getrennt wurden, bewarfen ein paar Bergleute, die zugesehen hatten, Seekamp mit faulen Tomaten und Früchten.

»Schäm dich! Schäm dich!«, riefen sie.

Und es geschah auch in Ballarat, dass sich der Spieß einmal

umdrehte. Als Lola die Einnahmen der Theaterkasse anzweifelte, ging die Frau des Theaterdirektors mit der Peitsche und dann mit den Fäusten auf sie los. Mrs. Crosby war eine Frau von kräftigem Körperbau, die – im Gegensatz zu Mr. Seekamp – nicht das Gefühl hatte, sich zurückhalten zu müssen. Sie schlug so heftig auf Lola ein, dass ihre Peitsche zerbrach, und machte dann mit den Fäusten weiter. Ramponiert und voller blauer Flecken trat Lola hastig den Rückzug an. Sie hatte ihre Lektion auf die harte Tour gelernt, und sie nahm nie wieder aus Publicitygründen eine Peitsche zur Hand.

Während des letzten Teils ihrer Tournee erlangte der Spinnentanz eine neue Stufe der Unsterblichkeit. Lola hatte den Tanz bereits so sehr weiterentwickelt, dass er einer Nachahmung gleichkam. George Coppin ging nur noch einen Schritt weiter und öffnete damit Tür und Tor für eine ganze Reihe von burlesken Versionen. Es heißt, die Imitation ist die ehrlichste Form des Kompliments, und George Coppin machte sich jedenfalls ziemlich viel Mühe mit seiner Umsetzung. In einem eng anliegenden schwarzen Kleid mit verschwenderisch mit Volants besetzen Röcken betrat er in seinem eigenen Theater in Melbourne die Bühne und nahm eine lolaähnliche Pose ein. Merkwürdigerweise finden oft gerade die maskulinsten Männer Gefallen an weiblichem Firlefanz, und George Coppin war keine Ausnahme. Er war ein großer Mann Ende vierzig mit breiten Schultern und beträchtlichem Körperumfang und einem mächtigen Doppelkinn. Auf seinem kahl werdenden Schädel trug er eine auffallende schwarzgelockte Perücke, die er schwungvoll herumwarf, bis sie in die Höhe sprang. Die Musik fing an zu spielen, und George Coppin tänzelte zum Bühnenrand.

Australien war zwar keine Sträflingskolonie mehr, doch wie in vielen ehemals ausschließlich männlichen Institutionen gab es dort eine lange und achtbare Tradition des Tragens von Frauenkleidern. Obwohl George Coppin pantomimisch eher eine Matrone darstellte als eine Diva, stürzte er sich hemmungslos in den Tanz. Hochmütig nahm er statuenhafte Posen ein, wenngleich sein Bauch das enge schwarze Kleid fast sprengte.

»Die Spinne, die Spinne!«, riefen die Zuschauer.

George Coppin tanzte wie ein Besessener. Er stampfte auf der Bühne herum, warf die Röcke hoch und enthüllte Bergmannsstiefel und behaarte Beine. Als er eine riesige, haarige schwarze Tarantel unter seinen Röcken hervorholte, jubelten und pfiffen die Zuschauer.

»Tod der Spinne!«, riefen sie. »Raus, raus, raus!«

George schleuderte die Spinne zu Boden. Angefeuert vom Publikum, sprang er mit beiden Beinen darauf herum. Am Ende stellte er triumphierend einen Fuß auf die zertretene Tarantel und rieb sich zufrieden die Hände. Dann trat er an den Bühnenrand und machte einen schwerfälligen Knicks.

»Ich bin bloß eine arme, hilflose Frau, die man verfolgt und ausgenutzt hat«, hob er mit hoher Piepsstimme an. »Die Männer versuchen in allen möglichen Tarnungen unter meine Röcke zu gelangen, aber ich bin ja so ein wehrloses Geschöpf. Was kann ich tun?«

Lola stand in den Kulissen verborgen und unterdrückte einen Lachanfall. Sie hatte George Coppin ihre Notenblätter gegeben und mit ihm die Tanzschritte geprobt, und trotz seiner übersteigerten Darstellung hatte er eine beachtliche Leistung hingelegt. Lola traf bereits Vorbereitungen für ihren Abschied von Australien und damit auch von ihrer Karriere als Tänzerin. George Coppin hatte ihren Abgesang übernommen. Sein Spinnentanz war jedenfalls eindrucksvoll. Für eine sogenannte Parodie hatte er sich mit der Rolle intensiv auseinandergesetzt und mit großer Eindringlichkeit und Leidenschaft gespielt. Mit einem Schlag war der Spinnentanz etwas typisch Australisches geworden.

Lola verließ Australien mit einer Menagerie von Vögeln, darunter wieder ein sprechender Papagei namens Polly III. und ein weißer Leierschwanz, und mit Plänen für einen Berufswechsel. In der kommenden Lebensphase wollte sie sich als Vortragende und Schriftstellerin etablieren. Auf der Seereise zurück nach Amerika erarbeitete sie den Entwurf ihrer ersten beiden Vorträge. Einer sollte die Kunst der Werbung, der andere den historischen Ursprung des altehrwürdigen Spinnentanzes zum Inhalt haben.

KAPITEL 39

Lolas neue Karriere erwies sich als überaus lukrativ, sie brachte hohe Gagen und Zuschauerzahlen, und dazu einen bislang unvorstellbaren Anstrich von Ehrbarkeit. Sie trat von der Theaterbühne ab und bestieg mit erstaunlicher Leichtigkeit das Vortragspodium. Nach ihrer Rückkehr aus Australien unternahm sie Tourneen durch Amerika, England und Irland; ihre Themen reichten von der Politik bis zu Schönheit und Mode. Oft verwendete sie autobiographisches Material und sprach dabei über Lola Montez wie über eine andere Person in einem anderen Leben. (Privat benutzte sie zunehmend den Namen Eliza.) Obwohl sie mit dem anstrengenden Tanzen aufgehört hatte, nahmen ihre Neuralgie und ihre Ohnmachtsanfälle an Häufigkeit und Schwere ständig zu. Als sie zu einer dritten Vortragsreise aufbrechen wollte, verschlechterte sich ihr ohnehin schon labiler Gesundheitszustand noch mehr.

In einer Wohnung in Greenwich Village musterten einander zwei Frauen mittleren Alters misstrauisch quer durch den Salon. Es war Oktober, und im Kamin brannte Feuer. Daneben saß ganz still die Gastgeberin; ihre blauen Augen funkelten in dem bleichen, hageren Gesicht. Sie hielt sich mit einer Hand an der Sessellehne, mit der anderen am Marmorknauf ihres Gehstocks fest; es sah aus, als hätte man in dem Moment, in dem sie unschlüssig war, ob sie mühsam aufstehen oder doch sitzen bleiben sollte, die Zeit angehalten. Die Besucherin, die etwa zehn Jahre älter wirkte, blieb unsicher an der Tür stehen. Sie trug noch immer Cape und Haube und sah mit der von der Kälte rosigen Nase etwas windzerzaust aus, als wäre sie von den Naturgewalten hereingeweht worden und nicht aus eigenem Willen gekommen. Vom Gang hinter ihr drang ein eiskalter Luftzug ins Zimmer und machte es noch kälter. Offenbar standen die beiden Frauen nicht auf bestem Fuß miteinander.

Lola saß noch immer wie angewurzelt in ihrem Lehnsessel und packte den Gehstock so fest, dass ihre Knöchel weiß hervortraten. Ihr Gesicht zuckte, als mühe sie sich ab, ihre Gedanken in Worte zu fassen. Schließlich begann sie mit einiger Anstrengung zu sprechen.

»Was verschafft mir das Vergnügen?«, fragte sie mit eigenartig hohler Stimme.

Mrs. Craigie reagierte mit einem gezwungenen kleinen Lächeln. »Ich musste kommen«, antwortete sie.

Die beiden Frauen umarmten einander ziemlich steif und ungeschickt; schließlich wies Lola auf den Sessel ihr gegenüber. »Bitte, nimm doch Platz«, sagte sie.

Mrs. Craigie schaute sie forschend an und hustete dann. »Du siehst gut aus«, sagte sie, obwohl das eindeutig nicht der Fall war. Lolas dunkles, recht bescheidenes Kleid aus Merinowolle hing ihr lose vom Leib, die Schlüsselbeine standen hervor, ihre Haut war bleich und durchsichtig wie Seidenpapier. Um ihre Schultern hatte sie schützend ein edles, malvenfarbenes Kaschmirtuch gelegt, das jedoch ihre Zerbrechlichkeit noch betonte.

Lolas Nasenlöcher weiteten sich ein wenig. »Ich fürchte, die Nachricht von meinem Tod war ein bisschen verfrüht«, sagte sie.

Am Beginn des Sommers war Lola an einem strahlenden Junimorgen aufgewacht und hatte festgestellt, dass sie weder sprechen noch sich bewegen konnte. Drei Tage später verfiel sie ins Koma. Schiffe, die nach Europa fuhren, verbreiteten die Nachricht, sie sei gestorben. Die Begräbnisvorbereitungen waren bereits abgeschlossen, als sie wie durch ein Wunder die Augen aufschlug. Mit großer Anstrengung schaffte sie es schließlich, aufzustehen, doch sie war ein stummes, sabberndes Wrack – sie wischte sich unentwegt mit den Ärmeln den Mund ab und konnte wie ein Säugling nicht einmal für ihre Grundbedürfnisse sorgen. Danach hatte sie sich mühsam selbst beigebracht, sich aufzusetzen, ihre Glieder zu bewegen, Wörter zu sprechen. Allmählich lernte sie, Sätze zusammenzufügen, sich selbst zu waschen und anzukleiden, mit einem Stock zu gehen.

Den ganzen Sommer war sie grimmig jeden neuen Tag angegangen. Aus dem Anblick eines Stücks blauen Himmels, einer erblühenden Blume oder aus dem Lied einer Amsel hatte sie so viel Freude wie nur möglich gezogen. Nach drei Monaten war sie so weit, dass sie sich in ihrem Schlafzimmer ohne Hilfe eines Stocks bewegen konnte. Während dieses scheinbar endlosen Prozesses der Rehabilitation hatte sie der Gedanke an diese Frau, die jetzt vor ihr saß, nicht ein einziges Mal auch nur im Geringsten getröstet.

Mrs. Craigie nahm auf dem Sessel Lola gegenüber Platz und legte Haube und Cape ab. Sie war eine gutaussehende Frau von fünfundfünfzig und in Unmengen raschelnden schwarzen Taft gekleidet. War sie früher mädchenhaft schmächtig und ihre Tochter mit weiblichen Kurven ausgestattet gewesen, war jetzt das extreme Gegenteil der Fall. Lola bestand nur noch aus Haut und Knochen, während ihre Mutter das pummelige, selbstgefällige Aussehen einer wohlhabenden und Respekt einflößenden Witwe hatte.

»Meine liebe Eliza«, sagte sie.

»Ich nehme an, du bist aus England gekommen«, antwortete Lola.

Mrs. Craigie nickte. »Fünfzehn Tage mit dem Schiff«, sagte sie.

»Du hast eine so lange Reise auf dich genommen, um mich zu sehen?«

»In den Zeitungen stand, dass du im Sterben liegst.«

»Deshalb bist du gekommen?«

Mrs. Craigie wirkte verletzt. »Das habe ich nicht gemeint. Ich dachte, wir könnten uns versöhnen. Schließlich hast du mir geschrieben.«

»Das war vor zwölf Jahren.«

Mrs. Craigie blickte zu Boden. »Ich bin jetzt hier«, sagte sie.

Lola betrachtete das Gesicht ihrer Mutter und beschloss, ihr noch eine Chance zu geben.

»Verzeih mir«, sagte sie. »Ich habe dich nur nicht erwartet. Trinken wir eine Tasse Tee, und du kannst mir alles über deine Reise erzählen.«

Eine der unerwarteten Folgen von Lolas neuer Karriere war, dass sie auf einmal gesellschaftlich akzeptiert wurde. Lola, die sich um die feinen Gepflogenheiten nicht besonders kümmerte, wurde jetzt in den Schoß der Gesellschaft aufgenommen. Damen, die sie früher demonstrativ brüskiert hätten, umarmten sie nun. Und wie es schien, fühlte sich sogar ihre Mutter in der Lage, mit ihr zu sprechen.

Bei Tee und Zitronen-Mohnkuchen unterhielten sich die beiden Frauen höflich über das Wetter, Mrs. Craigies Reise und die Unterschiede der Gesellschaft von London und New York.

»Also hast du nie daran gedacht, wieder zu heiraten?«, fragte Lola.

»Hauptmann Craigie hat mich gut versorgt. Ich werde nie aufhören, um ihn zu trauern«, antwortete Mrs. Craigie scheinheilig.

»Das sehe ich«, meinte Lola mit einem Blick auf die voluminösen schwarzen Röcke ihrer Mutter.

Sie biss sich auf die Lippen. »Ich war für dich bereits gestorben. Was hat sich jetzt geändert?«

Mrs. Craigie wischte unsichtbare Krümel von ihrem Schoß. »Du bist nicht mehr die, die du einmal warst.«

»Vielleicht bin ich dir so lieber«, sagte Lola mit bebender Stimme.

»Warum drehst du mir immer die Worte im Mund herum? Ich bin so weit gefahren, um dich zu sehen. Reicht das nicht?«

»Also hast du meinen Brief erhalten?«

»Das Leben, das du damals führtest ... Du kannst nicht wirklich erwartet haben, dass ich antworte.«

»Nun, ja, ich habe gehofft, du würdest es tun. Für manche Frauen wäre das Band der Mutterliebe Grund genug gewesen.«

Mrs. Craigie konnte sich nicht mehr beherrschen. »Nach all der Schande, die du über mich gebracht hast!«, sagte sie und erhob sich ein wenig vom Sessel. »Der ganze Klatsch und die Skandale, all die Jahre! Wie die Leute getuschelt haben! Diese furchtbare Schmach! Ich musste nach England zurückziehen, wo niemand von unserer Verbindung wusste.«

Lola sank tiefer in ihren Sessel und zog das malvenfarbene Tuch fester um ihre Schultern. Ein stählernes Band schnürte ihre Brust ein. Sie drückte eine Hand darauf und bemühte sich, regelmäßig zu atmen. Die Luft war ihr zu stickig, ihr war zu heiß, die Wände des Zimmers schienen sie niederzudrücken. Wie hatte sie je glauben können, dass sich die Beziehung zwischen ihnen ändern könnte? Ihre Mutter auf dem Sessel gegenüber schien vor Selbstgerechtigkeit fast zu glühen. Lola dachte an das letzte Mal, als sie sie gesehen hatte, vor über zwanzig Jahren auf einer ruhigen Straße in einem Wohnbezirk von Kalkutta.

Sie konnte sich noch lebhaft an die Miene ihrer Mutter erinnern, an ihr entschlossenes Gesicht, ihre unergründlichen Augen. Als wäre sie und nicht Lola betrogen worden. Von der abfahrenden Kutsche aus hatte Lola ihre Mutter beobachtet: Mrs. Craigie war, ohne sich noch einmal umzudrehen, in ihr Haus zurückgegangen. Das war das zweite Mal gewesen, dass ihre Mutter sie weggeschickt hatte, und Lola hatte sich geschworen, dass sie niemals zulassen würde, dass das noch einmal geschah.

»Ich war nie gut genug für dich«, sagte sie leise.

Mrs. Craigie wirkte bestürzt, und ihre Augen füllten sich mit Tränen. »Ich bin jetzt hier, nicht wahr?«, sagte sie. Sie nahm einen zerknitterten, vergilbten Umschlag aus ihrer Tasche und drehte ihn in den Händen.

Lola erkannte auf der Vorderseite ihre eigene Handschrift.

»Du hast ihn behalten?«, fragte sie.

»Wir haben keine Verwandten außer uns«, zitierte Mrs. Craigie aus dem Brief.

Lola sank erschöpft in ihren Sessel zurück; ihr Herz schlug gegen ihre Brust wie die Flügel eines gefangenen Vogels. Sie schloss einen Moment die Augen, und inmitten all der Kränkung und Verwirrung tauchte ein winziger Hoffnungsschimmer auf. Vielleicht ist es doch noch nicht zu spät für eine Versöhnung, dachte sie.

Als sie die Augen wieder aufschlug, sah sie, dass ihre Mutter den Salon taxierte.

»Ich habe mir nicht vorgestellt, dass du so leben würdest«, sagte sie.

Der Salon war geräumig und präsentabel, die Ausstattung eher neutral als prunkvoll.

Lola schüttelte unmerklich den Kopf. »Was hast du dir denn vorgestellt?«, fragte sie leise.

»Nun, alles in allem gesehen scheinst du ja ziemlich bescheiden zu leben.«

»Stimmt«, sagte Lola. »Alles in allem gesehen. Ich bin offenbar eine Quelle endloser Enttäuschung für dich.«

»Warum sprichst du andauernd in diesem Ton mit mir, wo ich doch so weit hergekommen bin, um dich zu sehen?«, fragte Mrs. Craigie.

»Ich frage mich einfach, *warum* du eine solche Mühe auf dich genommen hast.«

»Du könntest doch gewiss bequemer leben«, beharrte Mrs. Craigie. Sie blickte auf den Umschlag in ihrer Hand und strich mit dem Daumen geistesabwesend über die Münchener Briefmarke.

Endlich begriff Lola. »Ich habe in einem Palast mit einer gläsernen Treppe gewohnt und in einem anderen, in dem einmal die Kaiserin Josephine gelebt hat, doch heute bin ich damit zufrieden, nicht über meine Verhältnisse zu leben.«

»Nicht über deine Verhältnisse?«, kreischte Mrs. Craigie. »Gräfinnen leben nicht so!«

»Diese Wohnung ist doch vollkommen achtbar, nicht wahr? Ich hätte gedacht, du würdest dich darüber freuen. Unrecht Gut gedeihet nicht, wie es scheint. Ich war zu anderen so großzügig, wie man zu mir war.«

»Du kannst doch nicht alles vergeudet haben?«

Lola lachte. »Gilt deine Sorge mir oder dir selbst?«

»Ich *bin* deine nächste Verwandte«, sagte Mrs. Craigie.

»Ich habe bereits Vorkehrungen getroffen«, erklärte Lola.

»Aber ich bin deine Mutter!«, protestierte Mrs. Craigie. »Ich habe dich geboren! Ich werde das nie vergessen, wenngleich du es anscheinend bereits getan hast. Ich verstehe nicht, warum du so verletzend sein musst. Du warst schon immer ein unnatürliches Kind.«

»Weißt du was?«, sagte Lola. »Ich verzeihe dir.«

»Du verzeihst mir! Ich habe für dich getan, was ich konnte, und das ist der Dank!«

»Ich habe dich einmal um Vergebung gebeten, und du hast es vorgezogen, nicht zu antworten. Ich brauche dich schon lange nicht mehr um etwas zu bitten. Es tut mir leid, wenn ich der Grund für ständige Peinlichkeit war.«

Mrs. Craigie lächelte beruhigend und wechselte den Tonfall.

»Du brauchst Ruhe, du armes Ding! Ich bleibe ein paar Wochen in New York. Wenn du dich etwas besser fühlst, vielleicht kann ich dich wieder besuchen?«

Mit Hilfe ihres Gehstocks schaffte es Lola, aufzustehen. »Wie es scheint, entspreche ich jetzt deinen Maßstäben, doch ich fürchte, du entsprichst nicht den meinen. Als ich eine Mutter brauchte, warst du nicht da. Und jetzt brauche ich ganz gewiss keine.«

»Du schickst mich weg?«

»Es sieht so aus«, antwortete Lola.

Mrs. Craigie strich zwanghaft ihre Röcke glatt. »Glaub mir, deine Sünden werden dich einholen.«

»Willst du damit sagen, dass ich an meinem Zustand selbst schuld bin?«

Mrs. Craigie kräuselte die Lippen. »Darauf weißt nur du die Antwort.«

Lola hinkte mühsam zur Tür und hielt sie auf. »Ich bin sicher, du findest allein hinaus.«

Lange nachdem die Schritte ihrer Mutter verklungen waren, stand Lola noch immer am Gang; mit einer Hand hielt sie sich am Stock, mit der anderen an der Klinke der Salontür fest. Sie lauschte den Geräuschen auf der Straße: Schritte, eine Kutsche, die vorbeirumpelte, ein Straßenhändler, der seine Ware anpries, ein paar Kinder, die über den Gehsteig liefen und vor Lachen quietschten, ein tappender Stock, das heisere Krächzen einer herabschießenden Krähe, das Rauschen von Flügeln.

Man denke an die Spinne, das älteste Symbol für die dunkle Seite der Weiblichkeit. Wenn der Biss der weiblichen Schwarzen Witwe nicht überhaupt tödlich ist, kann er Krämpfe und Anfälle auslösen. Sollte es notwendig sein, kann die Schwarze Witwe problemlos sowohl ihre Jungen als auch das Männchen verschlingen. Mrs. Craigie kehrte ein paar Wochen später nach England zurück, ohne eine Versöhnung mit ihrer Tochter herbeigeführt zu haben. Sie schrieb immer wieder Briefe, doch Lola antwortete nicht. Nach ihrem Besuch bemühte sich Lola, wieder zu Kräften zu kommen, doch drei Monate später erkrankte sie an einer Lungenentzündung und starb. Letztendlich war es nicht der Biss einer Spinne, sondern der Stich einer Mücke, der sie so früh ins Grab brachte. Offenbar beeinträchtigte die Malaria, mit der sie sich in Indien infiziert hatte, auf Dauer ihre Gesundheit, und die immer wiederkehrenden Anfälle, unter denen sie während ihres gesamten Erwachsenenlebens litt, führten höchstwahrscheinlich zu ihrem frühzeitigen Tod. Es heißt, keine Mutter sollte ihr Kind begraben. Mrs. Craigie kam jedenfalls nicht zum Begräbnis, noch wurde sie in Lolas Testament bedacht.

Ihre Mutter war nicht die Einzige, die Lola unterstellte, sie habe sich ihren Zustand selbst zuzuschreiben. Die Nachrufe vieler Zeitungen nahmen ihren Tod zum Anlass für Moralpredigten gegen die Emanzipation der Frauen. Wer mit dem Teufel tanzt, zahlt den Preis, stand in einem. Vielleicht hatte Lola das Schicksal einmal zu oft herausgefordert, oder vielleicht werden manche Menschen einfach nicht alt. Viele Jahre davor hatte ein trauernder Alexandre Dumas in Paris öffentlich verkündet, ihre Liebe sei ein tödlicher Fluch. Am Ende erwies sich jedoch die Berührung ihrer Mutter und nicht die Lolas als tödlich.

Ende des III. Aktes

Epilog

Lola Montez starb im Alter von einundvierzig Jahren und wurde auf dem Greenwood Friedhof in Brooklyn unter einem schlichten weißen Grabstein begraben, auf dem der Name Eliza Gilbert steht. Unter ihren Papieren befand sich das Foto einer dunkelhaarigen Frau mit ebenmäßigen Gesichtszügen und einem entschlossenen Mund. Die Frau war schlank und zierlich, sie hatte ein festes Kinn und ein angenehmes, wenn auch unauffälliges Gesicht. Das konnte doch wohl nicht die berühmte Schönheit gewesen sein? Die sinnliche Frau, die alle bezauberte? Die exotische Muse? Auf die Rückseite ist das Datum gekritzelt: das Porträt wurde im Jahr 1851 in New York aufgenommen; Lola war zweiunddreißig Jahre alt. Die feurige Spanierin, die Inspiration für eine Rhapsodie, Ursache für ein Duell und eine Revolution gewesen war, war offensichtlich Irin. Das war so klar wie ihre Gesichtszüge. Nur die großen, weit auseinanderstehenden Augen wiesen auf eine kapriziöse und lebhafte Intelligenz hin.

Von ihrer berühmten Schmucksammlung blieb nur ein altmodisch wirkender Ring mit einem großen roten Stein. Der Ring wurde in ihren Tagebüchern erwähnt und stammte offenbar von ihrer Mutter. Mrs. Craigie hatte erzählt, dass ihr Lolas Vater zur Verlobung einen Rubinring geschenkt hatte; erst nach seinem Tod hatte sie erfahren, dass er aus Messing und der Stein aus facettiertem rotem Glas war. Lolas Nachlassverwalter ließen den Ring routinemäßig schätzen. Als der Juwelier ihn untersuchte, wurde er immer aufgeregter. Die Fassung war recht bescheiden vergoldet, das stimmte schon, aber der Edelstein war eine echte Rarität. Am Ende des Jahrhunderts wurden dunkle Amethyste von der Küste von Malabar noch immer als Rubine ausgegeben. Die orientalischen Rubine, wie sie in der Branche genannt wurden, waren wegen ihrer Seltenheit extrem wertvoll geworden. Es sei möglich, räumte der Juwelier ein, dass ein weniger erfahrener Händler das nicht erkannt hatte. Als der Ring schließlich versteigert wurde, erstand ihn eine hoffnungsvolle junge Schauspielerin, die unerkannt bleiben wollte, als Talisman.

Auf dem Friedhof wuchsen unter dem bescheidenen weißen Grabstein über Nacht frische rote Kamelien hervor, und ein seltsames Phänomen war in Amerika und dann auch in Europa zu beobachten. In den Theatern und Varietés tauchten ständig junge Frauen auf, die behaupteten, die wahre Tochter von Lola Montez zu sein. Am überzeugendsten war eine geschäftstüchtige junge Frau aus Bayern namens Susanne, die in den Monaten nach Lolas Tod nach Amerika kam. In ihrem Besitz fanden sich eine Reihe von Gegenständen, die zweifellos Lola Montez gehört hatten, darunter zwei große in Wildleder gebundene Tagebücher und eine rosa und weiß gestreifte Hutschachtel, die ein spanisches Schultertuch, zwei Mantillen, einen Lackfächer und einen Perlmuttkamm enthielt.

Susannes Spezialität war die Neugestaltung von Lolas berühmtesten Tänzen in den Originalkostümen – einem silbern schimmernden Tanzkleid aus Paris und einem Kostüm aus schwarzem Samt mit schillernden roten, violetten und blauen Röcken aus London. Susanne war eine unscheinbare, fast mausgraue junge Frau, doch wenn sie tanzte, war sie wie verwandelt. Die Zuschauer stolperten aus den Theatern und sprachen von einer lebhaften und extrem femininen Sinnlichkeit, einer faszinierenden Ausstrahlung, einer pulsierenden und elementaren Kraft.

»Die entscheidende Entdeckung ist, dass das Lügen, das Erzählen von schönen, unwahren Dingen, das eigentliche Ziel der Kunst ist.«
Oscar Wilde

Danksagung

Ich bin Bruce Seymour für seine profunde Biographie und Max Ophüls für seinen inspirierenden Film zu Dank verpflichtet; des Weiteren Brian Keaney, Bill Hamilton, Kevin Graal, Faith Evans und Vincent Woodcock für ihre unschätzbaren Beiträge in entscheidenden Stadien; Desmond Graal für seine Spanisch- und Deutschkenntnisse; Bryan Holdsworth für seine fachliche Unterstützung; der *Escuela de Baile d'España* in London und Ron Hitchens (*La Argentina*) für ihr Wissen über die Geschichte des Flamencos in Spanien und in England; und dem Tyrone Guthry Centre in Monaghan, das mir dankenswerterweise den Platz und die Zeit für den ersten Entwurf zur Verfügung gestellt hat.

Mein besonderer Dank gilt Steve MacDonogh und dem Verlag Brandon, ohne die Lola kein so ruhmvolles Comeback feiern würde – und Lola selbst, weil sie mir gestattete, über Spanien und Irland zu schreiben, zwei Länder, denen ich sehr zugetan bin. Und schließlich möchte ich meinem Freund Kevin und meiner Schwester Bridget für ihre unermüdliche Ermutigung und Unterstützung von ganzem Herzen danken.

KATHRIN GERLOF
Alle Zeit
Roman
229 Seiten
ISBN 978-3-7466-2679-6

»Mit wahrhaft magischer Lakonie erzählt« BERLINER ZEITUNG

Als Juli und Klara einander im winterlichen Park begegnen, ahnen sie nicht, wie ihrer beider Leben miteinander verwoben sind. Die eine ist blutjung, hochschwanger und mutterseelenallein. Die andere, alt und gebrechlich, verliert mehr und mehr den Bezug zur Welt und weiß: Fürs Erinnern bleibt nicht mehr viel Zeit. Warum nur fühlt Juli sich der alten Frau so nah? Spürt sie, was Klara und das Kind in ihrem Leib verbindet? Eine zu Herzen gehende Geschichte über das Altwerden, das Neugeborensein und eine Liebe am Ende des Lebens.

»Gerlof erspart uns jeden Kitsch und lässt uns einen letzten Trost: Für die Liebe ist es nie zu spät.« BRIGITTE

Mehr Informationen erhalten Sie unter www.aufbau-verlag.de oder in Ihrer Buchhandlung

atb aufbau taschenbuch